和谐校园视域下高校网络文化建设研究

钟家全 著

科学出版社

北京

内 容 简 介

如今网络文化已成为校园文化的重要组成部分，深刻地改变着师生的思维方式、价值观念和精神世界，影响着校园文化的发展方向、内涵扩展及形式更新，在和谐校园建设中的地位和影响越来越突出。本书以和谐校园与高校网络文化的内在关联为切入点，详尽地分析了高校网络文化的涵义、类型、特点、功能，系统地阐明了和谐校园视域下高校网络文化建设的重要性、目标、原则以及组织领导与保障机制，重点探究了高校网络精神文化、网络制度文化、网络行为文化和网络物质文化建设的内容、原则和方法。

本书适合于高等院校领导、高等教育行政官员、文化学者、广大高校教师、教育管理干部、教育理论工作者以及所有关注高校网络文化发展的人士学习与参考。

图书在版编目（CIP）数据

和谐校园视域下高校网络文化建设研究/钟家全著.
—北京：科学出版社，2011.8
　ISBN　978-7-03-032211-1

　Ⅰ.①和…　Ⅱ.①钟…　Ⅲ.①高等学校-校园网-文化-研究　Ⅳ.①G647　②TP393-05

中国版本图书馆CIP数据核字（2011）第175949号

责任编辑:杨　岭　郝玉龙　陈兴璐/封面设计:陈思思

科学出版社 出版

北京东黄城根北街16号
邮政编码：100717
http://www.sciencep.com

四川煤田地质制图印刷厂印刷
科学出版社发行　各地新华书店经销
*
2011年8月第　一　版　　开本：787×1092　B5
2011年8月第一次印刷　　印张：13
印数：1－950册　　字数：250 000

定价：40.00元

目　录

第一章 社会主义和谐社会与高校和谐校园建设

《中共中央关于构建社会主义和谐社会若干重大问题的决定》指出："社会和谐是中国特色社会主义的本质属性，是国家富强、民族振兴、人民幸福的重要保证。"构建社会主义和谐社会，是中国共产党从全面建设小康社会、开创中国特色社会主义事业新局面的全局出发提出的重大战略任务。我国已进入改革发展的关键时期，经济体制深刻变革，社会结构深刻变动，利益格局深刻调整，思想观念深刻变化。这种空前的社会变革，把构建和谐社会摆在更加突出的位置上。

高校作为人才汇聚、知识聚集的战略高地和人才培养、知识创新的重要基地，以及思想文化交汇融合之地、传播辐射之源，既是和谐社会的重要组成部分，更是和谐社会建设的重要力量，理应在构建和谐社会中起骨干和带头作用，理应在构建和谐社会中走在前列。和谐校园也是推动高校更好更快科学发展的基本条件。和谐可以凝聚人心，和谐可以团结力量，和谐可以发展事业。高校和谐校园建设的推进，必将为高校发展注入活力，使高校的组织效能得到充分发挥，把高校建设与发展的各项事业不断推向前进。

1.1 构建社会主义和谐社会

实现社会和谐，建设美好社会，始终是人类孜孜以求的社会理想，也是我们党和全国各族人民的共同追求。建设社会主义和谐社会的提出，标志着我们党在执政治国方略认识上的深化，是我们党对马克思主义执政理论的新贡献。深刻认识和谐社会提出的背景，准确理解和谐社会的内涵和特征，充分认识构建和谐社会的重要意义，对于加快社会主义和谐社会建设具有极为重大的意义。

1.1.1 社会主义和谐社会的提出

古今中外，人们一直在努力追求社会的平等、安定与和谐。从中国古人追求的"大同世界"到西方人追求的"理想国"，从空想社会主义者追求的理想和谐社会到共产党人追求的共产主义理想社会，都在某种意义上说明了，一部人类社会的发展史，就是人类追求美好社会理想的历史。新中国成立以来，我们党为中国社会主义和谐社会建设进行了艰辛的探索和实践，和谐社会建设取得了显著成绩，积累了丰富经验。进入 21 世纪以来，中国特色社会主义建设事业进入到一个承上启下的关键时期，我国社会主义现代化建设既面临着一个难得的战略机遇期，也面临着严峻的挑战。以胡锦涛同志为总书记的党中央，坚持和继承我们党在社会建设方面的理论与实践成果，深刻理解世情、国情和党情的深刻变化，准确把握社会发展趋势，借鉴人类传统和谐思想的有益成分，明确提出了建设社会主义和谐社会的重大战略思想，系统回答了"建设什么样的社会，怎样建设社会"的问题，有着十分重大的理论创新意义和实践意义。

2002年11月，党的十六大把构建和谐社会列为全面建设小康社会的重要目标之一，并在党的历史上首次把和谐社会的概念写入党的纲领性文件。十六大报告三处讲到"和谐"问题，每一处都很有针对性。一处是在论述全面贯彻"三个代表"重要思想时，强调要根据社会阶级阶层变动的新情况，"努力形成全体人民各尽其能、各得其所而又和谐相处的局面"；一处是在论述全面建设小康社会的任务和目标时，提出要做到"社会更加和谐"；另一处是在论述政治建设和政治体制改革的任务和目标时，提出要"巩固和发展民主团结、生动活泼、安定和谐的政治局面"。这三处论述"和谐"，讲了一个重要的背景，即随着改革开放的深化，特别是伴随着公有制为主体、多种所有制经济共同发展的经济格局的形成和社会主义市场经济体制的建立，我国的社会结构发生了由单质化向多样化转变的深刻变动；同时，全面建设小康社会的历史时期，也是国内矛盾凸显的时期。这一切都要求我们形成新的治国理政思路。党中央的思路，就是推动社会和谐，有能力应对来自国内外的各种挑战和风险，抓住21世纪头20年这一重要战略机遇期，实现全面建设小康社会的宏伟目标。

2003年10月，党的十六届三中全会提出以人为本、全面协调和可持续发展的科学发展观，要求实现五个统筹，即"统筹城乡发展、统筹区域发展、统筹经济社会发展、统筹人与自然和谐发展、统筹国内发展和对外开放"，其核心就要实现人与人、人与社会、人与自然的和谐以及社会发展各个方面的和谐。

2004年9月，党的十六届四中全会通过的《中共中央关于加强党的执政能力建设的决定》把提高构建社会主义和谐社会的能力作为加强党的执政能力建设的重要内容，强调要适应我国社会的深刻变化，把和谐社会建设摆在重要位置，注重激发社会活力，促进社会公平和正义。《中共中央关于加强党的执政能力建设的决定》指出，形成全体人民各尽其能，各得其所而又和谐相处的社会，是巩固党执政的社会基础，实现党执政的历史任务的必然要求。构建社会主义和谐社会奋斗目标的提出，体现了我们党对世情、国情和党情变化的深刻理解，对执政为民理念的深入贯彻，对社会发展趋势的准确把握。

2004年12月，中央经济工作会议确定2005年工作任务的一大重点是"坚持以人为本，努力构建社会主义和谐社会"。"以人为本"是构建社会主义和谐社会的价值原则。构建社会主义和谐社会，必须把"以人为本"作为构建社会主义和谐社会思想体系、制度框架、行为规范的立足点和落脚点，不断推进社会主义物质文明、精神文明、政治文明和社会文明的发展，才能真正产生法律规范和制度的力量，才能真正不断推进人的全面发展。把"以人为本"作为构建社会主义和谐社会的立足点和落脚点，就是要把推进人的全面发展，同推进经济、文化的发展和改善人民的物质文化生活结合起来，让人民真正享受到改革开放的成果。

2005年2月19日，胡锦涛同志在中共中央省部级主要领导干部提高构建社会主义和谐社会能力专题研讨班开班仪式上，就构建社会主义和谐社会问题发表了重要讲话，第一次明确提出了四位一体的中国特色社会主义事业的总体布局，深刻阐述了社会主义和谐社会的内涵和构建社会主义和谐社会的总目标、总要求、重大意义、基本特征、重要原则和主要工作。在这个重要讲话中，胡锦涛同志首次指出构建社会主义和谐社会属于"社会建设"范畴的命题，这一命题的提出意味着我们党对中国特色社会主义总体布局的认识，已经由社会主义经济建设、政治建设、文化建设三位一体发展为社会主义经济建设、政治建设、文化建设、社会建设四位一体，要求全党在建设中国特色社会主义的伟大实践中更加自觉地加强社会主义和谐社会建设，使社会主义物质文明、政治文明、精神文明与和谐社会建设全面发展。在这个重要讲话中，胡锦涛同志首次提出，"我们所要建设的，应该是民主法治、公平正义、诚信友爱、充满活力、安定有序、人与自然和谐相处的社会"。

2005年2月21日，中共中央政治局围绕构建社会主义和谐社会举行了第20次集体学习会。胡锦涛同志在学习会上强调，要加强对构建社会主义和谐社会所涉及的社会结构、社会利益关系、社会结构等重大问题的调查研究，要加强对我国历史上和国外关于社会建设的积极成果的理论研究和借鉴。

2005年10月，党的十六届五中全会把构建社会主义和谐社会明确为全面贯彻落实科学发展观必须抓好的一项重要任务，并提出了一系列工作要求和重大措施。会议提出，要紧紧抓住机遇，应对各种挑战，认真解决前进道路上面临的突出矛盾和问题，立足科学发展，着力自主创新，完善体制机制，促进社会和谐，开创中国特色社会主义事业的新局面，民主法制建设和精神文明建设取得新进展，社会治安和安全生产状况进一步好转，构建和谐社会取得新进步。

2005年10月下旬，胡锦涛同志在朝鲜访问时的一次讲话中明确把"和谐"作为同"富强、民主、文明"并列的中国特色社会主义的奋斗目标。

2006年3月，胡锦涛同志在参加十届全国人大四次会议上海代表团讨论时，明确提出注重提高改革决策的科学性，增强改革措施的协调性和兼顾各方面利益，照顾各方面关系对于构建社会主义和谐社会的重要作用。

2006年5月中旬，胡锦涛同志在云南考察工作时明确提出，要树立共同的理想，要打牢共同的思想基础，特别要宣传和树立以"八荣八耻"为主要内容的社会主义的荣辱观，促进和谐文化的建设，为构建社会主义和谐社会提供强大的思想道德力量。这一次讲话，明确提出了和谐文化建设的概念。

2006年5月下旬，胡锦涛同志在中共中央政治局会议会上强调，要在经济发展的基础上更加注重社会公平，合理地调整国民收入分配的格局，要加大收入分配调节的力度，使全体人民都能够享受到改革开放和社会主义现代化建设的成果，要积极地推进收入分配制度的改革，进一步理顺分配关系，完善分配制度，着力提高低收入者的收入水平，扩大中等收入者的比重，有效地调节过高收入，取缔非法收入，努力缓解地区之间和部分社会成员收入分配差距扩大的趋势，以促进社会主义和谐社会建设。在这次讲话中，胡锦涛同志提出了收入分配改革的方针和原则，深刻揭示了收入分配改革与社会主义和谐社会建设的关系。

2006 年 6 月，在庆祝建党 85 周年暨保持共产党员先进性教育活动总结表彰大会上，胡锦涛同志强调，要努力使全体人民共享改革开放的成果，以促进社会和谐、体现党的先进性。在此后召开的全国统战工作会议上，他又从政党关系、民族关系、宗教关系、阶级关系、海内外同胞关系等几个方面深刻阐述了统一战线在和谐社会建设中的优势、作用和任务，明确把构建社会主义和谐社会同认识和把握我国社会主义建设各方面重大关系联系起来。

2006 年 8 月，在中共中央政治局集体学习时，胡锦涛同志明确强调，保持人民享有接受教育的机会，是党和政府义不容辞的责任，也是促进社会公平正义、构建社会主义和谐社会的客观要求，这就把人人都有接受教育的机会摆到了促进社会公平正义、构建社会主义和谐社会的重要位置。

2006 年 10 月，党的十六届六中全会专门研究了构建社会主义和谐社会的若干重大问题。会议通过的《中共中央关于构建社会主义和谐社会若干重大问题的决定》明确提出，社会和谐是中国特色社会主义的本质属性，是国家富强、民族振兴、人民幸福的重要保证，并将和谐社会的建设提高到党的执政能力建设的高度，提出了建设社会主义和谐社会的指导思想、目标任务和原则措施，深刻回答了社会主义和谐社会"为谁建设、靠谁建设、怎样建设"等一系列重大问题，体现了和谐社会的价值追求和精神实质。这是对以往我们党领导社会主义现代化建设实践经验的新的总结和提高，它表明我们党更加关注社会建设，更加注重社会和谐、社会公平和社会正义，表明中国特色社会主义事业的总体布局，开始向经济、政治、文化、社会的四位一体的方向转变。

2007 年 10 月，党的十七大科学阐述了社会和谐与科学发展的内在统一。十七大报告指出，没有科学发展就没有社会和谐，没有社会和谐也难以实现科学发展。只有拥有更为强大的物质力量，才能够更好地在科学发展观的指导下着力保障和改善民生，更好地促进社会和谐。反过来，只有发展的成果由人民共享，社会实现较大程度的和谐，才能更好地调动广大人民群众一起投身社会主义建设事业，推动科学发展。

1.1.2　社会主义和谐社会理论的思想渊源和实践基础

胡锦涛同志曾指出："实现社会和谐，建设美好社会，始终是人类孜孜以求的一个社会理想，也是包括中国共产党在内的马克思主义政党不懈追求的一个社会理想。"这精辟地说明了人类思想史上的"和谐"思想和为此进行的实践是构建社会主义和谐社会的理论来源和实践基础。

1、中国古代的和谐社会思想

作为一个历史悠久的文明古国，我国有着独具特色的文化传统，和谐则是中国传统文化中最重要的命题与核心内容。

在中国古代，"和谐"是以"和"的范畴出现的，"和"的思想贯穿于中国思想发展史的各个时期和各家各派的思想理论之中，积淀为中国传统文化的基本精神。早在传说中的上古时代，伏羲就制作出了八卦图，提出了影响深远的阴阳和谐说。春秋战国时期的思想家们开始把"和"作为一个重要的哲学范畴加以研究，揭示了"和"的本质，指出了"和"与"同"的区别。儒家提出"君子和而不同，小人同而不和"、"礼之用，和为贵"和"和也者，天下之达道也"等"和"理念的经典表述。在儒家文化中，"和"的主要精神是协调"不同"，使各个不同事物都能得到新的发展，形成不同的新事物；"和"的本质在于不同事物之间的协和一体，在于多种因素的差异与协调的统一。道家发展了儒家"和而不同"的思想，认为"和"是阴阳二气之间经对立、冲撞、激荡而达到动态平衡的状态："万物负阴而抱阳，冲气以为和。"在中国传统文化中，"和谐"内涵丰富而广泛：在人与自然的关系上，主张"天人合一"，肯定人与自然界的统一，强调人类应当认识自然，尊重自然，保护自然，而不能破坏自然，反对一味地向自然界索取，反对片面地利用自然与征服自然；在人与人的关系上，主张"和睦相处"，提倡宽和处世，协调人际关系，创造"人和"的人际环境，追求以和谐的人际关系为主题的大同社会；在人与社会的关系上，崇尚"合群济众"；在各种文明的关系上，主张"善解能容"，"和而不同"，和谐共处。

中国传统文化中的"和谐"理念反映在社会政治生活层面，则是和谐社会的理想。在中国的思想发展史中，有许多追求社会和谐、要求实现和谐社会的思想。在老子看来，和谐社会就是"甘其食，美其服，安其居，乐其俗"的物质生活极大丰富，精神生活得到充分满足的其乐融融的社会。在孟子看来，和谐社会就是"谨痒序之教，申之以孝梯之义"的孝敬父母、敬爱兄长的社会。陶渊明在《桃花源记》中，向人们描述了一个与世隔绝的梦幻般的理想和谐社会。太平天国运动力求建立"务使天下共享"，"有田同耕，有饭同食，有衣同穿，有钱同使，无处不均匀，无处不保暖"的社会。戊戌变法中康有为、谭嗣同、梁启超、严复等人提出的社会"大同"、"削君权，伸张民权"以及"人人各得自由，国国各得自由"、"人人相亲，人人平等，天下为公"① 等主张。在各个时期思想家们提出的和谐社会的诸多主张或设计的和谐社会的诸多方案中，影响最大的，首推西汉时期的《礼记·礼运》一书中所描述的两种社会生活状态，即较低层次的"小康社会"和较高层次的"大同社会"。"小康社会"就是"天下为家"的社会，

---

① 张书林：《毛泽东构建和谐社会思想探析》，《求实》2005 年第 6 期。

其状态是"天下为家，各亲其亲，各子其子，货力为己……礼义以为纪，以正君臣，以笃父子，以睦兄弟，以和夫妇，以设制度，以立田里，以贤勇知，以功为己。"即小康社会就是财产私有、生活宽裕、上下有序、家庭和睦、讲究礼仪的美好社会生活状态。而"大同社会"则是"天下为公"的社会，是中国古代思想家心目中的理想社会，其状态是"选贤与能，讲信修睦，故人不独亲其亲，不独子其子。使老有所终，壮有所用，幼有所长，矜寡、孤独、废疾者，皆有所养。男有分，女有归。货，恶其弃于地也，不必藏于己；力，恶其不出于身也，不必为己。是故谋闭而不兴，盗窃乱贼而不作，故外户而不闭，是谓大同。"东汉郑玄解释说："同，犹和也，平也。"所以"大同"就是"大和"与"太平"，也就是和谐社会与太平盛世。即是说，大同社会是财富公有，贤人当政，讲求信用，互相关爱，人人劳动，各尽其力，各得其所，道不拾遗，夜不闭户的善治、德治、完美、和谐的理想社会。

中国传统文化中的和谐理念及和谐社会的理想是在古代以小农经济为基础的社会历史条件下形成和发展起来的，虽然有着历史局限，但它根植于中华大地，成为人类文明中独具特色和魅力的宝贵遗产，在维系社会稳定、促进社会进步和推动社会发展的历史进程中，发挥了不可或缺的重要作用。尽管中国传统文化中的和谐社会思想不同于我们今天构建社会主义和谐社会的理论，但它为我们提供了丰富的思想遗产，是中国共产党人在新的历史时期提出社会主义和谐社会理论的重要思想资源。

2、西方的和谐思想

在西方思想史上，和谐观念源远流长，西方社会对和谐社会的探寻也是由来已久。

古希腊哲学家毕达哥拉斯最先明确把"和谐"作为哲学的根本范畴来理解，他指出"美德乃是一种和谐"，并提出了"整个天是一个和谐"的观点。古希腊另一位哲学家赫拉克利特则在在肯定和谐价值的基础上，进一步探讨了和谐的本质，提出了"对立的和谐观"，认为自然是从对立的物体产生和谐，而不是从相同的物体产生和谐，强调了斗争在和谐中的地位和作用。

从苏格拉底开始，"和谐"理念被引入政治和社会领域，苏格拉底的学生柏拉图提出了"公正即和谐"的思想，从而构建起一个所谓的"理想国"。柏拉图的《理想国》给世人描绘了一幅完美而崇高的和谐理想之国的图景。柏拉图指出，我们建立这个国家的目标并不是为了某一个阶级的单独突出的幸福，而是为了全体公民的最大幸福。他认为，这个国家应由德高望重的哲学家依靠智慧和道德力量治国，国家的公民分为三等：有智慧之德的统治者、有勇敢之德的卫者（军人）、有节制之德的供养者（手工业者、商人、农夫等），三个阶层的公民共享国家资源，各就其位，各谋其事，协调一致而无矛盾，这样就达到了正义，实现了和谐。

西方思想史上的和谐观和"和谐社会"的思想蕴涵着许多积极因素，为我们今天构建社会主义和谐社会提供有益的思想文化养料。

3、空想社会主义者的和谐社会思想

在社会主义思想发展史上，空想社会主义者首先提出建设人与人之间和谐相处的和谐社会的目标。

早在 400 多年前，莫尔和康帕内拉就分别在"乌托邦"和"太阳城"中提出了建立人人平等和幸福美好社会的善良愿望。19 世纪，空想社会主义学说的主要代表人物——法国的圣西门、傅立叶和英国的欧文以及德国的魏特林，在批判资本主义制度的不合理、不和谐的基础上提出了和谐社会的目标与和谐社会构建模式。空想社会主义者设计的和谐社会的基本特征和内容是：协作生产，统一管理；发展社会生产，促进社会进步；权力平等，自由发展；承认分配差别，保障社会福利；消灭城乡、工农、脑力劳动与体力劳动之间的对立，实现经济社会的和谐发展；教育平等，男女平等，婚姻自由，家庭和睦，人际关系融洽，等等。1830 年，法国空想社会主义者傅立叶发表《全世界和谐》一文，指出资本主义制度是不合理、不公正的，必将为"和谐制度"所代替。1842 年，德国空想共产主义者魏特林在《和谐与自由的保证》一书中把资本主义社会称为"病态社会"，把社会主义社会称为"和谐与自由的社会"，并指出社会主义社会的和谐不是"个人的和谐"，而是"全体和谐"，目的就是要在消灭私有制的基础上，消除人所受到的各种奴役以及人与人之间的不平等，建立一个和谐的社会。法国空想社会主义者圣西门所设计的理想和谐社会是"实业制度"，就是要使"生产者"（即"实业家"）和学者都成为统治阶级，能够掌握社会政治、经济、文化各方面权力，提倡所有社会成员在政治和经济上完全平等，不承认任何特权。英国空想社会主义者欧文把自己理想中的社会视为一种"和谐的社会"，1824 年他在美国印第安纳州进行实验时就将自己建立的共产主义移民区称为"新和谐公社"。后来，他又把自己创建的实验公社称为"和谐大厦"。

由于时代、历史、阶级等方面的局限，空想社会主义者不论对资本主义的批判，还是对未来"和谐社会"的设计，都不是从现实社会的经济基础出发，而是从抽象的伦理道德和理性原则出发，把头脑的幻想强加给现实的社会的。他们认为社会发展变化是由"人类理性"、"永恒正义"等思想道德因素或主观意志决定的。空想社会主义者的唯心史观，一方面决定了他们对资本主义社会进行了无情的批判，却不能揭示资本主义制度的本质和发展规律，得不出社会主义代替资本主义必然性的科学结论，不能为全人类的解放指出真正的道路；另一方面决定了他们在对未来社会的看法上，幻想的"新的社会制度是一开始就注定要成为空想"，最终沦为无法企及的"空中楼阁"。但是，空想社会主义学说在人类思想发展的历史上却占有极其重要的位置，是科学社会主义提出的理论前提和依据，也为我们党提出社会主义和谐社会理论提供了丰富的思想材料。

4、马克思主义的社会和谐理论

马克思主义创始人马克思、恩格斯在继承前人思想成果的基础上，创立了科学社会主义理论，明确指出"提倡社会和谐"是"他们关于未来社会的积极的主张"，并提出了实现社会和谐的必然性、手段和途径。

在批判资本主义不和谐的基础上，马克思、恩格斯提出建立和谐社会是人类历史发展的必然趋势。他们指出，资本主义文明超过了以往一切社会，但资本主义文明是在种种不和谐的矛盾中产生和运行的，资本主义社会仍然是个片面畸形发展的社会。马克思、恩格斯在批判资本主义不和谐的同时，通过对人类社会发展规律的分析，提出只有用共产主义代替资本主义，才能真正实现社会和谐。同时，马克思、恩格斯提出，实现人的自由全面的发展是构建和谐社会的最终价值目标。在马克思、恩格斯看来，人的自由全面发展的实现，就是人自身的和谐发展。人自身的和谐发展是个理想目标，是人的充分发展、最大限度地发展，是人发展中的一种最理想的状态。完全达到这个状态需要经过一个不断提高、不断完善的渐进过程。只有实现共产主义，为人的发展创造充分必要的条件，才能真正实现人的自由全面发展。

马克思主义的和谐社会思想以及关于未来社会的科学设想，指明了构建社会主义和谐社会的前进方向，是社会主义和谐社会理论的科学基础。

5、党的三代领导集体对社会主义建设的艰辛探索

理论来源于实践，正确的理论是科学实践的升华。构建社会主义和谐社会目标的提出，正是基于我们党带领全国各族人民进行社会主义和谐社会的深刻实践。我们党执政以来，党的三代领导集体都把社会和谐作为社会主义社会的重要特征和社会主义建设的重要内容，并对如何构建社会主义和谐社会进行了艰辛探索和不懈努力，为社会主义和谐社会理论奠定了坚实的实践基础。

新中国成立之初，剥削阶级还存在，阶级矛盾还是我国社会的主要矛盾，为了建立和巩固人民当家作主的新政权，恢复和发展被战争破坏的国民经济，以毛泽东同志为核心的党的第一代领导集体就为促进社会和谐进行了初步的探索。在新中国成立后，不仅百废待兴、百乱待治，而且还存在着复杂的阶级矛盾和阶级差别，在这种非常复杂的情况下，我们党制定了照顾"四面八方"政策，即"公私兼顾，劳资两利，城乡互助，内外交流"的政策，努力保持社会稳定，促进经济发展。在党的七届三中全会上，毛泽东同志提出了"不要四面出击"的策略路线，最大限度地调动了一切积极因素，同时又促进了社会各个阶级的和谐相处和社会稳定。在提出和贯彻"一化三改造"的过渡时期总路线和推进我国社会主义改造的过程中，我们党又制定了包括"和平赎买"政策在内的各项正确政策，史无前例地在社会和谐的氛围中实现了社会制度的根本变革。社会主义基本制度建立后，以毛泽东同志为核心的党的第一代领导集体，又开始了社会主义建设问题的探索。社会主义改造完成后，虽然剥削阶级已经不复存在，但是社会矛盾并没有因此而自行消失。我们党不仅正视社会主义社会的矛盾，而且在新的历史条件下，提出了一系列具有深远影响的正确处理社会矛盾的方针政策，这些思想主要体现在毛泽东同志的《论十大关系》和《关于正确处理人民内部矛盾问题》等著

作中。在《论十大关系》中，毛泽东同志从经济方面提出了要使重工业和轻工业、农业、沿海工业和内地工业协调发展的思想，关于经济建设和国防建设协调发展的思想，关于国家、企业、个人协调发展的思想；从政治方面提出了中央和地方、党和非党、共产党和其他民主党派、汉族和少数民族、中国和外国协调发展，从而形成既有集中又有民主、既有统一意志又有个人自由意志、生动活泼那样一种政治局面的思想；从思想文化方面提出了充分调动各种积极因素使整个社会充满活力的思想。在《关于正确处理人民内部矛盾问题》中，毛泽东同志特别指出了实现社会主义和谐社会的具体方针：通过实行"兼顾国家、集体、个人三者利益"的方针，实现国家经济生活的和谐；通过正确处理人民内部矛盾实现社会政治领域的和谐；通过实行"长期共存，互相监督"的方针，实现共产党与民主党派关系的和谐；通过实行"百花齐放，百家争鸣"的方针，促进科学文化的繁荣，实现社会文化领域的和谐。毛泽东同志的这些思想为我们构建社会主义和谐社会提供了重要的理论依据和科学的方法论。

不可否认，由于我们党对社会主义建设规律认识还不够深刻，我国社会主义建设曾走过一段弯路，发生了"反右斗争扩大化"、"大跃进"、"人民公社运动"和"文化大革命"等错误。但是这些错误给了我们一面鉴别得失的明镜。今天建设社会主义和谐社会，就是从过去的失误中吸取教训，在建设的内容、速度、途径等方面找到一条最佳发展道路。正是基于对这段曲折道路的深刻反思，以邓小平同志为核心的党的第二代领导集体，在十一届三中全会后，在对外开放和发展社会主义市场经济的历史条件下，更加自觉地开始了构建社会主义和谐社会的伟大实践，并逐步形成、发展、完善了社会主义和谐社会思想。从社会主义本质理论中的消除两极分化、实现共同富裕，到计划和市场都是经济手段，都体现了社会主义和谐社会的思想。邓小平同志在不同场合、针对不同问题提出的一系列"两手抓"的论断（即"一手抓社会发展，一手抓社会稳定；一手抓改革开放，一手抓打击犯罪；一手抓经济建设，一手抓民主法制；一手抓改革开放，一手抓惩治腐败；一手抓物质文明，一手抓精神文明"等），涵盖了丰富的社会和谐思想，是社会主义和谐社会建设的有力的保障。此外，在党的领导问题上，邓小平同志既旗帜鲜明地坚持党的领导，又提出为坚持党的领导必须改善党的领导；在党的指导思想问题上，他既强调老祖宗不能丢，同时又要讲新话，把坚持与发展马克思主义统一起来；在思想建设与制度建设的关系上，他既重视思想建设的优良传统，又认为制度问题更带有根本性；在思想政治工作问题上，他既肯定革命精神的巨大作用，又批评只讲革命精神不讲物质利益的唯心论；在党和人民关系上，他既讲党的领导离不开人民，党的领导就是服务，又指出人民离不开党；在党风和廉政建设问题上，他既指出反对腐败的重要性，有坚信共产党能够消灭丑恶的东西，等等。邓小平同志的这一系列论述和实践，为提前实现小康社会的发展目标和全面建设小康社会奠定了基础，有力地促进了我国和谐社会建设进程。

在深化改革开放和发展社会主义市场经济的新的历史条件下，以江泽民同志为核心的党的第三代领导集体，高度重视社会的稳定与和谐，提出了包含着丰富和谐社会思想的"三个代表"重要思想：民主政治建设方面，改革、发展、稳定协调一致的思想，依法治国和以德治国相结合的思想；文化建设方面，建立与社会主义市场经济相适应、与社会主义法律规范相协调、与中华民族传统美德相承接的社会主义思想道德体系的思想，坚持马克思主义的指导地位与与时俱进和谐一致的思想；社会方面，关于生产发展、生活富裕、生态良好的生产、生活、生态相和谐的思想，关于物质文明、精神文明和政治文明协调发展的思想等。上述论述抓住了社会发展的主题、本质、核心和关键，为我国实现社会和谐提供了明确的理论和实践路径，具有重要的指导意义。

总之，构建社会主义和谐社会，是我们党继承、借鉴和发展人类思想史上"和谐"理念的精华，在科学总结我们党执政以来我国社会主义和谐社会建设实践经验教训的基础上得出的必然结论。这一目标的提出，必将推动我国社会主义事业建设实现新的跨越。

1.1.3　社会主义和谐社会的内涵

构建社会主义和谐社会，有着深层的时代内容和深刻的理论蕴意。只有深刻理解社会主义和谐社会的内涵，才能准确把握住构建和谐社会的前进方向，进而建成社会主义和谐社会。

1、和谐社会的内涵

准确把握社会主义和谐社会的内涵，需要先弄清楚和谐社会的内涵；而弄清楚和谐社会的内涵，又必须首先弄清楚社会与和谐的内涵。

何谓"社会"？在中文里，"社会"一词最早出现于唐代《旧唐书·玄宗本记》中，当时所用的"村间社会"是我国文献中所能见到的"社""会"二字的最早联用，其涵义是人们为祭神而集合到一起。在英语里，society 一词来源于拉丁语 societas，是伙伴、共同、联合、联盟之意。由此看来，"社会"一词在东西方文化中都具有人与人之间相互联系、共同活动的含义①。

在现代意义上，社会是指以共同物质生产活动为基础而相互联系的人类生活有机体，是人们相互交往、相互作用的产物。马克思在致帕·瓦·安年柯夫的信中说："社会——不管其形式如何——是什么呢？是人们交互活动的产物。""在人们的生产力发展到一定状况下，就会有一定的交换和消费形式。在生产、交换和消费发展的一定阶段上，就会有相应的社会制度、相应的家庭、等级和阶级组织，就会有相应的市民社会。有一定的市民社会，就会有不过是市民社会的正式表现的相应的政治国家。"② 按马克思的观点，社会是人们交互活动的产物，是以人为中心的，但社会不是单个个人的堆积或简单相加，它是人与自然和人与人

---

① 李德顺主编：《价值学大词典》，中国人民大学出版社 1995 年版，第 604—605 页。
② 《马克思恩格斯选集》第 1 卷，人民出版社 1995 年版，第 532 页。

之间双重关系的统一。人与自然的相互作用关系体现为生产力，生产力是人们改造自然的物质力量；人们在生产活动中结成最基本的社会关系，生产关系的总和构成社会经济结构，这是社会的经济基础；建立在经济基础之上的政治法律设施及其相互关联方式构成了社会的政治结构，而观念形态的总和构成了社会文化结构，政治结构与文化结构二者的统一又构成了社会的上层建筑。社会的经济结构、政治结构、文化结构共同构成了社会总体结构。社会是人与自然和人与人之间一切关系在其中同时存在又互相依存的社会机体，是一个能够变化并且经常处于变化过程的有机体。①

社会作为人们在特定地理空间形成的以人为中心、以文化为纽带、以生产活动为基础的具有自我调节机制的组织系统，包括四个层次：第一，宏观层次的社会，这是与自然界相对应的一个概念，泛指以人为中心的整个人类社会，它包括社会的经济结构、政治结构、文化结构、社会结构等多个子系统；第二，中观层次的社会，这是与经济、政治、文化相对的概念；第三，微观层次的社会，这主要指某一区域的社会，如农村社会、城市社会等；第四，指某一特定群体，如学校、工厂、国家机关等。因此，社会就是由人群组成的一种特殊形态的群体形式，是相当数量的人们按照一定的规范发生相互联系的生活共同体。②

何谓"和谐"？在中文里，"和谐"一词由"和"与"谐"两个字组成。"和"者，和睦也，有和衷共济之意；"谐"者，相合也，有协调、顺和、无抵触、无冲突之意。所以，在一般意义上来讲，和谐就是指事物和现象的各个方面的配合协调。在中西方文化中，"和谐"都属于哲学的范畴。从哲学上讲，"和谐是表征事物存在和发展状态以及关系特征的辩证法范畴"③。当和谐作为反映事物存在和发展状态的范畴时，它是反映矛盾统一体在其发展过程中对立面之间表现出来的协调性、有序性和合规律性的辩证法范畴，是指事物内部诸要素之间或者事物之间协调、有序、平衡和合规律的关系或者联系。换言之，和谐是事物无对抗性矛盾的良好对立统一状态，是事物稳定性和协调性的成熟表现。

理解"和谐"要注意把握以下几个方面。第一，和谐是事物与现象的协调、有序、平衡和合乎规律的存在状态，是多样性的协调和统一，表明事物的发展变化合乎逻辑或规律。和谐是相对的，不和谐是绝对的。第二，和谐不是无差别、无矛盾、无冲突。和谐以事物内在的差异和对立为前提，没有事物对立面之间的差异和斗争，就没有事物的存在，也就没有事物的和谐。正如辩证法大师赫拉克利特指出的："自然也追求对立的东西，它是用对立的东西制造出和谐，而不是从相同的东西产生和谐。"④ 中国古代思想家也认为，和谐是"和而不同"。"和"是有差别的事物的统一，"同"是无差别的事物的组合。没有差异，没有不同，

---

① 秦宣：《论和谐社会的科学内涵》，《马克思主义与现实》2007年第1期。
② 王雄夫：《解读"和谐校园"的内涵与特征》，《凯里学院学报》2007年第5期。
③ 李殿斌：《简论和谐范畴》，《河北师范大学学报》（哲社版）1998年第4期。
④ 北京大学哲学系外国哲学教研室编译：《古希腊罗马哲学》，北京商务印书馆1982年版，第23页。

就没有和谐。第三，事物的和谐不是静止而是动态的。和谐与不和谐是事物存在和发展的两种状态，它们相互联系、相互对立，并在一定条件下相互转化。一般来说，由于新事物是新质特征占主导地位的事物，旧质一方没有力量与新质一方相抗衡，事物处于和谐的存在状态。当事物内部各子系统之间及其与外部条件之间的不协调、不适应方面日益增多，事物发展的协调性、完整性、有序性和合规律性的特征日趋衰微，这时事物便由和谐状态向不和谐状态转化。如果事物的不和谐状态能及时得到化解或解决，并恢复到和谐状态，事物还可以向上发展。如果事物不能向和谐状态转化，那么，就会转化为对抗，步入向下发展阶段。

何谓"和谐社会"？对此，理论界有不同的看法。有的认为："和谐社会是指社会关系的和谐，因为根据马克思的观点，物与物的关系以及人与物的关系，归根到底反映的是人们一定的社会关系。"有的认为："和谐社会当然要包括社会关系的和谐和人与自然关系的和谐，多年来，我们恰恰忽视了人与自然的和谐问题。"有的认为："和谐社会只是一种期盼、一种目标、一种理想，但是，现实社会不可能实现完美和谐。"也有的认为："和谐社会是一种善治的方略，国泰民安、政通人和都是和谐社会的象征。"还有人认为："和谐社会其实不是结果而是指社会本身需要具有一些能够保证和谐运行的机制。"①

笔者认为，社会本身有多层含义，和谐社会也应该从多方面、多角度去理解。从广义上讲，和谐社会是指社会同一切与自身相关的事物保持着一种协调状态，包括社会与自然环境、社会同经济政治文化之间的协调等。从狭义上讲，和谐社会是指社会层面本身各个环节、各个因素以及各种机制之间的协调。概括来讲，和谐社会是指社会自身诸要素之间和与社会存在与发展相关的各种关系之间的和谐。理解和把握"和谐社会"，应注意以下几个方面。第一，和谐社会是一种状态，而不是社会形态。和谐社会是指整个社会的经济、政治、文化、社会和人的自身发展以及人与自然的关系处于和谐的状态，它可以体现在不同的社会形态中，也可以体现在同一种社会形态的不同发展阶段。第二，和谐社会不是无矛盾或冲突的社会，而是以多元和差异为前提。没有差异，没有矛盾，就无所谓和谐，"和而不同"才能和谐。和谐社会不在于"无差别"或"无矛盾"，而恰恰在于协调各种利益矛盾。正如《中共中央关于构建社会主义和谐社会若干重大问题的决定》所指出的："任何社会都不可能没有矛盾，人类社会总是在矛盾运动中发展进步的。构建社会主义和谐社会是一个不断化解社会矛盾的持续过程。"胡锦涛同志也指出："构建社会主义和谐社会的过程，就是在妥善处理各种矛盾中不断前进的过程，就是不断消除不和谐因素、不断增加和谐因素的过程。"② 第三，和谐社会不等同于稳定的社会。和谐的社会必然是稳定的社会，但稳定的社会不一定和谐。一个社会缺乏活力，即使稳定也会死气沉沉，不能发展前进。和

---

① 中国社会科学院课题组：《努力构建社会主义和谐社会》，《中国社会科学》2005年第3期。
② 胡锦涛：《在省部级主要领导干部提高构建社会主义和谐社会能力专题研讨班上的讲话》，《人民日报》2005年2月20日。

谐社会是一个稳定的充满生机活力的社会。总体而言，社会的和谐是一个十分复杂的系统，在这一系统中，矛盾的双方或多方在统一体内相互包容、协调运作、良性转化和融合，使社会始终处在健康的、富有生机和活力的状态之中。

2、社会主义和谐社会的科学内涵

社会主义和谐社会有其十分丰富的科学内涵，准确把握社会主义和谐社会的科学内涵，对于推进和谐社会建设十分重要。我们对这个科学内涵理解得越深刻，把握得越准确，就越能在工作中增强自觉性和坚定性，减少盲目性，克服片面性，就越能既立足当前，又着眼长远，扎扎实实地推进社会主义和谐社会建设。

何谓"社会主义和谐社会"？从政治学的角度可以认为，社会主义和谐社会是结构合理、行为规范、运筹得当的社会，是改革配套、发展协调和持续稳定的社会主义社会；从哲学的角度可以认为，社会主义和谐社会是在社会主义国家的社会系统内，人与人、人与社会、人与自然界之间各个子系统、各个要素之间处于相互促进、良性运行、和谐共存、共同发展状态的社会；从社会学的角度可以认为，社会主义和谐社会是社会系统中各个部分，各种要素良性运行和协调发展的社会主义社会。总之，社会主义和谐社会就是社会资源兼容共生、社会结构合理、社会运筹得当、全社会成员行为规范的社会，也就是"全体人民各尽所能，各得其所而又和谐相处的社会"①。对于中国而言，"我们所要建设的和谐社会是立足当代中国、面对当代世界、中国特色的社会主义和谐社会，它是在坚持四项基本原则前提下的、反映和体现社会主义本质的、作为全面建设小康社会目标所必须的，能使自然、社会、人自身以及人与自然、人与人、人与自身之间形成一种相互融洽、彼此适应、相辅相成关系的社会发展状态和关系。"② 社会主义和谐社会是社会发展规律的要求，它包含着丰富的内容。

第一，自然自身的和谐。自然是人类之母，社会之基，它为人类提供所需的基本生活条件。正如恩格斯所说："我们连同我们的肉、血和头脑都属于自然界和存在于自然界之中。"③ 因此，社会主义和谐社会首先包括自然界自身的和谐这一内容。自然本身是由生命物质和无生命物质构成的一个和谐系统，而生命物质又是由动物、植物、微生物诸多生命组成的和谐之网，每一种生命的存在都是构成其他生命存在的前提和条件，因而，每一种生命的存在都有它的特定意义和价值。生命物质的存在以非生命物质的存在为前提和条件，非生命物质又是由山川河流、日月星辰等天地万物构成的和谐系统。因此，自然本身是由生命系统和非生命系统构成的和谐统一体。

第二，社会内部结构的和谐，包括政治、经济、文化、社会各领域之间以及它们内部要素之间的和谐与发展。社会是由经济、政治、文化构成的统一体，只

---

① 《中共中央关于加强党的执政能力建设的决定》，《人民日报》2004 年 9 月 20 日。
② 刘冬生：《论建设社会主义和谐社会的内涵和现实意义》，《商品储运与养护》2007 年第 5 期。
③ 《马克思恩格斯选集》第 3 卷，人民出版社 1995 年版，第 518 页。

有社会的经济、政治、文化的各个领域和各个领域内部要素都紧密联系、互相协调，整个社会才能始终保持有序和谐的状态。因此，社会的和谐包括经济、政治和文化三者各自内部要素的和谐以及三者之间关系的和谐，即经济和谐、政治和谐、文化和谐以及由三者协调一致形成的社会和谐。

第三，人自身的和谐。人是社会发展的主体，是和谐社会的开拓者、创造者。人自身的和谐是自然、社会和谐的前提，是人与自然、人与社会之间和谐的基础，也是社会和谐的根本前提。人自身的和谐，是指作为个体的人要有健全的人格、健康的情感，要有正确的世界观、人生观和价值观，能正确地处理个人与自然、个人与社会的关系，能真正融入自然、融入社会。从根本上说，人自身的和谐，就是要实现人的自由而全面发展，即人的身体与精神、能力与品德、言论与行为等的和谐发展。

第四，人与自然的和谐。自然界是人类生存的基础，人类为了生存需要向自然界索取并积极地探索自然，人类生存所需的衣食住行及人类所使用的各类物质产品，无一不是来自自然界。因此，人与自然的和谐是人类生存的必备前提和条件。人与自然的和谐就是要把人和自然放在平等的地位上，在维护人类自身发展的同时，充分尊重自然规律，合理开发、利用自然资源，爱护、保护自然环境，维护生态的平衡，确保社会系统和生态系统的协调，促进自然按其自身规律向前发展以造福人类，实现自然资源的可持续利用，达到"天人合一"，实现人与自然和谐共生。

第五，人与社会的和谐。社会的发展和人的发展密不可分，两者的发展是一个双向同步发展的统一运动过程。人与社会的和谐，就是个人与社会组织之间的相互作用、相互制约、相互促进，社会使人各司其职、各尽所能、各得其所，个人遵守社会的各种法律、制度、道德规范。实现个人自由与社会认同相适应，个人的利益与需要的满足和整个社会的利益和需要的现实相适应，人的素质的全面提高与社会的不断进步相适应，人的能力发挥与社会公平、公正相适应。

第六，人与人的和谐。人与人的和谐主要指个人与个人、个人与群体、群体与群体之间的和谐。人是社会的主体，各种社会关系是人与人在其社会实践过程中发生和建立起来的，但是社会关系一旦被建立起来并被固定化、制度化，就会规范和影响人与人之间的关系。因此，人的发展与社会的发展总是相互作用、相互制约的。而人和社会的和谐发展也就成为人们追求的理想和目标。孟子说过，"天时不如地利，地利不如人和"，他认为人际关系的和谐最有价值。人与人的和谐，主要是指人与人之间和而不同、互相尊重、平等互利、团结友爱。所以，妥善协调和正确处理人们之间的各种利益关系，是实现人与人之间关系和谐的关键。

第七，外部环境的和谐。人类社会在统一性和多样性的辩证运动中不断由低级向高级发展。"世界是丰富多彩的。各国文明的多样性，是人类社会的基本特征，也是人类文明进步的动力。"当今世界是一个紧密联系的整体，一个国家的发展不可能脱离整个世界，一个社会的内部和谐离不开外部的和谐。所谓外部环境的和谐，主要是指各个国家之间、各宗教之间、各民族之间的相互尊重、平等交流、和平共处、共同发展。

1.1.4 社会主义和谐社会的基本特征

胡锦涛同志指出："根据马克思主义基本原理和我国社会主义建设的实践经验，根据新世纪新阶段我国经济社会发展的新要求和我国社会出现的新趋势新特点，我们所要建设的社会主义和谐社会，应该是民主法治、公平正义、诚信友爱、充满活力、安定有序、人与自然和谐相处的社会。"这是胡锦涛同志从人们的政治关系、经济关系、思想道德关系、人与自然的关系，以及社会的动力机制和整合机制等诸多方面，对社会主义和谐社会的基本特征所作出的精辟阐释，也是对我们构建社会主义和谐社会提出的总要求。

1、社会主义和谐社会是民主法治的社会

在社会主义和谐社会的范畴中，一个重要内容就是民主法治。从一定意义上说，社会主义和谐社会就是民主法治的社会。建设社会主义和谐社会的目标，同建设社会主义民主法治的目标是完全统一的。

在构建社会主义和谐社会中，之所以必须发扬社会主义民主，这是因为我们建设的和谐社会，是社会主义的和谐社会；而政治文明是社会主义社会的重要组成部分。发扬社会主义民主政治，建设社会主义政治文明，保证人民依法行使民主权利，使人民群众的积极性、主动性、创造性更好地发挥出来，促进党和人民群众的关系和谐，这是构建社会主义和谐社会的重要保证。社会主义政治文明作为一种新型的、为绝大多数人享有的文明形态，决定了民主政治是其核心和本质。因此，构建社会主义和谐社会离不开发扬社会主义民主，没有社会主义民主，就没有社会主义和谐社会。

在构建社会主义和谐社会中，之所以必须实施依法治国基本方略，是因为社会主义和谐社会是法治保障的有序社会，法治是和谐社会的基础，规则是社会有序运行的基石，依法治国是中国特色社会主义政治文明的显著特点，实施法治是建设社会主义政治文明的根本保障。而民主和法治又总是紧密结合、不可分离的。政治参与的广泛性离不开法治，政治决策的程序性、公开性离不开法治，政治权力的制约性、政治局势的稳定性离不开法治。民主政治一定是法治的保障和维护下的民主政治，没有法治为民主政治提供保障，就不会有高度的民主政治，也谈不上政治文明建设。发展社会主义民主政治，建设社会主义政治文明，最根本的就是把坚持党的领导、人民当家作主和依法治国有机统一起来。

2、社会主义和谐社会是公平正义的社会

《中共中央关于构建社会主义和谐社会若干重大问题的决定》指出："社会公平正义是社会和谐的基本条件。"公平正义，就是社会各方面的利益关系得到妥善协调，人民内部矛盾和其他社会矛盾得到正确处理，社会公平和正义得到切实维护和实现。社会公平和正义是人类追求美好社会的永恒主题和共同理想，是评价一种制度文明程度的一个重要标志，是衡量一个社会是否和谐的一个重要尺度。一个社会只有做到公平正义，才能极大地调动社会成员的积极性、主动性和创造性，从而激发整个社会的活力。因此，公平正义是社会主义的应有之义，是社会主义和谐社会的核心价值取向。

维护和实现社会公平和正义，涉及最广大人民的根本利益，是我们党坚持立党为公、执政为民的必然要求，也是社会主义制度的本质要求。构建社会主义和谐社会，要根据公平正义原则，把最广大人民的根本利益作为制定政策和开展工作的出发点和落脚点，正确反映和兼顾不同方面群众的利益，高度重视和维护人民群众最现实、最关心、最直接的利益，妥善处理和协调社会各方面的利益关系，正确处理人民内部矛盾和其他社会矛盾，从而使各方面的利益关系都能得到妥善解决。

3、社会主义和谐社会是诚信友爱的社会

和谐社会不仅是指利益层面的和谐，也包括价值层面的和谐。一个和谐的社会应当是一个公平正义的社会，也是一个充满道义关切和共享和谐的社会。它要求社会中的每一个人具有良好的个体美德和精神心理，以确保社会的正义秩序能够长期稳定，并从良好的社会秩序中分享和谐与安宁。因此，我们所追求的社会主义和谐社会，不仅仅是社会对公平正义秩序的制度期待，而且还有人们对美好安宁生活理想的伦理期待。社会主义和谐社会，应该是诚信友爱的社会。诚信友爱，就是全社会互帮互助、诚实守信，全体人民平等友爱、融洽相处。

实践证明，一个社会是否和谐，一个国家能否实现长治久安，很大程度上取决于全体社会成员的思想道德素质。如果一个社会没有诚信，没有相互的合作，人们之间缺乏相互关爱，那么，这个社会就没有团结，就不能形成普遍的认同，也就没有社会的安宁和谐。构建诚信友爱的社会主义和谐社会，必须建设和谐文化，必须坚持马克思主义在意识形态领域的指导地位，牢牢把握社会主义先进文化的前进方向，倡导和谐理念，培育和谐精神，进一步形成全社会共同的理想信念和道德规范，打牢全党全国各族人民团结奋斗的思想道德基础。

4、社会主义和谐社会是充满活力的社会

社会活力是社会进步、协调、和谐的基础和条件。社会活力不断增强，是推动社会不断变化发展的现实力量和动力源泉，是和谐社会的重要标志。因此，社会主义和谐社会应当是充满活力的社会，是活力迸发的社会。充满活力，就是能够使一切有利于社会进步的创造愿望得到尊重，创造活动得到支持，创造才能得到发挥，创造成果得到肯定。

从一定意义上说，构建社会主义和谐社会，就是要最广泛、最充分地调动一切积极因素，发挥各方面的创造活力，不断推动经济社会发展。《中共中央关于构建社会主义和谐社会若干重大问题的决定》指出："全面贯彻尊重劳动、尊重知识、尊重人才、尊重创造的方针，不断增强全社会的创造活力。"因此，构建社会主义和谐社会，必须深入贯彻"四个尊重"的重大方针，努力激发人们的创造活力，坚决破除各种障碍，使一切有利于社会进步的创造愿望得到尊重，创造活动得到支持，创造才能得到发挥，创造成果得到肯定。

5、社会主义和谐社会是安定有序的社会

和谐社会是活而不乱、活而有序的社会。安定有序是形成社会主义和谐社会的必要条件和基本标志。安定有序，就是社会组织机制健全，社会管理完善，社会秩序良好，人民群众安居乐业，社会保持安定团结。

社会要和谐，首先要安定。没有社会的稳定就没有经济的发展和社会的进步和谐。这是几十年社会主义建设的经验总结，也是邓小平同志反复强调"稳定压倒一切"的重要原因。当然，仅仅安定还不构成和谐，安定还要和有序相结合，才能构成和谐。要做到社会有序，就要在经济、政治、思想、文化、社会生活各个方面都有章可循。构建社会主义和谐社会，必须深入研究社会管理规律，完善社会管理体系和政策法规，整合社会管理资源，使整个社会处在组织程度较高的状态中，才能使不同的社会组织各司其职、各尽其能，有着不同利益和要求的群体和个人各得其所、和谐相处。

6、社会主义和谐社会是人与自然和谐相处的社会

人与自然的和谐是和谐社会的重要表现，胡锦涛同志指出："大量事实表明，人与自然的关系不和谐，往往会影响人与人的关系、人与社会的关系。如果生态环境受到严重破坏、人们的生产生活环境恶化，如果资源能源供应高度紧张、经济发展与资源能源矛盾尖锐，人与人的和谐、人与社会的和谐是难以实现的。"[①]因此，社会主义和谐社会应该是人与自然和谐相处的社会。人与自然和谐相处，就是生产发展，生活富裕，生态良好。

社会主义和谐社会必须建立在发达的生产力基础上，但发展生产力，必须以尊重客观规律、维护自然生态平衡为前提。只有建立社会与自然之间良好的和谐的关系，实现人与自然的和谐发展，才能获得可持续发展的生产力。确保人与自然之间的和谐，是建立和谐社会的一个重要前提。促进人与自然和谐，核心问题是实现经济社会和人口、资源、环境的协调发展，寻求生产发展、生活富裕、生态良好的最佳结合点。构建社会主义和谐社会，要正确处理人与自然的关系，转变发展方式和生活方式，实现经济社会的可持续发展，走生产发展、经济繁荣、生活富裕、环境优化、生态良好的可持续发展之路。

以上六条基本特征既包括人、自然和社会自身的和谐，也包括人与人、人与自然、人与社会的和谐，体现了民主与法治的统一、公平与效率的统一、活力与秩序的统一、依法治国与以德治国的统一、人与自然的统一，它们之间相互联系，相互作用，共同构成一个完整的和谐社会体系。

---

①　胡锦涛：《在省部级主要领导干部提高构建社会主义和谐社会能力专题研讨班上的讲话》，《人民日报》2005 年 2 月 20 日。

1.1.5　构建社会主义和谐社会的必要性

中国共产党提出构建社会主义和谐社会的背景，是我们构建社会主义和谐社会的立足点与出发点。深入探讨构建社会主义和谐社会的背景，深刻认识建设社会主义和谐社会的必然性，有利于我们深刻理解这一社会发展目标提出的现实意义。2005 年初，胡锦涛同志在省部级领导干部提高构建社会主义和谐社会能力专题研讨班上的讲话中，用三个"必然要求"深刻阐释了构建社会主义和谐社会的必要性和重要性："从国内看，构建社会主义和谐社会，是我们抓住和用好重要战略机遇期、实现全面建设小康社会宏伟目标的必然要求。从国际看，构建社会主义和谐社会，是我们把握复杂多变的国际形势、有力应对来自国际环境的各种挑战和风险的必然要求。从我们党肩负的使命看，构建社会主义和谐社会，是巩固党执政的社会基础、实现党执政的历史任务的必然要求。"[①]

1、构建社会主义和谐社会，是抓住和用好重要战略机遇期、实现全面建设小康社会宏伟目标的必然要求

党的十六大提出，对我国来说，本世纪头 20 年是一个必须紧紧抓住并且可以大有作为的重要战略机遇期，并提出了到 2020 年全面建成小康社会的宏伟目标。这是党中央站在时代发展和战略全局的高度，在全面深入分析国内外形势的基础上作出的科学判断。从国际形势来看，虽然影响和平与发展的不稳定不确定因素增多，国际形势错综复杂，但世界多极化继续演进，世界经济保持增长，和平与发展依然是时代的主题，维护世界和平、促进共同发展面临着新的机遇；新科技革命方兴未艾，为我们发挥后发优势、争取实现生产力发展的跨越提供了可能；经济全球化深入发展，生产要素在全球范围的重组和流动进一步加快，为我国经济发展提供了有利条件；多年改革开放形成的综合国力和市场经济体制，为我们提供了雄厚的物质基础和良好的体制保障。从国内形势来看，我国发展的基本面没有变：工业化、信息化、城镇化、市场化、国际化深入发展，人均国民收入稳步增加，经济结构转型加快，市场需求潜力巨大，资金供给充裕，科技和教育整体水平提升，劳动力素质改善，基础设施日益完善，体制活力显著增强，政府宏观调控和应对复杂局面能力明显提高，社会保障体系逐步完善，社会政治大局保持稳定，为我们进一步推动经济社会发展和增强综合国力创造了有利条件。综合判断国际国内形势，我国发展仍处于可以大有作为的重要战略机遇期。

事物的发展并不总是一帆风顺的，而是常常充满了矛盾。改革开放以来，中国发生了翻天覆地的变化，取得了举世瞩目的成就。但是我国仍然处于社会主义初级阶段，统筹兼顾各方利益的任务艰巨而繁重。特别是我国已经进入改革发展的关键期，经济体制深刻变革，社会结构深刻变动，利益格局深刻调整，思想观

---

① 胡锦涛：《在省部级主要领导干部提高构建社会主义和谐社会能力专题研讨班上的讲话》，《人民日报》2005 年 2 月 20 日。

念深刻变化。这种空前的社会变革，给我国的发展进步带来巨大活力，也必然带来这样那样的矛盾和问题。在全面建设小康社会的进程中，我们也会遇到可以预见和难以预见的、来自自然和社会的种种风险和挑战。如我国经济增长的资源环境约束强化，投资和消费关系失衡，收入分配差距较大，科技创新能力不强，产业结构不合理，农业基础仍然薄弱，城乡区域发展不协调，就业总量压力和结构性矛盾并存；就业、社会保障、收入分配、教育、医疗、住房、安全生产、社会治安等关系群众切身利益方面的问题突出；体制机制尚不完善，民主法治不健全；一些社会成员诚信缺失，道德失范，腐败现象严重；敌对势力的渗透破坏活动危及国家安全和社会稳定。这些问题和挑战，需要我们积极面对、妥善处理。这些问题如果处理不好，就会严重影响社会持续发展进步和全面建设小康社会的大局。我们党要带领人民抓住和用好重要战略机遇期、实现全面建设小康社会的宏伟目标，就必须把构建社会主义和谐社会摆在更加突出的位置，花更大气力妥善协调各方面利益关系，正确处理各种社会矛盾，大力促进社会和谐。这既是全面建设小康社会的重要内容，也是实现全面建设小康社会宏伟目标的重要前提。

2、构建社会主义和谐社会，是把握复杂多变的国际形势、有力应对来自国际环境的各种挑战和风险的必然要求

新世纪新阶段，世界格局处于向多极化过渡的重要时期，经济全球化趋势不断深入发展，科技进步突飞猛进，国际产业升级和转移速度加快，各国注重经济发展和国际经济技术合作，区域经济一体化进程加速。从总体上看，这些因素给我国的改革发展带来了难得机遇和有利条件。同时，我们必须清醒地看到，当今国际政治经济秩序仍然很不合理，发展中国家在政治、经济、文化、安全等方面仍然处于不利地位。我国作为世界上最大的发展中国家，在崛起过程中不可能不遇到这样或者那样的阻力。从经济上看，我国将会长期面临发达国家在经济和科技等方面占优势的压力。虽然我国经济总量已经居于世界第二位，但人均国内生产总值仍然远远低于发达国家，经济技术落后的状况还没有根本改变。我国进一步发展出口贸易遭到保护主义的阻力，进口先进的技术和装备则遭到技术壁垒的限制，围绕我国进口石油等重要资源的争斗更是错综复杂。来自外部的经济风险随着对外开放扩大而增加，而我国防范风险的能力还不够强；从政治上看，世界并不太平。祖国尚未完全统一，"台独"分裂势力是危害两岸关系发展的最大威胁，某些国家利用台湾问题对我国进行干扰和牵制。国际环境中存在影响我国国家安全的因素，西方大国不会放弃对我国的遏制，某些国家会继续利用经贸、民主、自由、人权、民族、宗教等问题向我国施压。此外，经济全球化在促进世界经济发展的同时，对国际政治、安全、社会、文化领域也带来深刻影响，引发一些发展中国家甚至发达国家的社会动荡。民族、宗教矛盾和边界、领土争端导致的局部冲突时起时伏，恐怖主义活动依然猖獗，地区和国际安全形势不容乐观。我国正处于经济社会大变革中，全面开放的外部环境对国内政治经济局势的影响上升，社会稳定和经济发展越来越受到外部因素的影响，需要保持警觉。

在这样复杂多变的国际形势下，我们必须增强忧患意识，冷静观察、沉着回应来自外部的挑战和风险，牢牢把握应对国际局势和处理国际事务的主动权，营造有利于我国经济社会发展的战略态势，进一步把国内的事情办实、办好，始终保持国家统一、民族团结、经济发展、社会稳定的局面，从而使我们能够在激烈的国际竞争中立于不败之地。这是我们集中全党全民族的智慧和力量、全面推进中国特色社会主义事业的重要保障。

3、构建社会主义和谐社会，是巩固党执政的社会基础、完成党执政的历史任务的必然要求

党的执政地位不是与生俱来的，党的执政所必需的广泛的社会基础也不是一劳永逸就能解决的。历史和现实表明，任何一个政党要掌握政权并巩固政权，不仅要有坚实的经济基础、政治基础和阶级基础，还要有广泛的群众基础和社会基础，要竭力获取社会大多数群众的支持和认同。

随着改革开放的深化和社会主义市场经济的发展，我国的经济结构、社会结构、利益群体等发生了深刻变化。这些变化，一方面增强了党的阶级基础，扩大了党的群众基础，从而巩固了党执政的社会基础；另一方面，我国社会阶级、阶层之间在根本利益一致的前提下利益矛盾凸显，影响到政治稳定和社会安定。这就要求我们党要适应新变化，紧紧依靠人民群众，团结一切可以团结的力量，把人民群众以及各方面的积极性、主动性、创造性都充分发挥出来；要正确认识和妥善处理新形势下人民内部矛盾和其他社会矛盾，协调好各方面的利益关系，不断满足人民群众日益增长的物质文化需要，保证人民群众共享改革发展的成果；要抓紧解决人民群众生产生活中的突出问题和困难；要加强社会建设和管理，营造良好的人际环境，保持良好的社会秩序，维护社会稳定，保证广大群众安居乐业。只有把这些工作做好，形成全体人民各尽所能、各得其所而又和谐相处的社会，我们党才能真正巩固党执政的社会基础，并且领导全党全国各族人民同心同德，艰苦创业，实现建设社会主义现代化、完成祖国统一、维护世界和平和促进共同发展的三大历史任务。

胡锦涛同志指出"构建社会主义和谐社会，关系到最广大人民的根本利益，关系到巩固党执政的社会基础、实现党执政的历史任务，关系到全面建设小康社会的全局，关系到党的事业兴旺发达和国家的长治久安。"① 构建社会主义和谐社会，反映了建设富强民主文明和谐的社会主义现代化国家的内在要求，适应了我国发展进入关键时期的客观要求，体现了广大人民群众的根本利益和共同愿望，是对马克思主义科学社会主义理论的丰富和发展，是对中国特色社会主义理论的升华，意义重大、影响深远。

---

① 胡锦涛：《在省部级主要领导干部提高构建社会主义和谐社会能力专题研讨班上的讲话》，《人民日报》2005 年 2 月 20 日。

1.2 建设高校和谐校园

高校建设和谐校园既是构建社会主义和谐社会的要求和保障，也是办好社会主义大学的本质要求。社会由众多社会组织组成，只有各个组织和谐，才能实现社会的和谐。高校是社会的重要组成部分，没有高校的和谐，就没有社会的和谐。准确理解高校建设和谐校园的背景及其内涵，充分认识高校建设和谐校园的必要性，对于加快高校和谐校园建设步伐具有重要意义。

1.2.1 高校和谐校园的缘起

高校和谐校园是在构建社会主义和谐社会的大背景下提出的。社会是由众多的社会基本组织构成的一个有机整体，社会组织的和谐是社会和谐的前提和保障。没有众多社会组织的和谐，也就没有整个社会的和谐。高校是现代社会的一个重要组织，构建高校和谐校园是构建社会主义和谐社会的题中之义。同时，由于高校是一个具有特殊功能、肩负特殊使命的社会组织，决定了构建高校和谐校园在和谐社会建设中具有特殊地位和重大意义。

高校和谐校园的提出具有严峻的现实意义，是高校自身发展的需要。当前，高校发展面临着复杂的外部环境，高校内部还存在着阻碍高校科学发展的一系列问题。一是高校面临复杂的文化生态环境。在改革开放的条件下，我国高校面临的文化生态环境越来越复杂，文化价值选择也越来越复杂。在这种背景下，高校不仅要继承和弘扬优秀的传统文化，更要重视多元文化的融会和再生，形成新的优秀文化，使之成为凝聚学校群体成员的重要精神力量，这是和谐校园建设的强大的内驱力[①]。二是随着高等教育改革的深入，高等教育的收费问题、高等教育的公平问题、高校师生的道德问题、高校培养人才的模式问题、高等教育体制本身的问题越来越突出和尖锐，成为社会公众关注的热点问题，成为广大人民群众有较多不满情绪的矛头之所向。与此同时，随着高等教育由精英化向大众化的转变，高等教育质量问题凸现出来，如何正确处理规模、结构、质量和效益的关系，越来越成为摆在高等教育工作者面前的艰巨任务。因此，创新高校建设的理念，推进高校体制的改革，就成为现实的迫切要求。三是当前高等教育实用化与工具化现象严重。美国人文学科促进会在其发表的《挽救我们的精神遗产——高等教育人文学科报告书》中指出：教育不仅仅要使人学会"做事"，更重要的是要使人学会"做人"。联合国教科文组织在《21世纪的高等教育：展望和行动的世界宣言（1998，巴黎）》中也指出：高等院校必须教育大学生成为学识渊博、

---

① 张书明等：《高校和谐校园理论与实践》，山东大学出版社2007年版，第27页。

理想崇高的公民，能够以批判精神进行思考，会分析社会问题，能研究和运用解决社会问题的办法，而且能承担起相应的社会责任。关注人的成长，提升人格品质，是当前世界高等教育目标的重要体现，只有以"全人"为目标的教育才能造就社会需要的合格人才，已成为世界各高校的共识。而在市场经济条件下，我国一些高校十分强调满足市场需要，已经使高等教育过分实用化和工具化，使许多大学生成为就业的机器，却忽略了他们作为人所应有的较高的人文修养、个性乃至独创精神。在 21 世纪，社会发展将在科技知识与人文知识两方面对人提出更高的要求。如何满足这种要求，是高等教育的任务，也是高校和谐校园的应有之意。

　　总之，高校和谐校园理念是应时而生，应势而发。提出构建高校和谐校园，不仅是全面建设社会主义和谐社会的要求，更是实现高校教育目标和促进学生全面发展以及高校自身实现科学发展的客观需要。

1.2.2　高校和谐校园的内涵

　　自党中央提出构建社会主义和谐社会以来，建设和谐校园逐渐成为我国高校普遍的共识和自觉的实践。然而，关于和谐校园的基本内涵，学界对此并无定论。有的研究者根据和谐社会的内涵和特征来概括和谐校园的基本内涵。例如，方正泉认为，和谐校园应该是以人为本的校园，和谐校园应该是民主法治的校园，和谐校园应该是公平正义的校园，和谐校园应该是诚信友爱的校园，和谐校园应该是充满活力的校园，和谐校园应该是安定有序的校园，和谐校园应该是人与自然和谐相处的校园。① 张国栋认为，和谐校园应该是一个民主法治、公平正义、诚信友爱、充满活力、安定有序、和谐发展的校园。② 申振东认为，高校和谐校园表现为校园内人与自然水乳交融、人际关系融洽友爱、人的个性全面发展、各种积极因素得到广泛调动、各种利益关系得到妥善协调、各种矛盾和问题得到有效处理，使校园内既有大楼、大树，也有大师、大气；既有自由、民主，也有公平、公正；既有协作、竞争，也有纪律、秩序；既有稳定、团结，也有理想、信念，形成一个民主法治、公平正义、诚信友爱、充满活力、安定有序、协调发展、健康优化的良好氛围。③ 也有一些研究者根据和谐本质来理解高校和谐校园的基本内涵。例如，王雄夫认为，和谐校园指校园中的各种因素、各个环节以及各种机制之间的协调。④ 曾涛认为，高校和谐校园，主要是指校园内部各种要素处于一种相互依存、相互协调、相互促进的状态，表现为高校经济上科学发展、资源配置合理；高校政治上坚持正确的方向、民主法治治校；高校精神面貌

　　① 方正泉：《论和谐校园建设的内涵及其意义》，《江苏高教》2007 年第 5 期。
　　② 张国栋：《对构建和谐校园的几点思考》，《电子科技大学学报》（社科版）2006 年第 3 期。
　　③ 申振东：《高校和谐校园建设五对关系探析》，《贵州社会科学》2006 年第 5 期。
　　④ 王雄夫：《解读"和谐校园"的内涵与特征》，《凯里学院学报》2007 年第 5 期。

上积极向上、团结友善；高校服务社会的目标明确。① 贾龙认为，高校和谐校园，即构成高校和谐校园的各个子系统、各种要素、资源是处于一种相互协调、和谐互动的状态，是一种人尽其才、物尽其用的状态，是一种内和外顺、整体优化的状态。②

建设社会主义和谐社会是提出和谐校园的大背景，而高校是社会的组成部分之一，高校与社会之间是部分与整体的关系。因此，根据社会主义和谐社会的内涵和特征来概括高校和谐校园的基本内涵，具有一定的合理性。但是，唯物辩证法认为，整体与部分是一对辩证的矛盾统一体。一方面，整体和部分是相互联系的，整体是由部分构成，整体离不开部分，部分是整体的部分，离开了整体部分将毫无意义；另一方面整体和部分又相互区别，部分功能之和不等同于整体的功能，而整体也无法替代部分的作用。整体与部分相依相存，不可分割，它们既相互联系，又相互区别。和谐社会建设与高校和谐校园建设本质上属于整体与部分范畴。和谐社会建设涵盖广大，事关社会的方方面面，和谐高校建设只是和谐社会建设庞大体系中的一个子系统而已，高校和谐校园建设不仅应服务于和谐社会建设，而且应该推动和谐社会的建设，这是两者相互联系的方面。但是两者的区别也是显而易见的，高校和谐校园建设所面对的具体矛盾有别于和谐社会建设的具体矛盾，因为两者定义的范围明显不一样，更加准确地说是两者从属的矛盾体系的层级不一样。因此，高校和谐校园与和谐社会的基本内涵是不可能简单一致的。③ 另一方面，我们也不能简单套用和谐社会的涵义来概括高校和谐校园的内涵。因为这种概括也一样适用于其他社会组织，不能体现出高校不同于其他社会组织的本质性规定和属性。

笔者认为，应该从和谐的本义和高校校园的本质两个方面结合起来理解高校和谐校园的基本内涵。通过前面的探讨，我们知道，和谐是事物内部诸要素之间或者事物之间协调、有序、平衡和合规律的关系或者联系，也就是事物内部诸要素之间或事物之间无对抗性矛盾的对立统一状态，和谐是事物稳定性和协调性的成熟表现。关于高校的本质，笔者赞同王冀生的观点：大学（高校）的本质是一种功能独特的文化机构。众所周知，人类有三种基本的社会实践活动以及相应的三种社会机构：一是物质生产活动，从事主体主要是企业；二是治理国家和国际交往的政治活动，从事主体主要是政府和政党；三是传承、研究、融合和创新文化的文化活动，从事主体主要是大学和研究机构。人类的这三种社会机构，各自承担着不同的任务，发挥着不同的功能，它们既相互关联又鼎足而立。因此，高校是一种与社会的经济和政治机构既相互关联又鼎足而立的，主要从事传承、研究、融合和创新文化活动的功能独特的文化机构。把高校的本质和和谐的本义两方面结合起来，高校和谐校园就是指高校内部诸要素之间以及高校与社会之间处

　　① 曾涛：《构建高校和谐校园的要素分析》，《湖北社会科学》2007 年第 11 期。
　　② 贾龙：《科学发展观视野下高校和谐校园建设研究》，山东大学 2009 年硕士论文。
　　③ 简德平：《高校和谐校园的基本内涵及主要特征》，《学习月刊》2007 年第 7 期。

于一种相互依存、相互协调、相互促进的状态。[①] 它包括高校校园内部各要素的和谐和高校与社会的和谐两个方面。高校校园内部各要素的和谐主要是指高校内部各种要素处于一种相互依存、相互协调、相互促进的状态，是以师生发展和高校自身发展为宗旨的整体效应，表现为校园组织结构要素的和谐、教育环境的和谐、教师间人际关系的和谐、学生间人际关系的和谐、师生关系和谐以及学校结构、质量、效益、规模和速度等要素的和谐。高校与社会的和谐，一方面表现为社会要为高校的健康发展和功能发挥提供良好的政治、经济、文化等外部环境和政策、资金支持；另一方面表现为高校的办学理念符合社会发展的潮流，培养的人才符合社会需求，同时高校又能坚持自身独立性，引领社会前进。

1.2.3　高校和谐校园的基本特征

高校是社会的一个重要组成部分，它与社会之间是相互连接、相互影响的，二者之间具有相似甚至相同的特征。但是，作为社会大系统的一个子系统的高校毕竟具有自身的特点，就其基本特征而言，高校和谐校园与和谐社会之间，必然存在个性与共性的差异性。因此，根据高校的特殊性，笔者对高校和谐校园的基本特征作如下理解。

1、以人为本"的办学理念

"以人为本"是促进高校和谐的基本要求。高校作为高层次人才聚集和培养的场所，要自觉树立并带头实践"以人为本"的办学理念。第一，在高校教育教学工作中树立"以学生为本"的思想。所有高校都要围绕学生在教育教学工作中的主体地位开展工作，这既是高校贯彻党的教育方针的需要，更是高校自身发展的本质要求。"以学生为本"，就是要落实人才培养的中心地位、本专科教育的基础地位和教学投入的优先地位。一要紧紧围绕提高教育质量，把人才培养摆在学校各项工作的中心地位。科学处理好教学与科研的关系，使二者相互结合、相互促进、相得益彰，从而把科研作为学校的强校之路，以良好的科研工作为教学提供更好的条件和环境，带动教育质量的不断提高；二要紧紧围绕提高教育质量，落实与巩固本专科教育的基础地位。本专科教育的质量，直接关系到创新人才的培养水平，只有本专科教育的质量得到巩固和提高，整个高等教育的质量才能得到有效保证；三要落实教学投入的优先地位，为全面增强培养学生的素质和能力打下坚实的基础。第二，在办学中坚持以教师为本。办好教育，教师是关键。落实教师的办学主体地位，要着力改善教师工作、学习与成长的软硬件环境，做到物质条件尽量要好，软环境一定要优，为教师提供和谐宽松的环境。一要努力改善教师的工作学习和生活条件，在分配制度上向教师倾斜，为他们做好后勤保障，解除教师工作的后顾之忧，使教师有更多的精力投入到教学科研工作中去；

---

① 简德平：《高校和谐校园的基本内涵及主要特征》，《学习月刊》2007 年第 7 期。

二要着力营造人才成长与作用发挥的"软环境"，建立有利于人才发挥作用的科技平台和脱颖而出的运行机制，形成尊师重教的良好风气，增强教师做好教学工作的自豪感和成就感。

2、制度公平公正

公平公正是和谐校园的重要标志，也是校园和谐的基本条件。制度建设是公平公正的根本保证。建设高校和谐校园，制度的建立与健全是重要的保障。高校制定的制度是否体现公平合理、公平正义，与师生的利益有极大的关系，与高校的生存与发展息息相关。因此，高校在制定各种制度时，诸如经费使用、教学管理、人才培养、干部任用、职称晋升、福利待遇、科研开发、奖优罚劣、评选先进等制度，决策者需要心有全局，既考虑制度的现实性，又要考虑制度的长期性与稳定性，既考虑它的普遍性，又要考虑它的特殊性，以是否公平、是否公正、是否让师生可信和满意、又是否符合政策规定等因素，从而体现管理者的和谐管理。

3、依法治校、民主管理

民主法治是推进高校改革发展的重要保证，也是和谐校园的内在要求和显著特征。依法治校、民主管理：一是要努力实现学校管理的制度化、规范化、科学化。高校要大力加强制度建设，在教学、科研、人事、学生、后勤管理等方面，全面制定和修订各种制度，做到各项工作有章可循，同时，通过加强宣传、强化监督、完善执行机制等措施来推动制度的执行，使制度发挥应有的作用；二是要强化民主管理。高校应适应高校人员的特点，加强校、院系二级教代会建设，对涉及学校全局的重大问题和重要改革措施，都要由教代会通过；三是本着公平、公正、公开的原则，强化民主监督。在高校的干部管理、招生就业、物资采购等各项工作运行中，强化公开与民主监督，促使高校管理人员严格依照法律和制度办事，防止违法违纪行为的发生，切实维护学校利益和师生员工的合法权益。

4、人际关系和谐

构建高校和谐校园，关键是人，关键在人，人际关系的和谐是高校和谐校园的重要特征和表现。人是建设和谐校园的能动性因素，只有人与人之间形成了团结和谐、理解支持的和睦关系，才能调动一切积极因素，形成强大合力，为和谐高校校园建设提供坚实的基础。校园人际关系主要包括：校园内部的人际关系和校园外部的人际关系。

校园内部的人际关系包括：干群之间、师生之间、师师之间、生生之间的关系。第一，领导与教师的关系。学校领导要尊师爱师，善于倾听教师的心声，了解他们的需求，关心他们的生活与成长，尊重他们的人格，尽量为他们提供施展才华的机会，从而激发教师爱岗敬业的积极性，激活广大教师的奉献之情，产生良好的道德感染力和上下同心的合力；第二，教师与教师之间的关系。教师要正确地看待自己，看待别人，尊重他人的劳动，要注意心理角色的互换，待人要宽容、谅解，正确地处理好人际之间的冲突，防止矛盾激化。学校要经常开展一些教育教学经验交流活动，在交流中融洽教师之间的关系，把身边的经验利用起来，取长补短，共同提高。只有建立了良好的教师群体关系，教育教学的整体功能才能得到加强和优化；第三，教师与学生之间的关系。在学校各种人际关系中，师生关系是高校教育过程中最基本的人际关系，是"传道、授业、解惑"的重要渠道，它无时无刻不在影响着教育的过程和结果。师生间只有建立了融洽和谐的关系，才能取得最佳的教育效果。爱生是尊师的前提，教师首先要优化自己的情感，以健康的情感去感染、教育、鞭策和激励学生，以自己高尚的情操、渊博的知识、庄重的仪表态度和对学生的尊重理解来赢得学生的尊敬和爱戴；而学生则要尊敬老师，刻苦学习，积极配合教师完成好教育教学活动；第四，学生与学生之间的关系。大学生思想活跃、感情丰富，人际交往的需要极为强烈，人人都渴望真诚友爱，都力图通过人际交往获得友谊，满足自己物质和精神上的需要。积极的人际交往，良好的人际关系，可以使人精神愉快、情绪饱满、充满信心、保持乐观的人生态度。通过人际交往，可以满足大学生对友谊、归属、安全的需要，可以更深刻、更生动地体会到自己在集体中的价值，并产生对集体和他人的亲密感和依恋之情，从而获得充实的、愉快的精神生活，促进身心健康。

校园外部的人际关系主要是学校与上级有关部门的关系、学校与周边社区的关系、学校与学生家庭的关系。这些看起来是单位与单位的关系，实际上还是人与人的关系。高校虽然是相对独立的社会组织，但其生存和发展离不开主管部门的支持和周围社区的帮助，更离不开学生家长的维护。因此，高校一定要搞好与主管部门、周边社区和学生家长的关系，彼此之间形成一种相互信任、相互尊重、相互支持的关系。

1.2.4　构建高校和谐校园的必要性

构建高校和谐校园是构建社会主义和谐社会的必然要求，是高校实现科学发展的内在要求，是培养造就德、智、体、美全面发展的社会主义事业建设者和接班人的重要保证，体现了科学发展观的要求和师生员工的共同愿望。

1、构建高校和谐校园是构建社会主义和谐社会的必然要求

社会的和谐，是建立在众多社会基本组织和谐基础之上的，只有社会各个要素和各个单元都和谐了，才能真正实现社会的和谐。高校是社会基本的组织机构，是和谐社会构建的重要组成部分，同时高校肩负的特殊功能，又决定了构建高校和谐校园不仅关系到高校自身的发展，更关系到整个社会主义和谐社会的构建。

首先，社会主义和谐社会离不开高校校园的和谐。马克思在揭示人类社会发展规律的过程中，深刻考察了社会结构各要素作为一个有机整体和谐互动的过程。按照马克思的理解，和谐社会就是构成社会整体的各个基本要素处于和谐共存、相互协调、相互促进的状态。因此，和谐社会必然体现为社会发展的视野扩

展到经济、政治、文化各个方面，统筹兼顾，科学规划，总揽全局，协调社会结构各个基本要素的关系，综合解决社会主义和谐发展问题。高校与社会是部分和整体的关系，整体离不开部分，部分存在于整体中。高校和谐校园既是和谐社会的基本要素之一，又对和谐社会的构建起着至关重要的作用，没有高校校园的和谐，就没有社会的和谐。

其次，高校和谐校园为构建社会主义和谐社会提供稳定基础。稳定是一个社会和谐的基本前提和重要标志。没有稳定，就没有发展；没有发展，就没有和谐。胡锦涛同志指出："没有社会稳定，构建社会主义和谐社会就无从谈起。"[①]随着改革开放的持续推进，我国已经进入了国际社会公认的矛盾凸显期，各种矛盾相互交织、错综复杂，严重影响着和谐社会建设。为此，我们必须花更大力气妥善协调各方面的利益关系，正确处理各种社会矛盾，努力促进社会和谐。高校作为社会的一个有机组成部分，它的和谐稳定对于社会稳定有着举足轻重的影响。伴随着中国高等教育的快速发展，在校大学生人数迅速增加。仅就在校大学生的绝对数量而言，它本身就是社会稳定必须重视的一个群体。就我国来讲，自20世纪80年代以来，很多大规模甚至全国性的不稳定事件最初都是由高校学生的学潮引发继而波及社会的。因此，高校校园和谐是社会安定有序的重要基础，高校是否稳定直接关系到社会的稳定，关系到和谐社会的构建。

再次，高校和谐校园为社会主义和谐社会提供人才保障。构建和谐社会的重任，只有和谐发展的人才能胜任，而和谐发展的人来自和谐教育。由此，我们可以说，和谐社会的构建呼唤和谐教育。高校是培育人才不可替代的摇篮，高校要培养合格人才，非构建和谐校园不可。因为高校校园中的和谐的师生关系、和谐的同学关系、和谐的校园文化、和谐的资源配置、和谐的校园环境，是大学生身心健康、德智体美全面和谐发展的保证，是大学生成长成才的必要条件。高校内部的各个要素只有处于和谐状态，才能承担起全面提高人的思想道德、科学文化、身体素质的重任，才能培养出身心和谐发展的合格人才，为构建和谐社会提供人才支持。

2、构建高校和谐校园是高校科学发展的内在要求

改革开放以来，党和国家高度重视高等教育，各地政府也在大力推进高校的发展，高校进入了一个良好的发展时期，我国高等教育事业取得了长足发展，办学规模实现了重大突破，大众化教育迈出了坚实步伐。与此同时，我们也必须看到，在高校加快改革发展的大环境当中，也存在和出现了一些不和谐的因素，给高校的科学发展带来了不少隐患。

一方面，发展目标不清。发展目标是学校活动的出发点和归宿。历史经验表明。高校发展同社会经济、政治、文化发展相联系，二者密不可分。社会经济、政治、文化的发展为高校发展提供条件和创造良好的外部环境，高校则通过培养

---

①　胡锦涛：《在省部级主要领导干部提高构建社会主义和谐社会能力专题研讨班上的讲话》，《人民日报》2005年2月20日。

人才、科学创新、服务社会回应和满足社会发展需求，推动着社会经济繁荣和政治民主、科技文化的发展进步。因此，高校发展目标应该与社会经济、政治、文化的现实情况相适应。然而在我国高等教育大众化、国际化和现代化的发展趋势下，部分高校却存在着目标不明、定位不清的情况：有的片面追求学校升级扩建，层层攀高，盲目追求"大而全"；有的追求短期经济利益，忽视教育质量的提高；有的发展方向不清，将精英教育与大众化教育混为一谈，培养的人才不符合市场需求。

另一方面，大学精神衰微现象较为严重。大学精神是高校在长期历史发展过程中逐渐积淀而成的、相对稳定的群体心理定势和精神状态，它是高校的思想根基和办学特色的灵魂，是高校发展的理想、信念、追求和动力，也是高校品牌和形象不断提升的阶梯。近年来，受社会上不正之风的影响，我国高校大学精神衰微现象较为严重。比如，受传统的官本位意识影响，在一些高校，有相当多的教学科研人员价值取向出现了偏差，崇拜权力，毫无管理能力却热衷于追求行政职务。有学者指出："有些学者本来在学术上颇有建树，却挖空心思地加入管理行列，而其实毫无管理能力，以致管理混乱，两面皆误。"① 受市场经济的负面影响，一些高校功利主义色彩浓厚，功利性、实用性凌驾于学术性之上。另外，学术腐败、教育腐败现象在高校不同程度地存在。大学精神的衰微，必然影响到教学和管理工作，从而影响到大学生的培养，尤其对大学生的思想道德素质产生负面影响。

面对上述种种不和谐问题，只有通过不断深化改革，努力构建和谐校园，才能真正实现高校全面协调可持续的发展，促进高等教育的和谐发展。和谐能够凝聚人心，和谐可以团结力量，和谐促进事业发展。建设和谐校园是高校更好更快发展的基本条件，构建高校和谐校园，必将为高校的发展和学生的成长注入活力。

3、构建高校和谐校园是培养高素质人才的客观需要

高校具有培养人才、发展科学、服务社会的三大基本功能。在这三大基本功能当中，以人才培养最为重要。江泽民同志在北大百年校庆时的讲话指出："我们的大学应当成为科技兴国的强大生力军。教育应该与经济社会发展紧密结合，为现代化建设提供各类人才支持和知识贡献。"②

建国 60 多年来，我国高校为国家培养了一批又一批的合格建设者，为社会主义现代化建设提供了强大的人才支持。同时，我们必须清醒地认识到，一些影响人才培养质量的因素仍然存在。一方面，高校是大学生和知识分子聚集的地方，学术氛围比较浓厚，各种思潮在这里相互碰撞，对青年大学生树立正确的世界观、人生观、价值观有着非常重要的影响。与此同时，大学阶段又是青年大学生自我发展和个性张扬最活跃的时期。他们对自我充满自信，对社会充满期望，

---

① 蔡闯：《高校管理不可缺少问责与督察》，《光明日报》2005 年 5 月 11 日。
② 江泽民：《在北大百年校庆上的重要讲话》，《人民日报》1998 年 5 月 5 日。

但现实往往与理想有着巨大的差异，而由于年龄和阅历的原因，一些学生在面对挫折时很容易产生悲观、消极的心理，有时甚至还会走向极端，从而影响大学生的健康成长发展。另一方面，随着我国高等教育规模的成倍增长，高等教育的质量问题也愈加突出。虽然办学规模的增长并不会必然导致教育质量下降，但是我国高校办学规模的增长主要是通过扩大招生规模的方式实现的。这种方式不可避免地造成高校教育资源的紧张和短缺，从而影响高校人才培养质量。

学生的成长成才和国家经济增长方式的转变以及国际竞争的需要，十分强烈地要求高校提高人才培养质量。而培养高质量的人才，需要通过构建和谐校园来保障。高等教育要发掘人的潜能，培养品德、身心、学业、人格等全面和谐发展的人才，就必须以和谐校园为依托。构建和谐校园，可以使德育、智育、体育、美育相互渗透，互相交织，协调共生，可以使高校办学规模和办学质量相和谐，可以使办学规模和教育资源相协调，为大学生的和谐发展和提高高校人才培养质量创造必要条件。

4、构建高校和谐校园是维护校园安定有序的必要举措

高校的发展，稳定是基础。邓小平同志指出："中国的问题，压倒一切的是需要稳定。没有稳定的环境，什么都搞不成，已经取得的成果也会失掉。"[①]

在经济全球化、文化多元化、社会转型、贫富差距拉大、就业困难等一系列复杂背景的共同影响下，高校虽然大局稳定，但是也潜伏着一些不安定因素。从国际上看，西方敌对势力对我国实施"西化""分化"的战略图谋不会改变。经济全球化、信息化和国际强权政治的存在及政治格局的演变，给国家安全带来了压力和风险，也给高校安全运行增添了变数。同时，世界范围内非传统安全威胁明显上升，恐怖主义活跃，对国内渗透破坏越来越严重，诱发暴力恐怖活动的作用越来越明显；从国内看，我国改革和发展正处于关键时期，社会思想意识空前活跃，各种思想观念相互交织，各种文化相互激荡，各种思潮不断涌现，各种矛盾错综复杂；从高校情况看，各种思想文化相互激荡，学生受各种思想观念影响的渠道明显增多，思想活动的独立性、选择性、多样性、差异性明显增强。就业难或就业质量不高，加剧了大学生的就业心理压力。随着高校改革的深入，高校内部各种群体之间的利益关系更为复杂，出现了不同的甚至相互矛盾的利益诉求。

上述那些校内外因素相互影响、相互转化、共同作用，给高校安全运行增添了变数，时刻都可能给高校带来意想不到的冲击。高校要维护稳定，必须正确应对这些矛盾和问题，有效化解风险，协调各方面的利益关系，大力促进校园和谐。

---

① 《邓小平文选》第 3 卷，人民出版社 1993 年版，第 284 页。

1.3　高校和谐校园建设在构建和谐社会中的地位与作用

　　建设高校和谐校园，是构建社会主义和谐社会的重要组成部分和必然要求，是和谐社会建设的基础性工程。构建社会主义和谐社会必将极大地改善高等教育发展的外部环境，我国高等教育事业必将在已有成就的基础上进入一个空前发展的黄金时代，这给高校和谐校园建设带来了千载难逢的机遇。与此同时，构建社会主义和谐社会对高校也提出了更高要求。高校是人才汇聚的地方，是孕育新思想、新知识、新科技的重要园地，是发展先进生产力和先进文化的重要力量，是培养造就社会主义事业建设者和接班人的摇篮，是引领社会文明进步的重要源头，在构建社会主义和谐社会中起着先导性、全局性、基础性的作用。搞好高校和谐校园建设，可以在全社会率先建设一个和谐的社会小环境，为社会主义和谐社会建设提供强大的理念、人才、智力、环境支持和榜样的力量，从而影响和推动和谐社会建设工作。

1.3.1　高校和谐校园建设有利于创建、传播和谐社会理念，为构建社会主义和谐社会提供理念支撑和思想保障

　　和谐社会的实现，主要取决于社会成员的文化知识、思想觉悟、道德品质、社会良知等因素的提升。构建和谐社会，需要正确、先进的理论引导和对错误、落后的思想的批判。因此，构建社会主义和谐社会，必须首先解决人民群众的思想意识问题。具体包括两个方面：一是社会主义和谐社会理论建构问题；二是社会主义和谐社会思想社会化问题，即如何使社会主义和谐社会思想观念被广大人民群众所理解和接受。高校是新思想、新观点的发源地和传播地，是推动社会变革的巨大力量，对解决上述两个方面的问题具有特殊意义。

　　首先，高校具有创建传播文化的特殊功能。现代大学扮演着社会的思想先导和社会理性价值判断的批判者的角色。自中世纪以来，凡对人类进步具有重大影响的思想理论，基本上都与大学密切相关，它们或是诞生在大学里，或是通过大学而得以传播，从而使大学最终成为促进人类思想进步、走向更加文明的重要阵地。因此，在传播社会文化包括社会主义和谐社会思想过程中，高校必须自觉地进行理论进行研究、批评和发展，使社会主义和谐社会理论不断走向成熟。

　　其次，高校具有思想内化的特殊功能。系统的高等教育，不仅可以使受教育者对社会主义和谐社会思想有一个全面的掌握，而且理论学习可以使受教育者对社会主义和谐社会思想的本质、来源、实践价值有更为深刻而全面的认识，进而使思想由外在要求，转化为受教育者主体自我的内在要求，即实现由用思想观念去占领人到人与思想的主动结合。因此，高校在构建和谐社会中应充分发挥其独特作用，把社会主义和谐社会的思想理念传播给全社会，为构建社会主义和谐社

会提供强有力的理念支撑和思想保障。

1.3.2　高校和谐校园建设有利于培养高素质人才，为构建社会主义和谐社会提供人才支持

和谐社会是政治、经济、文化、科技等各项事业协调、科学发展的社会，构建和谐社会需要一大批各级各类人才。培养德、智、体全面发展的社会主义事业建设者和接班人，是我国高等教育的总体目标，它要求把人的发展需求与社会发展需求统一起来。在构建和谐社会中，高校担负着为社会主义和谐社会建设培养和提供服务于和谐社会建设的人才的重要任务。因此，高校的和谐与否既关系到大学生自身的和谐，又关系到社会主义和谐社会建设的进程和水平。

首先，和谐的高校校园有利于实现大学生自身的和谐。构建社会主义和谐社会在一定程度上依赖于全面和谐发展的个人。人是社会发展的主体，人自身的和谐是社会和谐的中心和根本前提。从根本上说，人自身的和谐，就是要实现人的自由全面发展，就是个体要有健全的人格，有正确的世界观、人生观和价值观，能正确地处理个人与自然、个人与社会的关系，真正融入自然，融入社会，融入集体。教育是实现人自身和谐的重要途径，而高等教育是教育层次中最高一级，高校是学校组织中最后一级，只有高校和谐了，才能培养出和谐的大学生。

其次，和谐的高校校园能够推进社会主义和谐社会建设，使社会达到较高层次上的和谐。大学生是社会的宝贵资源，是国家建设的生力军。胡锦涛同志指出：一个有远见的民族，总是把关注的目光投向青年，一个有远见的政党，总是把青年看做推动历史发展和社会进步的重要力量。高等教育培养的人才是 21 世纪我国社会主义现代化建设各条战线上的中坚力量，其素质的高低将直接影响到社会的和谐、国家的强盛、民族的兴衰和社会主义事业的成败。可见，高校的和谐不仅关系到大学向社会输出人才的自身和谐，而且关系社会各个组织和各个领域的和谐，进而影响到整个和谐社会建设的进程和水平。因此，高校应该自觉适应社会主义和谐社会建设的需要，积极构建和谐校园，培养出能够适应社会主义和谐社会建设需要的各级各类人才，为社会主义和谐社会建设提供人才支撑，为社会的和谐发展注入活力。与此同时，高校以其特有的功能向社会源源不断地输送合格的社会主义事业建设者和接班人的过程，将产生社会成员以个体的方式不断孵化和衍生和谐社会微观环境的连锁效应，使社会在较高层次上达到和谐。

1.3.3　高校和谐校园建设有利于发挥高校的人才、智力优势，创新和发展新的知识，为构建社会主义和谐社会提供智力支持

社会主义和谐社会建设是一项复杂的系统工程，需要强大的智力支持。高校是研究高深学问的场所，聚集了各学科、各领域的优秀人才。因此，高校应该积极面对和主动响应时代的呼唤，发挥自身人才和智力方面的优势，创造新知识，利用新知识，为构建和谐社会服务，自觉肩负起在社会主义和谐社会建设中的重

任和使命。

社会主义和谐社会的内涵丰富，它不仅是人、社会和自然自身的和谐，而且是人与人、人与社会、人与自然的和谐以及民族与之间、地区之间、行业之间、组织之间的和谐。由于工业化的进程使人与自然的传统和谐关系遭到严重破坏，其结果已危及人类自身生存及社会的可持续发展，而全球化浪潮则使不同民族之间的和谐相处与共同发展遭到前所未有的挑战。因此，社会主义和谐社会建设，要严格遵循可持续发展战略，科学地综合考虑经济、文化、社会的协调发展。要做到这一点，离不开科学的决策，离不开专家学者的参与。高校学科齐全，各领域的专家学者聚集，人才和智力是高校的突出优势所在。发挥高校的人才优势，寻求高校的智力支持，可以减少不必要的损失，降低各种矛盾发生的可能性，加快社会经济建设，推进和谐社会建设进程。

21 世纪是一个新技术革命蓬勃发展、知识经济迅速崛起的世纪，是一个智力开发空前重要、人才竞争空前激烈的世纪。随着人类社会生活与国际竞争越来越强调人才的重要性，社会财富日益向拥有知识和科技优势的国家和地区聚集，社会的发展进步越来越取决于应用和创新知识的能力与效率，教育将成为国家发展水平和国际竞争能力的决定性因素，谁在知识和科技上占优势，谁就在发展上占据主导地位。高校不仅是传承知识和应用知识的学府，更是创新知识的摇篮。高校必须参与经济的发展，并成为社会经济发展的中心。[①] 因此，高校应该在创造新知、利用新知方面主动为构建社会主义和谐社会服务，要有对社会负责的一种责任意识。一是要创新观念，树立教育的科学发展观。教育的科学发展观就是要求在发展中实现教育与经济、速度与效益、数量与质量、规模与结构、公平与效率的有机统一，促进教育发展的良性循环，促进国民经济发展和社会全面进步。[②] 为此，高校要根据党和国家的教育方针政策，把握社会需要和教育发展趋势，树立以人为本的办学理念，着力提高教育质量，以改革和创新求发展。同时，高校要成为新思想、新文化的主要发源地，要坚持解放思想，实事求是，鼓励创新，形成"百花齐放，百家争鸣"的民主的学术氛围，坚持自然科学和社会科学并重，进一步繁荣和发展哲学社会科学，抓住建设和谐社会的重大理论和实践问题，展开深入的研究，在继承前人的基础上，总结改革开放实践中的新鲜经验，进行新的理论总结，提出符合社会发展的新观念，从而影响和带动社会。二是坚持科技创新。高校是国家和区域创新体系的重要组成部分，承担着知识创新、技术创新和传播知识、输送高素质人才的重任，是国家经济社会发展进步的重要支撑力量。这需要高校提高科学研究的原创能力，努力提升知识科技水平。只有实现高校自身各个要素的和谐，高校才能保持严谨求实、开拓创新的精神，保持追求知识和真理的激情和原动力，为和谐社会建设提供牢固、持久的智力支持。

①　潘元：《21 世纪中国高等教育面临的新形势和新问题》，《临沂师范学院学报》2001 年第 3 期。
②　何龙群：《高校在建设和谐社会中的责任》，《广西民族学院学报》（哲学社会科学版）2005 年第 3 期。

1.3.4 高校和谐校园建设具有示范引领的作用，为构建社会主义和谐社会提供榜样和样本支撑

高校是社会的思想高地、文化高地和人才高地，"它的辐射力和影响力超过了许许多多的组织，超过了企业，超过了机关，超过了居民委员会。因为学校是一个知识的殿堂，是培养人才、输送人才的地方，是人才集聚的地方，是知识汇聚的地方。"① 构建高校和谐校园，不仅是社会主义和谐社会建设的重要组成部分，而且对社会主义和谐社会建设具有引领、示范和推动作用。

高校是社会的缩影，同时又超越社会的一般水准，代表着主流社会在特定历史时期的价值追求，是社会先进物质文化的承载者。因此，和谐校园的水准在一定意义上代表了和谐社会建设的质量和水平。首先，构建和谐校园的主体是高校师生，特别是广大的青年大学生，作为当今中国社会中的主流群体，他们朝气蓬勃、意气风发、充满活力，代表着当今中国社会的主流和精神面貌；其次，大学生是国家和民族的宝贵财富，是国家建设的主力军和社会发展进步的推动者。在一定意义上可以说，高校代表着一个社会发展的前途与未来。高校培养的人才，不仅是整个社会中思想最为活跃、精力最为旺盛、最具独立意识和创造精神的优秀代表，而且是和谐校园的建设者、受益者和弘扬者，他们不仅代表着现在，而且代表着未来。因此，培养一代又一代的和谐发展的青年大学生，为社会主义现代化建设培养高素质的建设者和接班人，是高校的价值体现，也是高校和谐校园建设的本质意义所在。

高校是社会主义精神文明建设的重要阵地、示范区和辐射源，高校的思想观念、行为方式、价值取向，对我国社会各个阶层、各种社会组织都会产生积极而深远的影响，和谐校园创造的高度的文明进步氛围和展现的鲜活的时代特征对整个社会产生的积极影响，在和谐社会构建中起着重要的示范和引领作用。因此，构建高校和谐校园以示范社会，发挥和谐辐射作用，为构建和谐社会作出贡献，是高校义不容辞的责任。高校理应在构建和谐社会中走在时代前列，成为构建社会主义和谐社会的排头兵。与此同时，在构建和谐社会的进程中，高校也具备先行一步的条件。② 首先，高校是社会大系统中一个相对独立的子系统，是社会组织的一种特殊形式。高校这一相对独立性决定了先行一步构建高校和谐校园的可能性。因为高校的相对独立使构建和谐校园的设想和规划能够在最大限度内实现有效的组织落实、思想落实和政策落实。这是构建和谐校园不可或缺的前提条件。其次，高校是知识的殿堂，汇聚了各学科各领域的专家学者。高校广大师生是校园的主人，也是高校建设发展的主体，构建和谐校园需要广大师生具备较高的素质。高校教师群体代表着社会的先进文化和先进生产力，是整个社会中素质

---

① 纪宝成：《高校要负起建设和谐社会的责任》，《光明日报》2005 年 3 月 13 日。
② 李朝鲜，刁晶辉：《大学在构建社会主义和谐社会中的特殊使命》，《北京教育》（高教版）2005 年第 6 期。

最高、最富有活力的群体。同时，高校的特定功能不仅要求高校教师本身就是先进文化、先进科学技术知识的创新者、研究者、传播者，而且也要求高校教师担负人才培育的特殊使命。在高素质教师的培育下，数以万计的青年大学生迅速成长为先进文化和先进科学技术知识的创新者、研究者、传播者和实践者，成为有理想、有道德、有文化、有纪律的"四有"新人。这是高校构建和谐校园得天独厚的人才优势。最后，党和政府对高等教育的重视，特别是加强和改进大学生思想政治教育工作的政策措施为构建和谐校园提供了切实保证。胡锦涛同志在全国加强和改进大学生思想政治教育工作会议上的讲话中要求："各级党委和政府要从贯彻落实邓小平理论和'三个代表'重要思想的高度，把加强和改进大学生思想政治教育工作作为提高党的执政能力、巩固党的执政地位的一项重要工作，摆在更加突出的位置，切实担负起政治责任。各级政府要把社会各方面的力量动员起来，把社会各方面的资源整合起来，使它们充分发挥作用，密切配合，积极营造大学生健康成长的良好社会环境。"① 这是高校构建和谐校园的根本保证。

百年大计，教育为本。构建社会主义和谐社会有赖于和谐高等教育的构建，而构建和谐高等教育以构建和谐校园为基础和先导。高校是传承人类文明、传播先进文化的重要阵地，也是推进和谐文化建设的重要策源地和战略高地，高校所产生的思想和文化对整个社会具有强大的辐射力、影响力。推进和谐校园建设，有利于通过大学这个"蓄水池"，传承中华民族的"和合"文化，为全社会存储丰厚的和谐文化积淀；有利于通过大学这个"孵化器"，培养出具有和谐文化"基因"的莘莘学子，造就一代代和谐文化的自觉传播者和忠实践行者；有利于通过大学这个"思想库"，创造出承载和谐精神的各种文化产品，向社会广泛传播和弘扬。② 通过建设高校和谐校园，发展社会主义和谐文化，不断巩固和谐社会建设的精神支柱，将为社会主义各项事业的和谐发展创造更为有利的文化和教育环境，夯实构建社会主义和谐社会的基础。

---

① 胡锦涛：《加强改进大学生思想政治教育工作》，《人民日报》2005 年 1 月 19 日。
② 夏宝龙：《全面落实科学发展观推进高校和谐校园建设》，《中国高等教育》2006 年第 19 期。

第二章　高校网络文化与和谐校园建设

和谐校园在本质上体现为一种和谐的文化精神。建设和谐校园，既包含校园文化的建设和发展，也需要校园文化的引导和支撑。校园文化为构建和谐校园提供思想保证和精神动力，是构建高校和谐校园的关键。没有和谐的校园文化，和谐校园的目标就难以实现。随着人类信息数字化时代的来临，网络文化正在全球兴起，高校作为网络文化发展的前沿阵地，高校网络文化已成为校园文化的重要组成部分，渗透到校园文化生活的各个层面，对高校师生的思维方式、价值观念、精神世界的改变起着巨大的作用，影响着校园文化的发展方向、内涵扩展及形式更新，在高校和谐校园建设中的地位和影响越来越突出。党的十六届六中全会强调："加强对互联网等的应用和管理，理顺管理体制，倡导文明办网、文明上网，使各类新兴媒体成为促进社会和谐的重要阵地。"

2.1　文化与高校校园文化

"人类社会每一次跃进，人类文明每一次升华，无不镌刻着文化进步的烙印。"① 高校作为一个文化机构，建设和谐校园，既包含校园文化的建设和发展，也需要校园文化的引导和支持。准确理解和界定"文化"和"校园文化"，对于加快高校和谐校园建设具有重要意义。

2.1.1　文化

文化是人类社会的现实存在，具有与人类本身同样古老的历史。"文化"是中国语言系统中古已有之的词汇。在中国，文化一词始于我国最早的哲学著作《周易·贲卦》："观乎人文，以化成天下"，意指文治教化之意。到了近代，梁启超、蔡元培、梁漱溟、陈独秀等人都曾对文化的概念作过进一步的阐释，梁启超在《什么是文化》中称："文化者，人类心能所开释出来之有价值的共业也。"在西方，"文化"一词，英文、法文都写作 Culture，它是从拉丁文中演化来的，拉丁文 cultura 含有耕种、居住、练习、留心或注意等意项。19 世纪中叶，一些新的人文学科如人类学、社会学、民族学等在西方兴起，文化的概念从而发生了变

---

① 胡锦涛：《在第八次全国文联、第七次全国作代会上的讲话》，《人民日报》2006 年 11 月 11 日。

化，逐步成为概括以上新兴学科的具有现代色彩的重要术语。最早把文化作为专门术语来使用的是被称为"人类学之父"的英国人泰勒，他在 1871 年发表的《原始文化》中第一次把文化作为一个中心概念提出来，并将它的涵义系统表述为："文化或文明，就其广泛的民族意义来说，乃是包括知识、信仰、艺术、道德、法律、习俗和任何一个人作为一名社会成员而获得的能力和习惯在内的复杂整体。"1952 年，美国学者克鲁柯亨发表《文化概念》一文，对西方自 1871 年至 1951 年期间关于文化的 160 多种定义作了清理与评析，并在此基础上给文化下了一个综合定义："文化由外显的和内隐的行为模式构成；这种行为模式通过象征符号而获得并传递；文化代表了人类群体的显著成就，包括他们在人造器物中的体现；文化的核心部分是传统的（即历史的获得和选择的）观念，尤其是他们所带来的价值；文化体系一方面可以看作活动的产物，另一方面则是进一步活动的决定因素。"① 这一文化定义在世界上有着广泛的影响。

在中国，文化是一个内涵丰富、外延宽广的多维概念。人们在使用"文化"这一概念时，其内涵、外延差异很大。在通常意义上，人们所使用的文化大致有以下几种含义：一是指人类在社会历史发展过程中所创造的物质财富和精神财富的总和；二是指人类在社会历史发展过程中所创造的精神财富，即观念形态的文化、社会的意识形态以及与之相适应的制度，包括宗教、信仰、风俗习惯、道德情操、学术思想、文学艺术、科学技术、各种制度和组织机构等；三是指在某一领域体现的观念、道德和行为习惯等，如企业文化、饮食文化等；四是考古学用语，指同一个历史时期的不以分布地点为转移的遗迹、遗物的综合体，同样的工具、用具、制造技术等是同一种文化的特征，如仰韶文化；五是指运用语言文字的能力及一般知识，如高中文化程度，传统意义上所说的一个人有或者没有文化，是指他所受到的教育程度。

在本文中的"文化"是指人类在社会历史发展过程中所创造的物质精神财富。文化学专家刘守华先生认为，文化系统中同人与自然、社会、自己的三个关系相对应或相联系地存在着物质生活、社会生活和精神生活方面的文化，即物质文化、制度文化、行为文化和精神文化。物质文化处于文化结构的表层，制度文化和行为文化居于文化结构的中层，精神文化潜沉于文化结构的里层。② 物质文化由物化的知识力量构成，是人的物质生产活动及其产品的总和，是可感知的、具有物质实体的文化事物；制度文化由人类在社会实践中建立的各种社会规范构成；行为文化以民风民俗形态出现，见之于日常起居动作之中，具有鲜明的民族、地域特色；精神文化由人类社会实践和意识活动中经过长期蕴育而形成的价值观念、审美情趣、思维方式等构成，是文化的核心部分。

---

① 庄锡昌等：《多维视野中的文化理论》，浙江人民出版社 1987 年版，第 117 页。
② 刘小牧，林喜臣：《对我国高校校园行为文化建设的思考》，《河南教育》2008 年第 8 期。

2.1.2　高校校园文化

1. 校园文化的提出

校园文化作为一种文化现象，它的产生与学校的形成同步。因为文化是人类对自然的认识与超越，学校教育是文化传播和演化的重要方式。换言之，人类的文化导致了学校的产生，同时决定了学校在整个社会中的特殊地位和作用，即传播文化、培育新人、继承和创建社会文明。因此，校园文化与学校同时渊源于人类文明的进化，校园文化从校园逐渐形成相对独立的社会群体开始就存在并发挥着作用。然而，人们对二者的认识并非同步，比较而言，校园文化作为独立的理论研究对象出现较晚。

校园文化概念最早是由美国社会学家华勒和美国利物浦大学哲学博士、台湾师大教育研究所所长林清江先生提出的。而在中国大陆，一般认为校园文化概念的提出是在 20 世纪 80 年代中期。1986 年 4 月，上海交通大学举行的第 12 届学代会正式提出了"校园文化"，1986 年 5 月，共青团上海市委学校部组织召开了"校园文化理论研讨会"。几乎是在同时，华东师范大学率先举办了首届"校园文化建设月"活动。随后，上海交通大学、华东化工学院和复旦大学等院校相继推出了以建设校园文化为宗旨的校园文化艺术节活动，并迅速影响到全国各地高校。1992 年，江泽民同志在党的十四大报告中指出"搞好社区文化、村镇文化、企业文化、校园文化的建设，进一步开展军民共建、警民共建文明单位等群众性活动，把精神文明建设落实到城乡基层"。这表明校园文化建设已经成为社会主义精神文明建设的重要组成部分。1994 年，中共中央、国务院颁布了《关于进一步加强和改进学校德育工作的若干意见》，提出要"重视校园文化建设"，把校园文化作为加强和改进德育工作的重要形式，推动了校园文化的蓬勃发展。2004年，中共中央、国务院颁布的《关于进一步加强和改进大学生思想政治教育的意见》明确提出"要建设体现社会主义特点、时代特征和学校特色的校园文化，形成优良的校风、教风和学风。大力加强大学生文化素质教育，开展丰富多彩、积极向上的学术、科技、体育、艺术和娱乐活动，把德育与智育、体育、美育有机结合起来，寓教育于文化活动之中。坚决抵制各种有害文化和腐朽生活方式对大学生的侵蚀和影响。"同年，为贯彻落实《中共中央国务院关于进一步加强和改进大学生思想政治教育的意见》精神，教育部和共青团中央就加强和改进高等学校校园文化建设颁布了《关于加强和改进高等学校校园文化建设的意见》，进一步明确高校校园文化建设的总体要求、主要任务、建设内容、组织领导和保障机制。

2. 高校校园文化的内涵

"校园文化"的提出，特别是高校校园文化艺术节活动现象的出现，不仅给高教理论研究注入了全新内容，而且也受到学界的高度重视，引起了研究热潮。

1990 年 4 月在北京召开的全国校园文化理论研讨会，揭开了国内研究校园文化的帷幕，校园文化的理论著作和文章也不断见诸报端，校园文化的研究越来越系统、越来越深入。

在关于校园文化的研究中，人们对校园文化概念的阐述众说不一，主要有以下几种不同的观点。（1）校园文化是知识密集、人才集中的高等学府所具有的特定的精神环境和文化氛围，它是社会文化的亚文化，它包括"显性课程"和"潜在课程"两个部分。（2）校园文化是依附于学校这个载体，并通过学校载体来反映和传播的各种文化现象。这种文化现象反映着学校的特点、面貌和个性等。（3）校园文化是"除了教学、科研以外的一切文化活动、文化交流、文化设施以及由此而产生的思想文化成果"。[①]（4）校园文化是"以大学生为行为主体的一系列文化活动"[②]。（5）校园文化是校园内的实践活动（主要是教学、科研）及其所创造的精神财富。（6）校园文化作为整个社会文化背景中的子系统，它是指学校校园的文化氛围和学生生存的整个环境。（7）校园文化是学校以青年学生特有的思想观念、心理素质、价值取向、思维方式等为核心，以具有校园特色的人际关系、生活方式、行为方式以及由青年学生参与创办的报刊、讲座、社团、沙龙及其他文化活动和各种文化设施为表征的精神环境、文化氛围。（8）校园文化是全体师生共同遵循的人生指导原则以及在这些原则指引下形成的以教学和科研为主的运作方式和群体生活风貌。（9）校园文化是以校园为空间，以学生、教师为参与主体，以课外文化活动为载体，以文化的多学科、多领域综合交叉、广泛交流及特有的活动方式为基本形态，具有时代特点的一种群体文化。（10）校园文化是指在学校这个特定的环境中所拥有的价值观的集合，也就是校园的物质文明和精神文明建设。（11）校园文化是"学校师生通过教育与教学活动所创造和形成的精神财富、文化氛围以及承载这些精神财富、文化氛围的活动形式和物质形态"。（12）广义的校园文化是高等学校生活方式的总和。它以生活在校园内的大学生、教师和干部为主要群体，以别于其他群体。它是在物质财富、精神产品和氛围以及活动方式上具有一定独特性的文化类型。它应包括以下四个方面的文化：智能文化（学术水平、学科设置、科研成果等）；物质文化（文化设施、校园营造等）；规范文化（学校制度、校风校纪、道德规范等）；精神文化（价值体系、观念、精神氛围等）；狭义的校园文化是指在各高等院校历史发展过程中形成的，反映着人们在生活方式、价值取向、思维方式和行为规范上有别于其他社会群体的一种团体意识、精神氛围。它是维系学校团体的一种精神力量，即凝聚力和向心力。[③]（13）校园文化是一种管理文化，是一种教育文化，是一种微观组织文化。校园文化是指学校全体师生在长期的办学过程中培育形成并共同遵循

---

① 秦绍德：《试论校园文化》，《高教研究》1988 年第 4 期。
② 文楠生：《略论校园文化》，《高教与人才》1992 年第 1。
③ 潘懋元：《新编高等教育学》，北京师范大学出版社 2002 年版，第 560 页。

的最高目标、价值标准、基本信念和行为规范。[①]

总的来说,对校园文化的认识不尽一致,说明人们的研究在不断深入,而且这些观点都有一定的道理,也不无相近之处,只是阐明的角度不同。概括地讲,主要有三种看法。一种是狭义的理解,把主体定为大学生、把时间定在课外、把内容限定在美育的范畴。二种是广义的理解,认为校园文化是学校两个文明的总和,不仅包括非物质文化,而且包括了物质文化。三种是介于以上两种理解之间,认为校园文化仅包括学校的思想、意识、观念及情感、传统习惯等方面。[②]对于高校校园文化及其内涵的理解应体现以下几点。(1)"校园文化"的载体"校园"专指实施高等教育的高等学校校园,以区别于实施基础教育和中等教育的初等学校校园和中等学校校园。同时这里的高等学校也不仅限于冠以大学称谓的高校。(2)"校园文化"的主体是校园内的师生,而且是学校发展历程中的历代校园人,所以校园文化具有鲜明的历史性,是历届师生共同努力、创造传承的文化积淀。(3)高校校园文化作为社会文化的反映和子文化,既反映社会母体文化的一般属性,又具有自身的特殊性。从文化存在的形态着眼,可将高校校园文化内容划分为四个层次,即物质文化、制度文化、行为文化和精神文化。[③]校园物质文化,即体现于校园内物质层面的文化;校园精神文化,即校园人的思想、信念、观念层次的文化;校园行为文化,即学校师生的行为方式层面的文化;校园制度文化,即学校师生必须遵守的规章制度以及组织形式。

在此理解的基础上,笔者赞同这样一种观点,即高校校园文化是指在高校育人环境中,以社会主义先进文化为主导,以促进学生成才为目标,在高校长期发展中由全体师生在教育、教学、科研、管理、生活等各个领域互相作用、共同创造的校园环境、制度规范、校园精神和活动形式等物质财富和精神财富的总和。它的空间范围是指高校校园,它的主体包括学校的广大教师、大学生和工作人员;校园文化建设的客体或对象是大学校园中各种物质制度形态、内在精神及活动形式的总和,即校园文化建设的主要内容。[④]

3. 高校校园文化的特征

高校校园文化是人类社会长期累积的优秀文化的缩影。校园文化是一种追求真理、崇尚学术、严谨求实的文化,它充分反映了一所学校的总体精神面貌,是高校赖以生存、发展的重要根基和血脉,也是不同高校间相互区别的重要标志和特征。不同高校有着特色各异的校园文化,但是从根本上说,校园文化是一种育人的气候和氛围,都是通过教育、引导、陶冶、激励等,优化育人环境、达到育人的目的。因此,不同高校的校园文化也必然具有共同的特点。

第一,多元性。一方面,校园文化作为社会文化的组成部分,必然受到社会

① 张德、吴建平:《校园文化与人才培养》,清华大学出版社 2001 年版,第 10—12 页。
② 史洁等:《校园文化的内涵及其结构》,《中国高教研究》2005 年第 5 期。
③ 刘小牧,林喜臣:《对我国高校校园行为文化建设的思考》,《河南教育》2008 年第 8 期。
④ 邹志强,陈锦秀:《大学校园文化的内涵和载体浅析》,《高教研究》2006 年第 2 期。

经济文化状况的影响和制约。由于当前经济成分和经济利益多元化导致的社会文化多元化，同时由于网络的广泛使用，各种价值取向、思想观念渗入高校，再加上各高校校园文化主体的文化修养、知识结构、志趣追求的差异，使得高校校园文化呈现出多元性。另一方面，培养人才是高校的主要职责，而发挥和强化校园文化在提升人才培养质量方面的作用，需要融合多元文化。一所大学之所以能名扬四海，不是因为它只传授一种"正确"的思想及一种"正确"的价值观，而是因为它是交流思想的"自由市场"。① 在多元文化激荡、碰撞与交融的大背景下，高校校园文化既秉承本性，又海纳百川，为培养具有创新意识和创业能力的人才奠定了优越的条件和坚实的基础。"杂交文化的超常活力和多元文化的宽容精神相辅相成，给发明创造提供了最丰富的营养剂。"② 高校这种兼容并包的博大胸怀，能够不断激发大学生的创造热情，锻造大学生的创业精神，历练大学生的优良的个性品质。

第二，导向性。社会经济文化状况和高校的特性决定了各种各样的思想、理论、观念和思潮都在高校汇聚和碰撞，从而决定了高校校园文化是多种文化的融合。但是不管校园文化在形式和内容上如何具有多元性，我国高校的性质以及根本任务决定了校园文化必须具有主导性，即要导向培养社会主义事业的建设者和接班人、导向集体主义价值观念的确立、导向爱国主义高尚情操的陶冶。校园文化不是一个独立的物质形态，它依附在学校肌体之上，并牵动和导引着这个肌体的思维和行动。校园文化决定着学生的发展方向，左右着学生的价值判断、思维方式和行为习惯，是每一个学生深层次的精神追求和严格要求的行为准则。大学生在思想上和政治上尚不成熟，容易良莠不分地加以吸收，从而影响大学生的成长成才。因此，校园文化必须用社会主流价值观，引领学生寻找精神家园，追求大学的精神文化，引导大学秉持与社会核心价值观相适应的价值取向，对学生产生终生的影响。

第三，教育性。现代著名哲学家、教育家梁漱溟把文化的特性概括为，"文化并非别的，乃是人类生活的样法"，"生活上抽象的样法是文化"。③ 换言之，校园文化乃是培养人的沃土，这是对校园文化育人功能的深刻概括。高校校园文化是社会文化的高层次形态，具有强大的育人功能，在大学生的成长成才成功中发挥着重要的作用。德国古典哲学家康德认为，文化就是指那些属于使人愈来愈远地摆脱动物界的人类内在的规定性。据此，可以认为，高校校园文化的实质就是"大学人化"，即高校校园文化的目的是为了培养学生成人、成才、成功。校园文化建设旨在优化育人环境，使得广大师生有一个良好的教学生活环境。因此，尽管校园文化的表现形式可以多种多样，但如果体现不出教育的职能，那

① 张金辉：《耶鲁大学成就一流学府的经验分析》，《河北大学学报》（哲学社会科学版）2007 年第 2 期。

② 何道宽：《论美国文化的显著特征》，《深圳大学学报》（人文社会科学版）1994 年第 2 期。

③ 《梁漱溟全集》第 1 卷，山东人民出版社 1989 版，第 380—381 页。

么，校园文化也就没有存在的意义。通过开展校园文化活动，使校园文化成为思想政治工作、教学工作和管理工作的载体，学生可以在具体的活动中充分得到教育和锻炼，逐步提高思想素质和文化素养。

第四，参与性。校园文化的参与性，一方面是指校园文化是高校校园人在校园生活中相互作用、共同创造的。校园文化实质上即是"大学人化"，是广大高校自己本质力量外化与对象化的创造结晶。高校校园中的"人"包括教职员工、学生和管理者，他们在校园生活中共同创造了校园文化。另一方面，校园文化的参与性体现在校园文化无论从形式上还是内容上，都给每一个师生提供了参与的机会与条件，在参与中提高能力与素质和促进自身和谐发展。广大师生校园生活的过程是校园文化外化的过程，也是一个逐步开发自身知、情、意、行，彰显大学人求真、向善、审美、创新的生命特性，丰富大学人的办学理念、思维方式、审美情趣和价值取向，从而提高大学人的能力与素质，促进大学人的全面和谐发展的过程。广大师生在创造了校园文化的同时，也在以文化塑造着自己。兰德曼在《哲学人类学》中指出："不仅我们创造了文化，文化也创造了我们。个体永远不能从自身来理解，他只能从支持他并渗透于他的文化的先定性中获得理解。"[①]

第五，传承性与时代性。校园文化发展与繁荣的过程，也就是校园文化传承与创新的过程。《大学》曰："物有本末，事有终始。知所先进，则近道矣"。曾任英国剑桥大学常务副校长的著名学者阿什比生动地描绘了大学的形成及其影响因素：大学"保存、传播和丰富了人类的文化。它像动物和植物一样向前进化。所以任何类型的大学都是遗传与环境的产物"。[②] 高校校园文化是高校在不断发展进步的历史过程中逐步沉淀累积而形成的，而且校园文化形成之后，其精神必然代代相传、相沿成习，不会因时代或社会制度的不同而消失。同时，校园文化是环境的产物，必然会随着时代环境的变化而发展并赋予了时代内涵，从而决定了校园文化的发展具有时代性。

第六，科学性与思想性。高校是一个科学和学术氛围浓厚的地方，高校的校园文化本身就极富知识与智慧，有较强的科学性。同时高校的校园文化主体还具有精神境界较高、思想敏锐的特点，因此又使校园文化的构建具有较强的思想性。

第七，独立性与开放性。校园文化以其特定的创造环境、创造主体、创造途径以及创造成果，形成了区别于社会文化和其他亚文化的独立体系。同时，校园文化又不是"经院文化"，具有开放性，它不可能脱离社会和社会文化独立地生存与发展。

第八，稳定性与可塑性。校园文化作为学校精神、传统、作风的综合体现，必然带有这所学校特定历史条件下的历史积淀，从而使校园文化具有稳定性。同

---

① 兰德曼：《哲学人类学》，工人出版社年版 1988，第 273 页。
② 阿什比：《科技发达时代的大学教育》，人民教育出版社 1983 年版，第 7 页。

时，校园文化不仅要受到大学生的思想活跃程度、价值取向和人格的影响，而且还要受高校培养目标和教育职能的支配与教育者对其施加的影响，因而校园文化又具有可塑性。

2.1.3　高校校园文化与社会文化的关系

高校校园文化作为社会文化的亚文化，是社会文化不可或缺的有机组成部分。一般地讲，两者的关系，既有部分与整体、局部与全局的关系，又有个别与一般、特殊与普遍、个性与共性的关系。社会文化是校园文化的基础，校园文化是社会文化作用于学校，由学校自身进行内化的结果，同时，校园文化具有相对独立性，对社会文化发挥着促进作用。

1. 社会文化是校园文化发展的基础

校园文化作为社会文化的亚文化，其发展必然受社会文化的制约和影响。

一方面，社会文化是校园文化十分重要的输入来源，校园文化要受社会文化的影响和制约。校园文化所处的亚文化地位决定了它必须与社会环境相适应，它的发生、发展都要受到作为主导文化的社会文化的影响和制约。有学者指出，高校校园文化的形成不是一朝一夕完成的，一所大学从创立起就不断地有选择性地吸纳社会文化，并将其进行归整，使之成为自身文化的重要组成部分，并将其作为一个相对稳定的促成分子予以传播、保留。在漫长的发展历程中，经过数代人的不断调整、升华，最终成为大学校园文化的精华。[①] 高校校园文化来源于社会文化，但又不是全盘吸收，高校对它所吸取的文化要进行理智的批判和选择，吸收和选择社会文化中对其有益、能为其所用的东西，即使这种吸收是非强制性的。

另一方面，社会文化提供校园文化教育的内容，社会文化对校园文化具有强大的渗透力。正因为社会文化是校园文化的源泉，所以校园文化一旦与社会文化相脱离，就会成为无源之水。社会文化对校园文化的渗透能给校园文化以丰富的营养，促进校园文化的发展。当然，社会文化中一些不健康的消极东西，如果渗透到校园文化之中，也会阻碍和影响校园文化的健康发展。

可见，校园文化的发展受社会文化的制约和规定，它要以一定的社会价值观为指导，进而从属于社会文化；社会文化的主导地位和其规范性作为一种指导校园文化的标准而存在，在一定程度上规定着校园文化的发展目标、方向和程度。

2. 校园文化孕育、创新和引领社会文化

高校校园文化作为一种亚文化，虽然来源于社会文化，受制于社会文化，但又不同于一般的社会文化。高校校园文化具有独立性，对它所汲取的文化要进行理智的批判和选择，对社会文化有强大的反哺作用，它要引领和促进社会文化的

---

① Blackmore, S. *The m em eM achine* [M]. New York：Oxford：Oxford University Press，1991.

发展。

传承文化是高校的基本功能，研究文化是高校的活动基础，创新文化是高校的崇高使命。"大学要创造新思想、新知识、新文化，引领社会前进，努力实现服务社会与引领社会的和谐统一。"① 高校不但在知识传授、信息传播等方面成为社会的文化先导，而且往往是新思想的萌发地。

首先，从高校校园文化与其他社会亚文化的比较来看，对于社会文化中的消极文化和无法与自身相融的文化，高校校园文化就像一张很密的过滤网一样，以其强大的排斥力将它们拒于校门之外；对于社会文化中那些先进性的、创造性的和与自身文化相融的文化，高校校园文化以其强大的吸引力将其兼容并蓄。

其次，高校集聚了思想最活跃、最敏锐的知识分子群体，往往能够较多较快地接受世界文化的新成果，并较敏感地领悟到未来社会发展的新趋势，主动地迎合主流趋势并变革校园文化，使高校校园文化能够成为社会先进文化，能够接近文化发展的最前沿，对社会具有强大的辐射力、影响力，从而引领社会文化发展。从历史上看，一些新思想、新观念常常是由校园走向社会并影响社会的。

可见，高校校园文化是新思想萌生的催化剂，是先进文化创新的重要载体，它既从先进文化中汲取营养和力量，又为发展先进文化提供强大动力，做出巨大贡献，引领着社会文化的发展。现代社会的发展愈来愈依赖科学文化，社会的发展热切期待着高校创造出更多更好的精神产品和文化财富。高校通过包括校园文化在内的各种途径，向社会传播现代文明，为提高全民族的科学文化素质作出贡献，校园文化的影响力和辐射性也在此过程中进一步扩大，为推动社会文化的发展发挥积极的作用。

2.2　高校校园文化在和谐校园建设中的价值与作用

高校作为社会先进文化的汇聚地和培养人才的摇篮，在构建和谐校园过程中，文化因素深深地渗入其间，为和谐校园建设提供思想保证、精神支撑。离开了文化，就没有和谐校园的根基，就没有和谐校园的发展方向。建设和谐校园必须从校园文化建设入手，积极构建开放、民主、和谐的校园文化，全面提升高校的文化品位。正如胡锦涛同志所指出的那样："繁荣社会主义先进文化，建设和谐文化，为构建社会主义和谐社会作出贡献，是现阶段我国文化工作的主题。"② 高校只有具备了富有中国特色和时代特征的校园文化，才能实现和谐发展，构建和谐校园的目标才能实现。

---

① 田建国：《和谐社会视野中的大学和谐校园建设》，《云南师范大学学报》（哲学社会科学版）2006年第 1 期。

② 胡锦涛：《在第八次全国文联、第七次全国作代会上的讲话》，《人民日报》2006 年 11 月 11 日。

2.2.1　文化的功能与作用

文化功能，是指文化作为社会系统中的一个要素在与社会其他要素以及社会整体相互作用中所表现出来的功用和效能。① 文化的功能通过文化的作用表现出来。

1. 文化的功能

文化是一个多功能的体系，在人类社会中处于核心地位，是人类社会的灵魂。具体分析其功能，大体可归结为以下几种。

第一，记录和传播功能。首先，文化作为一种复杂的符号系统，具有记录人类各种活动的功能。语言和文字是文化的主要载体。人类正是凭借文化的记录功能，不断积累知识经验，并在前人的基础上，持续开拓深广的认知领域，创造出更加灿烂的新文化。其次，文化有着传递文化信息的功能。文化传播和交流是文化发展的基本动力。如果没有文化传播，任何文化都不会葆有生机和活力，最后都将消亡。可以说，文化即传播，传播即文化。语言和文字是文化传播的重要载体。文化的记录和传播功能，能够使人类文化的传递突破时空的限制，超出人类直接经验的范围，把人类的过去、现在和将来，把直接经验和间接经验连接在一起。② 恩格斯曾以自然科学为例做过说明："现当代自然科学已经把一切思维内容都来源于经验这一命题以某种方式加以扩展，以致把这个命题的旧的形而上学的界限和表述完全抛弃了。由于它承认了获得性的遗传，便把经验的主体从个体扩大到类；每一个体都必须亲自去经验，这不再是必要的了，个体的个别经验在某种程度上可以由个体的一系列祖先的经验的结果来代替。"③ 文化的这一功能，也使得人类文明成果能够在更大的范围内传播开来，从而对人类社会生产力的进步起到促进作用。

第二，认识功能。文化首先是一种知识体系和认知方式，提供了历史上积累下来的各种知识作为进一步认识事物的阶梯，并以特有的方式渗透在认识主体、中介系统和认识客体中，制约和规范着人类认识。不仅如此，文化还是一种解决问题的方法论，给人们提供了解决问题的思路。自然科学知识、社会科学知识、心理及思维知识，都是文化，都能起到这种作用。

第三，调控功能。文化的调控功能，是指文化具有对社会成员的活动进行调控的实践功能。文化是社会的调控器。社会是人的社会，而每个人所处的环境、自身素质和物质精神需求又不尽相同，因而始终存在人与自然、人与社会、人与人的矛盾。如果这些矛盾不能妥善解决，社会生活就会陷入无序状态。从人类社会发展的历史看，人们解决这些矛盾常常采取多种手段，而依靠文化的力量去化

---

① 鄢本凤：《社会主义和谐文化建设研究》，人民出版社 2010 年版，第 17 页。
② 鄢本凤：《社会主义和谐文化建设研究》，人民出版社 2010 年版，第 27 页。
③ 《马克思恩格斯选集》第 4 卷，人民出版社 1995 年版，第 365 页。

解这些矛盾就是其中不可或缺的方面。这是因为，法律、理想、道德、礼俗、情操等文化因子，内含着社会主体可以"做什么"和"哪些不可以做"，"应该怎样做"和"不应该那样做"的意蕴。所以，要化解人与自然、人与人、人与社会等种种矛盾，就必须依靠文化的熏陶、教化、激励的作用，发挥先进文化的凝聚、润滑、整合作用，通过有说服力的、贴近民众的方式，将真诚、正义、公正等文化因子潜移默化地植入民众的心田。只有这样，一个社会才能健康、有序、和谐和可持续发展。

第四，教化功能。文化的教化功能，是指文化通过知识体系、价值规范、思想信仰和行为方式影响人的行为，使人能够有效地适应社会环境和人际关系。马克思指出："要改变一般的人的本性，使他获得一定劳动部门的技能和技巧，成为发达的和专门的劳动力，就要有一定的教育或训练。"① 马克思在这里强调的就是文化的教化功能。文化是人创造的，文化一旦被创造出来，又作为一定的文化环境，影响和制约着人。文化一词的基本含义是"以文化人"，即按照人文来进行教化。教化人、塑造人是文化的根本功能。人就是在文化的影响、塑造中自我完善的。一个人来到人世间，必须通过一定时期的学习和教育，才能逐渐脱离动物性，成为一个社会人。在人的社会化过程中，文化环境起着极其重要的作用。在文化环境中，父母教他学说话，教他识别器物，教他爱憎。入学后，学校教他知识，教他做人。社会上各种道德伦理、法律规章，风俗习惯、礼仪礼节，引导他适应社会。文化通过耳濡目染、潜移默化的方式，使人按照社会的价值取向来思想和行动。

第五，凝聚功能。文化的凝聚功能，是指文化具有形成社会共识、保持社会认同的功能。文化是民族的"心理水泥"。作为民族之根、民族的精神血脉，文化具有凝聚全民族的功能。文化的凝聚功能是教化功能的延伸。因为文化可使一个社会群体中的人们，在同一文化环境中得到教化，为他们的思维方式、价值观念涂上基本相同的"底色"，形成稳定的民族认同，而紧紧团结在一起，产生巨大的认同抗异力量，维系民族的生生不息。文化的凝聚功能在不同民族的文化交往中表现得尤为明显。马克思指出："认同自身的关系只有通过他同他人的关系，才成为对他来说是对象性的、现实的关系。"② 一个民族只有在与其他民族的比较中，才能充分认识到自身的民族性。不同民族的人们通过与不同文化的比较，确认自己不同的社会和民族归属，从而产生与其相应的社会和民族认同感。

第六，动力功能。文化是人类社会的灵魂，也是人类社会发展的内在驱动力，是人类社会不断进化发展、实现自身本质力量的重要手段。人类社会发展的历史表明，当一种旧制度、旧体制无法适应生产力、无法适应经济基础进一步发展需要的时候，文化对新制度、新体制的建立起着重要的先导作用。蕴藏在新制度、新体制中的文化精神，一方面为批判、否定和超越旧制度、旧体制提供锐利

　① 《马克思恩格斯全集》第 23 卷，人民出版社 1995 年版，第 195 页。
　② 《马克思恩格斯全集》第 42 卷，人民出版社 1995 年版，第 99 页。

武器，另一方面又以一种新的价值理念，给人们以理想、信念的支撑，推动革命阶级和人民群众去变革社会，促进社会制度的创新发展。文艺复兴对于资产阶级革命的推动和资本主义制度的建立，五四运动对于新民主主义革命的推动和新中国的建立，20 世纪 70 年代后期的真理标准大讨论和思想解放对于改革开放的推动和社会主义市场经济体制的确立，都证明了文化的强大动力作用。

第七，价值功能。文化是社会价值选择的指南针。任何社会形态的文化，本质上不只是对现行社会的肯定和支持，而且包含着对现行社会的评价与批判，它不仅包含着这个社会"是什么"的价值支撑，而且也蕴含着这个社会"应如何"的价值判断，以维护这个社会的稳定和引导其持续发展。文化是人们行为意义的度量衡。人所生活的环境，奉行什么样的文化模式，推广和灌输什么样的价值观，人就会通过接受教化的过程，通过不断处理与周边各种关系的过程，调整自己的观念和行为，以致于最终内化成为自己的价值选择和行为方式。文化作为一定的价值体系使人形成十分明确的价值需求和取向。人们通常根据这类需求和取向的基本要求，评价和判断一个人的"文化"程度，即看他的思想道德处于什么样的水准。文化是当代社会的"指示"系统，它不仅向人们昭示着追求高尚德性的准绳，而且规范着人们的行为选择，使人们的行为更具理性。

第八，创造功能。文化的本质在于创造。世界上没有一成不变的文化，创新是文化的本质属性。马林诺夫斯基认为，文化过程就是文化变迁。文化变迁是"现存的社会秩序、包括组织、信仰、知识以及工具和消费者的目的，或多或少发生改变的过程"。文化创新是一个民族的文化绵延不断的重要根源。在一定意义上说，文化发展的历史就是不断推陈出新、革故鼎新的历史。没有革故鼎新、推陈出新，就不会有文化的发展，也就没有社会的发展。

除上述功能外，文化还具有明显的审美娱乐功能。这一功能在音乐、舞蹈、戏剧、电影、电视、美术、文学等艺术领域最为明显。人们在参与这些艺术活动、欣赏这些艺术作品时会得到美的享受，感到身心的愉悦。

2. 文化的作用

文化作为一种精神力量，能够在人们认识世界、改造世界的过程中转化为物质力量，对社会发展产生深刻的影响。胡锦涛同志指出："当今时代，文化越来越成为民族凝聚力和创造力的重要源泉，越来越成为综合国力竞争的重要因素，丰富精神文化生活越来越成为我国人民的热切愿望。"[①] 早在党的十六大报告中就已经指出："当今世界，文化、经济和政治相互交融，在综合国力竞争中的地位和作用越来越突出。文化的力量，深深熔铸在民族的生命力、创造力和凝聚力之中。"[②] 综观人类社会发展的历史，文化的作用既表现在对社会发展的导向作用上，又表现在对社会的规范、调控作用上，还表现在对社会的凝聚作用和对社

---

① 胡锦涛：《在中国共产党第十七次全国代表大会上的报告》，《人民日报》2007 年 10 月 25 日。
② 江泽民：《全面建设小康社会，开创中国特色社会主义事业新局面》，《人民日报》2002 年 11 月 17 日。

会经济发展的驱动上。[①]

文化对社会发展进步的作用主要表现在以下几个方面。[②]

第一,文化是社会变革的先导。任何社会的文化,既是对现行社会的肯定和支持,也是对现行社会的评价和批判,它不仅包含着这个社会"是什么"的价值支撑,而且也包含着这个社会"应如何"的价值判断。人类社会发展的历史表明,当一种旧的社会制度无法运转下去的时候,文化对新的社会制度的先导作用就会十分明显。此时,文化一方面为批判、否定和超越旧制度提供锐利思想武器,另一方面又为人们描绘新制度的蓝图,给人们以理想、信念的支撑。因此,在新制度战胜旧制度的进程中,文化是社会变革的先导。

第二,文化是社会秩序的调控器。一种社会制度建立后,只有在一定秩序中才能正常运转。由于社会是人的社会,而每个人所处的环境、自身素质和物质精神需求又不尽相同,因而始终存在人与自然、人与社会、人与人的矛盾。如果这些矛盾不能妥善解决,社会生活就会陷入无序状态。要化解这些矛盾,文化是不可或缺的手段。通过发挥文化具有的教化、规范功能,使社会成员树立与社会要求相一致的价值观,规范社会成员的行为,明确可以"做什么"和"不可以做什么","应该做什么"和"不应该做什么"。只有这样,一个社会才能健康有序地可持续发展。

第三,文化是凝聚社会的黏合剂。在同一种社会环境中,文化对生活其中的人们产生同化作用,为他们的思维方式、价值观念、是非观、善恶观涂上基本相同的"底色",也为他们认识、分析、处理问题提供大致相同的基本点,进而化作维系社会的巨大力量。

第四,文化是经济发展的助推器。文化是一个社会经济政治的产物和反映,但文化一经形成,又对经济政治的发展产生巨大的反作用。文化对经济发展的推动作用表现在:一是文化赋予经济发展的价值意义,决定经济制度的选择,经济政策的制定;二是文化赋予经济发展以极高的组织效能。人不仅受文化熏陶,而且也依一定的原理相互认同,从而形成社会整体。文化的这种渗透力是人的社会性的体现,它能够促进社会成员之间沟通,保证经济生活在一定的组织内有序开展。三是文化赋予经济发展以更强的竞争力。经济活动所包含的先进文化因子越厚重,其产品的文化含量以及由此带来的附加值也就越高,在市场中实现的经济价值也就越大。

2.2.2 高校校园文化在构建和谐校园中的功能与作用

构建高校和谐校园,既要有雄厚的物质基础和坚强的政治保障,又要有良好的思想文化条件。和谐的高校校园文化对于构建和谐校园具有不可替代的重要作

---

① 顾伯平:《文化的作用》,《光明日报》2005 年 3 月 2 日。
② 鄢本凤:《社会主义和谐文化建设研究》,人民出版社 2010 年版,第 19 页。

用。胡锦涛同志指出:"和谐文化是全体人民团结进步的重大精神支撑。"① 构建高校和谐校园需要有文化作支撑,高校校园文化在校园和谐建设中具有特殊的功能,起着重要的作用。

1. 高校校园文化的功能

第一,导向功能。高校校园文化的导向功能体现在对高校师生整体和个体的价值观及行为取向起引导作用,使之符合高校所确定的目标。这种导向功能表现为:一是对高校每个师生的思想行为起导向作用;二是对高校整体的价值取向和行为起导向作用。校园文化所建立起的自身系统的价值和规范标准能够引导高校师生的行为心理,使广大师生接受共同的价值观,自觉把学校建设目标作为自己追求的目标。

第二,激励功能。高校校园文化的激励功能,是指当一种价值观被广大师生共同认可之后,就会成为一种黏合剂,从各个方面将师生聚集和团结起来,从而产生一种巨大的向心力、凝聚力和推动力,激发出个体和群体无穷的能量,进而为了学校的使命和声誉而开拓创新、勇往直前。而且校园文化满足了师生高层次需求,能够激发广大师生为学校建设发展而拼搏的精神。

第三,凝聚功能。高校校园文化的凝聚功能体现在巩固现有师生的团结,对新加入的师生有转化、融合的功能。校园文化所蕴含的价值观被学校成员共同认可后,这种价值观便转化为师生的黏合剂,从而产生巨大的向心力和凝聚力,从各个方面把师生团结在一起,为实现学校建设目标做出贡献。而新成员经过耳濡目染,会潜移默化受到熏陶,逐步融入到学校整体中去,成为校园文化的继承者和传递者。

第四,情感陶冶功能。教育旨在激发人的力量,而文化影响是高校内在的不可替代的教育力量。校园文化对师生的影响具有潜在性、深刻性和持久性。高校对师生真正有价值的东西,除了知识之外,便是它周围的生活和环境,广大师生正是在所处的文化氛围中接受文化的沐浴、情操的陶冶、道德的洗礼和人格的升华。校园文化的价值就在于通过文化氛围陶冶师生的心灵,使其产生"蓬生麻中,不扶自直"的教育成效。

第五,协调功能。这种功能主要体现为协调师生人际关系和思想冲突。高校是社会的晴雨表,各种社会思潮在这里聚集和激荡。同时,高校的改革发展也难免会产生各种思想的冲突和碰撞。良好的校园文化有利于师生情感的宣泄、思想的交流、认识的调整统一,从而潜移默化地协调师生的认识偏差,引导师生价值观的整合,获得个体和群体在发展目标上的一致,为和缓冲突提供软环境和机制,并为解决冲突提供理想渠道。

2. 高校校园文化在构建和谐校园中的作用

校园文化的上述功能决定了在构建和谐校园中具有重要的作用。这种作用体

① 胡锦涛:《在中国共产党第十七次全国代表大会上的报告》,《人民日报》2007 年 10 月 25 日。

现在为和谐校园建设奠定深厚的思想基础、注入强大动力、增强师生的凝聚力、提供坚实的道德支撑、营造良好的文化环境等几个方面。

第一，校园文化对于高校师生起着熏陶的作用，为和谐校园建设奠定深厚的思想基础。校园文化建设是建设高校和谐校园的必要要求。这是因为，无论人自身的和谐，或是人与人之间的和谐，还是人与环境的和谐，都离不开和谐文化的支撑。没有和谐的文化，就没有高校和谐的思想根基，也就不可能有建设和谐校园的实践追求。和谐校园建设必须以校园文化建设为基础和保障。共同的理想信念是维系校园和谐的精神纽带。社会的发展使人们的思想观念、价值取向、生活方式日趋多样化，如果没有共同的理想信念和奋斗目标，没有思想上、文化上的和谐，就难以聚集各方力量。建设和谐校园，必须要在广大师生中形成共同的理想信念和价值目标。文化主导着人们的价值观，校园文化作为师生最直接、最容易接触到的文化，深入到每天的学习与生活之中，对广大师生有着潜移默化的巨大影响。和谐校园文化，有利于形成学校的主流价值和全体师生共同理想，把校园的不同人群凝聚起来，使广大师生都能以服务校园和谐、促进校园和谐、实现校园和谐为己任，自觉摒弃破坏校园和谐、阻碍校园和谐的观念和行为，共创美好的和谐校园。

第二，校园文化为高校和谐发展注入强大的精神动力。文化虽是社会实践的结晶，但反过来也可以引导实践。"文化是作为社会的精神基础、社会各种形态的源泉而出现的，或者与此相反。"[①] 文化一旦被社会成员掌握，就会产生对社会的强大精神推动力。列宁曾指出："关于观念的东西转化为实在的东西，这个思想是深刻的，很重要的。"[②] 和谐的校园文化能够为高校发展提供精神动力，以引导高校向着正确的方向前进，推动高校的和谐发展。纵观大学发展史，每所成功的大学都离不开精神的支撑，校园文化是大学精神的载体，塑造出文明和谐的校园文化是实现高校和谐发展的关键。当今社会正处在一个急剧变革的时期，高校必须构建和谐的校园文化来引导和谐校园建设，以正确的理论作先导，才能使高校在建设过程中，既办出自身特色，又保持正确的方向，实现高效的和谐发展。

第三，校园文化能够增强高校师生的凝聚力。建设和谐校园，就是要使校园和谐成为全校师生普遍认同和追求的目标，使学校的发展目标、规章制度、人际关系和各项具体工作具有和谐的文化理念，使学校表现出极强的凝聚力和向心力，从而号召全体师生为和谐校园的建设而奋斗。文化具有凝聚功能，校园文化能够凝聚广大师生，使人人心系学校，关心学校的发展，不记个人得失，一心一意为学校的发展尽心尽力，从而形成一股人人向往和谐校园、人人服务和谐校园建设的向心力和凝聚力，共同为校园的和谐发展而努力。

第四，校园文化能够为高校和谐校园建设提供坚实的道德支撑。胡锦涛同志

---

① 盖纳吉·弗拉基米维奇·德拉奇：《世界文化百题》，敦煌文艺出版社2001年版，第45页。
② 《列宁全集》第5卷，人民出版社1990年版，第97页。

指出："一个社会是否和谐，国家能否实现长治久安，很大程度上取决于全体社会成员的思想道德素质。"① 师生的思想道德素质和文明程度是校园和谐的基础。构建和谐校园，离不开思想道德素质的支撑。校园文化有利于师生思想道德素质的提高，有利于在高校校园形成高尚的道德风尚。这是因为，人的思想道德素质与人的文化素质紧密相关。人是文化的创造者、体现者，文化则是人的精神、品格的外化，当文化贴近人的内心世界时，文化与人相互协调，能丰富人的文化素养，提高人的道德素质。校园文化是以社会主义核心价值体系为核心、体现社会主义价值观要求和社会主义荣辱观以及社会主义基本道德规范的文化。只有用校园文化来教育、感染广大师生，使其具备和谐校园所需要的道德、观念，从而为和谐校园建设提供坚实的道德支撑，校园和谐的目标才能最终实现。

第五，校园文化能够为高校和谐校园建设营造健康的文化环境。健康的文化环境不仅能够促进广大师生艰苦奋斗、团结一致、自强不息，积极投身于和谐校园和校园文化建设中，还能针对高校校园多元文化的存在给予正确的引导，促进多样文化的合理共存和发展。校园文化是高校形成良好的文化环境的前提。首先，校园文化体现了校园生活的主流与本质，有利于广大师生树立共同理想、加强团结，营造和谐的思想舆论氛围；其次，校园文化有利于引导校园舆论沿着理智、平和、建设性轨道发展，使正确的舆论先入为主、先声夺人，在高校校园形成正确的舆论导向；再次，校园文化能够强化广大师生的主人翁意识，使其着眼于建设性，对高校的各项工作予以文化观念上的评价，既反映现实中存在的突出问题，又提出解决问题的有效建议，增强舆论监督，以改进工作、解决问题、增进团结、维护稳定。

2.3　高校网络文化给和谐校园建设带来的机遇与挑战

20 世纪 90 年代中期以来，网络作为全球最为重要的信息传播工具之一，在我国迅速普及、发展迅猛，并衍生出网络文化这种新型的文化形态。作为知识分子聚集的高校校园，是网络技术发展和应用的前沿阵地。校园网络与校园文化的碰撞融合而形成的高校网络文化，极大地改变着高校师生的学习方式、生活方式和交往方式，深刻地影响着高校师生尤其是大学生的思维方式、价值观念和精神世界，给高校构建和谐校园带来前所未有的机遇和严峻的挑战。

2.3.1　网络文化的涵义与特征

文化作为折射生活基础的精神世界，其形式和内容会随着传播技术手段的发

---

① 胡锦涛：《在省部级主要领导干部提高构建社会主义和谐社会能力专题研讨班上的讲话》，《人民日报》2005 年 2 月 20 日。

展而发生变异。20 世纪 60 年代末，作为 20 世纪的一项重大基础性科学发明——互联网诞生了。"互联网不仅是一种高新技术，也是一种文化。它对传统文化的生产、流通和传播、接受方式产生深刻影响，促使传统文化生成模式的转型，而且网络自身蕴涵着丰富的文化价值意蕴，构成了一种崭新的传承范式。"[①] 网络技术的产生、信息高速公路的贯通和延伸，为我们提供了世界范围内的通信、合作、共享信息资源和知识的环境，一种基于信息技术并随着互联网的发展而发展起来的新型文化——网络文化登上了人类的文化舞台。

1. 网络文化的涵义

"网络文化"一词，一般认为是从英语"eybereulture"翻译而来的。Cybereulture 由 ceyber 和 culture 组成。Cyber 来源于科技术语 eyberneties（控制论）。Cyberneties 是美国科学家诺伯特·韦纳在 1984 年创造的。1962 年，美国自动控制专家唐纳德·H·迈克尔在 Cybernetics 基础上创造了新词 Cybernation（自动控制，电脑化）。到 20 世纪 80 年代，电脑广泛地应用于社会各个领域。科幻小说家威廉·吉布森于 1984 年在他的小说《神经巫师》中创造 Cyberspace（赛博空间）一词，意指电子媒介的无边无际的虚拟空间。这一词为从业者、作家和学者所广泛接受。并由此衍生出 cyber 这个词根，其意思是泛指计算机，进而衍生了 Cybernaut（网络用户）和 Cybereulture（网络文化）等新词。[②] 对网络文化内涵的界定，学术界有不同的认识，至今还没有给出一个定论。

德里（MarkDery）从网络文化的内涵与外延进行了说明，并融合了技术与精神性的文化观念。他认为："网络文化是一个分布很广的、松散的、准合法的、选择性的、对立的亚文化复合体（亚文化的共同目标是对技术商品的颠覆使用，这种商品常与囿于激进的身体政治）……可分为几种主要领域：视觉技术、边缘科学、先锋技术、大众文化。"[③]

我国较早对网络文化予以关注的是图书馆学界，王瑞华于 1996 年就从技术发展的角度，把网络文化同计算机文化、多媒体文化和信息文化相提并论，认为网络文化是指从网络上鉴别、存取和使用电子信息的能力。[④]

我国较早专门论述网络文化问题的学者匡文波先生认为，网络文化是指"以计算机技术和通信技术的融合为物质基础，以发送和接收信息为核心的一种崭新文化"。[⑤]

钟义信在谈论网络文化时指出："所谓网络文化，就会有基于通信网络的'初级网络文化'和基于大规模智能信息网络的'高级网络文化'。初级网络文化是当前的现实；高级网络文化是初级网络文化发展的方向。"[⑥]

① 鲍宗豪：《网络文化概论》，上海人民出版社 2002 年版，第 216 页。
② 冯永泰：《网络文化释义》，《西华大学学报》（哲学社会科学版）2005 年第 2 期。
③ 王逢振编译：《网络幽灵》，天津社会科学院出版社 2000 年版，第 41 页。
④ 王瑞华：《用户教育与计算机、多媒体、网络文化》，《现代图书情报技术》1996 年第 2 期。
⑤ 匡文波：《论网络文化》，《图书馆》1999 年第 2 期。
⑥ 钟义信：《论网络文化》，《北京邮电大学学报》（社会科学版）2003 年第 4 期。

减学英认为："网络文化是随着现代科学技术，特别是多媒体技术的发展而出现的一种现代层面的文化。就其所依附的载体来说，它是一种彻底理性化的文化，任何文化若想加盟网络文化，就必须改变自己的既有形态，即变革传统的非数字化文化形态。"①

李仁武指出，从狭义的角度理解，网络文化是指以计算机互联网作为"第四媒体"所进行的教育、宣传、娱乐等各种文化活动；从广义的角度理解，网络文化是指包括借助计算机所从事的经济、政治和军事活动在内的各种社会文化现象。②

张革华认为："一般说来，网络文化是指以网络技术广泛应用为主要标志的信息时代的文化，可以分为物质文化、精神文化和制度文化三个要素。物质文化是指以计算机、网络、虚拟现实等构成的网络环境；精神文化主要包括网络内容及其影响下的人们的价值取向、思维方式等，其范围较为广泛；制度文化包括与网络有关的各种规章制度、组织方式等。这些要素不是孤立存在的，而是相互制约、相互影响、相互转换，显示出网络文化的特殊规律和特征。"③

魏宏森和刘长洪认为，网络文化"是一种由信息技术和网络技术以及依靠这些新技术形成的全新的社会基础结构带来的人类生产方式、生活方式、通信方式、工作方式、决策方式、管理方式等各方面的变革，进而引起思维方式和观念变革，引起社会文化发生结构性变革的新文化，是一种融意识文化、行为文化与物质文化为一体的新文化"。④

杨鹏认为，网络文化是一种新型媒介文化，是人们以计算机网络为媒介所进行的特殊方式的传播活动及其产物。⑤

从以上观点不难看出，国内学者对网络文化的界定始终脱离不了两个词："网络"和"文化"。网络是文化的新型载体，是文化在传播方式上的一次革命；文化是网络传播的内容，也是网络时代网民特有的行为现象和劳动成果。以上几种界定，不仅在文字的表述上有差异，而且在实质内容上也存在差异，反映了学者们对网络文化的理解是不同的。这种理解的不同主要源于研究者的切入角度的差异。网络文化的界定主要有两种切入方法——从网络的角度看文化和从文化的角度看网络。前者主要从网络的技术性特点切入，强调由技术变革所形成的文化传播方式上对传统文化范式的革命，认为一种新的文化样式产生了。后者主要从文化的特性切入，注重网络的思想性特点，强调网络内容构成的文化属性，认为文化内容发生了变迁、文化模式发生了转型。

网络文化是新兴技术与文化内容的综合体，单纯强调任何一个方面都是不妥当的。但是网络文化本质上是一种"人"的文化：透过互联网的物理表象，我们

① 减学英：《网络时代的文化冲突》，《光明日报》2001 年 6 月 6 日。
② 鲍宗豪：《网络与当代社会文化》，上海三联书店 2001 年版。
③ 张革华：《加强网络文化建设改进高校德育工作》，《思想理论教育导刊》2002 年第 5 期。
④ 魏宏森，刘长红：《信息高速公路产生的社会影响》，《自然辩证法研究》1997 年第 5 期。
⑤ 杨鹏：《网络文化与青年》，清华大学出版社 2006 年版，第 20 页。

发现它真正"网"住的是人，并且是人在其中创造了一种文化；互联网联起来的是电脑，其中流动的是信息，开发出来的是资源，但吸引的是电脑前面的人；如果说互联网是一种媒体，那么它的"人文"层面更是昭然若揭；如果不从文化的角度来认识互联网，我们就无法把握其本质。① 因此，对于网络文化的界定就应该侧重从文化的角度进行。由此，我们可以作如下界定：网络文化是以网络技术为支撑的基于信息传递所衍生的所有文化活动及其内涵的文化观念和文化活动形式的综合体。② 它主要包括网络物质文化、网络精神文化、网络制度文化和网络行为文化等四个层面，其中网络物质文化是网络文化的物质载体；网络精神文化是网络文化的核心内容，是其他层面的网络文化的指针；网络制度文化是网络精神文化和网络行为文化的保障；网络行为文化是网络精神文化和网络制度文化的行为体现。简单地说，在网络文化体系中，网络物质文化是基础，网络精神文化是灵魂，网络制度文化是保障，网络行为文化是表征。

2. 网络文化的特征

网络把人、信息和文化三者融为一体而产生的网络文化，是人类社会发展的产物和人类智慧的结晶。网络不仅是一把"双刃剑"，更是一个"多面体"，人们从不同的角度观察网络文化都会获得各自的见解。因而对于网络文化的特性，学界也仁智互见。笔者认为，网络文化具有以下特征。

第一，匿名性。网络交往表现为计算机和计算机之间数据的交换，相互交往的人并不知道对方的身份。在网上交流，人们可以隐藏自己的相貌、年龄、地位等在物理空间里所不能隐藏的东西。更重要的是，人们在网络空间里完全摆脱了在真实社会中受到的各种约束、规范和心理压力，可以完全按照自己想要的方式表现自我。

第二，符号化。网络社会是一个由符号组成的虚拟社会，从一定意义上来说，符号构成了网络的全部内容。符号是人类特有的行为，德国学者恩斯特·卡西尔曾经把人类定义为"符号的动物"。③ 在网络中，人可能因沉溺于符号所构成的虚拟世界而远离真实世界，符号构成的虚拟世界也可能造成虚拟与现实的混淆。

第三，交互性。这也是网络媒体与传统大众媒体最为显著的区别。《信息高速公路透视》的作者在书中强调"网络文化的标志无处不在。它的特征不是电子通信——那只是一种附属物。相反，是交互的性质标志着网络空间的特性"。从技术特征上讲，交互性是指人们在信息交流系统中发送、传播和接收各种信息时表现为实时交互的操作方式。在网络中每一个网民都不仅是信息资源的消费者，而且是信息资源的生产者和提供者。人们的信息获取方式由传统的被动式接受"灌输"教育变为主动参与思想交流、在思想碰撞中自然而然接受引导，这极大

① 孔昭君：《网络文化管窥》，《北京理工大学学报》（社会科学版）2000年第2期。
② 冯永泰：《网络文化释义》，《西华大学学报》（哲学社会科学版）2005年第2期。
③ 恩斯特·卡西尔：《人论》，上海译文出版社2004年版，第102页。

地解放了在现实社会中受到各种约束和压抑的思想和感情，提高了信息的传播效率，激发了人类的创造性思维。

第四，时效性。互联网的产生和发展，使人与人的距离变短，同时也使整个世界变小，其主要的原因是网络的技术基础和传播方式。因为它的传播不受时间、地点和空间的限制，不受印刷品等因素的制约，不论在地球的任何位置，只要能上网，就可以在网上尽情地浏览、下载、冲浪，人们传播和交流信息的方式彻底打破了时间上和空间上的限制。互联网的普及大大加快了信息的传输速度，使信息的收集、资料的查询变得更加快捷和有效。

第五，虚拟性。喻运斌在《网络文化的特征及其对大学文化的影响分析》中认为："网络的虚拟性，在网上交流时表现在主体和对象的互隐性上。在网络中，人们可以隐藏自己在现实中不能隐藏的东西，达到'只闻其名，不闻其声，更不见其人'的效果"。① 网络文化产生并依赖于虚拟的"赛博空间"（Cyber Space）而存在，这是网络文化一切特性的基础所在。在网络产生以前，人们一直生活在一个实体的空间，即物理空间。网络产生以后，人们的生存空间发生了全新的变化，人们在两种不同的空间里进行转换。在物理空间里人们所建立起来的一整套的生活准则和习惯正在被打破，取而代之的是一个全新的空间网络虚拟空间。当人们在网络社会环境中把虚拟现实作为一种真实时，人们的虚拟意识和观念也由此产生。

第六，平等性。网络文化是一种没有社会地位尊卑的平等参与的文化，在获取信息、社会交往、问题讨论等方面表现出的公平性这是网上生活的最大特点之一。与报纸、广播、电视等传统媒体相比，网络时代的文化，人人有参与的自由，人人有交流的机会，人人有自主选择的权利，从根本上改变了少数人说给多数人听的"权威"话语局面。

第七，共享性。网络文化是一种开放的超越民族和国家界限的文化，任何人都可以根据自己的意愿，去获取自己想得到的任何信息，去做任何自己想做的事，任意地与世界各地任何网民进行联络、交流，自由地访问各种信息资源。

第八，去中心性。分散式的网络结构，使网络文化呈现出组织的去中心性。互联网是一个信息高度离散化的国际文化网络，从它一开始具有公众服务功能时，这个网络就失去了信息的专门化特点，而向高度综合性和广泛性发展。没有一个门类的信息可以用一种排斥法的方式对其他信息种类、信息库进行限制。而且互联网没有专门的唯一的观察机构，没有一家大公司可以完全控制它，数以万计的子网络的所有者都是以自己为中心的，独立平行地发布信息。②

第九，丰富性和多元性。网络文化以开放的胸怀消化吸收着各种形态的文化。任何观点、任何思想、任何民族文化在这里都可以找到自己的位置。网络文化的丰富性和多元性是表现在多个方面。一是网络文化内容本身是多元的。丰富

---

① 喻运斌：《网络文化的特征及其对大学文化的影响分析》，《北京教育》（高教版）2006年第2期。
② 喻运斌：《网络文化的特征及其对大学文化的影响分析》，《北京教育》（高教版）2006年第2期。

多彩的网络文化内容,让不同的网民群体在网络中都可以找到自己的兴趣所在。二是网络文化内容的呈现方式是多元的。网络文化的呈现方式除了整合了传统媒体的文字、声音、图像、视频等方式以外,又增加了实时交互的可能。三是网络文化的主体是多元的。作为网络文化主体的网民大多来自学生、白领、教师、公务员和个体商户等不同群体。"学生文化"、"白领文化"、"商场文化"以及"娱乐文化"等不同形式的网络文化通过不同的网站或者网站的不同频道呈现给不同的群体,满足不同群体的需要。[①]

2.3.2　高校网络文化的涵义与特征

随着信息网络技术的快速发展和不断推进的校园网络建设而发展起来的高校网络文化,已经成为高校师生获取和交流信息的重要渠道,深入到了高校建设管理的各个领域。理清高校网络文化的涵义与特征,是推进高校网络文化建设和构建和谐高校的前提。

1. 高校网络文化的内涵

在全球网络化迅猛发展、高校信息化进程不断推进的背景下,网络文化在经历了与传统校园文化的碰撞、融合之后,形成了一个网络文化的新子集——高校网络文化。对高校网络文化,学术界从有不同的认识,主要的提法有以下几种。

一是认为高校网络文化是网络文化与校园文化相结合的产物。如"校园网络文化在兼有技术和社会文化双重内涵的同时,还被赋予了教育的本质含义","大学校园网络文化是大学信息网络化条件下形成的一种崭新的校园文化","校园文化是指在高校这一特定的文化氛围中,师生依据高校的特殊条件,在从事课内外的各项活动中所创造的精神财富以及承载这些精神财富的规章制度、组织活动和意识形态。校园网络文化就是网络文化与校园文化相结合的产物"。[②]

二是认为高校网络文化是一种新型的校园文化,是与网络直接相关的部分。如江玉安等认为:"校园网络文化是以大学师生为活动主体,以校园为依托,通过网络进行信息沟通的行为方式及其道德和规范的总和,是一种新型的校园文化,它包括所有与网络直接相关的校园文化部分。"[③] 文永红、梁喜书认为,校园网络文化是因大学生群体在网络中的普遍活动而培育起来的一种校园文化,是校园文化的延伸和拓展,它将网络文化的特殊性融入校园文化的普遍性之中,网络文化的特殊价值将会吸收校园文化的普遍价值并得到广大师生的认同,其特殊主体——在校大学生赋予它特定的内涵和社会意义。[④]

---

①　王维,杨治华:《近年来国内网络文化研究热点综述》,《安徽电气工程职业技术学院学报》2008年第2期。

②　姜旭:《校园网络文化与大学生思想道德教育》,《沈阳师范大学学报》(社会科学版)2005年第5期。

③　江玉安,李英,郭双利:《高校校园网络文化建设探析》,《沧桑》2006年第5期。

④　文永红,梁喜书:《校园网络文化对中国高校教育的影响》,《高等教育》2004年第6期。

三是从文化的角度定义高校网络文化。"高校校园网络文化是高等学校在教育教学、培养人才的过程中,基于计算机和通信技术这种物质基础创造的一切物质财富和精神财富的总和。"① 唐亚阳、梁媛在《高校网络文化的特征与功能》一文中指出:"高校网络文化,是以高校教育者与被教育者为建设主体、以主体参与创建的数字化互动媒体,如论坛、博客、QQ群、手机短信等为载体,以发送和接收数字化信息为核心内容、以高校校园为聚合点的文化。它是高校教育者和被教育者,在通过网络进行的校园工作、学习、交流、娱乐等活动中形成的文化。"②

本文主要从广义文化的角度来对高校网络文化进行界定。广义的文化概念,是指人的有目的的活动结果,即人们在物质活动和精神活动中所创造的一切,既包括物质文化,也包括精神文化以及社会的风土人情、习俗、风尚等一切"人化"的事物。③ 因此,笔者认为,高校网络文化是高校在教育教学和培养人才的过程中,以师生为主体,以校园网络为媒体,以校园文化为依托,通过网络进行信息传递所衍生的所有财富和精神的总和。具体来说,高校网络文化包括两方面的含义。一方面,高校网络文化是在高校校园这个特定空间背景下的网络文化。在这样的背景下决定了高校网络文化具有精英文化气质。另一方面,高校网络文化作为校园文化的子集,仍然可以从物质、行为、制度和精神这四个层面来理解。物质方面,包括计算机、网络、数字电视等;制度方面,涵盖了管理规制网络传播和高校教育者与被教育者网络行为的规章制度、组织方式等;高校教育者与被教育者通过网络进行的工作、学习、交流、娱乐等活动,参与创建的网络媒体传播内容,与其在网络内容影响下形成的价值取向、思维方式、行为方式等,共同构成高校校园网络文化的内核,也就是精神层面;行为层面,既包括像一般用户参与网络建设、管理、使用等活动,也包括学习、研究和创新网络知识和技术等专业活动,还包括利用网络学习、研究、传播和服务社会等活动。这四个层面不是孤立存在的,而是相互制约、相互影响、相互促进、缺一不可,显示出高校网络文化的特殊规律和特征。

2. 高校网络文化的特征与功能④

高校网络文化是一种产生于高校校园这个特殊领域的网络文化,它具有网络文化的一般特征,同时又具有其自身的特点。

第一,高度的主体创造性。高校网络文化由于传播的技术性、交互性、开放性、共享性、多元性,改变了教育者与被教育者的关系,推动着教育者教育模式的转变,也影响着被教育者自我构建的模式。它以层出不穷的各种新思维、新信

---

① 李卫红:《深入贯彻党的十七大精神不断开创高校校园网络文化建设和管理工作新局面》,《思想理论教育导刊》2008年第1期。

② 唐亚阳、梁媛:《高校网络文化的特征与功能》,《光明日报》2007年8月8日(11)。

③ 李秀林,王于,李淮春:《辩证唯物主义和历史唯物主义原理》,中国人民出版社2004年版,第114页。

④ 唐亚阳、梁媛:《高校网络文化的特征与功能》,《光明日报》2007年8月8日(11)。

息，提升着主体思维的创造性；创建中的互动、开放、平等，凸显了主体的个性化，形成主体高度自主的文化特征；网络中开放的信息传播、自由的"社区"聚合，使高校教育者与被教育者的个性得到尽情发挥和他人的普遍认可，推动着网络文化的创造性发展；其后喻文化特征和高校校园文化主体对于社会强大的现实与潜在的影响力，则使文化具有指向未来的高度创造特性。上述四个方面，造就了高校校园网络文化高度的主体创造性特征。

第二，高度开放的社会性。高校网络文化具有载体移动方便、信息来源高度开放、交流共时互动、传播跨越时空和身份界限的特性，教育者与被教育者的文化创造和享受尽管以高校校园为聚合点，但网络特性使得信息获取和交流的范围打破了校园疆界，跨越了地域鸿沟，高校范围内信息也更为及时地形成社会影响，加之高校校园网络在被教育者中极高的参与度，高校问题网络化、社会化的趋势明显。

第三，高度集成的多功能性。高校网络文化数字化、多媒体、全时性传播的特征，拆除了不同形态的高校校园文化之间的信息壁垒，实现了多种功能，如教学、学习讨论、资料搜寻、日常交往、生活服务、学生管理等的集成。网络传播中，符号、图像、音频、视频等，都成为人们交流与沟通的有效工具。在信息传播介质变化和个体参与传播方式变化中形成的数字化的思维模式与虚拟性的行为方式，不仅提供给教育者和被教育者集成式的服务，还育成了他们全新的文化人格。

第四，高度复杂的价值多元性。高校网络文化是对现实高校校园文化和具有虚拟特性的网络文化的共同反映，信息来源的开放性带来了内容的多元化，既给主流文化提供了存在的土壤和发展的机遇，又给非主流甚至还有充斥着色情、暴力、迷信等的低俗文化一席之地。

高校网络文化的上述四个特征，打破了传统高校校园文化相对封闭的格局，推动着高校校园文化的转型与跃升。被教育者对高校网络文化创建的广泛参与，使这一文化形态成为高校校园文化的重要组成和主要创造力量之一。其数字化传输的实现，使得空间背景促狭的它，跨越高校物理界限，形成网上文化集合体，即新的虚拟性的高校校园"文化社区"；对未来影响更为突出的是，在高校校园"文化社区"的作用下，高校校园文化必然实现由过去的指令引导型建设向网络环境中服务疏导型建设的转化，校园文化形态将发生根本性变化。

具有上述特质的高校网络文化，具备了超越一般意义上的高校校园文化的功能。首先，在对于教育者和被教育者的教化方面，它整合了不同形态的校园文化的功能，实现了知识与技能教育、观念传播、思维方式与行为方式影响的一体化教化；其次，在管理与服务功能方面，同时作为环境文化和信息聚合的文化的它，对高校校园和对教育者、被教育者，可以实行数字化管理和全方位服务，效率、速度、覆盖等各方面都超越传统方式；再次，社区重造功能方面，针对教育与被教育者学习、生活、工作、娱乐等多方需求，网络文化可以创造虚拟化的社区空间，以全新的方式，重构文化主体生存的校园社区；最后，它具备更为显著的文化传承与创造功能。网络本就可以更为多元化兼容和全方位覆盖的保存与传递文化，实现文化传承。高校网络文化高度自主的创造性特征，及其创造主体的精英倾向，使其较之普遍意义的网络文化，文化的选择功能更为突出，更具促进先进文化创造的功能。

　　3. 高校网络文化与校园文化的关系

　　高校网络文化与校园文化之间，"并非简单是非、优劣、好坏能作结论，即使是消解与融合、正面与负面的影响，也是相互包容的关系，是一种文化的互动与发展"。① 校园网络文化作为在校园网络化条件下形成的一种崭新文化形态，是校园文化的重要组成部分，并影响着校园文化的发展方向、内涵扩展及形式更新。在高校校园文化建设过程中，只有充分认识高校网络文化与校园文化二者的辩证关系，才能使高校网络文化成为校园的主流文化和先进文化，进而促进校园文化的健康发展。

　　①高校网络文化是校园文化的重要组成部分，是校园文化在网络环境下的新发展。

　　网络为当代以数字技术为核心的计算机、通信技术和相关的管理技术的创新发展规定和指示了基本的方向和路径，从而使当代各种类型的技术在其技术变迁的路径上不得不适应网络技术的发展和要求，这已经成为一种明显的路径依赖。在社会制度层面，经济、政治、军事、教育、医疗等各个领域都在进行制度创新，以降低约束和限制网络高速发展的制度成本。同时，人们的微观行为和价值观念的层面也要做出调整，以便能够被整合进一种新的社会行为系统之中——一种由于网络的出现所形成的由网络技术、网络规格和相关价值观念所结构出来的全新的网络社会行动系统。② 网络成为社会生活的重要组成部分，网络文化成为文化的重要组成部分。同样的情况也出现在高校，随着高校信息化进程不断推进，高校的各项工作（包括教学、科研、管理等）以及学生的学习、生活、娱乐等对网络的依赖在不断加深，高校校园网络文化已经成为网络时代校园文化的重要组成部分。

　　高校网络文化是校园文化在网络时代的新发展。这种发展体现为以下几点。第一，高校网络文化的传播突破了传统的空间和时间的限制。传统的校园文化主要通过社团活动及学术研讨、专题报告、讲座等形式进行传播，其面对的对象一般是校内的部分师生，受到时间和空间的限制，影响了传播的速度、广度和深度。由于网络的介入，这些内容可以生动地再现于网络媒体，个人可以根据自己的爱好和兴趣，有选择地观看，这大大促进了校园文化的传播，提高了校园文化的影响力，实现了文化的跨群体交流；第二，高校网络文化是校园文化的延伸。大学生主要的精力是用于学习，与社会直接接触是有限的。由于受到区域性限

　　① 高鸣：《试析网络文化与传统文化比较研究中的几个误区》，《中国高等教育》2006 年第 7 期。
　　② 杨鹏：《网络文化与青年》，清华大学出版社 2006 年版，第 3 页。

制，广大师生对外界社会的感知依赖于报纸、广播、电视等传统媒体，而这些媒体对于信息的传播都是单向的，这就影响了广大师生对知识和信息的获取以及同外界的交流。作为第四媒体的网络，使其由被动接受外来信息到主动选择信息，促进了广大师生的个性化发展。高校利用网络同外界进行多方面的交流，获取大量的信息和知识，有效弥补了传统校园文化同社会其他文化之间的真空地带，丰富了校园文化，为校园文化注入了浓郁的时代气息，使校园文化和其他社会文化保持同步。

②高校网络文化促进了校园文化的发展，也使其受到负面影响

有学者指出，高校网络文化对于校园文化，"并非简单是非、优劣、好坏能作结论，即使是消解与融合、正面与负面的影响，也是相互包容的关系，是一种文化的互动与发展"。[①] 高校网络文化的产生和发展，一方面改变着校园文化与社会文化的关系，提高校园文化的社会化程度；另一方面也使校园文化所受到的负面影响越来越大。

第一，高校网络文化为校园文化的发展提供了广阔的舞台。首先，高校网络文化促进了校园文化的社会化。网络突破了高校与社会之间的"围墙"限制，校内外文化交流的增多，社会文化对校园文化影响的速度、广度、深度都空前加大，校园文化对社会文化的辐射作用也不断扩大。借助网络，校外网民可以方便地登录校园网，了解校园生活，甚至参加校园网上活动。与此同时，校内师生也以校内服务器等手段方便地登录校外网站，从事查找、下载、社交之类的活动。这种文化共享活动，促进了社会文化和校园文化的交流，增强了校园文化的社会化程度。其次，高校网络文化为校园文化建设提供了丰富的文化信息资源。存储方式的数字化和信息的共享性，使网络拥有巨大的信息存储能力，并实现共享。校园文化建设可以充分运用这一优势，开辟网络文化阵地，传播各种信息，满足校园人对信息多样化的需求。再次，高校网络文化的交互性，为校园文化扩大教育面创造了条件。由于受到客观技术条件的限制，传统的校园文化的覆盖面和影响力局限在校园范围内。而网络克服了时间空间的限制，使校园文化的受众无限扩大，扩大了校园文化的教育面和影响力。最后，高校网络文化推动校园文化的不断创新。网络注重个性创造的"个性文化"，在互联网上，人们最缺乏的将不再是信息资源，而是对纷繁芜杂的信息如何去伪存真、去粗取精、正确把握和科学利用。网络在影响校园文化的过程中，带来了创新的精神，提供了创新的动力，促进了校园文化内容的丰富多彩和形式的灵活多样，弘扬了校园文化的自主性、能动性和创造性。

第二，高校网络文化在促进校园文化创新发展、扩大校园文化的社会影响产生积极作用的同时，也使校园文化所受到的负面影响越来越大。由于网络具有开放性、虚拟性等特点，网上存在大量的虚假信息、色情文化、污言秽语以及种种

---

① 高鸣：《试析网络文化与传统文化比较研究中的几个误区》，《中国高等教育》2006 年第 17 期。

封建腐朽、反动思想等。这些虚假信息和有害思想是对校园文化的污染，对青年大学生思想道德、学习生活的侵蚀，对校园文化建设及育人活动的干扰与破坏，严重阻碍了校园文化的健康有序的可持续发展。

③校园文化对高校网络文化的消极影响有一定的抑制作用。

校园文化虽然是一种区域文化和亚文化，但其对大学生的教育影响与网络文化相比，具有较大的优势，并对校园网络文化的消极影响具有一定的抑制作用。[①]

第一，从教育功能看，校园文化是根据被教育对象身心发展的规律，对他们进行系统的思想灌输、高雅的审美熏陶和扎实的技能培养；而网络文化主要是以一种潜在的、自然的方式影响和改变着青年大学生的精神意识和行为习惯，与校园文化相比，规范性较弱。

第二，从凝聚功能看，网络文化所表现的思想内容未经选择，充满着各种各样的矛盾，先进思想与落后思想、积极观点与消极论调、对真善美的追求与对假恶丑的妥协混杂其中，对广大师生的影响是积极与消极并存。而校园文化集中体现着高校全体成员共同的价值观念，它像一根无形的纽带，连接着高校全体成员，其长期形成的传统风气，实际上是一种潜在的物质力量，可以激励广大师生不断进取。

第三，从开放的程度看，网络文化是全开放的，容易导致信息洪水泛滥，信息垃圾横生，使广大师生，特别是青年大学生良莠难辨，从而无所适从。而校园文化则具有有限的开放性，能够"帮助在文化多元化和多样性的环境中理解、体现、保护、增强、促进和传播民族文化和地区文化以及国际文化和历史文化"[②]。

校园文化的这些优势，使它能对高校网络文化的消极影响起着抑制作用，使广大师生，特别是青年大学生获得较完全的道德观念，形成科学的人生观、世界观和价值观，使他们能够对网络文化有所选择，抵制和消除其中的不良因素，寻找到健康向上的文化生活。

④高校网络文化与校园文化具有一致性。

高校网络文化是校园文化在网络环境下的产生的一种新型文化形态，是在高校这一特定的区域中依附于网络而产生一种文化现象，同样属于社会亚文化的范畴，与校园文化具有一致性。

第一，从性质、指导思想和目标来看，高校网络文化与校园文化是一致的，二者都是中国特色社会主义文化的重要组成部分，都以马克思列宁主义、毛泽东思想、邓小平理论和"三个代表"重要思想为指导，以培养社会主义建设者和接班人为目标。

第二，从范围来看，高校网络文化从属于校园文化，前者是后者的重要组成部分。

---

①　蔡伟：《"网"眼看大学德育教育》，《重庆工商大学学报》（社会科学版）2006 年第 3 期。

②　张岩峰：《大学生步入网络时代》，《人民日报》1998 年 11 月 26 日。

第三，从本质特征和功能上看，二者具有一致性和兼容性。[①] 一是二者都是领先时代的先进文化。校园文化在社会文化中居于高层次，具有先导品格。校园生产的知识和精神是指向未知领域或者说是未来社会的，校园文化是最接近前沿文化的，它以极大的热情推动社会向前发展；而网络文化扩大了人类实践活动的范围，弘扬了人类主动求索、应对挑战的实践智能，提高社会生产力，促进了社会的进步和发展。二是二者都是注重个性创造的"个性文化"。校园文化突破显性课程教育的计划性、统一性，鼓励内容的丰富性和形式的灵活多样性，推崇校园人的自主性、能动性和创造性。网络文化也是注重创新的个性文化。在网络中，人们最缺乏的不再是信息资源，而是对丰富复杂的信息进行准确选择的能力，以及在此基础上提供受人们欢迎的产品和服务的能力。在这种环境下，网络文化的主体必须具有创新性的个性和人格。三是二者都是开放程度较高的"开放文化"。校园文化的开放性是由学校办学目的和知识文化的纵横连贯决定的。传授并发展知识，必然涉及古今中外的各种文化，师生通过彼此之间的思想交流，校内与校外的思想交流，以及各种传播媒介，获得新信息、新思想，校园文化就在这种氛围中存在与更新、沉淀与发展。网络文化是一个全球性的开放系统，毫无界限可言。任何信息在网上都可以迅速波及全球每一个角落，任何人都可以方便地获取全球范围的最新信息。

2.3.3　高校网络文化对和谐校园建设的影响

人类创造网络文化，网络文化影响人类生活。诚如有的文化学者所言：网络文化"携带着自己特有的价值和意义渗透到人类活动的每一个场合、角落，并以非常的力量支配着人类的行为和观念。它无所不在，无所不往，万象纷呈，构成人间光怪陆离的迷人现象"。[②] 在知识分子聚集的高校校园，广大师生更适应文化的变革，更容易接纳文化潮流的时代变迁，网络文化已渗透到了校园生活的各个方面，校园网络正在成为满足广大师生心理诉求、传播价值理念、协调各种矛盾、维护校园稳定的重要载体，这给高校和谐校园建设既带来了难得的机遇，也造成了前所未有的挑战。

1. 高校网络文化给和谐校园建设带来的机遇

伴随网络信息技术的飞速发展，网络文化已经成为越来越多的高校师生喜爱的文化生活方式和新兴的文化发展空间。校园网络不仅仅是计算机和通信技术的集合体，而且是以现代技术、文化、教育、价值为核心内容的结构功能实体。高校网络文化既有传统校园文化的普遍功能，又有不同于传统校园文化的独特内容，为传播信息、学习知识、宣传党的理论、方针和政策发挥了积极作用，极大

①　温桂生、陈菊英：《网络文化的意义定位与大学校园文化建设》，《江西教育》（管理版）2004年第23期。

②　司马云杰：《文化价值论》，山东人民出版社1990年版，第203页。

地丰富了高校师生的精神文化生活,给高校和谐校园建设带来了新的契机。胡锦涛同志指出,网络文化建设"有利于提高全民族的思想道德素质和科学文化素质,有利于扩大宣传思想工作的阵地,有利于扩大社会主义精神文明的辐射力和感染力,有利于增强我国的软实力"。① 搞好高校网络文化建设有利于提高广大师生的思想道德素质和科学文化素质,有利于端正师生的行为模式、价值取向和道德观念,有利于协调高校校园内外各种关系,对于构建和谐校园有着极其重要的作用。

第一,高校网络文化有利于广大师生思想道德素质和科学文化素质的提高。高校师生的素质是校园和谐与否的关键性因素。高校网络文化作为校园文化的虚拟、发展和延伸,对高校师生素质的提高具有积极影响和重要作用。首先,校园网为广大师生提供了大量的信息资源,有利于师生开阔视野,学习知识,陶冶情操。网络是一个开放的空间和自由的空间,文化的壁垒被打破,而且网络传播速度快、时效性强、信息容量大、覆盖范围广等特点,这使网络成为师生开阔视野、提高素质、发掘潜能的平台和基地。其次,网络的交互性为高校推动素质教育提供了新的平台。实施素质教育,是高校人才培养的需要,也是建设和谐校园的需要。网络的发展为高校实施素质教育拓宽了载体和手段。这是因为网络拓展了学生接收知识的范围和途径,使参与式、启发式教学真正成为可能,使终生学习成为普遍趋势,从而使教育的重点由知识和劳动技能的培养逐步转到提高劳动者的素质上来。再次,网络文化有利于和谐互动育人机制的建设。和谐校园建设要求高校构建和谐互动的育人机制,它包括社会、学校、家庭等教育主体的和谐互动,道德、知识、技能等教育内容的和谐互动以及教学、管理、就业等育人过程的和谐互动。利用网络传播便捷、迅速的特点,建立社会与学校的互动机制,可以把社会各方面的力量动员起来,使他们共同发挥作用,密切配合,形成强大的育人合力。通过建立学校与家庭的互动机制,可以及时、准确地与家长进行沟通,就学生的教育、培养等问题相互交流经验、交换理念、达成共识。通过预警、沟通、帮教等教育手段,可以充分与学生家长接触,共同做好育人工作,实现学校教育与家庭教育同步协调的教育功效。通过建立学校与学校的互动机制,可以相互交流、相互学习,达到共同发展、共同进步的育人目的,推动学校的改革与发展。

第二,高校网络文化有利于和谐共进的高校校园内外各种关系的构建。高校校园具有良好的人际关系和高校社会关系,才能称得上是和谐的校园。首先,通过网络,高校既能及时、准确地向社会通报校园内新近发生的重大事项,让社会更多更好地了解高校,也能利用网络同外界进行多方面的交流,让高校更准确地了解社会。通过网络,可以加深高校和社会对彼此的了解,从而使高校和社会的关系实现和谐。其次,高校网络文化有利于在高校校园形成和谐的人际关系。高

---

① 胡锦涛:《以创新的精神加强网络文化建设和管理,满足人民群众日益增长的精神文化需要》,《人民日报》2007 年 1 月 25 日。

校校园人际关系主要由领导和教师、教师和学生、教师与教师以及学生与学生之间的关系构成。高校要通过开展一些主题教育活动，在网上建立校长信箱、教师信箱、班级 QQ 群等交流平台，在校园形成团结协作、平等友爱的风气，形成尊重知识、尊重人才、尊重创新、尊重发展的良好风气，树立讲诚信、重责任的大公无私精神。领导集体率先垂范，在信任的基础上构建友善的人际关系。干群之间相互理解、相互信任、相互合作，形成政令畅通、职责明确、工作到位、优势互补的学校管理格局。师生之间相互尊重、相互了解、相互帮助、互敬互爱，形成以学生为主体、师生合作学习、教学相长、尊师爱生的融洽氛围，从而实现学校总体目标和自身价值的共同发展。

第三，高校网络文化有利于高校随时掌握广大师生的思想动态和利益诉求，及时化解矛盾、维护校园和谐。网络的互动性和平等性决定了网络文化是一种善于消除隔阂、建立轻松话语氛围的平等文化。建立在匿名交流和平等互动基础上的网络信息传播模式，打破了旧有的"金字塔"式的纵向人际结构，取而代之的是趋于平等的横向交往关系。民主、宽松、平和的氛围可以大大激发高校广大师生参与和谐校园建设的创造性与积极性，同时潜移默化地培养师生特别是青年大学生的独立个性和主人翁意识。高校师生通过校园网络能够直接了解学校的办学思想、政策、规章制度，可以在网上发表自己的意见和建议，学校职能部门通过网络能够及时听取师生的反馈信息，掌握师生的思想动态和利益诉求，更好地服务于师生，这为消除校园内的各种矛盾提供思想基础。此外，校园网络构建了一个与校园生活紧密结合的虚拟世界，也为大学生广泛接触与互助、角色扮演与体验、互相影响与自我教育提供了可能，这对解决现阶段校园内存在的各种矛盾、建设和谐校园起到积极的作用。

2. 网络文化给高校和谐校园建设带来的挑战

网络文化是一把"双刃剑"。高校网络文化不仅构筑起一种全新的网络生活方式和生存方式，而且深刻地影响和潜移默化地改变师生的认知、情感、思想、心理和行为方式。一位哲人曾说过："理想的东西都不是现实的；现实的东西都不理想。"[①] 高校网络文化面对的是全球的网络系统，不可避免地存在消极的方面，必然给和谐校园建设带来了严峻的挑战。

第一，网络文化对社会主流价值观的影响和冲击，为构建和谐校园增添了不和谐的因素。网络文化是一个没有边际的文化世界，各种不同的文化、价值观念在这里汇聚。开放的互联网络使得高校学生可以身居斗室而纵览大千世界，但是由于网络具有开放、交互、自由等特点，也使其本身对不良信息缺少"天然屏障"，网上既有大量有益、进步健康的信息，也有大量不客观、不科学甚至错误腐朽的信息。在今后相当长的一段时间内，国际互联网络提供的高效率信息服务仍将求助、依赖于西方发达国家的数据库。西方发达国家利用这种优势，大肆向

---

① 钟义信：《论网络文化》，《北京邮电大学学报》（社会科学版）2003 年第 4 期。

世界各国特别是社会主义国家疯狂传播其文化，欲把本国的资产阶级价值体系强加到社会主义国家中，企图以此实现对社会主义国家"思想的征服"的目的。西方国家所宣扬的价值系统、道德文化和传统观念都与我国的大相径庭，西方的价值观念、生活方式以及思想文化的大量渗透，必将对我国的主流价值观念产生重大的影响和冲击。而鉴别能力不强的当代的大学生，极容易受其影响，进而对他们的世界观、价值观产生了不良的影响，导致其理想信念的偏差，造成价值观念的偏移。如果任由这种形势继续发展下去，必将淡化大学生的爱国意识，动摇其爱国主义信念，甚至怀疑党的领导和社会主义制度，为构建和谐校园增添极大的不和谐因素。

第二，对师生精神生活的影响和冲击，为构建和谐校园增添了不和谐的因素。网络的互动性和直接性在调动和刺激高校师生主体意识的同时，也弱化了高校思想政治教育的功能，导致师生尤其是大学生道德责任感的缺失、自我约束力的降低以及自由意识的泛滥。同时，网络的虚拟性和开放性也明显削弱了传统道德的约束力，从而使建立在社会现实基础上的传统道德规范形同虚设。网络文化的共享性特征使更多的师生通过网络获取信息和知识，然而伴随多元文化的不断传播，反主流道德观念的信息传播和影响不断加深，这势必造成道德评价失范，导致师生道德选择迷茫和价值取向紊乱。这种心理意识和精神状态必然为构建和谐校园增添不和谐因素。总之，网络文化是一种强调个体选择与自我控制的文化，而一旦道德责任感缺失，极易导致兴趣重心偏移、沉迷于不良信息、网络成瘾等灾害性后果。近几年来，大学生由网络的主人蜕变为网络的奴隶，甚至引发学业荒废、道德失范乃至违法犯罪的例子屡见不鲜，也正体现了网络文化对和谐校园建设的严峻挑战。

第三，对师生行为习惯的影响和冲击，为构建和谐校园增添了不和谐的因素。建设和谐校园，人的和谐是基础和关键。网络文化把世界联成一个纵横交错的整体，个体只要进入网络，就可以眼观六路，耳听八方。然而，网络文化在为大学生提供人际接触机会的同时，也在一定程度上削弱了传统人际组织形式的作用，造成了人际交往虚拟化、等距化和现实关系疏离化的倾向。因为在网络虚拟交往中，人们面对的只是一台与网络"大机器"相连接的"小机器"，活动在"人—机—人"的相对封闭的环境里，这就使得人们在很大程度上失去了与他人、与社会接触的机会，容易加剧人们的自我封闭，造成人际关系的淡化。对于心智尚未成熟大学生而言，这种影响更大更为严重。现代大学生多为独生子女，在成长过程中缺乏完整的沟通方式，使得他们缺乏人际交往能力和技巧。而网络的虚拟性给人们创造出一种虚拟环境，更容易使大学生获得满足感和成就感，特别是在现实中遇到挫折和困难时，他们更倾向于采取了一种逃避现实的方式，到虚拟的网络环境中寻找慰藉，去体验一种虚拟情感，使自身沉醉于一种虚拟满足中。以屏幕为界面来回避直接面对矛盾，造成了一些大学生对于近距离沟通的疏远，忽视了近在咫尺的亲情和友情而导致离群独索，人际关系冷漠。有专家指出，即使网络能够使学生在网上与更多的人建立信息交流，但也不能代替学生最直接的生活体验，因为直接交流的方式比网上交流更复杂，更有人情味。如果大学生逃避充满缺陷的现实世界，虚拟的"人机交往"替代实体的"人际交往"，久而久之必然导致大学生人际交往的锐减和人际关系的冷漠，为构建和谐社会增添不和谐的人际因素。

第三章 高校网络文化建设的目标和原则

网络文化是一把"双刃剑",高校网络文化对和谐校园建设的影响具有两面性。它一方面既有利于激活师生的主体意识,提高师生素质,开阔师生视野,和谐师生关系,又有利于校园主流文化的传播;另一方面也产生了对社会主流价值观的冲击、信息污染以及人际关系淡化等负面影响。在网络日益成为人们生活工作不可或缺的重要组成部分的今天,面对机会与挑战并存的网络,是坚守传统的壁垒拒绝网络文化以求所谓的稳妥可靠,还是紧跟时代发展步伐接纳网络文化并使之为和谐校园建设服务?这是每一所高校在推进和谐校园建设的过程中必须回答的重大问题。

网络文化作为人类智慧的产物,不是也不可能是邪恶的力量。网络文化的负面影响,仅仅是人们在对它的具体运用和传播中产生的。诚如一位学者所言:"网络文化存在问题的关键不在于网络本身,而在于人们如何对它们进行把握和使用"。[1] 历史学家汤因比也曾指出:"一个文化因素,在它本土的社会体内本来是无害或是有利的,但是在它所闯进的另一社会体中,却很容易产生意外的、极大的破坏作用。"[2] 在网络文化全面步入高校校园的今天,我们应该记住:"在文明的一般接触中,只要被侵入的一方没有阻止住辐射进的对手文化中的哪怕仅仅是一个初步的因素在自己的社会体中获得据点,它的唯一的生存就是来一场心理革命。"[3] 网络文化使和谐校园建设面临的环境更加复杂,但同时也为高校和谐校园建设创造了新的契机。高校只有以积极的态度、创新的精神,紧跟时代与技术发展的步伐,采取有效的措施建设好高校网络文化,才能使之成为促进高校和谐校园建设的推动力量。

人类的实践活动是合规律性和合目的性的统一,高校网络文化建设既要确立正确的目标,以明确高校网络文化的建设方向,又要制定科学的原则,以保证高校网络文化建设和谐有序地进行。

3.1 加强高校网络文化建设的重要性

高校网络文化建设是指高校师生遵循文化建设规律,在社会主义核心价值体

---

① 沈杰:《透视网络文化》,《半月谈》2002 年第 12 期.
② 汤因比:《历史研究》(下册),上海人民出版社 1960 年版,第 269 页。
③ 汤因比:《历史研究》(下册),上海人民出版社 1960 年版,第 275 页。

系引领下，根据网络文化发展规律，利用高校网络资源，采取各种措施和手段推动高校网络文化不断发展，促进大学生全面发展的一种社会实践活动，它是营造文明绿色的校园网络氛围和形成健康向上的校园网络文化的过程。加强高校校园网络文化建设，形成健康文明的校园网络环境，是新时期贯彻党和国家关于加强网络文化建设和管理的精神、促进校园文化发展、占领宣传思想文化新阵地、培养高素质人才和构建和谐校园的必然要求。

3.1.1　加强高校网络文化建设，是贯彻党和国家关于加强网络文化建设和管理的精神的必然要求

互联网络的快速发展，引发了人类社会生存方式和生活方式的深刻变化。有人指出，网络技术的"瞬间爆发和迅猛发展令大多数一直生活在传统社会中的人们还是不知所措，眼花缭乱的各种应用带给人们感觉到刺激超过了人们理性的认识。人们一开始对网络和网络文化陷入了纯粹的技术崇拜之中，在肆意的网络行为过程中基本迷失了对技术追求的本意，从而也使网络的发展偏离价值的轨道，……网络文化与其说是丰富，毋宁说是混乱"。① 在这样的背景下，加强网络文化建设成为时代赋予我们的重大课题。党中央国务院高度重视网络文化建设。2002 年 11 月，党的十六大报告指出："互联网站要成为传播先进文化的重要阵地。"2004 年 12 月，党的十六届四中全会决定强调："要高度重视互联网等新型传媒对社会舆论的影响，加快建立法律规范、行政监管、行业自律、技术保障等相结合的管理体制。"2006 年 10 月，党的十六届六中全会要求："加强对互联网等新型媒体的应用和管理，理顺管理体制，倡导文明办网、文明上网，使各类新型媒体成为社会和谐的重要阵地。"2007 年 10 月，党的十七大报告强调，要"加强网络文化建设和管理，营造良好网络环境"。2007 年，胡锦涛同志在中共中央政治局第三十八次集体学习中指出："加强网络文化建设与管理，充分发挥互联网在我国社会主义文化建设中的重要作用，有利于提高全民族的思想道德素质和科学文化素质，有利于扩大宣传思想工作的阵地，有利于扩大社会主义精神文明的辐射力和感染力，有利于增强我国的软实力。我们必须以积极的态度、创新的精神，大力发展和传播健康向上的网络文化，切实把互联网建设好、利用好、管理好。"

就高校而言，随着校园网的高速发展与广泛应用，高校师生的学习方式、工作方式和生活方式已发生相当大的变化，网上学习、网络教学、网上办公和网上交流已越来越普遍，网络已成为教育教学管理，教师学习、教学、教研和与学生沟通交流必不可少的工具，也越来越深入地融入高校师生的学习、工作、生活和娱乐中，与此同时，一些负面影响也无可避免地在其中萌生出来，如虚假信息泛滥、网络色情、网瘾、黑客行为乃至网络犯罪，对大学生的健康成长产生极大的

---

① 惠海龙：《网络文化的价值解析》，西安理工大学 2006 年硕士学位论文，第 41 页。

危害，从观念、方式、手段等方面给高校校园文化建设带来前所未有的挑战。中共中央和国务院 2004 年印发的《关于进一步加强和改进大学生思想政治教育的意见》明确提出："全面加强校园网的建设，使网络成为弘扬主旋律、开展思想政治教育的重要手段。""要全面加强校园网络建设，使网络为大学生学习生活提供服务，对大学生进行教育和引导，不断拓展大学生思想政治教育的渠道和空间。要建设好融思想性、知识性、趣味性、服务性于一体的主题教育网站和网页，积极开展生动活泼的网络思想教育活动，形成网上网下思想政治教育的合力。"同年，教育部和共青团中央印发了《关于加强和改进高等学校校园文化建设的意见》，该文件明确要求："要充分发挥网络等新型媒体在校园文化建设中的重要作用，建设好融思想性、知识性、趣味性、服务性于一体的校园网站，不断拓展校园文化建设的渠道和空间，积极开展健康向上、丰富多彩的网络文化活动，形成网络文化建设工作体系，牢牢把握网络文化建设主动权，使网络成为校园文化建设新阵地。"

荷兰学者 Jan van Dijk 指出："毫不夸张地说，我们可以称 21 世纪为网络时代。网络将成为我们未来社会的神经系统，而且我们能够指望这种基础设施比起过去时代建造用于物品与人员运输的道路来，会给我们整个社会和个人生活更大的影响。"① 面对网络文化对人类社会生活越来越大的影响，如果我们不能站在科技文化发展的前沿，准确把握网络文化的两面性及其发展趋势，按照党和国家的要求，加强高校网络文化建设，那就不仅仅是落后的问题，而是被淘汰甚至于犯历史性错误的问题。所以，我们必须依据时代发展要求，高度重视网络在高校教学、科研、社会服务和人才培养工作中的重要作用，把高校网络文化建设工作摆在突出位置，精心组织，统一实施，把高校网络文化建设好、管理好。

3.1.2　加强高校网络文化建设，是发展繁荣校园文化的内在要求

高校网络文化，是网络文化在校园中的发展和延伸，是校园文化在网络时代的新发展。高校网络文化建设是社会主义文化建设和校园文化建设不可分割的一部分。高校作为人类文化、知识传承、发展和创新的基地，加强高校网络文化建设，是发挥高校在社会主义文化建设中的引导作用的有效方式。同时，校园网集思想性、知识性、趣味性、服务性于一体，是校园文化活动的有效载体，在校园文化建设中的作用日趋明显，已成为校园文化建设的新阵地。一个优秀的校园网，对创建校园文化可以起到潜移默化的作用，师生可以通过上网学习、交流和讨论，获取知识、陶冶情操、净化心灵、规范行为，从而形成共同的价值取向，并逐渐内化为日常生活、学习和工作中的自觉行为。因此，加强高校网络文化建设，不仅是社会主义先进文化建设的需要，也是网络时代发展校园文化的内在要求。

---

① Jan van Dijk. *The Network Society*. London：Sage，1999.

3.1.3　加强高校网络文化建设，是占领宣传思想文化阵地的客观需要

互联网具有公共信息传播功能，是重要的宣传思想文化阵地。互联网加剧了世界范围内思想文化的相互激荡，使我国意识形态领域多元、多样、多变的特点更加凸显。境内外敌对势力始终没有放弃把互联网作为对我实施西化、分化战略图谋的重要途径，进行思想文化渗透，利用各种机会散布谣言、歪曲事实、借题发挥、恶意炒作，企图搞乱人们的思想。互联网强大的群际传播和社会动员功能，客观上必然成为各种杂乱观点、各种社会思潮、各种利益诉求汇聚的平台，特别是在经济全球化、社会信息化的条件下，许多国际政治问题、国内社会矛盾问题、思想理论热点问题，通过互联网的催化和放大，很容易使一些局部性问题扩大为全局性问题，使一般性问题演变为政治性问题，使个人的偏激言论扩散为非理性的社会情绪，直接影响社会和校园的和谐稳定。实践证明，庞大的网络空间，先进的思想文化不去占领，各种错误的思想观点和腐朽落后的东西就会去占领，给社会和学校带来不良影响。我们必须适应网络快速发展的形势，加大高校网络文化建设力度，用先进的思想文化去占领高校网络文化阵地，确保校园网络信息安全。

3.1.4　加强高校网络文化建设，是促进大学生身心健康发展和构建和谐校园的迫切需要

网络文化在满足大学生精神文化需求的同时，由于技术和管理等多方面原因，网上有害信息、腐朽文化难以得到及时有效控制，网络色情、暴力、赌博、欺诈等问题屡禁不止，严重侵蚀大学生的心灵，影响青年大学生身心健康。首先，由于网络文化是一种强调个体选择与自我控制的文化，而一旦自控缺失，极易导致兴趣重心偏移、沉迷于不良信息、网络成瘾等灾害性后果。近年来，大学生由网络的主人蜕变为网络的奴隶，甚至引发学业荒废、道德失范乃至违法犯罪的例子屡见不鲜。如少数大学生沉迷于网络游戏，有的甚至上网成瘾，严重影响了学业和身体健康。网络文化在一定程度上削弱了院系、班级、社团等传统人际组织形式的作用，造成了大学生人际交往虚拟化和现实关系疏离化的倾向，使一些学生对现实生活中的人际交往产生排斥，导致冷漠、孤僻、情感缺失，从而引发心理问题，产生不和谐因素。青年大学生的身心健康关系到祖国的未来和中国特色社会主义的前途。

此外，网络文化的形成和发展也给和谐校园建设带来了挑战。网络文化的多元性对校园价值观念的统合造成了冲击。在校园网络上，多重价值判断标准，尤其是某些不符合社会主义核心价值体系的思想观念的存在和传播，势必对和谐校园建设产生负面影响。因此，加强高校网络文化建设，是促进大学生身心健康发展和构建和谐校园的迫切需要。

3.1.5　加强高校网络文化建设，是坚持党的"育人为本、德育为先、立德树人"教育方针的必然要求

育人为本、德育为先，是社会主义高校办学的根本原则。立德树人，是我国高等教育的根本目标，也是坚持育人为本、德育为先的具体要求。高校要高度重视立德树人教育，不断探索立德树人教育的有效途径，增强立德树人教育的针对性和实效性。高校网络文化具有覆盖面广、亲和力强的优点，是新形势下开展立德教育的新空间和新阵地。对于青年大学生来说，校园网既是他们学习知识、获取信息的重要渠道，又是他们表达思想、交流感情的重要场所，更是他们熏陶心灵、转化行为的重要途径。高校一定要从育人为本、德育为先、立德树人的高度，大力加强高校网络文化建设，努力营造文明健康、积极向上的网络文化氛围，让校园网成为校园文化服务的新平台、成为立德树人教育的新空间。

3.2　高校网络文化建设的现状

我国高校经过多年的努力，已经建成了以高校门户网站和众多二级网站相结合的结构完整、服务多样、资源丰富的校园网络系统，为高校教育教学、科学研究、管理服务工作提供了先进的信息技术支持，在纷繁复杂的网络中独树一帜。

3.2.1　高校网络文化建设取得的成绩

近年来，我国高校按照"积极发展、加强管理、趋利避害、为我所用"的方针，积极应对网络带来的机遇与挑战，坚持一手抓建设、一手抓管理，以积极的态度、创新的精神，扎实推进高校网络文化建设和管理的各项工作，取得了较好的成绩。

1、校园网基础设施建设成效显著

高校校园网既是教育信息化、教育现代化的标志，也是高校网络文化的重要载体。网络基础设施建设和网络服务水平是高校校园网络文化建设中的重要基础工作，一切校园网络文化活动能否有效开展都将以此为前提。绝大多数高校对校园网建设十分重视，校园网在教学、科研和管理中发挥了重要作用。一是强化硬件设施建设。据教育部科技发展中心 2005 年公布的"高校教育信息化建设与应用水平调查"结果显示，目前，1000MB 主干宽带为校园网主流，一些综合类大学和理工类院校已经率先升级到万兆校园网。综合类高校接入校园网的计算机数量已达到相当规模，平均每所高校接入计算机数量为 7280 台，其中平均每所高校用于教学、科研、管理的计算机数量为 3293 台；平均每所高校提供学生使用的计算机数量为 3665 台。二是注重网站建设。经过多年的努力，我国高校已经

建成了以各大高校门户网站和众多二级网站相结合的结构完整、服务多样、资源丰富的校园网络系统，也为高校教育教学、科学研究、各类管理提供了先进的信息技术支持。校园网除涉及教学和日常管理外，还有校园新闻、热点专题、心理咨询、论坛等内容，对学生的注意力和影响力不断增强。多数高校都建立了一个或多个点击率较高的红色网站，用马克思主义思想文化占领网络阵地，为师生提供全方位的思想和精神套餐，使他们在"虚拟"的网络环境中获取信息，增长知识，净化心灵。

2、网络文化管理逐步规范

为了规范网站运行，更好地引导网上舆论，增强师生的法律意识和自律意识，从国家有关机构和职能部门到各高校都在网络规范建设方面做出了积极的努力。2001年，共青团中央、教育部、文化部、国务院新闻办公室、全国青联、全国学联、全国少工委、中国青少年网络协会等联合向社会正式发布了《全国青少年网络文明公约》。同年，教育部制定下发了《高等学校计算机网络电子公告服务管理规定》。2004年教育部、共青团中央下发《关于进一步加强高等学校校园网络管理工作的意见》。绝大多数高校都制订并完善校园网络建设和管理的规章制度，确保校园网络健康有序发展。一是强化制度建设，规范网络运行。很多高校都先后制订了诸如《校园计算机网络安全管理规定》、《网络论坛管理规定》等若干网络建设管理规章制度，以严格的制度、明确的规定，规范师生网上行为。二是实行实名登记制度，实行统一管理。三是规范网络管理体制，做好日常监控。绝大多数校园网络论坛实行了二级管理体制，即聘请管理员对其各自负责的版块进行及时的监控、巡查和处理。同时，实行网络信息重大问题责任追究制，对网上出现重大不良信息监控处置不及时的，要追究有关部门负责人和相关人员的责任。

3、网络文化内容日趋丰富，网络思想政治教育深入开展

近年来，各高校普遍从校园门户网站入手，大力开发校园网络文化产品，积极建设具有广泛影响力的思想文化传播平台，精品网站、主题网站层出不穷，极大地丰富了高校网络文化的内容。其中，由教育部主办、全国110多所高校参与合作共建的"中国大学生在线"网站，已经成为吸引全国大学生共建共享的网络平台。很多高校运用博客、播客、即时通信、手机网络等多项新技术，为广大师生提供更深层次的服务。同时，各高校已经意识到占领网上宣传阵地的重要意义，积极把思想政治教育工作融入网络，加强对校园网的舆论引导，及时化解网上热点问题。绝大多数高校建立了网站党校、网上团校、网上思想政治理论课堂等红色主题网站。面对一些社会热点难点问题、民间舆论、公众情绪、突发事件等，各高校及时采制新闻通稿，在网上第一时间发布权威信息；充分发挥网络评论员作用，通过发帖、跟帖、建立专题QQ群等，说明事实真相，满足公众知情权。绝大多数高校普遍重视校园BBS的舆论功能，力求准确把握学生的思想脉搏。目前，全国许多高校开设了BBS，对每个论坛都指定专人担任版主，并要求

高校教师特别是政工干部密切关注论坛，随时了解、掌握学生的思想动态，并倡导他们以网友的身份与学生进行沟通和交流，及时发现问题并进行妥善解决，使网络始终处于可控状态。许多高校通过设立"校长信箱""意见与建议"等专栏，及时收集广大师生的意见、建议和思想动态，能够比较有针对性地开展思想政治工作，并且通过网络这个平台，主动加强校内沟通，使学校和师生间的关系更加融洽、和谐。多数高校还高度重视利用如国庆节、建党节、十七大召开、神舟飞船载人航天等重大节日或重要事件的契机，在相关网站迅速设立临时板块，对有关活动的盛况进行网上转播，开辟专栏对相关事件进行讨论，进行网络舆论的正确引导，使广大师生从中受到教育和启迪。此外，有的高校还主动出击，抓住学生追求归属感的需要，构建了网上集体，把现实生活中的学校、院系、学生班级、社团协会生动地映射到网络上去，形成了独特的网络文化。

4、网络文化建设与管理的规章制度不断完善

随着我国高校校园网络发展和规范管理的实际需要，从国家有关机构和职能部门到各高校都在网络规范建设方面做出了积极的努力。2001年，共青团中央、教育部、文化部、国务院新闻办公室、全国青联、全国学联、全国少工委、中国青少年网络协会等联合在网上向社会正式发布了《全国青少年网络文明公约》。同年，教育部制定下发了《高等学校计算机网络电子公告服务管理规定》。2004年教育部、共青团中央下发的《关于进一步加强高等学校校园网络管理工作的意见》。绝大部分各高校都建立了各种规章制度以加强高校网络文化的管理，其中对于校园网络用户所提出的行为规范中涉及了许多网络使用方面的具体要求。

5、网络文化建设和管理队伍素质较高

经过近几年的建设发展，绝大多数高校初步建立了一支了解教育规律、掌握网络技术、熟悉网络文化特点的网络文化建设和管理工作队伍。一是建立了一支精干的专职网上评论员工作队伍。按照"政治可靠、知识丰富、数量充足、熟悉网络语言特点和规律"的要求，多数高校培养了一批素质较高的网络评论员，他们积极参与网上讨论和开展网上正面宣传，关键时刻能够主动出击，与错误言论进行正面交锋，有力地进行网上舆论引导。二是建立了一支覆盖面广、政治责任感强的兼职工作队伍。这支队伍既有各系党总支书记、副书记、学生辅导员、思想政治理论课教师，也有学生骨干和积极分子，他们通过广泛参与论坛、聊天室等交互性较强的网上栏目的交流，增强了网上的正面声音。三是建立了一支论坛版主队伍。各高校在版主选聘时严格把关，注重教育培训，有效保证了网络文化建设和管理工作的健康发展。

6、大学生对使用网络渐趋成熟，网络道德意识开始形成

大学生是校园网的主要利用者，选课、答疑、评教、各类考试（认证）等信息是同学们最为关注的，数字图书馆、教师电子课件、精品课程能极大地满足学生自主学习的需要，点击率很高。网络作为信息交流、知识传递的工具得以充分体现。与此同时，大学生对网络信息越来越理性和客观，不再盲从。在一个关于

大学生网络使用情况的调查中，我们看到这样的分析，"有 49％的学生对网络上的信息表示非常相信或大部分相信，有 46％的学生表示不相信或少部分相信。调查结果中学生对网络信息的相信程度大约是 50％对 50％；学生对网络信息的评价还是比较客观的，显示了他们的思想成熟性。学生对专家，政府的信息表现出很高的信任程度，同时学生更愿意在多方获得信息后自己对事务做判断，而直接相信网上信息的比例最低。网络上虽然存在很多的虚假信息，但学生对网络信息表现得还是十分的理智，还有一个可能的原因是网络的开放性让学生变得更加的独立而更愿意自己去思考和判断。"① 这说明我们的大学生网民们在逐渐成熟和理性。此外，大学生在利用网络的过程中，网络道德意识开始形成。某大学的调查显示，24％的学生希望设置"道德论坛"，55％的学生认为在 BBS 上发帖的人要有道德，65％的学生认为对学生进行网络道德教育应该从"强化自律意识"入手，43％的学生认为"应该加强学生网络平台的监管"，38％的学生认为应该"技术屏蔽不良信息"；对"网络论坛上出现的恶意信息和黄色信息"，33％的学生认为不予理睬，29％的学生认为要跟帖批驳，26％的学生认为要及时删除，表示跟贴起哄的只有 9％。

3.2.2 高校网络文化建设存在的不足

尽管国内各高校网络文化建设开展得如火如荼，高校校园网络文化处于一种良好的发展态势。但我们必须清楚地看到，我国的高校网络文化目前还处于相对早期的阶段，还存在一些制约甚至是破坏其健康发展的因素需要我们认真去面对、去解决。

1、经费投入不足，网络硬件软件建设仍待加强

从目前高校校园网建设情况来看，电脑网络进宿舍、课堂、图书馆、办公室已有一定基础，但离实现真正的校园信息化还有很大差距。一是一些高校还没有完全实现宿舍网络化，只是以电子阅览室、部分实验室为依托，普遍存在学生人数和硬件条件比差很大、部分电脑设备陈旧、网速过慢、网站不够稳定、经常不能打开校园网（特别是在校外进入校园网比较困难）等问题，不能满足师生上网的实际需求，降低了校园网的吸引力，从而把部分师生，特别是大学生"挤"到了校外具有良好设施和环境的经营性网吧。二是少数高校对网络的概念仍然停留在过去对网络技术功能的认识上，没有意识到随着网络技术的发展，网络文化在高校校园中的影响力越来越大，已经成为校园文化的重要组成部分，对大学生的成长成才具有至关重要的作用与影响。这种只重视网络的功能性作用而忽视校园网络文化作用的认识局限，导致部分高校网络文化的建设步伐缓慢，网络文化产品和服务供给能力不足，没有最大可能地开发网络在工作和学习中的潜能。三是

---

① 魏辅轶：《高校校园文化建设理论与实践研究：校园网络文化影响下的大学生行为和需求》，四川大学硕士学位论文，2006 年第 65 页。

由于缺乏相应经费的投入，使得高校在网络软件开发制作方面仍然处于弱势，多数尚是空白。目前高校使用的软件大多数直接来自于网络开发商，自主研发的软件很少，缺乏针对性和科学性，脱离了师生的实际需要，因而极大地限制了高校网络文化的发展。

2、内容功能单一，作用发挥不明显

近年来，各高校积极建设具有广泛影响力的校园网站，努力形成以"红色网站"为旗帜，以校园门户网站为主体，以学术、新闻、服务类网站为补充的校园网络文化阵地的分层次格局。这些网站在学校的教学、科研、宣传、校园文化建设等方面发挥了积极的作用，但是也普遍存在一些问题。一是在一些高校，校园网站的建设存在网站特色不够鲜明，在师生中的影响力不够的问题，而且这样的问题在高校的"二级网站"中表现得更明显；二是有的高校网络文化的内容单薄，只重视政治性内容，而忽视思想性、知识性、教育性等其他重要文化内容，满足不了师生日益增长的多层次、多方面的文化需要；三是有的高校网络文化的功能单一，只重视其工作功能或者是简单的教育要求，而忽视高校网络文化在服务、交流等多方面的功能；四是网站制作技术力量不足，内容更新不及时，制作人员交替频繁，队伍不够稳定。这些都直接影响了高校网络文化对师生的吸引力和感染力，制约了高校网络文化作用的有效发挥。

3、体制机制不健全，管理滞后

少数高校对网络的概念仍然停留在过去对网络技术功能的认识上，没有意识到随着网络技术的发展，它的功能影响已经扩展、延伸到社会生活的方方面面；没有意识到网络文化在高校校园中的影响力越来越大，已经成为校园文化的重要组成部分，对大学生的成长成才具有至关重要的作用与影响。这种只重视网络的功能性作用而忽视校园网络文化作用的认识局限，导致部分高校网络文化的管理体制不健全，工作机制不完善。目前我国网络文化建设和管理是由中央和地方的多个行政部门和单位共同负责，而多个管理部门之间由于缺乏有效的沟通与合作，使我国的网络文化管理不是很到位，缺乏系统、健全的管理机制。具体就我国高校网络文化建设与管理而言，其管理体制一般是：在校分管领导的指导下，网络中心负责学校官方一级网站的技术和正常运行，同时为网络文化的建设提供相关的软硬件平台；党委宣传部负责网络文化的建设和管理，各行政及党群机构以及院系负责二级网络的建设和管理，保卫处负责网络的监控。这种管理体制和机制存在一些问题。一是校园网络文化建设缺乏统一规划，目标不够明确，重复建设现象严重，在一定程度上造成资源浪费、精力分散，使得高校网络文化建设总体水平不高，内容不够丰富。二是高校网络文化建设中不同管理部门交叉管理问题突出。由于网络文化建设的管理部门分属于不同的领导主管，每项工作的完成都需要领导之间的协调和部门之间的沟通，往往使高校网络文化建设管理变得繁冗、效率不高。可见，对于高校网络文化建设和管理来说，由于网络有开放性，如果没有健全的机制对校园网络进行有效管理，既不利于高校网络文化的健康发展，也不利于师生的身心健康，特别是不利于自制力不强的大学生的健康成长。

4、网络文化建设和管理队伍素质参差不齐，建设管理水平不高

建设一支高素质的网络文化建设和管理队伍，是高校网络文化建设的关键。只有拥有了这样一支人才队伍，才能够全面发挥出校园网的巨大潜能，使校园网的建设具有更深远的实际意义。目前，部分高校网络文化建设管理队伍数量不足、素质参差不齐，难以满足高校网络文化建设和管理的要求。一是部分高校网络文化建设队伍人员配备不够、数量不足。二是一些高校网络管理人员多数是兼职人员。一方面，由于兼职人员时间有限，工作繁忙，况且主要工作岗位不在此，因而他们并不能全力倾注于网络文化的建设和管理工作；另一方面，由于兼职人员的知识结构和综合素质不足以胜任这项工作，甚至某些人对网络技术知识掌握有限，许多网站网页都需要学生来设计和维护，直接制约着网络文化建设和管理的水平，影响高校网络文化的健康可持续发展。三是很多高校网络文化工作者和管理者由于不了解大学生的生活和思想特点，造成他们与大多数学生网民之间的思想"脱节"，网络管理手段不能符合学生的思想特点，造成网络管理者与网民价值追求上存在冲突，网络管理者抱着"不出事"的底线，对网民的网络行为严加限制，而网民在"想表现"意识的作用下，存在不断尝新的动力。四是由于网络技术及管理水平等原因，部分高校网络管理部门，对网络的管理效仿传统媒体的管理方式，习惯于"堵"和"封"等强硬的管理方式，缺乏相应的"引导"、"服务"意识；这些原因最终导致网络监管活动中的"网管过严网络死，网管过宽网络滥"的现象。因此，部分高校网络文化建设管理队伍的素质参差不齐，难以满足高校网络文化建设和管理的要求。

5、大学生利用网络的个人素质低

大学生利用网络的个人素质低，一是大学生自我保护意识和鉴别能力差。大学生正处于求知、求美、求乐欲望强烈的时期，再加上他们好奇心重，又缺乏对信息优劣的判断力，对网上的各类信息无选择地浏览，如果再缺乏学校的引导和宣传，很容易受到消极甚至有害信息的影响。导致大学生沉溺于网络而不能自拔，以至精神萎靡不振、学习成绩下滑。二是大学生网络道德素质低。这主要表现为：第一，道德认知的冲突和价值紊乱。与传统社会的道德相比，网络道德呈现出一种多元化、多层次化的特点与趋势。多元价值标准并存会使政府、学校甚至社会传统一直灌输的道德观念仅仅成为人们众多道德选择中的一种，而社会道德的主要规范一直所起的支配性作用则可能消失，导致的道德评价失范最终必然导致行为主体道德选择迷惘和价值取向紊乱。由于大学生的社会生活经验较少，对于经过伪装的思想和言论的识别能力较差，加之特有的好奇心、猎奇心，他们会比较容易被诱导，进而产生错误的价值倾向。久而久之，还会把错误的伦理道德倾向带到现实生活中，容易对现实世界的伦理道德标准产生排斥与抵触心理；第二，道德情感的冷漠和人际疏离。人与人之间的情感交流和心灵沟通在一个人

的成长和社会化过程中有着十分重要的作用，良好的道德情感是架起道德认知和道德行为的桥梁和纽带。在网络世界交流中，人与人之间的交往不是面对面的交往，而是通过各种网络工具进行的间接的"人—机—人交往"。在这种情境下，人的社会地位、身份、职业、年龄、性别等社会属性在网上可能统统消失了。尽管大学生也在扮演着不同的角色，他们却不必遵守现实社会中角色扮演的规则，没有必须履行的角色义务，可以随心所欲地扮演自己理想的"自我"，把虚拟的角色当成了现实的角色，容易导致人际距离疏远，直接交流减少，行为主体麻木，人情趋于冷漠，进而演化为对现实情感的麻木以及正义感和道德感的缺失，甚至最基本的事实和道德判断能力的丧失；第三，道德意志的弱化和行为失范。在网络社会中，由于人与人之间没有传统社会的人际、法律、道德、舆论的约束，亦不需要面对面地打交道，上网的人往往缺少"他人在场"的压力，日常生活中被压抑的人性中假、恶、丑的一面，会在这种无约束或低约束的状况下得到释放宣泄。因此，进入互联网的大学生往往会产生道德失范的意识和行为，产生大学生网络道德感的弱化，有意或无意地做些违反道德规范的行为，乃至犯罪行为；第四，道德人格的偏常和人性异化。网络带来的奇妙多变的虚拟空间，使人们在一个没有时空限制，没有权威约束的范围内弱化了传统社会的管理和控制，有一种"特别自由"的感觉和"为所欲为"的冲动。在这种虚拟的环境中，部分大学生陷入其中，难以自拔，甚至染上"网络成瘾综合症"，常常感到现实社会中自我的渺小和无助，往往陷入痛苦的深渊不能自拔。网络由供人使用的工具、客体，结果变成了控制人的主体，造成了主、客体的易位，导致了人性的异化。受网络的影响，不少大学生逃避现实、自我封闭，在现实生活中产生紧张、冷漠、孤僻、情感缺乏的心理，甚至抛弃对伦理、道德、价值、信仰等精神中真善美的追求，产生自我评价降低、责任感缺乏、价值失范、信仰危机、欺诈等心理，致使人格畸变。

3.3　高校网络文化建设的目标

高校网络文化对高校师生的学习方式、生活方式、交往方式产生了巨大的冲击，深刻改变着高校师生尤其是大学生的思维方式、价值观念、精神世界，对高校校园文化建设提出了前所未有的挑战。因此，在高校网络文化建设中，只有进一步提高高校网络文化建设重要性的认识，并结合高校自身特点明确高校网络文化建设的目标和任务，才能使高校网络文化一开始便步入健康、文明的发展轨道，才能使高校网络文化真正成为校园文化的主流文化和先进文化。

网络文化建设是一种人类的自觉文化活动，有着特定具体的目标追求。所谓高校网络文化建设目标是指，高校的教育工作者在从事高校网络文化建设实践过程中的预定任务或预设指标，它对整个网络文化建设活动具有定向、规范、激励和调控的重要作用。

高校网络文化建设的主要任务在于管理和规范校园网络基础设施，培养高校师生特别是大学生健康向上、积极理性的网络行为，以主流文化促进高校网络文化的发展，建立和谐有序的校园网络环境，确保高校网络文化发展的正确方向。高校网络文化建设的目标是促进大学生的全面发展，或者说是促进大学生成人成才。众所周知，高校承担着科学研究、培养人才和服务社会三大职能，其中，培养人才是高校的根本任务。培养人才是高校不同于其他社会组织的首要特征，也是高校存在价值的主要体现。我国著名教育家梅贻琦曾说过：办学校，特别是办大学应有两种目的，"一是研究学术；二是造就人才"。教学与研究的最终目的是关注人的成长，促进人的发展。育人归根到底是靠文化育人。文化究其本质而言是"化人"——教化人、塑造人、熏陶人。高校就是通过文化来培育人、"创造"人的，即高校通过文化的继承、传播和创造，促使受教育者进行社会化、个性化和文明化，从而塑造出健全的人、完善的人、和谐的人。因此，办教育从一定意义上说就是办一种文化、一种氛围，在文化氛围中让受教育者成长成才。作为高校校园文化的重要组成部分，高校网络文化建设自始至终都应服从、服务于人才培养这一根本任务，形成健康向上的校园网络文化，并以此引导学生、鼓舞学生、熏陶学生、感染学生，以此促进大学生的全面发展。具体来说，就是要把高校网络文化建设成为如下几个方面的场所。

第一，弘扬社会主义先进文化的阵地。高校培育人才，本质上就是文化育人。在育人过程中，有什么样的文化介入和渗透，其结果大不一样。高校是培育人才的摇篮，建设什么样的文化，便会不断孕育出受这种文化"化"出来的人。培养社会主义事业的建设者和接班人的根本任务，高校应该以社会主义先进文化培育人、塑造人。大学是先进文化与思想的创造发源之地，一直以来高校都承担着社会先进文化传承与发展的重任。随着校园网的日益普及和迅速发展，网络在思想文化的传播中越来越显示出其独特的重要性，它已成为先进文化传播和精神文明建设的阵地。高校校园网络作为高校思想政治教育工作的重要基地，无可置疑地成为传播与发展先进文化的阵地，这是社会进步的必然要求。尤其在思想文化敏感性极高的高校校园，如果先进的主流思想文化不去占领这块阵地，落后的腐朽的思想文化就必然会去占领。因此，高校的教育者、管理者和网络文化工作者，必须抓住网络文化发展的机遇，充分发挥校园网络本身的特点和优势，传播马克思主义和社会主义精神文明，大力加强建设代表先进文化发展方向的校园网络文化，使校园网络真正成为传播先进文化的新阵地。

第二，思想政治教育的平台。高校培养的人才是社会主义事业的建设者和接班人，他们不仅要具有完善的知识结构、宽广的知识视野和运用知识的能力，更应该具有远大的社会理想、坚定的政治信念和高尚的道德品质。毛泽东同志早就指出："学校的一切工作都是为了转变学生的思想。"中共中央、国务院《关于深化教育改革全面推进素质教育的决定》指出："学校教育不仅要抓好智育，更要重视德育，还要加强体育、美育、劳动技术教育和社会实践，使诸方面教育相互渗透、协调发展，促进学生的全面发展和健康成长。"① 胡锦涛同志也明确指出："学校教育、育人为本，德智体美、德育为先。"② 因此，高校要高度重视思想政治教育工作，努力增强思想政治教育的渗透性和实效性，不断提高大学生的思想道德素质，促进大学生身心素质的全面和谐发展。网络凭借其覆盖面广、时效性和便捷性强等优势在思想政治教育工作中发挥着不可替代的重要作用，为高校思想政治教育工作带来新的机遇。同时，网络所具有的交互性、即时性、开放性和匿名性等特点，也给高校思想政治教育工作带来新的挑战。这就要求我们必须认真研究网络思想政治教育的特点和规律，尽快熟悉和适应网络，不断探索和实践高校师生乐于接受的网上思想政治教育的有效方式，逐步建立起一个内容丰富多彩、形式活泼多样的网上思想政治教育体系，使校园网成为思想政治教育的重要阵地。开展网络思想政治教育时，要注意结合网络传播的特点，融入生动的视觉形象和互动性强的内容，还要积极尝试网上思想教育和服务的综合配套体系，实现教育与服务、教育与学习、教育与娱乐、教育与宣传相结合的基本目标。只有以人为本，全心全意为师生服务，才能增进师生对网络中所包含的思想政治内容的认同，才能在潜移默化中更有效地开展思想政治教育工作，提高网络思想政治教育的吸引力和凝聚力，增强高校思想政治教育的时效性。

　　第三，获取各类知识和信息资源的平台。高校的性质和肩负的使命，决定了高校师生较其他群体对知识信息有更多更高的需求，高校师生对知识信息也最敏感、捕捉最及时。在信息网络时代，高校师生对知识信息的需求，只有通过校园的网络化才能够得到比较充分的满足。校园网络是高校信息资源的依托和信息资源的中心，它利用现代网络信息技术，集校内各类信息资源于一体，并与用户连接起来，为用户搜寻、选择、利用信息资源提供服务。高校信息资源的用户是高校师生这一特殊的网民阶层。这一阶层的特殊性，决定了他们有较大的信息需求量和较多的信息获取方式，而且对信息的专业化程度有很高的要求。因此，高校校园网只有真正发挥信息资源库的强大功能，保障高校师生这一特殊网民阶层对各种信息的需求，才能促进教学、科研的创新与发展，如何把校园网建设成为以教学科研为中心的信息资源中心，并保证其信息高流量、高质量地为教学科研服务。校园网作为高校的信息源，既要为师生提供网络文献信息服务，又要不断地吸纳产生新的信息，即对校内各职能部门在业务活动中产生的职能信息、资料信息、院系的教学科研成果信息、学科建设、专业改造、课程设置改革、招生、分配、师资需求等各类信息，要进行搜集整理，并使之集成化、网络化，以形成各类信息资源数据库，为用户服务。这是网络文化既传播信息又生产信息特征的要

---

① 《中共中央、国务院关于深化教育改革全面推进素质教育的决定》，《中国教育报》2001 年 11 月 14 日。

② 胡锦涛：《在全国加强和改进大学生思想政治教育工作会议上的讲话》，《中国教育报》2005 年 1 月 19 日。

求，也是高校网络文化自身的教育性特征的要求。

第四，信息沟通的平台。网络的匿名、隐蔽、交互等特点，充分体现了人与人之间的平等，也缩短了人与人之间的心理距离，人们可以平等交流，大胆地各抒己见，真实地表达内心情感，了解彼此的真切感受。校园网络的日益普及和迅速发展，在学校与师生、教工与学生、学校与院系、院系与院系之间架起了一座桥梁。师生通过网络可直接获取学校党政和职能部门的办学思想、政策、规章制度，同时可发表自己的意见和建议，学校职能部门通过网络则能够及时听取师生反映的信息，掌握师生的思想动态。学生可以通过网络自由选择名师和品牌课程，进行学术探讨、思想交流、知识获取；教师则可以通过网络进行信息引导、点拨、启发、释疑、解惑、传道授业。院系与院系之间，可以通过网络，进行跨学科、跨专业学习，交流、互补、交叉、融合、共享，使学科调整、专业改革、模式创新达到最优化。此外，通过网络，学生、教师、高校各级组织都能够及时、高效地了解社会信息、校园信息，从而充分利用最新的信息资源，达到学习、教育和决策管理的最优化。

第五，教育教学的平台。随着高等教育改革的深入和现代新网络技术的迅速发展，传统的教学手段已满足不了教学的需要。我们应该利用校园网，积极建立网上教育阵地，开拓新型的教育空间。这对于转变教育观念，促进教学内容、教学方法和教学模式的改革，加快建设教育手段和管理手段的现代化，有着决定性的意义和作用。通过校园网络建设，运用校园网络广泛收集信息，利用形象化、声像化的手段解决难点，突出重点，实现教育载体的多样化和现代化。这样可以增强教育的可接受性和生动性，使枯燥的学习教育活动转化为生动活泼的形式，对广大学生具有较强的感染力和亲和力。与此同时，校园网还为学生提供了各种信息服务，是学生进行自由探索和自主学习的场所。通过网络，学生可以方便地学习自己感兴趣的知识，查阅相关资料，了解相关信息。这不仅提高了广大学生的学习积极性，而且还培养了学生自主学习和自由探索的能力，有利于学生的全面发展。借助校园网，师生可以直接浏览其他知名高校的网站，查阅各种信息，了解其他高校师生的学习和生活，达到足不出户而知天下事，有效克服了校园信息的局限性。因此，一个内容丰富、形式活泼，充满吸引力的校园网，是高校教育教学的新平台，是高校师生学习知识、拓展视野、了解世界的新空间。

第六，信息服务与工作管理的平台。随着人类社会全面步入信息时代，现代社会对信息资源、信息技术的依赖性越来越大。如何充分利用高校校园网络有效提高高校获取信息的便捷性，如何充分利用网络的优势打造高校管理工作的新方式，已成为各高校普遍关注的问题。校园网络所提供的信息服务，为学生提供培养自身素质的条件，增强了学生信息的获取能力、处理能力以及应用能力，对大学生的人才培养具有重要的意义，对于提高高校管理效率，节约人力物力资源方面具有潜在的巨大效益。因此，充分挖掘校园网络的信息服务功能，以师生需求为导向，以师生满意为最终目的，全力打造校园信息服务系统，将校园网络打造成高校信息服务与管理的平台，理清高校校园网络建设的方向和目标。

3.4　高校网络文化建设的基本原则

高校网络文化建设是一种科学、理性的文化实践活动，它具有多侧面、多角度、多层次的特点。高校网络文化建设必须根据建设目标，坚持正确的指导思想，结合高校自身实际情况，遵循一定的原则来开展。只有这样，才能形成健康向上的校园网络文化，并以此引导学生、鼓舞学生、熏陶学生、感染学生，促进大学生的全面发展。

网络文化建设的基本原则，是指为了实现网络文化建设的目标，依据网络文化发展规律，在总结网络文化建设工作实践经验的基础上制定的，实施网络文化建设所必须遵循的基本准则。① 它是高校网络文化建设指导思想的集体体现。正确掌握和遵循高校网络文化建设的基本原则，是科学确定网络文化建设的内容、正确选择网络文化建设的路径和方法，是促进高校网络文化发展的重要前提和保证。

网络文化作为一种以先进的互联网技术为依托的现代文化形态，其形成发展的规律不同于其他文化形态，给我国现有的文化建设和管理在观念、方式和手段等方面带来了前所未有的挑战，我们熟悉的那套文化建设和管理模式显然已不能满足需要。因此，我们要有强烈的危机意识和创新精神，在坚持"二为"方向、"双百"方针和"三贴近"原则的前提下深入研究和顺应网络文化形成发展的特殊规律，进一步解放思想，不断深化对新形势下网络文化发展的地位、方向、动力和目的的认识，建立与经济社会发展相适应、具有鲜明时代特征和强烈时代气息的网络文化观，积极推进网络文化建设与管理的理念和方式方法的创新，促进我国网络文化健康发展，在更大范围内、更高程度上让人民群众共享文化发展成果。

3.4.1　方向性原则

方向性原则是高校网络文化建设的首要原则和灵魂，它决定着高校网络文化建设的内容和性质。高校校园网络文化建设的方向性原则，是指高校网络文化建设必须坚持社会主义的政治方向，即必须坚持马克思主义的指导地位，坚持四项基本原则，把正确的政治方向放在第一位，培养造就全面发展的社会主义事业的建设者和接班人。马克思主义是我们党和国家的指导思想，是指导我们一切工作的理论基础。毛泽东同志早就说过："指导我们思想的理论基础是马克思列宁主

---

① 宋元林等：《网络文化与大学生思想政治教育》，湖南人民出版社 2006 年版，第 120 页。

义。"① 马克思主义和当代中国的马克思主义——毛泽东思想、邓小平理论、"三个代表"重要思想和科学发展观，是我国立党立国的根本，也是高校网络文化建设的根本，它决定着高校网络文化的性质和方向。

高校网络文化建设之所以必须坚持社会主义方向，有几个原因。第一，这是由高校的性质和任务所决定的。教育具有鲜明的积极性，正如列宁所指出的那样："教育'不问政治'，教育'不讲政治'，都是资产阶级伪善的说法。"② 我国高校是社会主义性质的高校，为社会主义事业培育合格的建设者和可靠的接班人是其根本任务。因此，我国高校必须始终坚持育人为本、德育为先，把思想政治教育摆在首要位置。在网络时代，高校思想政治教育，既要发挥思想政治理论课和思想政治工作的主渠道作用，更要发挥新形势下校园网络文化得天独厚的优势。网络文化覆盖面广、亲和力强，潜移默化地影响着学生思想政治素质的养成，高校网络文化建设是高校思想政治教育的一个重要组成部分。做好思想政治教育工作，必须把方向性放在首位。江泽民同志指出，旗帜问题至关重要，旗帜就是方向，旗帜就是形象。没有旗帜引路，或者引路的旗帜不对就会迷失方向。因此，我们在高校网络文化建设中，必须坚持社会主义的政治方向，以更好地把大学生培养成有理想、有道德、有文化、有纪律的社会主义事业的建设者和接班人。第二，这是我国的政治与经济制度所决定的。毛泽东同志指出："一定的文化是一定的政治和经济在观念上的反映。"③ 江泽民同志也指出："在当代中国发展先进文化，就是发展中国特色的社会主义文化。"网络文化是先进科技成果与人类文化相融合的产物，是中国先进文化发展的一个方向，其先进性必须体现中国特色，必须符合中国经济、政治发展的要求。因此，在当代中国，我们要建设发展的网络文化，只能是中国特色的社会主义网络文化。这是一种以马克思主义为指导的，与社会主义基本制度相适应的网络文化。第三，这是网络文化的特点所决定的。具有高度开放、匿名等特点的网络文化，实现了全球化信息共享，提高了人们学习、工作效率的同时，也带来了渗透着西方国家意识形态的多元思想，一些资产阶级自由化思想、暴力色情思想、赌博思想、虚假信息、垃圾信息等在网络中迅速蔓延，使网络既成为一个信息的宝库，又是一个藏污纳垢的垃圾场。江泽民同志指出："互联网是开放的，信息庞杂多样，既有大量进步、健康、有益的信息，也有不少反动、迷信、黄色的内容。"特别是以美国为首的西方国家占据了互联网传播的制高点，大肆向我国倾销带有其政治模式、价值观念和生活方式的各类信息，以反对和消解社会主义价值观。面对鱼龙混杂、泥沙俱下的网络文化，青年大学生由于自身的认识水平、判断能力和社会阅历的限制，往往"饥不择食"，甚至以生疏为新颖，以猎奇为风雅，表现出较大的盲目性。长此以往，必然导致大学生思想上的混乱，后果不堪设想。因此，高校网络文化建设必

①《毛泽东选集》第 6 卷，人民出版社 1993 年版，第 350 页。
②《列宁选集》第 4 卷，人民出版社 1995 年版，第 364 页。
③《毛泽东选集》第 2 卷，人民出版社 1991 年版，第 694 页。

须坚持社会主义方向，宣传马克思主义和中国特色社会主义理论体系，以此来引导青年大学生树立正确的理想、信念、人生观、价值观和世界观，培养敏锐的判断力，以应对网络中不良信息造成的负面影响，实现"以科学的理论武装人，以正确的舆论引导人，以高尚的精神塑造人，以优秀的作品鼓舞人"的目标。

2001 年 4 月 29 日，江泽民同志在庆祝清华大学建校 90 周年大会上发表重要讲话，对高校明确提出了两点要求："第一，在建设大学的校园文化时，必须坚持马克思主义的指导地位，坚持弘扬中华民族的优秀传统文化，坚持汲取全人类优秀文化的精华。第二，大学是产生精神产品的源头之一，要坚持社会主义文化的主旋律，创造适应时代精神和人民群众需要的精神产品，坚决反对腐朽思想道德、文化，为国家经济发展和社会进步提供精神动力。"① 高校在网络文化建设中坚持社会主义方向，就是要坚持以马克思主义作为指导思想，就是要大力弘扬中国特色社会主义文化主旋律。首先，在指导思想上，坚持以马克思主义作为高校网络文化建设的指导思想。胡锦涛同志指出："人类文明进步的历史充分表明，没有先进文化的积极引导，没有人民精神世界的极大丰富，一个国家、一个民族不可能屹立于世界先进民族之林。"② 而一种文化的先进性主要体现在指导思想的先进性上。社会主义文化是人类社会的先进文化，它是以马克思主义为指导思想的文化。马克思主义是科学的世界观和方法论，它揭示了人类社会发展的一般规律，充满了真理的光辉和逻辑的力量。因此，马克思主义是建设中国特色社会主义文化的基石，是发展繁荣高校校园文化的根本。当前，世界各种思想文化的交流、交融、交锋日趋频繁，文化多元化，意识形态多样化，渗透与反渗透的斗争尖锐复杂。高校历来是西方敌对势力争夺的重要阵地。高校在校园网络文化过程中只有以马克思主义为指导，才能确保网络文化的正确发展方向，才能确保网络文化的活力，才能增强网络文化的吸引力和感染力。其次，在建设内容上，要以弘扬社会主义文化主旋律为重点。《中华人民共和国教育法》第六条明确规定："要在受教育者中进行爱国主义、集体主义、社会主义的教育，进行理想、道德、纪律、法制、国防和民族团结教育。"③ 这就要求我们在高校网络文化建设中，以社会主义核心价值体系为灵魂，以中国特色社会主义共同理想为主题，坚持用社会主义的思想体系和行为规范来教育学生，把马克思主义理论教育和党的基本知识教育、形势与政策教育、民主法治教育作为网络文化的基本内容，使青年大学生在中国特色的高校网络文化的影响下，树立正确的人生观、价值观和世界观。

---

① 江泽民：《在庆祝清华大学建校 90 周年大会上的讲话》，《人民日报》2001 年 4 月 30 日。
② 胡锦涛：《在中国文联第八次全国代表大会中国作协第七次全国代表大会上的讲话》，《人民日报》2006 年 11 月 11 日。
③ 教育部人事司组编：《高等教育法规概论》，北京师范大学出版社 2001 年版，第 344 页。

3.4.2　主体性原则

主体是指实践活动中对实践对象即客体有认识和实践能力的人。高校网络文化的主体是指与高校网络文化这一客体对象相对的高校网络文化建设的承担者、执行者和高校网络文化的享受者，它包括学生、教师、管理人员等全部的校园人。主体性是指人在实践过程中表现出来的能力、作用、地位，即人的自主、主动、能动、自由、有目的活动的地位和特性。高校网络文化建设的主体性原则主要有两层含义：一是高校网络文化建设中应尊重全体师生的主体地位，充分调动和发挥他们的主动性和能动性，使他们成为网络文化的创造者、生产者；二是高校网络文化建设要确立以我为主、为我所用的主体性意识，即要积极吸收和借鉴健康的、先进的思想文化，同时要坚决批判和抵制有害的、不健康的思想文化。

高校网络文化建设必须坚持主体性原则的原因有以下三点。第一，作为参与主体，高校师生是高校网络文化建设的主要力量。文化是无所不在的，高校网络文化也是如此，它浸透在高校师生的全部网络行为和人与人的关系当中。因此，高校网络文化的建设也必须应着眼于高校广大师生，要形成人人议论、人人参与、人人引以为豪的气氛，而不能只是少数人关注、部分人满意，更不能只是领导集体取得共识。第二，坚持主体性原则，是坚守高校网络文化主体意识的关键。在保持自主基础上的海纳百川、兼容并蓄是文化持续发展、保持旺盛生命力的基本条件。文化建设应该坚持"以我为主，为我所用"方针，既不能对我国传统文化和西方文化视而不见，也不能简单继承、照单全收，而是要在保持自主性的基础上，追求中外优秀文化间的融会贯通。因此，在高校网络文化建设中，要按照高校自身的需要，在对古今中外文化进行科学分析、理性批判的基础上，以扬弃的态度，积极吸收其精华，坚决抵制其糟粕，创造出一种中国特色的先进的高校网络文化。第三，高校广大师生的参与和配合，是发挥高校网络文化育人功能的必然要求。文化育人功能的实现，不仅是教育者按照一定的教育目标，有组织、有计划地对受教育者实施教育的过程，更是受教育者主动地将教育内容内化为自身的情感和信念，外化为行为和习惯的过程。这种"内化"和"外化"的根本动力，在于受教育者内在的心理认同。如果在高校网络文化建设中，没有广大师生的积极参与和有效配合，就不能获得师生的认同，那么，即使教育者把工作做得再多、再好，实际效果也会大打折扣。因此，坚持主体性原则，充分发挥高校广大师生在高校网络文化建设中的主体地位和主观能动作用，是发挥高校网络文化育人功能的必然要求。

高校网络文化建设应该如何坚持主体性原则呢？首先，高校师生全员参与。高校师生不仅是高校网络文化建设的使用者，也是创造者。高校师生在依托计算机与网络全方位消费具有海量信息的网络文化的同时，又通过自己的创造性活动不断生成和更新网络文化。在整个过程中，高校师生都处于主体的地位。因此，高校网络文化建设应以广大师生为本，坚持共建、共管、共创、共享的原则，尊重师生的主体地位，积极发挥广大师生的主体作用。例如，对一些办得较好的学生社团，可以引导他们建设自己的网页，在学校的统一管理下向全体学生开放。其次，高校应开展各种丰富多彩的校园网络文化活动，调动、吸引师生积极主动地参与和投入到校园网络文化的建设过程中。高校广大师生是高校网络文化建设的主体，高校网络文化建设追求的是学校与师生的共同成长。让师生成为高校网络文化提升发展的支点，这是高校网络文化的活力所在。高校通过开展丰富多彩的校园网络文化活动，可以充分调动和发挥广大师生的主观能动性和创造性，努力形成全员参与、群策群力、齐抓共建的良好氛围，让师生参与建设，在建设中受到熏陶和教育，通过丰富师生体验来强化高校网络文化建设的内涵。例如，可以围绕"诚信网络、和谐校园"主题，积极开展一些有意义的、旨在提高大学生网络文化素质的系列活动，如举办网络知识讲座、诚信上网宣传讲座，开展大学生网络作品大赛、网络主页设计大赛、网络文化创意大赛、网络攻防大赛、二级网站评比大赛等活动，将网络文化与校园文化紧密结合，使青年大学生真切感受充满挑战和机遇的网络世界，充分激发大学生的上进心和创造性，走积极、健康的网络之路。再次，优化网络文化生态环境。环境教育人，环境改变人。创造健康向上的网络环境是坚持主体性原则的前提条件。高校应通过采取包括法律、行政和技术等在内的多种手段，对网上信息进行全程监管和筛选，对传播虚假和有害信息的行为进行打击，保持网络环境的纯洁性。同时，大力倡导网络道德修养。道德是维护正常网络秩序的重要规范，高校应积极构建和宣传适应校园网络文化发展要求，符合师生特别是青年大学生身心特点的校园网络道德体系，着力培养青年大学生校园网络文化自律意识，充分展现科学的理论体系，宣扬社会主义价值准则，遏制腐朽落后思想文化传播，要将思想政治教育和网络规范管理融入校园网工作中，防止不良信息的蔓延和扩散，杜绝校园网络文化暴力和反暴力。最后，高校网络文化建设应把网络文化的思想性、教育性与服务性、娱乐性结合起来。网络文化的平等性、自主性等特点吸引着广大师生的视线，网络文化对师生具有巨大的感染力、渗透力和熏陶作用。高校必须用具有思想性和教育性的健康思想文化去占领校园网络阵地。网络文化是一种"吸引力"文化，吸引网民的"眼球"是网络文化发挥影响力的前提。要吸引师生的"眼球"，高校网络文化必须雅俗共赏、内容丰富、形式生动，同时还必须合理配置网站的教育和娱乐资源，加强高校网络文化的服务性、娱乐性，增强感染力和亲和力，使高校网络文化融思想性、教育性和服务性、娱乐性为一体，以关心人、亲近人的方式进入广大师生的心灵，让校园文化、优秀民族文化和世界先进文明成果更好地吸引广大师生、熏陶师生、教育师生。

3.4.3　整体性原则

整体性原则是指在高校网络文化建设中，把高校网络文化的各个组成要素作为一个整体，把高校网络文化置于高校校园文化的整体中，进行统一规划和建设，以促进高校网络文化与校园文化及高校网络文化内部各个要素的和谐统一发展，进而发挥其整体育人效应。

高校网络文化建设的整体性原则是由文化的整体性本质决定的。文化本质上是一种体系性、系统性的存在，单个的文化要素离开整体是无法存在的。整体性是高校网络文化的本质属性。高校网络文化的内涵主要包括精神、制度、行为和物质四个维度，其结构是一个由精神文化、制度文化、物质文化和行为文化四个层面综合而成的复杂系统。在高校网络文化中，网络精神文化、网络制度文化、网络物质文化和网络行为文化之间不是相互独立和毫无关联的，相反，四者不可分隔、相辅相成，共同组成高校网络文化的整体结构，对高校网络文化产生综合的影响。在高校网络文化建设中，如果不注意协调这些要素，各环境要素之间处于相互矛盾、相互对立的状态，网络文化建设就无法达到预期的效果。因此，高校网络文化建设必须坚持整体性原则，要使高校网络文化的各要素密切配合，协调一致，形成一个统一的整体，从而对高校师生产生统一的力量，以增强建设的实效性。另一方面，现代有机整体论告诉我们：任何现实中的整体都只是更大整体的局部。也就是说，当我们将高校网络文化作为一个整体来思考时，整体仍是局部的整体，高校网络文化又是高校校园文化中的一个子系统，高校网络文化的功能和作用只有在校园文化的整个体系中才能显示出来。因此，高校网络文化建设必须纳入到校园文化的全面规划和建设之中。

高校网络文化建设应该如何整体性原则呢？首先，要把网络物质文化、网络精神文化、网络制度文化和网络行为文化作为一个整体来统一规划和建设，不能厚此薄彼，更不能顾此失彼，而应统筹兼顾，协同推进。就高校网络文化建设的实践来看，我们要特别注意避免两个误区。一是重物质文化建设轻精神文化建设，这种做法忽视了网络精神文化的核心作用，无益于高校网络文化的整体性建设；二是制度文化建设与物质文化和行为文化建设相脱节，这无益于高校网络文化建设的科学性与发展的持久性。其次，要把高校网络文化纳入校园文化建设的总体规划。网络文化已经构成了蓬勃发展的校园文化的重要组成部分，校园网络文化是网络文化与校园文化交叉融合而形成的新型校园文化，随着网络文化的普及和对校园文化的渗透，其快速便捷的信息提供方式、无可比拟的信息容量及丰富充实的文化内容，使校园网络文化迅速地成为了当代大学生文化生活的重要内容。另一方面，网络文化的开放性使不同文化碰撞、交融在一起，导致大学生的价值观冲突更加剧烈，价值取向更加多元，价值选择更加困难。在这种情况下，高校必须把网络文化纳入校园文化建设的总体规划中，制订网络文化建设的规划，明确校园网络文化建设和管理的努力方向，以社会主义核心价值体系为引领，充分利用网络这一新兴传媒及其相应的网络文化，将其发展成为弘扬校园主流文化的新阵地和推动大学生素质教育的新平台。

3.4.4　开放性原则

开放性是系统与周围环境及其他系统的有机联系，每一个系统不仅其内部诸要素之间相互联系、相互作用，而且和周围环境也处于相互联系、相互作用之中。一个系统如果要保持其稳定性，就必须不断地与外界联系交换信息，一旦交换停止或达不到一定的阈值，系统结构就会瓦解。① 高校网络文化要持续健康发展，同样必须形成一个开放的系统。这就要求高校以博大的胸怀、开放的心态，全方位、多角度地获取信息，积极吸收借鉴其他文化的精华，不断充实和完善高校网络文化。

高校网络文化建设的开放性原则，是由文化的开放性本质决定的。网络文化是一种开放性的文化。历史已经证明，任何一种文化都是在与世界其他文化的相互比较、相互竞争、相互交融之中，通过不断吸收其他文化的精华而产生和发展的。同理，网络文化也应当是一种开放的文化，它继承了全人类的优秀文化，与世界其他形态的文化是兼容并蓄的关系。开放性而非封闭性才是网络文化的特点，也是作为网络文化子系统的高校网络文化的特点和必然要求。高校网络文化要快速、健康地发展，就必须以开放的胸怀尽可能地从各种优秀文化中汲取足够的营养。毛泽东同志早就指出："我们的方针是，一切民族、一切国家的长处都要学，政治、经济科学、技术、文学、艺术的一切真正好的东西都要学。"② 只有做到民族文化与异质文化兼收、校内资源与校外资源并蓄，高校网络文化才能不断地丰富自己、完善自己、壮大自己。

高校网络文化建设应该如何坚持开放性原则呢？首先，要坚决反对和抵制两种错误思想。在高校网络文化建设中，我们必定会面临对中华民族传统文化和校内文化的继承与对外来文化和校外文化的借鉴这对矛盾。要妥善解决这一矛盾，我们必须反对两种错误思想。一种是文化保守主义。这种思想认为中国传统文化完美无缺，外来文化一无是处、一文不值。持这种观点的人认为，高校网络文化建设要以民族传统文化为指导，只要按照传统文化办事，高校网络文化就能够发展壮大。这是一种夜郎自大、唯我独尊的态度。第二种是文化虚无主义。这种思想认为，中国传统民族文化早已不适应今天这个时代，没有什么积极的东西，外来文化什么都比我们强。持这种观点的人认为，高校网络文化建设必须彻底抛弃民族传统文化，全盘接受西方异质文化。这是一种典型的崇洋媚外的心态。这两种观点犯了肯定一切或否定一切的形而上学的错误，其作用于实践的结果是：要么否定民族传统文化，全盘接受外来文化；要么排斥外来文化，堵塞吸收外来文化的通道，最终导致民族文化的衰落和湮灭。因此，只有扬弃传统文化，批判吸收外来文化，才是高校网络文化建设的应走之道。其次，要积极吸收和借鉴外来

优秀文化。文化建设必须"要认真研究和借鉴世界各国的文明成果，善于从其他国家和民族的文化中汲取营养，发展自己"①。邓小平同志指出："社会主义要赢得与资本主义相比较的优势，就必须大胆吸收和借鉴人类社会创造的一切文明成果。"② 江泽民同志也明确指出："我国文化的发展，不能离开人类文明的共同成果。"③ 胡锦涛同志强调指出："我们既要坚持和发展中华文化的优良传统，也要积极吸收和借鉴世界各国人民创造的优秀文化，为维护世界和平，促进共同发展做出贡献。"④ 事实上，不同文化间的互相学习和借鉴，是推动文化进步与发展的重要力量。因为异质文化之间通过接触与交融，能适时地、多维地、创造性地将对方的优秀文化要素转化为自身发展的营养，从而扩充和丰富自己的文化特质，赋予自身文化形态以新的内容和功能，使自身具有更为强大的活力和旺盛的生命力。因此，在高校网络文化建设中，我们要具有开放的视野，要以海纳百川的气魄和兼容并蓄的意识，大胆吸收和借鉴世界上一切于我们有用、有益的文化，让高校网络文化在与异质文化的交流、碰撞与融合中获得更好更快的发展，使高校网络文化始终处于文化发展的前沿。再次，要弘扬优秀的民族文化。文化学告诉我们：任何文化都是在继承现有文化成果的基础上，不断创新、不断发展的。坚持高校网络文化建设的开放性，并不意味着排斥高校网络文化的民族性。恰恰相反，作为互联网技术与社会文化生活相结合而催生的一种文化形态，网络文化既有世界性，也有民族性。民族性是文化的天然属性，任何一种文化都是以自己的民族精神为依托的，而且文化任何时候都首先必须是民族的，然后才是世界的。正如列宁所说："世界历史是个整体，而各民族是它的器官。"⑤ 文化发展的历史证明：在文化上，愈是民族的，就愈是世界的；愈是民族的，就愈有生命力和影响力。世界上任何一个民族文化的发展，都是在自己既有文化传统的基础上进行的文化传承、变革和创新。有人说，一个民族记住了自己的历史，就绝不会衰落；要是遗忘了自己的历史，就必然走向衰落乃至灭亡。还有人说，一个国家、一个民族，如果没有现代科学，一打就垮；而如果没有优秀历史传统，没有民族人文精神，没有正确的思想道德引导，不打自垮。⑥ 这充分说明了继承和弘扬优秀民族文化的重大意义。中华民族拥有五千年的文明史，中华文化源远流长、博大精深、影响深远，中华文化是中华民族生存发展的根，是中华民族生生不息、团结奋进的不竭动力，是我们宝贵的精神财富。如今，网络世界中各种思想文化的相互激荡比以往任何时候都激烈，我们必须把继承和弘扬优秀的民族传统文化纳入到高校网络文化建设的全过程中。

高校网络文化建设只有依托源远流长的民族文化优势资源，把博大精深的中

① 《江泽民论有中国特色社会主义（专题摘要）》，中央文献出版社 2002 年版，第 387 页。
② 《邓小平文选》第 3 卷，人民出版社 1993 年版，第 373 页。
③ 《中国共产党第十五次全国代表大会文件汇编》，人民出版社 1997 年版，第 38 页。
④ 载《光明日报》，2004 年 2 月 1 日。
⑤ 列宁：《哲学笔记》，人民出版社 1990 年版，第 254 页。
⑥ 宋元林等：《网络文化与大学生思想政治教育》，湖南人民出版社 2006 年版，第 132 页。

华文化作为网络文化的重要源泉，不断锤炼自身的民族特色，同时融汇世界各国文化精华，才能使高校网络文化具有鲜明的文化个性和强大的文化吸引力、感染力和生命力。

3.4.5 创新性原则

创新是以新思维、新发明和新描述为特征的一种概念化过程。它具有三层含义：第一，更新；第二，创造新的东西；第三，改变。简单地说，创新就是利用已经存在的自然资源或社会要素创造新的矛盾共同体的人类行为，或者可以认为是对旧有的一切所进行的替代、覆盖。创新是人类特有的认识能力和实践能力，是人类主观能动性的高级表现形式，是推动民族进步和社会发展的不竭动力。江泽民同志指出："创新是一个民族进步的灵魂，是国家兴旺发达的不竭动力。……一个没有创新能力的民族，难以屹立于世界民族之林。"[①] 一个民族要想走在时代前列，就一刻也不能没有理论思维，一刻也不能停止理论创新。在国际竞争日趋激烈的网络时代，网络文化已经成为国与国之间竞争的重要力量。胡锦涛同志指出："充分发挥互联网在我国社会主义文化建设中的重要作用，有利于提高全民族的思想道德素质和科学素质，有利于扩大宣传思想工作的阵地，有利于扩大社会主义精神文明的辐射力和感染力，有利于增强我国的软实力"。[②] 我们要在高校网络文化建设中掌握主动权，形成自身的特色与优势，就必须积极进行文化创新。

创新是文化的本质特征，是文化生存发展的动力之源，是文化不断增强自身吸引力和感召力的重要途径，也是中国网络文化永葆先进性的源泉所在。文化的创新性，是人类文化的基本内涵——社会信息不断生成的运行规律。[③] 这就说明，创新是任何一种文化生存和发展的唯一理由和力量之源。一种文化只有具备创新的特质，并不断提出新思想、新理论，引领新思潮，推动新发展，才具有强大的生命力。2003 年，胡锦涛同志在中共中央政治局第七次学习会上指出："当今世界，文化赖以发展的物质基础、社会环境、传播条件发生了深刻变化，我们要深入研究新形势下我国文化建设面临的新情况新问题，善于在更加开放的环境中建设中国特色社会主义文化。"[④] 党的十六届四中全会强调要以创新的精神领导文化建设，"创新内容、创新形式、创新手段，努力铸造中华文化的新辉煌"。党的十七大报告指出，要"在时代的高起点上推动文化内容形式、体制机制、传播手段创新，解放和发展文化生产力，是繁荣文化的必由之路"。这就要求我们的文化建设必须与时俱进，要具有创新的精神。

---

① 《江泽民文选》第 1 卷，人民出版社 2006 年版，第 432 页。
② 胡锦涛：《加强网络文化建设和管理》，《人民日报》2007 年 4 月 24 日。
③ 蔡俊生：《文化论》，人民出版社 2003 年版，第 197 页。
④ 《中共中央政治局举行第七次集体学习》，《人民日报》2003 年 8 月 13 日。

网络文化作为先进文化，它的发展是一个动态的范畴，它总是要根据社会实践的发展去不断更新内容，拓宽发展空间，创新发展思路。因此，只有不断进行创新，高校网络文化才能成为中国特色的先进网络文化的重要组成部分，才能具有吸引力和生命力，才能激发师生的创造力，推动高校网络文化向更高更新的层次发展。另一方面，创新也是实现高校网络文化育人目标的必然要求。我们建设健康向上的校园网络文化，最终是为了促进大学生的全面发展。创新是人类永恒的生命活动，是人类本性的本质力量的最高表现，而先进的网络文化恰恰是以促进人的生命化、文明化、现代化的教育为目的，以促进人的创造性和个性发展为根本的。从这个意义上说，培养人的创新精神是高校网络文化建设理应追求的价值目标。因此，只有坚持创新性原则，高校网络文化才能承担起以创新精神为关注对象的人文使命，才有对大学生创新精神的召唤。①

高校网络文化建设应该如何坚持创新性原则呢？首先，要正确处理继承、借鉴与创新的关系。文化不是亘古不变的，文化本身是动态的发展过程，它随着时代的发展而发展。只有不断创新，才能保持文化的生命力和先进性。文化创新不是无中生有，需要从民族文化和外来文化中汲取养分。也就是说，文化创新是建立在继承和借鉴的基础上的。继承、借鉴是创新的前提，创新是一种开拓性的继承与借鉴。正如江泽民同志指出的那样："发扬传统与开拓创新是统一的。继承是创新的重要基础，创新是继承的必然发展。要立足于自我，博采众长，以推进我国文艺形式、风格、流派的充分发展，实现体裁、题材、主题的极大丰富。"②网络文化既不是现有的西方文化，也不是现有的东方文化，而是对二者的双重超越。高校校园网络文化建设，要在马克思主义的指导下，认真继承本校发展的历史文化传统，又要善于继承和借鉴国内外著名大学的优秀文化传统。同时，在继承的基础上，又要与时俱进，根据时代和社会的发展需要，不断地推动高校网络文化的发展。其次，要解放思想，变革观念。任何变革，首先是人的观念的更新。观念创新是实践创新的先导和前提。"思想观念的变革是任何变革的前奏和重要内容，新的思想观念是冲破旧秩序和旧方法的精神武器。"③解放思想、变革观念，就是要突破和摆脱陈旧过时、不切实际的观念和思维定式的束缚，创造出符合时代潮流和实践需要的新型观念。就文化建设的创新而言，解放思想、变革观念，就是自觉地把思想认识"从那些不合时宜的观念、做法和体制的束缚中解放出来，从对马克思主义的错误的和教条式的理解中解放出来，从主观主义和形而上学的桎梏中解放出来"。④因此，在高校网络文化建设的这场文化变革中，坚持"三个面向"，顺应时代发展的要求，解放思想，更新观念。只有这样，才能培育出一流的高校网络文化，才能培育出一流的社会主义事业的建设者和接班

---

① 宋元林等：《网络文化与大学生思想政治教育》，湖南人民出版社 2006 年版，第 134—135 页。
② 《江泽民文选》第 3 卷，人民出版社 2006 年版，第 404 页。
③ 邱伟光、张耀灿：《思想政治教育学原理》，高等教育出版社 1999 年版，第 137 页。
④ 《江泽民论有中国特色社会主义（专题摘要）》，中央文献出版社 2002 年版，第 393 页。

人。再次，加强网络文化研究。网络文化作为一种以先进的互联网技术为依托的现代文化形态，其形成发展的规律不同于其他文化形态，给我国网络文化建设和管理在观念、方式和手段等方面带来了前所未有的挑战。高校应利用本身具备的文化和科研优势，对网络文化现象本身、网络文化对现实社会的影响、网络文化对教育的影响以及网络文化形成发展的特殊规律展开研究，不断深化对新形势下网络文化发展地位、方向、动力和目的的认识，从而为建设符合社会主义先进文化发展方向的高校网络文化提供重要的理论依据。只有对网络文化的形成发展规律有了较为深刻的认识，才能推进网络文化建设与管理的理念和方式方法的创新，才能促进高校网络文化健康发展，才能在更大范围内、更高程度上让师生共享文化发展成果。

3.4.6　个性化原则

个性化，和大众化相对，是指非一般大众的东西，就是在大众化的基础上增加独特的特质。高校网络文化的个性化是指不同地域、不同民族、不同专业、不同层次的学校，其网络文化不是千篇一律的，而是各具特色，有鲜明的学校特点。

网络文化发展有着普遍性的发展规律，这是不以人们的意志为转移的。因此，高校网络文化建设必须按照文化发展的普遍规律来规划和实施，任何不遵循文化发展规律的主观随意活动都会给高校网络文化建设造成不良后果。与此同时，我们必须看到，由于地域、民族、专业、层次和培养对象和培养目标的不同，一个学校有一个学校的特点和优势，每个学校的文化也应该具有自身的特色，而不能千篇一律。优秀的高校网络文化总是鲜明地体现了学校的个性和特色。有个性、有特色的高校网络文化才能有影响力和竞争力。否则，个性平淡、缺乏特色的高校网络文化就没有生机，就失去了活力。因此，高校网络文化建设应该坚持个性化原则，即坚持从学校实际出发，体现和塑造学校的个性和特色，不能一个模式，相互照搬，千校一面。

高校网络文化建设应如何坚持个性化原则呢？首先，要认真研究本校的发展历史，继承和弘扬学校优良的文化传统。悠久的历史、优良的传统，是学校宝贵的资源和财富。一脉相承的校风学风，代代相传的社会声誉，丰富的名师资源和校友资源等，都是建设高校网络文化可以而且应当利用的十分有价值的资源。高校要充分利用这些资源，以滋养满载时代精神的校园网络文化。只有具有历史传承性，高校网络文化的个性才显得更厚重、更丰富。其次，要根据学校的科学定位和发展目标来设计和规划高校网络文化建设。高校网络文化建设要体现个性，就必须立足于本校的办学实际。如果缺少对自己学校实际情况的准确认知和有效整合，过分强调借鉴其他学校的建设模式，那么，这样的网络文化必定缺乏个性，没有竞争力。因此，高校应根据自己办学的定位、层次、类型、发展目标、学科专业、科研水平和师资等整体状况，科学、合理地设计和规划校园网络文化，使之无论从内容到形式都要充分体现学校各层面工作的文化潜质，营造出能够鲜明体现学校根本特色的网络文化氛围。再次，要将学校所处的地域文化融入校园网络文化建设，打造具有地域特色的高校网络文化。每所高校都有特定的地域位置，而每一处地域在文化方面都有其不可复制的独特之处。高校应认真分析所处地域文化的独特性，与自身网络文化建设有机结合起来，借以提高高校网络文化的实力和知名度。

第四章　高校网络精神文化建设

高校网络精神文化是高校网络文化的重要组成部分，在高校网络文化建设中居于核心地位，它集中体现了高校网络文化建设的理念和追求，其建设成效好坏直接决定和影响着高校网络文化建设的成败。为此，在和谐校园建设和高校网络文化的伟大实践中，必须把建设高校网络精神文化摆在首要位置，引导高校师生树立以社会主义核心价值体系为核心的价值理念和思想观念，并将其内化为师生的自觉行为，切实营造积极向上、健康和谐的网络文化氛围。

4.1　高校网络精神文化的含义与功能

高校网络精神文化是高校网络文化的核心和灵魂，其所倡导的价值观、思想理论、道德伦理，对高校师生的道德情操、思想意识和意志品质等方面具有导向作用，能够从根本上规范高校师生的网络行为。在一定意义上可以说，只要深刻理解、准确把握和积极开展高校网络精神文化建设，就抓住了高校网络文化建设的关键。

4.1.1　高校网络精神文化的内涵与特征

作为一种精神文化形态，高校网络精神文化具有不同于普遍意义上的精神文化，是一个有着特殊内涵及特点的文化范畴。

1、高校网络精神文化的内涵

文化是人类在社会历史发展过程中所创造的物质精神财富，其基本要素可以分为知识、情感、伦理和信仰四个层面。这四个层面相互渗透，形成了一个开放的、相对独立的、连续发展着的体系。其中，知识层面是文化对社会生活最直接的反映，是人们认识世界的基础和首要环节。情感层面是人们对自然和社会生活感性的价值判断和反映，对于人们的心理抚慰和精神激励有着突出的功能。伦理是一个群体的行为规范，它的实质是人与人、人与社会、人与自然关系的约束与调节。这种约束和调节主要通过法律和道德来实现。信仰，包括从宇宙观到人生观、价值观一系列基本概念，在文化体系中，信仰处于最核心的地位，同时与其他要素构成复杂的互动关系。① 在文化的四个要素中，知识、情感和信仰属于精神文化的范畴。

精神文化也称观念文化，是指是以心理、观念、理论形态存在的文化。它是代表一定民族的特点反映其理论思维水平的思维方式、价值取向、伦理观念、心理状态、理想人格、审美情趣等精神成果的总和。② 它包括两个部分：一是存在于人们心中的文化心态、文化心理、文化观念、文化思想、文化信念等；二是已经理论化、对象化了的思想理论体系，即客观化了的思想。③ 需要特别指出的是，理解精神文化时要准确把握精神文化与文化精神的关系。一方面，精神文化不同于文化精神。文化精神是文化反应的内在本质，是文化的灵魂；精神文化只是文化众多形态中的一种，与之相对应的是物质文化、制度文化和行为文化等文化形态。另一方面，精神文化与文化精神之间有着紧密的关系，它既有区别又有联系。文化精神是精神文化的实质与内核，是从精神文化建设实践中升华、提炼、凝聚而成的文化精华，没有文化精神也就不会有精神文化的存在；精神文化是文化精神的一种概念化，是对文化精神的反映和诠释，是文化精神的外显的文化形式，是弘扬文化精神的必要条件和氛围。

作为文化众多形态中的一种，精神文化不是静止的，而是动态发展的，它必然要随着实践的发展而不断发展丰富，必然要直面时代的新要求，不断发展新形式、增添新内容。网络精神文化是伴随互联网技术的发展及其广泛应用而逐渐衍生出来的一种新型精神文化形态。随着20世纪互联网信息技术的兴起和广泛应用，人类飞速迈入了网络信息社会，网络精神文化作为精神文化的一种崭新形式应运而生。

网络精神文化，就是网络虚拟环境下的精神文化，是指基于网络虚拟环境下的社会心理和社会意识形态，以及通过比特符号外化的各种文化资源、文化环境和文化交往，包括网络环境下所有精神生活和精神生产过程的总和。它包括两层含义：第一，它是一种网络文化的一种具体形态，以虚拟的互联网络为生存空间和传播载体；第二，它是一种精神文化，以知识信息的传播以及价值判断和反映为主要内容。网络精神文化是网络空间中个体和群体的精神的、内化的网络意识和网络素养的集中体现，是网络文化的灵魂和精神支撑。④

具体到高校网络精神文化而言，它是指高校师生在虚拟网络空间中进行各种网络活动的过程中逐渐沉淀形成的关于网络文化的思想观念、机制体系和网络活动的道德准则等精神形态的认知体系。高校网络精神文化是高校网络文化的灵魂，它既是高校师生形成的对于高校网络文化建设的理性思考，又是高校师生这个特殊群体网络意识和网络素养的集中体现。相对于高校网络制度文化、网络行

---

① 孙家正：《和谐社会构建中的文化责任》，《光明日报》2005年8月5日。
② 曾丽雅：《关于构建中华民族当代精神文化的思考》，《江西社会科学》2002年第10期。
③ 高鸣等：《网络文化与大学生思想政治教育新论》，江苏大学出版社2007年版，第35页。
④ 宋元林、陈春萍等：《网络文化与大学生思想政治教育》，湖南人民出版社2006年版，第181—182页。

为文化和网络物质文化而言，高校网络精神文化是一种隐性文化，它隐含在广大师生思想意识的深处，既不独立存在，又无处不在，是高校在加强网络文化建设过程中，对各种优秀网络文化要素的选择、抽象、概括、积淀和文化构建，是高校师生精神力量的重要源泉。

2、高校网络精神文化与高校网络文化的关系

高校网络精神文化与高校网络物质文化、网络制度文化和网络行为文化一起，共同构成了高校网络文化。高校网络精神文化是高校网络文化的重要组成部分，在本质上表现为网络文化建设的理念和追求，是高校网络文化的各种文化形态中层次最高的一种文化形态。

在高校网络文化的系统中，网络物质文化、网络制度文化和网络行为文化反映并受制于网络精神文化，是一定网络精神文化的折射，是网络精神文化的表面化和具体表现，它们以非常丰富活泼的方式生动形象地展现了高校网络精神文化。其中网络物质文化要靠网络精神文化去推动，网络制度文化要靠网络精神文化去构建、去评价，网络行为文化是网络精神文化的外化和具体体现；而网络精神文化体现着网络文化各种不同形态文化的独特的心理结构，是系统中最深层、最具稳定性和最有决定力的内容，是整个高校网络文化系统的核心和灵魂。正因为如此，网络精神文化就决定着整个高校网络文化的特质，并且代表着高校网络文化的层次。然而，网络精神文化却不能独立存在，它需要依附于一定的载体，它只能通过物质、制度和行为的形式表现出来、折射出来。这些物质、制度和行为正因为体现着人们的精神心理和精神世界，因而才成为了网络文化的重要部分，它们对网络精神文化的体现越多，内涵越丰富，其文化价值就越大。

3、高校网络精神文化的特征

高校网络精神文化是一种产生、存在并发展于高校校园内并以网络为载体、以高校广大师生为主体的精神文化，归属于人类精神文化的一个特定层次。相对于其他形式的精神文化以及高校网络物质文化、网络制度文化和网络行为文化而言，高校网络精神文化有着自身的特点。

第一，政治性。高校网络文化是社会主义先进文化在高校的集中反映和体现。建设社会主义先进文化的根本目标，就是要坚持以马克思主义为指导，培育有理想、有道德、有文化、有纪律的社会主义事业的建设者和接班人，为构建社会主义和谐社会提供强大的精神动力和思想保证，确保改革开放和社会主义现代化建设事业沿着正确的方向不断前进。作为社会的人才和知识文化汇集的高地，高校的根本任务就是培养和造就德智体全面发展的社会主义事业的合格建设者和可靠接班人。所以，高校网络文化建设必须坚定不移地坚持社会主义方向，坚持以社会主义核心价值体系为引领，旗帜鲜明地抵制和消除各种错误思想和腐朽观念的侵袭，努力营造良好的育人网络文化氛围。作为高校网络文化的观念形态和理性认知，高校网络精神文化更要充分体现中国特色社会主义的价值取向，高举中国特色社会主义伟大旗帜，这是高校网络精神文化建设的政治前提。放弃了正

确的政治方向，高校网络精神文化乃至整个高校网络文化建设的作用就失去了原有的本意。

第二，导向性。高校网络精神文化是网络文化的观念系统，它以科学化、系统化的逻辑体系与结构，充分反映了社会主义核心价值体系的先进性与合理性，根本不同于封闭、保守、落后的封建思想，也不同于消极、腐朽的资产阶级的个人主义、拜金主义和享乐主义的思想观念。高校网络精神文化在深层次上表现为一种哲学，包括理想信念和人生目的、人生意义和人生态度等；在浅表层次上表现为对真假、善恶、美丑、义利的辨别与取舍，明确告诉人们"信什么、要什么、追求什么"，其根本任务就是要师生形成正确的网络思想意识，并转化为自觉行动。

第三，指向性。一般说来，一个组织机构的网络精神文化虽然要受到整个社会网络精神文化的制约和影响，但同时也必然要与该组织机构的价值追求相一致，这样才能形成和谐的网络发展环境，促进该组织机构的健康发展。对高校而言，网络精神文化同样也要与高校作为人才培养、科学研究和社会服务的教育机构这一本质相契合。与其他社会组织机构不同，高校是培养专门人才和探求科学真理的地方。无论是进行人才培养、开展科学研究，亦或是服务社会，高校都离不开对客观真理孜孜不倦的追求。因此，相对于其他社会组织机构的网络精神文化而言，高校网络精神文化的宗旨和价值追求也就具有了明显的特定指向。

第四，辐射性。高校既是培养高素质人才的重要基地，也是社会先进文化的重要辐射源。高校校园文化作为一种亚文化形态，是社会文化和社会精神的辐射源和助推器。校园文化对社会文化起着重要的影响和渗透作用。校园文化的培育离不开社会文化的影响，同时它又对社会文化产生积极的助推作用。作为校园文化的最新发展形式的高校网络文化尤其是高校网络精神文化，虽然产生于高校，存在于高校，但它却能够惠及师生家庭，辐射整个社会。通过高校网络精神文化建设，可以深刻影响高校师生的个体发展，特别是影响师生的价值取向、网络意识的形成以及网络行为的选择，也就是说，高校网络精神文化能够从根本上影响高校师生的意识、思维与行为。高校师生作为高校网络精神文化的主体，他们具有较高的文化素养和对社会新鲜事物的敏感性，这有助于促使高校网络精神文化从校园向家庭和社会延伸，进而成为社会网络文化的辐射源。

第五，多元性。高校网络精神文化是基于互联网技术而形成的一种新型精神文化，相应地，网络的开放性特性决定了高校网络精神文化价值的多元性。随着改革开放的深入推进和社会主义市场经济的不断发展，各种思潮不断涌入、各种文化相互交汇、各种观念相互碰撞、各种矛盾日益凸显，这一方面对中国人的思维方式、行为方式、精神生活、价值选择和价值认同等产生了深刻影响，中国社会和中国人的价值观念日益呈现出一种多元化的形态；另一方面先进文化与落后文化、健康文化与腐朽文化的并存对我国的社会意识构成了严峻挑战。在这样一个复杂性、多维性和艰难性的历史进程中，不同的思想观念在开放的互联网上都能得到充分的展现，这必然带来网络精神文化的多元化。

除上述特点外，高校网络精神文化还具有人文性、现代性、创新性和个性化等特点。人文性是指高校网络精神文化具有高度的人文色彩，它重视培养高校师生的人文精神，促使高校师生完善心智、净化灵魂、洞察社会、通晓人生的目的和意义；现代性是指高校网络精神文化作为现代先进科学技术的产物，能够充分体现新时代的先进价值和先进理念；创新性是指高校网络精神文化在继承和弘扬民族优秀传统文化和学校优秀文化传统的基础上不断创新，与时俱进；个性化是指高校网络精神文化应在共性中追求个性，体现鲜明的本我特色。

4.1.2　高校网络精神文化的功能[①]

网络精神文化同其他形式的精神文化一样，都是人类社会发展的产物，对人类的精神世界有着重要的影响。相对于高校网络文化的其他几种形态，高校网络精神文化具有以下功能。

第一，精神陶冶功能。网络具有丰富的知识信息和超强的功能，人们不仅可以随时以文字、声音、图像以及其他符号接收来自世界各地的各种知识信息，而且可以参加各种网上活动，如读书学习、交友聊天、娱乐休闲、经商购物等。中国互联网络中心历次调查结果显示，多数网民把网络作为获取信息作为上网最主要的目的，而娱乐休闲则是继获取信息之后的第二大主要目的，并且呈递增趋势。可见，网络精神文化在满足人们求知欲的同时，也给人们带来各种美的享受和精神的陶冶。

第二，远程教育功能。网络的普及打破了过去单一的面对面式的教育模式，使人们可以不受时间空间的制约接受到同样的教育。网络传递信息具有速度快捷、信息量强大、形式丰富等特点，它既可以是同步传递，也可以是非同步传递；既可以是交互式传递，也可以是单向式传递；既可以以文字、符号、图片、声音等形式进行传递，也可以以其中某种或某几种符号进行传递。在网络环境下，一个人无论在什么时间、什么地点，都可以轻松地获取各种信息，而且网络拥有丰富的信息资源，可以满足各个领域、各种层次不同用户的需求。

第三，价值渗透功能。网络精神文化的多元化和内容的极大丰富性，必然造成各种文化价值观的不断相互冲突、渗透和融合。在网络空间里，各种带着不同价值理念、思维方式、社会心理的文化信息，潜移默化地影响着网民的心理感受和价值判断。特别是网络本身的开放性和自由行的特点，让人们更方便、更多机会地彼此交流思想，分享欢乐，从而在不知不觉之中接受各种价值观的影响。

第四，个性张扬功能。网络的平等性、互动性、开放性和虚拟性为人类创造力的发挥提供了一个巨大的文化空间，它使人们通过网络虚拟技术能够把丰富的

---

① 宋元林，陈春萍等：《网络文化与大学生思想政治教育》，湖南人民出版社 2006 年版，第 189 页。

想象力变成现实的"存在"。人们在网络虚拟空间里既可以尽情展示"本我",把自己最内在、最本质的情感和个性发挥出来,也可以完全抛开现实生活的左右,塑造出另外一个或多个完全不同的"自我",为人们个性的张扬提供了一个近乎无限的空间。

第五,团队凝聚功能。在大多数情况下,人们使用互联网主要是为了在互动中交流信息、协同工作、娱乐休闲、相互帮助。具有相同兴趣爱好的人在虚拟社区凝聚成一个团队群体。每个团队都有为成员所公认并且为成员必须遵守的行为规范,这种规范对团队中的每个成员都有一定的约束力。团队中多数成员的意见会产生一种无形的力量,使团队中每一个成员自觉或不自觉地保持着与大多数成员的一致性。因为当一个人的意见与团队中大多数人的意见和行为不一致时,就会感到紧张和对偏离团队的恐惧。如果一个人不愿意处于孤立的境地,他就会在团队的压力面前顺应大多数人的意见。①

第六,动力激发功能。所谓动力激发功能,就是指网络精神文化在满足人们学习知识、休闲娱乐、人际交往、情感宣泄的同时,可以让人们产生积极进取的动力,进一步发掘人的潜能。如今,上网已经成为当代大学生获取信息、休闲娱乐和交流的最主要手段。丰富多彩的网络内容不仅有利于拓展大学生视野,激发大学生的求知欲和进取心,培养大学生的自主学习习惯,而且鼓励大学生在知识的海洋中不断探索,勇于创新。同时,网络中团体之间的冲突与合作,对大学生往往会产生很大的影响,包括应对竞争的挑战、来自团体内外部的压力、团体内部成员间的相互信任与帮助、团体目标的实现等。当这些影响作用于大学生个体,使大学生产生自觉的行为时,就成了大学生奋发进取的积极动力。

4.2　高校网络精神文化建设的意义

文化是有力量的。胡锦涛同志在十七大报告中指出:"当今时代,文化越来越成为民族的凝聚力和创造力的重要源泉,越来越成为综合国力的重要因素……解放和发展文化生产力,是繁荣文化的必由之路。"在教育领域中,文化的力量也正成为推动教育进步与发展的动力,只有优秀的学校文化才能孕育出优秀的学校教育。高校网络文化是网络时代大学文化和高校核心竞争力建设的重要组成部分。一般认为,高校网络文化主要包括网络物质文化、网络制度文化、网络行为文化和网络精神文化等四个层面的内容。这其中,网络精神文化是高校网络文化的核心和灵魂,其他三个层面的网络文化可以说是网络精神文化的物质化、制度化和人格化。高校网络精神文化体现着高校网络文化的内在精神,在高校网络文化的建设中起着至关重要的作用。

---

① 颜世富:《信息时代心理调节》,上海人民出版社 2001 年版,第 45—46 页。

4.2.1　高校网络精神文化建设是培养中国特色社会主义事业建设者和接班人的需要

　　高校是培养中国特色社会主义建设事业接班人和建设者的摇篮，高等教育"培养什么的人才，怎样培养人才"，直接关系到我国的社会主义现代化建设事业的成败。

　　当前，中国社会正处于转型时期，经济转型和对外开放以及互联网技术的广泛应用带来了文化的多元化和价值取向的多样性，这种多元化取向必然会反映在高校网络文化发展的过程中。当下，在中国高校的某些青年大学生的精神世界里，马克思主义信仰严重缺失，个人主义、实用主义、道德虚无主义、享乐主义、消费主义等消极的世界观和人生观则开始泛滥，这严重背离了中国特色社会主义事业的发展要求，严重背离了社会主义先进文化的发展要求。因此，加强高校网络精神文化建设，提高大学生的思想政治素养，为中国特色社会主义建设事业输送合格的接班人和建设者，就成为高校的重要使命。

4.2.2　高校网络精神文化建设是构建高校和谐校园的需要

　　社会主义和谐社会的表征，从社会主体——人的视角而言，自内而外依次体现在三个层面：身心和谐、人际和谐、人与自然和谐。① 显而易见，人是实现社会和谐的关键性因素，人的身心和谐是社会和谐的基点和前提。

　　人的身心和谐的指向是每一个社会成员对自己，包括精神追求、需要层次、思维方式、个性特点和行为方式等，能够保持一种和谐的状态。实现人的身心和谐的过程，就是一个人不断提高思想觉悟、加强道德修养的过程，就是一个人不断改造世界观、人生观、价值观的过程。因此，社会和谐与否主要取决于全体社会成员的素质，特别是思想道德素质。胡锦涛同志指出："一个社会是否和谐、一个国家能否实现长治久安，很大程度上取决于全体社会成员的道德素质。没有共同的理想信念，没有良好的道德规范，是无法实现社会和谐的。"② 同理，高校构建和谐校园也需要不断提高全体师生的科学文化素质和思想道德素质。伴随网络信息技术的飞速发展和网络在高校校园的广泛应用，网络文化已经成为高校师生喜爱的文化生活方式和新兴的文化发展空间，它为传播信息、学习知识、宣传党的理论和方针政策发挥了积极作用，极大地丰富了师生的精神文化生活，有利于拓展师生的视野和提高师生的素质，给和谐校园建设带来了新的契机。但是我们也必须看到，高度自由开放的网络环境也造成了高校部分师生意识形态和价值观的西化俗化、民族认同感弱化、行为取向无政府化和道德情感冷漠化、道德

---

　　① 鄢本风：《社会主义和谐文化建设研究》，人民出版社 2010 年版，第 196 页。
　　② 胡锦涛：《在省部级主要领导干部提高构建社会主义和谐社会能力专题研讨班上的讲话》，《人民日报》2005 年 2 月 20 日。

评判相对化，严重影响了高校师生特别是青年大学生的身心和谐，给高校和谐校园建设造成了严重的负面影响。因此，高校要坚持社会主义先进文化的前进方向，加强网上思想文化阵地建设，大力推进校园网络精神文化建设，唱响网上思想文化文化的主旋律，努力宣传科学真理、传播先进文化、倡导科学精神、塑造美好心灵、弘扬社会正气，为和谐校园建设提供强大的文化动力和精神支撑。

4.2.3　高校网络精神文化建设是推动社会主义先进文化发展的需要

文化虽然不直接介入具体的社会生产，但却可以通过提高人的综合素质，为经济发展和社会进步提供强大的精神动力和智力支持，因此，中共中央提出了大力发展社会主义先进文化的要求。

高校是继承传播民族优秀文化的重要场所和交流借鉴世界进步文化的重要窗口，是新知识、新思想、新理论孕育的重要摇篮，承担着文化创造和引领社会先进文化发展前进的历史使命，在我国社会主义先进文化建设中占有特殊的地位，具有不可替代的作用。随着信息高速公路的不断延伸和个人电脑的广泛普及，互联网在思想文化建设中的作用已经越来越强。网络已经成为新时期思想文化宣传的新阵地，进行社会主义精神文明建设的新领域。这样的阵地，这样的领域，如果先进的思想文化不去占领，落后的思想文化就会去占领；如果社会主义思想文化不去占领，非社会主义的思想文化就会去占领。因此，高校必须加强网络精神文化建设，占领网络阵地。这不仅可以为社会输送高素质、全面型的人才，以适应不断发展的社会需要，而且还对社会主义先进文化的发展起着至关重要的促进、引领作用。

4.3　高校网络精神文化的建设

高校网络精神文化是高校网络文化的核心和灵魂，加强高校网络精神文化建设是培养中国特色社会主义建设事业接班人的需要，是构建高校和谐校园的需要，是发展社会主义先进文化的需要。面对多元文化和外来文化带来的冲击和挑战，高校网络精神文化建设只有用社会主义核心价值体系带动大学精神文化建设，引领精神文化建设的方向，积极抢占网络阵地，营造健康和谐的校园网络舆论环境，才能推动社会主义先进文化的发展，为建设社会主义和谐文化建设打下基础。

4.3.1　社会主义核心价值体系是高校网络精神文化建设的根本

社会主义核心价值体系是社会主义制度的内在精神和生命之魂，是社会主义制度在文化价值层面的本质规定，它揭示了社会主义国家经济、政治、文化、社会的发展动力，体现了富强、民主、文明、和谐的社会主义现代化国家的发展要求，反映了全国各族人民的核心利益和共同愿望，是社会主义大学精神文化建设的灵魂。① 高校网络精神文化作为大学精神文化重要组成部分，只有坚持以社会主义核心价值体系引领，才能保证高校网络精神文化发展的正确方向，才能推动和促进高校网络文化向着社会主义先进文化的方向发展，为高校和谐校园建设提供坚实的文化基础和强大的精神支撑。

1、社会主义核心价值体系及其对于高校网络精神文化建设的重要性

文化的核心和灵魂是其价值观，特别是核心价值观。在任何社会，只有当形成统一的价值目标、价值标准和价值体系的时候，才能使人们在思想和行动上最大限度地保持一致。"对于每个政党、每个国家、每个民族、每个组织，乃至每一个有机整体来说，其根本的立场和观点，其核心的价值观，都需要保持'一'，这是它之所以赖以生存的根本；失掉这个'一'，它们就会思想分裂，形成多重人格，就会失掉自己的价值和优势，最终会分崩离析，完全丧失自己的活力与生命。"②

核心价值体系，是社会意识的本质体现，决定着社会意识的性质和方向。任何社会都有自己的核心价值体系。③ 社会主义核心价值体系，是我国构建的在社会精神生活领域占主导和引领地位的核心价值观念体系和行为规范体系，是社会主义国家上层建筑的核心部分，是中国特色社会主义的"制度化的思想体系"和"观念形态的国家机器"，是中国特色社会主义意识形态区别于资本主义意识形态的基本标识。社会主义核心价值体系根植于中国特色社会主义的伟大实践，是对中国特色社会主义实践进程中核心价值关系的客观反映，体现了合目的性与合规律性的统一，充分借鉴和吸收了中国传统文化和当代世界前沿理论的精华和养分，对于巩固和发展社会主义经济基础和政治上层建筑，凝聚共识，引领多样化的社会思潮，推动社会主义文化大发展大繁荣具有极其重要的意义和作用。

社会主义核心价值体系的基本内容包括马克思主义指导思想、中国特色社会主义的共同理想、以爱国主义为核心的民族精神和以改革开放为核心的时代精神、"八荣八耻"为主要内容的社会主义荣辱观。其中，马克思主义指导思想是社会主义核心价值体系的灵魂。我国是社会主义国家，中国共产党是中国特色社会主义事业的领导核心，马克思主义是我们党和国家的根本指导思想，是我们党的旗帜，这就决定了马克思主义在社会主义核心价值体系中处于统领地位、"灵魂"地位；中国特色社会主义共同理想是社会主义核心价值体系的主题。建设中国特色社会主义既是我们党实现最广大人民群众根本利益的必由之路，也是实现

---

① 赖廷谦等：《社会主义文化与大学文化建设》，四川大学出版社 2009 年版，第 78—79 页。

② 陈瑛：《把握"一"、"多"辩证关系搞好社会主义文化建设》，《马克思主义研究》2007 年第 11 期。

③ 雒树刚：《建设社会主义核心价值体系》，《党建研究》2006 年第 11 期。

共产主义最高理想的必由之路。正是基于这个坚实的基础，决定了中国特色社会主义共同理想是社会主义核心价值体系的主题；以爱国主义为核心的民族精神和以改革创新为核心的时代精神是社会主义核心价值体系的精髓。民族精神植根于我国优秀民族文化传统中，又同我们党领导人民在长期革命建设和改革开放实践中形成的优良革命传统相融合，内涵极为丰富。民族精神的核心是爱国主义，在当代中国，爱国就是爱社会主义中国。时代精神孕育形成于波澜壮阔的改革开放实践，其核心是改革创新。改革创新精神表现为一种突破陈规、大胆探索、勇于创造的思想观念，表现为一种不甘落后、奋勇争先、追求进步的责任感和使命感，表现为一种坚韧不拔、自强不息、锐意进取的精神状态；社会主义荣辱观是社会主义核心价值体系的基础。以"八荣八耻"为主要内容的社会主义荣辱观，是当代中国社会最基本的价值要求和行为准则，为全体社会成员提供了道德判断的标准，提出了行为准则和规范，是社会主义核心价值体系的基础。

社会主义核心价值体系四个方面各具功能、各有侧重，相互联系、不可分割，是一个科学严谨、完整系统、有机统一的整体。马克思主义指导思想作为社会主义核心价值体系的灵魂，解决的是举什么旗的问题，它是我们党和国家的主导价值观，是社会主义核心价值体系的理论基础，居于统领地位，它决定着社会主义核心价值体系的性质和方向，其他三个方面都必须坚持以马克思主义为指导；中国特色社会主义共同理想作为社会主义核心价值体系的主题，解决的是走什么道路、实现什么样目标的问题。它是全社会共同的价值理想，其他三个方面都是为主题服务的；民族精神和时代精神作为社会主义核心价值体系的精髓，解决的是应当具备什么样的精神状态和精神风貌的问题。它是中华民族的核心价值精神，是其他三个方面的精神条件；以"八荣八耻"为主要内容的社会主义荣辱观作为社会主义核心价值体系的基础，解决的是人们行为规范的问题。它是全体公民基本价值标准，涵盖了其他三个方面的内容，使社会主义核心价值体系落到实处有了依托，人们践行有了遵循。

社会主义核心价值体系的提出，具有重要的理论意义和极强的现实针对性。改革开放以来，随着我国经济体制深刻变革、社会结构深刻变动、利益格局深刻调整、思想观念深刻变化，人们思想活动的独立性、选择性、多变形和差异性进一步增强，这一方面有利于人们更新观念、拓宽视野、激发活力，但也带来了人们价值取向的多样性，正确的与错误的、先进的与落后的、主流的与非主流的思想观念相互交织。与此同时，西方国家在世界范围内大肆推行文化霸权主义，不遗余力地利用一切机会和手段传播资本主义的意识形态和思想价值观念，企图对世界其他国家和地区进行"软征服"，对社会主义国家进行和平演变。这种现实迫切要求我们对社会主义核心价值体系作出清晰界定。社会主义核心价值体系的提出，就是竖起了一面旗帜，明确告诉人们，无论社会思想观念如何多样、多变，无论人们价值取向怎样变化，我国社会主义意识形态的核心部分不会动摇。因此，社会主义核心价值体系的提出，有利于我们在迅速发展变化的新形势下和复杂多变的环境中,更清醒、更坚定地把握社会主义意识形态的本质,有利于我们更清醒、更坚定地坚持社会主义先进文化的前进方向。

具体到高校网络精神文化建设而言,近年来我国高校网络文化特别是网络精神文化的建设已经取得了初步的、可喜的成绩。但是我们也要看到,社会转型所带来的多元文化以及外来文化,给高校网络精神文化建设带来了严重的冲击和挑战。一是转型期社会的多元价值取向对高校网络精神文化建设的冲击。改革开放以来,与社会转型和社会主义市场经济发展相伴随的是文化和价值取向的多元化。多元的文化和价值取向所带来的负面影响不能不在高校有所反映。在高校校园中,马克思主义信仰逐渐削弱,而拜金主义、个人主义、实用主义等庸俗的人生观、价值观却大有市场。一项调查显示,在当下的高校校园中,信仰马克思主义的大学生占 48.6%,信仰宗教和西方民主自由等占 27.1%[①];二是外来文化对高校网络精神文化建设的冲击。毫无疑问,建设中国特色社会主义,必须大胆吸收和借鉴西方资本主义国家的各类文明成果。但是我们也要认识到,西方文化是精华和糟粕共存的。随着经济、文化全球化进程的不断深入,西方的马克思主义"过时论"等各种社会思潮也开始进入我国,这些思潮以表面上的淡政治化、以经济生活方式的参照性试图在不知不觉中把西方的生活方式和价值观念变成统治世界的生活方式和价值观念,具有很大的隐蔽性和欺骗性,对我国的意识形态发展产生了不良的影响。高校是首先接触这些非主流异质文化的窗口,这些西方思潮在高校的师生中占有不小的市场,这必然影响和干扰高校网络精神文化的健康发展。三是价值的多元化对高校师生的负面影响越来越大。随着网络信息技术的日益发展和在高校校园的广泛应用,上网已经成为高校师生的生活方式和校园时尚。网络所具有的自由、开放等特性,使得各种价值观都能在互联网上得以传播,特别是网络信息基本上是无法控制和过滤的,使得一些非科学的世界观、伦理观、价值观趁机泛滥。大学时代是青年大学生价值观、人生观、世界观形成的重要时期,由于缺乏政治经验和生活阅历,青年大学生的政治态度、行为模式、价值取向、道德观念、心理发展等更容易受到网上那些非科学的世界观、伦理观、价值观的影响。在这种情况下,我们过去曾积极倡导的思想和价值观念,在网络时代的今天,就有可能丧失存在的意义和合理性,从而使师生出现价值判断的困惑,使高校网络精神文化建设受到更为强烈的冲击。

坚持什么样的文化方向,建设什么样的文化,就是坚持和倡导什么样的价值观。以社会主义核心价值体系引领高校网络精神文化发展,是高校网络精神文化必须始终坚持的方向。党的十七大强调,要把社会主义核心价值体系融入国民教育和精神文明建设全过程,转化为人民的自觉追求。面对着价值取向多元化带来的种种冲击,作为社会主义大学,高校网络精神文化建设必须坚持社会主义先进文化的发展方向,必须坚持作为社会主义先进文化的核心和灵魂的社会主义核心

① 王华敏、李晓娟,黄蓉生:《大学生社会主义核心价值体系知行现状调查研究》,《思想教育研究》2011 年第 5 期。

价值体系。同时，高校作为思想文化建设和人才培养的重要场所，加强社会主义核心价值体系教育，是坚持社会主义办学方向，促进学校科学发展，构建和谐校园的客观需要，是培养中国特色社会主义事业合格建设者和可靠接班人的本质要求。因此，高校网络精神文化建设必须紧紧抓住社会主义核心价值体系这个关键和根本，坚持用社会主义核心价值体系引领高校网络精神文化建设，努力使社会主义核心价值体系内化为广大师生的价值追求，外化为行为自觉。

2、以社会主义核心价值体系为灵魂，建设高校网络精神文化

建设高校网络精神文化，要坚持以社会主义核心价值体系为根本，打牢思想道德基础，最大限度地形成共识，凝聚人心，激发活力，为高校和谐校园建设和高校网络文化发展提供文化源泉、精神动力和政治保障。

①坚持马克思主义的指导地位

马克思主义是高校网络精神文化建设的指导思想。马克思主义是一个完整而严密的理论体系，是科学的世界观和方法论，它深刻揭示了人类社会发展的客观规律，充满了真理的光辉和逻辑的力量，是当代先进的科学理论，是一切先进文化的旗帜。马克思主义是我们立党立国的根本指导思想，是社会主义意识形态的旗帜，是社会主义核心价值体系的灵魂，是引导高校网络精神文化发展方向的根本指导思想。

历史证明，什么时候真正坚持马克思主义的指导地位不动摇，党就团结，革命就胜利，国家就稳定，社会就发展；什么时候动摇或破坏了马克思主义的指导地位，党就有分裂的危险，革命就遭受挫折，国家就会动乱，社会就会倒退。[①]就有分裂义的指导地位光展业当前，随着我国社会的转型和改革开放进程的深入以及经济全球进程的加快，各种思想文化的交流、交融、交锋日趋频繁，文化多元化，意识形态多样化，渗透与反渗透的斗争尖锐复杂，人们的价值取向日趋多元化。社会越是多样化，就越需要引导社会协调发展的理想信念和奋斗目标；意识形态越是多样化，就越需要主心骨。面对思想文化和价值观念的多样化，我们更需要强调和坚持指导思想和主导价值的一元化，重视和巩固社会的理想信念，确立和壮大民族的精神支撑；我们更需要坚持马克思主义的指导地位不动摇，坚持用马克思主义指导实践，牢牢掌握意识形态领域的指导权、主动权和话语权。邓小平同志指出："属于文化领域的东西，必须用马克思主义的眼光对它们的思想、内容和表现形式进行分析、鉴定和批判。"[②] 如果动摇或放弃马克思主义的指导地位，全党和全国人民就会失去共同的思想准则；如果在意识形态领域搞指导思想的多元化，就会导致思想混乱和社会动荡。只有坚持以马克思主义为指导，才能有效抵制和消除落后的、腐朽的思想文化的影响，保证社会主义文化建设沿着正确方向健康发展；才能创造性地推动社会主义文化建设，不断满足人民群众日益增长的精神文化需要，为改革开放和社会主义现代化事业提供强大的思

---

① 王乐泉：《牢牢掌握意识形态领域的主动权》，《求是》2005 年第 2 期。
② 《邓小平文选》（第 3 卷），人民出版社 1993 年版，第 44 页。

想保证、精神动力和智力支持。

　　青年是民族的希望、国家的未来，青年大学生是国家的宝贵人才资源。社会主义大学肩负着培养社会主义合格建设者和可靠接班人的历史重任，社会主义大学必然是境外敌对势力争夺的重要阵地。西方敌对势力利用一切手段诋毁马克思主义，千方百计地用西方的思想文化和价值观念影响社会主义国家的大学生，进而实现"和平演变"的险恶目的。因此，在高校网络精神文化建设必须坚持社会主义先进文化的前进方向，毫不动摇地坚持以马克思主义作为指导思想。江泽民同志在庆祝清华大学建校 90 周年大会上发表重要讲话，对社会主义大学明确提出了两点基本要求："第一，在建设大学的校园文化时，必须坚持马克思主义的指导地位，坚持弘扬中华民族的优秀传统文化，坚持汲取全人类优秀文化的精华。第二，大学是产生精神文明产品的源头之一，要坚持社会主义文化的主旋律，创造适应时代精神和人民群众需要的精神产品，坚决反对腐朽思想道德、文化，为国家经济发展和社会进步提供精神动力。"① 只有牢牢坚持以马克思主义为指导，我们才能以人为本，统观全局，解放思想，与时俱进；我们才能从各种形形色色、扑朔迷离的文化现象中探寻到事物的真相和本质；我们才能在各种错综复杂、纷繁杂陈的社会矛盾中抓住主要矛盾；我们才能在大学千丝万缕、浮光掠影的联系中找到其内在的、必然的联系，把握大学发展的基本趋势。也正是这样，我们才能站在精神的制高点上，高屋建瓴、理直气壮地去教育人、开导人、鼓舞人、培养人和激励人。② 社会主义大学作为社会主义先进文化建设的主力军，是社会主义大学存在和发展的前提。因此，高校网络精神文化建设必须始终高举马克思主义的旗帜，用马克思主义一元化的指导思想引领多样化的思想观念，坚持用马克思主义占领网络阵地，弘扬主旋律，引领新思潮。面对多元文化和多元价值取向对青年学生的冲击和影响，只有用马克思主义思想武装大学生头脑，用马克思主义的立场、观点、方法认识国情，认识世界，才能使他们树立起科学的世界观、正确的人生观和价值观；才能使他们正确认识人类社会发展的必然规律和社会主义事业的长期性、艰巨性和复杂性，从而激发青年学生的奋进精神，自觉地为建设中国特色社会主义而努力奋斗。

　　在当代中国，坚持马克思主义，就是要坚持用中国化的马克思主义统领社会主义文化建设。马克思主义是开放的科学理论体系，与时俱进、不断发展是马克思主义鲜明的理论品格，它始终以客观规律为根据，不断吸收、借鉴和融合世界优秀的思想文化成果，在实践中不断前进和不断发展。我们党在长期的革命和建设实践中，坚持把马克思主义基本原理同中国具体实际相结合，形成了毛泽东思想、邓小平理论、"三个代表"重要思想和科学发展观等重大理论成果，不断赋予马克思主义以勃勃生机。这些马克思主义中国化的理论成果，已经成为马克思主义指导思想中具有中国特色和时代特征的重要组成部分。因此，在当代中国，

---

① 江泽民：《在庆祝清华大学成立 90 周年大会上的讲话》，《人民日报》2001 年 4 月 30 日。
② 赖廷谦等：《社会主义文化与大学文化建设》，四川大学出版社 2009 年版，第 79 页。

坚持马克思主义，就是要坚持中国特色社会主义理论体系，这才是真正坚持马克思主义。

②坚定中国特色社会主义的共同理想

中国特色社会主义的共同理想是高校网络精神文化建设的主题。社会共同理想体现了社会成员对未来的美好向往和共同追求，任何需要社会成员协调行动的重大实践，都需要有共同理想提供明确的奋斗目标和强大的精神动力。中国特色社会主义理想，就是在中国共产党的领导下，走中国特色社会主义道路，实现中华民族的伟大复兴，它是现阶段我国各族人民的共同理想。中国特色社会主义理想符合我国社会主义初级阶段生产力和生产关系、经济基础和上层建筑发展的客观要求，反映了我国最广大人民的共同愿望、利益和要求，是保证全体人民团结奋斗、奋发图强的精神动力，是社会主义核心价值体系的主题，也是高校网络精神文化建设的主题。为了实现这个共同理想，一切有利于国家富强、社会进步、人民幸福的思想和精神，一切有利于民族团结、祖国统一、人心凝聚的思想和精神，都应当得到尊重、保护和发扬。紧紧把握这一点，就把握了社会主义核心价值体系的主题。

理想是人们在实践中形成的对未来社会和自身发展的向往和追求，是人们的世界观、人生观和价值观在奋斗目标上的集中体现。理想对于个人和国家都极其重要。对于个人而言，理想信念是激励人们向着既定目标奋斗的进取的动力，是人生力量的源泉。一个人只有树立正确的理想，才能提升自身生命质量，实现人生价值。一个人当具有了坚定正确的理想信念，就会以惊人的毅力和不懈的努力，成就事业，创造奇迹。对于一个国家和民族而言，共同理想是一社会的灵魂所系，是引领社会进步发展的精神动力。一个国家如果没有自己的共同理想，就是去了精神支柱，就等于没有了灵魂，就会失去凝聚力和生命力。邓小平同志指出："我们过去几十年艰苦奋斗，就是靠坚定的信念把人民团结起来，为人民自己的利益而奋斗。没有这样的信念，就没有凝聚力，没有这样的信念，就没有一切。"① 因此，邓小平同志强调指出，我们一定要经常教育我们的人民，尤其是我们的青年，要有理想。2007 年 5 月 14 日，温家宝同志在同济大学百年校庆前夕视察同济大学，对师生们说："一个民族有些关注天空的人，他们才有希望；一个民族只是关心脚下的事情，那是没有未来的。我们的民族是大有希望的民族！我希望同学们经常地仰望天空，学会做人，学会思考，学会知识和技能，做一个关心关心世界和国家命运的人。"三个月后，温家宝同志在人民日报文艺副刊发表《仰望星空》一诗："我仰望星空，它是那样寥廓而深邃；那无穷的真理，让我苦苦求索、追随。我仰望星空，它是那样庄严而圣洁；那凛然的正义，让我充满热爱、感到敬畏。我仰望星空，它是那样自由而宁静；那博大的胸怀，让我心灵栖息、依偎。我仰望星空，它是那样壮丽而光辉；那永恒的炽热，让我心中

---

① 《邓小平文选》第 3 卷，人民出版社 1993 版，第 190 页。

燃起希望的烈焰、响起春雷。""仰望星空"就是鼓励大学学子要追求人生的远大理想，远大理想和崇高信仰是指引人生方向的"北斗星"。我们要心系国家和民族的繁荣与进步，放眼人类文明的发展历史，不断向"止于至善"的科学顶峰迈进。有了这种坚定的理想和信念，才会在灿烂的星光中看到希望的烈焰，从无声的宇宙中听到春雷。"仰望星空"就是要求大学学子对宇宙真理不懈追求，对美好心灵境界执着坚守，就是要用坚守真理的勇气与拼搏精神，脚踏实地，发愤图强，去实现民族乃至人类共同的梦想，从而共同仰望未来的星空，共同拥抱未来的梦想。[1]

建设中国特色社会主义，是我们党从人类社会发展规律的高度认识世界的变化及其发展趋势，深刻总结我国和其他国家建设社会主义的历史经验教训，科学分析我国国情，在领导中国人民建设社会主义的历史进程中经过艰辛探索找到的正确道路。中国特色社会主义，充分反映了我国最广大人民的共同愿望、共同利益和根本要求，是当代中国各族人民的共同理想，是振兴中华的精神支柱和精神动力。这个共同理想，既具体，又鼓舞人心，昭示了我们要在中国特色社会主义道路上，到本世纪中叶基本实现现代化，把我国建设成富强、民主、文明、和谐的社会主义国家，实现中华民族的伟大复兴。这个共同理想，既是对中国社会发展规律的正确认识，也是中国人民利益和愿望的根本体现，是号召全国各族人民团结奋斗的精神旗帜。这个共同理想，把党在社会主义初级阶段的目标、国家的发展、民族的振兴与个人的幸福紧密联系在一起，具有令人信服的必然性、广泛性和包容性，具有强大的感召力、亲和力和凝聚力。不论哪个社会阶层、哪个利益群体的人们，都能够也应该认同和接受这个共同理想，并且为这个理想共同奋斗。[2] 正因为如此，中国特色社会主义共同理想才成为社会主义核心价值体系的主题。

社会主义大学的任务之一，就是培养中国特色社会主义事业的接班人和建设者。坚持中国特色社会主义共同理想的教育，是高校网络精神文化建设的永恒主题。高校对师生进行理想信念教育要坚持与时俱进，不断创新教育的形式、途径和方法，特别是要充分利用网络这种受师生欢迎的现代信息技术手段，使师生认识到只有把个人理想和社会共同理想统一起来，才能更好地实现自己的人生价值，感召广大师生将自己的理想和追求自觉融入到建设中国特色社会主义的实践之中，从而把中国特色社会主义共同理想切实转化为广大师生共同的价值追求和价值目标。有了这个共同理想，就能够形成强大的精神动力，并将这种精神动力转化为巨大的物质力量，促进中国特色社会主义建设事业的顺利发展。

③弘扬以爱国主义为核心的民族精神和以改革创新为核心的时代精神

以爱国主义为核心的民族精神和以改革创新为核心的时代精神是高校网络精神文化的精华。民族精神和时代精神是一个民族赖以生存和发展的精神支撑。正

---

① 周祖翼：《仰望星空，止于至善》，《同济教育研究》2008 年第 2 期。
② 鄢本风：《社会主义和谐文化建设研究》，人民出版社 2010 年版，第 259 页。

如胡锦涛同志所指出的那样，民族精神是我们民族的生命力、凝聚力和创造力的不竭源泉。在五千多年的发展中，中华民族形成了以爱国主义为核心的团结统一、爱好和平、勤劳勇敢、自强不息的伟大民族精神。① 改革开放使我国各族人民焕发出巨大的创造活力，形成了解放思想、实事求是、锐意改革、开拓创新的时代精神。改革创新是时代精神的核心。以爱国主义为核心的民族精神和以改革创新为核心的时代精神相辅相成、相互交融，共同构成中华民族自立自强的精神品格，成为中华民族赖以生存和发展的精神支柱和推动中华民族伟大复兴的精神动力。在全面建设小康社会、加快推进社会主义现代化的进程中，民族精神和时代精神对于中华民族的凝聚、激励作用越来越突出，已深深熔铸在民族的生命力、创造力和凝聚力之中，是社会主义核心价值体系的精髓，也是高校网络精神文化建设的精华。

历史证明，以爱国主义为核心的民族精神和以改革创新为核心的时代精神，是凝聚中华民族的重要思想基础，是各族人民团结和睦、共同奋斗的精神纽带。建设富强民主文明和谐的社会主义现代化国家，实现中华民族的伟大复兴，是中华儿女的共同愿望，是前无古人的伟大事业。伟大的事业呼唤伟大的精神。大力弘扬民族精神和时代精神，牢牢把握社会主义核心价值体系的精髓，才能传承中华民族自强不息、团结奋进的精神内涵，不断增强我们民族的自尊心和自豪感，把全国各族人民凝聚在爱我中华、振兴中华的旗帜下。

大学生是民族精神和创新精神的主要传承者，高校网络精神文化建设要高度重视对大学生进行民族精神和时代精神教育。1990 年 5 月，江泽民同志在首都青年纪念五四报告会上的讲话指出，在我国历史上，爱国主义从来都是动员和鼓舞人民团结奋斗的一面旗帜，是各族人民共同的精神支柱，在维护祖国统一和民族团结、抵御外来侵略和推动社会进步中，发挥了重大作用。在爱国主义精神的激励下，我们的国家和民族自强不息，具有强大的凝聚力和生命力。为此，我们要高举爱国主义的伟大旗帜，调动一切积极因素，同心同德，把建设中国特色社会主义的宏伟事业不断推向前进。1998 年 4 月 29 日，江泽民同志在视察北京大学时指出，创新是不断进步的灵魂。中华民族自古以来就具有自强不息、锐意创新的光荣传统。如果不能创新，不去创新，一个民族就难以发展起来，难以屹立于世界民族之林。2002 年 9 月 8 日，江泽民同志在庆祝北京师范大学建校一百周年大会上的讲话中指出，教育使培养人才和增强民族创新能力的基础，必须放在现代化建设的全局性战略性重要位置，必须不断推进教育创新。教育创新，与理论创新、制度创新和科技创新一样，是非常重要的，而且教育还要为各方面的创新工作提供知识和人才基础。2005 年 1 月，胡锦涛同志在全国加强和改进大学生思想政治教育工作会议上的讲话中强调，要以爱国主义教育为重点，深入进行民族精神教育，引导大学生增强民族自尊心、自信心、自豪感，做到以热爱祖

① 江泽民：《全面建设小康社会开创中国特色社会主义事业新局面》，人民出版社 2002 年版，第 559页。

国、贡献全部力量建设社会主义祖国为最大光荣，以损害社会主义祖国利益、尊严和荣誉为最大耻辱。2007 年 8 月 31 日，胡锦涛同志在全国优秀教师代表座谈会上强调，教师从事的是创造性工作。教师富有创新精神，才能培养出创新人才。广大教师要踊跃投身教育创新实践，积极探索教育教学规律，更新教育观念，改革教学内容、方法、手段，注重培育学生的主动精神，鼓励学生的创造性思维，引导学生在发掘兴趣和潜能的基础上全面发展，努力培养适应社会主义现代化建设需要、具有创新精神和实践能力的一代新人。

当前，多元化的价值取向使大学生的思想观念受到了前所未有的冲击和碰撞，对民族精神和创新精神的认同出现了不同程度的缺失。因此，在高校网络精神文化建设中，要把以爱国主义为核心的民族精神和以改革创新为核心的时代精神作为主旋律和最强音。通过以爱国主义为核心的民族精神教育，引导广大师生树立坚定的民族自信心和自豪感，自觉成为民族精神的继承者和弘扬者；通过以改革创新为核心的时代精神教育，积极培育科学创新精神，培育科学创新素质，培养科学创新人才，努力营造有利于创新的文化氛围，使高校网络精神文化与当代社会发展要求相适应，始终保持时代性和先进性。

④践行社会主义荣辱观

社会主义荣辱观是高校网络精神文化建设的道德基础。荣辱观是人们对荣誉和耻辱的根本看法和态度，是世界观、人生观、价值观的重要内容，也是思想道德建设的重要内容。它是人们行为规范的总和，是一种通过教育感化、自身修养、传统习惯等作用来调整社会关系、维护公共秩序、保证社会生活安定有序的精神力量。一个社会是否和谐、一个国家是否能够实现长治久安，很大程度上取决于全体社会成员的思想道德素质，取决于有没有共同的道德规范和普遍遵循的行为准则。一个人只有形成正确的价值判断，才能分清荣辱、明辨善恶，社会才能形成良好的道德风尚。

当今中国，社会的深刻变革，经济的快速发展，文化的相互激荡，对人们的思想观念和生活方式产生了深刻影响，人们的价值取向呈现出多元化趋势，在生活价值和道德价值上也表现出多元性特征。热爱祖国、积极向上、团结友爱、科学文明，是社会精神风貌的主流。但是我们也要看到，社会生活中道德失范，是非、善恶、美丑界限混淆，拜金主义、享乐主义、极端个人主义、见利忘义、损公肥私行为时有发生，不讲信用、欺骗欺诈成为社会公害，以权谋私、腐化堕落现象时常出现。这不仅严重败坏了社会风气，也阻碍了社会经济的发展，不利于社会和谐和安定团结。因此，在我们社会主义社会里，是非、善恶、美丑、荣辱的界限绝对不能混淆，坚持什么、反对什么，倡导什么、抵制什么，都必须旗帜鲜明。①

什么是社会主义荣辱观？2006 年 3 月 3 日，胡锦涛同志在看望出席全国政协

---

① 胡锦涛：《在全国政协民盟民进联组会上的讲话》，《人民日报》2006 年 3 月 5 日。

十届四次会议的委员时指出："要在全社会大力弘扬爱国主义、集体主义、社会主义思想，倡导社会主义基本道德规范，促进良好社会风气的形成和发展。要引导广大干部群众特别是青少年树立社会主义荣辱观，坚持以热爱祖国为荣、以危害祖国为耻；以服务人民为荣、以背离人民为耻；以崇尚科学为荣、以愚昧无知为耻；以辛勤劳动为荣、以好逸恶劳为耻；以团结互助为荣、以损人利己为耻；以诚实守信为荣、以见利忘义为耻；以遵纪守法为荣、以违法乱纪为耻；以艰苦奋斗为荣、以骄奢淫逸为耻。"[①] 以"八荣八耻"为基本内容的社会主义荣辱观，是区分是非、善恶、美丑、荣辱的基本准则，是社会主义核心价值体系的道德基础，它涵盖了爱国主义、集体主义和社会主义思想，揭示了社会主义基本道德规范和社会风尚的本质要求，体现了社会主义道德规范、精神文明和社会风尚的本质要求，明确了当代中国最基本的道德规范、价值取向和行为准则，是社会主义世界观、人生观和价值观的生动体现，是对马克思主义道德观的精辟概括，是新形势下加强社会主义思想道德建设的指导方针，也是高校网络精神文化建设的道德基础和指导方针。

大学生是国家未来的建设者，是社会主义事业的接班人，其思想政治素质如何，直接关系到党和国家的前途命运。当前，高校大多数大学生一方面努力学习，追求新知，奋发进取，创业成才，崇尚奉献，但也存在着片面追求物质利益、盲目权力崇拜和贪图个人享乐等的另一面。他们既接受主流价值观的教育，也受到市场经济的冲击和西方价值观的影响，在价值选择上，还存在着诸多矛盾、困惑，甚至出现过度消极的一面。为此，高校网络精神文化建设，就是要突出社会主义荣辱观的教育，从提高大学生辨别是非荣辱的意识和能力入手，使大学生全面确立"八荣八耻"的荣辱观念，自觉地实践社会主义道德的行为规范。只有这样，才能充分发挥大学作为思想文化建设重要阵地的作用，通过广大师生的道德实践、精神风貌，促进社会先进文化的发展，为社会的发展进步提供舆论力量、价值观念和文化条件。

3、用社会主义核心价值体系引领高校网络精神文化建设

社会主义核心价值体系是社会主义意识形态的本质体现，是中华民族凝聚力、向心力的旗帜。网络具有技术性、工具性的属性，同时又具有思想文化性、意识形态性的属性。这一双重属性，决定了我们必须坚持以社会主义核心价值体系引领高校网络精神文化发展，使网络成为宣传社会主义核心价值体系、增强广大师生凝聚力和向心力的精神文化基地。

①以人为本，满足高校师生日益增长的精神文化需求。

改革开放以来，伴随我国经济社会和高等教育事业快速发展，高校师生的精神文化需求日趋多元化和个性化，对精神文化提出了更高的要求。基于网络信息技术发展起来的网络精神文化，越来越成为满足高校师生多元化、个性化精神文

---

① 胡锦涛：《牢固树立社会主义荣辱观》，《人民日报》2006 年 3 月 5 日。

化需求的重要途径。因此，以社会主义核心价值体系引领高校网络精神文化发展，必须坚持以人为本的原则，其出发点和落脚点是通过引领网络精神文化健康发展，营造文明和谐的校园网络文化生态，不断满足师生的精神文化需求。这既是我国网络文化发展的内在需要，也是建设社会主义先进文化的必然要求。这就决定了不能因为网络存在种种问题而限制网络文化发展，而应该用建设性的态度来解决网络文化发展中出现的各种问题。应通过打击网络上各种违法行为，遏制网络文化发展中的不良倾向，有效保护网络空间师生的合法权益，使网络文化更好地满足广大师生日益增长的多元化、个性化的精神文化需求。

②探索创新引领途径和方式，增强社会主义核心价值体系的感染力与号召力。

以社会主义核心价值体系引领高校网络精神文化发展，关键是利用好网络的特点，不断探索引领途径、创新引领方式，增强社会主义核心价值体系在网络上的感染力与号召力，使其转化为广大师生的自觉追求。

首先，利用网络信息的多元性，增强引领的针对性。在开放的网络中，不同的思想观念和价值取向都能得到充分展现，从而形成网络信息的多元性。在多元化的网络信息中，既有与社会主义核心价值体系相一致的，也有与社会主义核心价值体系相违背的。以社会主义核心价值体系引领网络精神文化发展，应充分利用网络精神文化多元性这一特点，认真分析不同性质网络精神文化形成、发展规律，有的放矢地以社会主义核心价值体系引导和整合多元的网络精神文化。对那些符合民族精神和时代精神、有利于社会发展进步的网络精神文化，应当肯定和提倡；对那些虽然不先进但对国家和社会不会造成危害的网络精神文化，应当允许其存在并不断加以改造提升；对那些腐朽没落的网络精神文化，则应分析其形成的土壤和机理，坚决予以铲除。

其次，利用网络的互动性，增强引领的实效性。互动性是网络不同于传统媒介的一个显著特点。通过网络，不同地域的人可以就不同的主题进行讨论、形成共识，体现出极大的自主性和选择性。以社会主义核心价值体系引领网络精神文化发展，应充分利用网络的互动性特点，多与网民交流互动，通过互动凝聚力量、鼓舞斗志。通过互动增强引领工作的实效性，需要做到既讲究科学性、理论性、导向性，又注重趣味性、生动性、针对性；既讲究教育人、感化人，又注重提升人、愉悦人。总之，应使引领工作从平面走向立体、从静态走向动态、从单向灌输走向多方互动，不断提高社会主义核心价值体系在网络文化中的吸引力、感染力。

最后，利用网络的开放性，增强引领的多向性。人的思想观念形成的过程，在某种程度上说就是人的社会化过程。在传统社会中，人的社会化主要是在家庭、学校、同辈群体和大众传播工具等的共同作用下完成的。这就决定了人们的思想观念是在相对而言比较封闭、单向的环境中形成的。而开放的网络使人的思想观念的形成处于更加开放、多向的环境中，家庭和学校的作用在一定程度已经被削弱了。以社会主义核心价值体系引领网络文化发展，应利用网络文化的开放性特点，从多个方向、多个角度影响人的思想观念，进而引领网络精神文化健康发展。增强引领工作的多向性，既要在引领内容的全面性上下功夫，又要在引领手段的多样化上下功夫。总之，应通过多向性的引领，使高校网络精神文化发展始终处于社会主义核心价值体系所营造的环境和氛围中，让广大师生始终受到社会主义核心价值体系所倡导的行为规范和价值准则的影响。

③包容开放，在尊重差异中有效引领高校网络精神文化发展。

网络文化是对多元复杂的现实经济社会生活的反映，同时网络具有开放性等不同于传统传播媒介的特征，这导致了网络精神文化复杂多元，主流文化与非主流文化、先进文化与落后文化相互交织。复杂多元的网络精神文化现状，决定了必须以社会主义核心价值体系引领网络精神文化发展。复杂多元的网络精神文化，既可能构成有序的状态，也可能呈现无序的状态。用社会主义核心价值体系引领网络精神文化，就是要协调和整合复杂多样的各种网络精神文化。正如《中共中央关于构建社会主义和谐社会若干重大问题的决定》所指出的：建设社会主义核心价值体系，是为了"形成全民族奋发向上的精神力量和团结和睦的精神纽带"。

另一方面，用社会主义核心价值体系引领高校网络精神文化发展，必须坚持开放包容的原则。"引领"包括引导，也包括辨别。对于社会生活中出现的各种文化，我们要在辨别中引导，在引导中协调，在协调中整合。[①] 而辨别、引导、协调、整合并不是要泯灭文化差异、实行舆论一律，而是"坚持以社会主义核心价值体系引领社会思潮，尊重差异，包容多样，最大限度地形成社会思想共识"[②]。因此，以社会主义核心价值体系引领高校网络精神文化发展，必须坚持开放包容的原则，必须承认并尊重高校师生认知的差异性和价值观的差异。当前，我国正处于经济社会转型期，各种矛盾和问题层出不穷，人们认识问题的角度和方法也千差万别，这必然会带来价值观的差异。应该说，这种差异性是经济社会快速发展的结果，具有一定的必然性。因此，在以社会主义核心价值体系引领网络文化发展时应有开放包容的心态，在坚持原则的基础上树立网络文化多样共生、和而不同的观念，科学分析不同网络文化背后不同社会阶层、社会群体的愿望和诉求，在尊重差异的基础上有的放矢地进行引领，不断扩大社会主义核心价值体系的影响力。

4.3.2　营造和谐校园网络舆论氛围是高校网络精神文化建设的重要任务

和谐高校建设需要和谐的校园舆论环境来引领和推动，正确的舆论导向是促

---

① 李君如：《社会主义核心价值体系与和谐文化》，《学习月刊》2007 年第 3 期。
② 胡锦涛：《中共中央关于构建社会主义和谐社会若干重大问题的决定》，《人民日报》2006 年 10 月 11 日。

进校园和谐的重要因素，健康和谐的舆论氛围是校园和谐的重要保证和表征。能否营造良好的舆论氛围，在某种程度上影响着和谐高校建设的进程。随着互联网技术的发展，校园网已经成为拥有强大影响力的舆论策源地，校园网络舆论应运而生。校园网络舆论的出现，不仅改变了校园舆论格局，而且深刻地影响着高校师生的思想和行为，特别是校园网络舆论与社会转型期和高校改革发展中的各种矛盾和敏感问题相结合，带来了一些负面内容并造成消极影响。积极营造和谐的校园网络舆论氛围，为构建和谐高校提供强大的精神动力和舆论支持，既是构建高校和谐校园的重要内容，也是高校网络精神文化建设的重要任务。

1、高校校园网络舆论的内涵与特征

"舆论"一词在中国历史上早已有之。"舆"的本义是轿子或车厢，抬轿赶车的下层人民被称为"舆"；"论"是议论与意见。"舆"与"论"的合成表示公众意见。也就是说，舆论是"社会或社会群体对特定事物、现象有一定倾向性意见和情绪的总和"。[①] 它是一种对社会发展和人们的思想行为影响最直接也最有冲击力的"软性力量"。网络舆论是指在互联网上传播的公众对某一焦点所表现出的有一定影响力的、带倾向性的意见或言论，其具有丰富性、复杂性、多元性、冲突性和难控性等特点。高校校园网络舆论作为网络舆论重要组成部分，是指在校园网络上产生、播散并发挥影响的高校师生对某一或某些焦点问题所表现出的、有一定影响力的带倾向性意见或言论，它形成于校园生活，传播于校园网络，影响于学校建设。

高校校园网络舆论具备一般网络舆论所表现出的特点，同时因其发生在高校这个知识性、开放性较强的文化环境下，更具有自身鲜明的特点。

第一，校园网络舆论主体相对固定。校园网络舆论主体是以校内外事件为话题，参与形成、传播或实践校园网络舆论的人。由于校园生活具有特殊性，其最大的利益群体是学生和教师，因此，校园网络舆论主体主要是高校师生。主体的特定性决定了校园网络舆论主要是在广大师生中产生的，其舆论的影响力和扩散面也相对集中。

第二，校园网络舆论对象广泛。高校师生素质高、主人翁意识强，关注的对象较一般群体更为广泛，从国内外重大事件到校园生活，再到个人学习、工作、情感、思想、生活等方面，都是校园网络舆论关注的对象。由于与自身利益相关，校园生活是校园网络舆论关注的核心。学校的日常管理、各项改革决策，由于事关师生利益，都会引起广大师生的高度关注，容易形成校园网络舆论中心。

第三，校园网络舆论内容多元。舆论内容是舆论主体对舆论对象的认识评价的总和，是舆论主体的利益和意志体现。在校园网络舆论中，舆论内容反映广大师生的利益要求和对事件的看法以及对学校管理决策的意见。按照对高校发展稳定大局及和谐高校建设产生的效果，校园舆论分为积极舆论和消极舆论。积极舆

---

① 彭希林：《论社会道德舆论的形成与作用》，《湖南社会科学》2003 年第 2 期。

论体现了正确的世界观、人生观、价值观和方法论，全面、发展地看待校园内外的各种事件和现象，能够引导师生积极对待生活、学习和工作，对和谐高校建设起推动作用；消极舆论则会弱化甚至歪曲事实真相，影响学校正常工作的开展。

2、高校校园网络舆论对和谐高校建设的双重影响

高校是社会的重要组成部分，和谐社会的实现，离不开和谐高校的构建。所谓和谐高校，是指高校内部系统各个部分、各种要素处于一种相互协调的状态，其核心是人的和谐。人的和谐受制于信息的交汇和舆论的走向。① 如今，"互联网已成为思想文化信息的集散地和社会舆论的放大器"②，网络舆论已成为影响高校校园和谐的重要因素。校园网络舆论作为高校校园舆论的重要组成部分，深刻影响着师生的言行和整个校园生活，对和谐高校建设的影响越来越大。

校园网拓展了传统舆论空间，为广大高校师生提供了参与校园生活、沟通信息的网络平台。校园网络舆论由此成为影响校园生活和高校管理工作的重要内容，对和谐高校建设具有积极作用。

第一，校园网络舆论提供了思想自由交流的平台，有利于疏通矛盾、化解不良情绪。我国正处在经济社会转型期，高校也处在深化改革和进一步发展的关键期，需要解决的问题和完善的制度还比较多。而问题的解决和制度的完善需要一个较长的过程，这容易使一些师生产生非理性的不良情绪。虽然高校师生表达意见、释放情绪的途径较多，但网络以其隐匿性赋予了师生自由表达和释放情绪的现实可能，网络成为高校师生发表意见、释放情绪的一个新的重要途径。

第二，校园网络舆论使广大师生的意愿意见得到真实、充分的表达，有利于高校决策的民主化、科学化。构建和谐高校既需要高校党委行政以积极的作为进行引导和推动，也需要师生的热情关注和积极参与。其中，师生意愿意见的顺利表达和对师生意愿意见的了解，是实现高校科学发展、和谐发展的基本前提。胡锦涛同志指出："互联网已成为党和政府治国理政的新平台。"③ 网络在一定程度上"消除了权威和特权的影响和干预，人们……都平等地拥有全面获取、解释、发布信息的权力。这种平民化、大众化的，自由、平等的网络精神使得普通人尤其是弱势群体也可能发出自己真正的心声，平等地获得话语权利。"④ 可以说，互联网已成为民意凸显地带，在高校师生与高校党委和行政之间架设起沟通的桥梁，是师生参与学校管理的重要途径。具有全时、无界、互动和匿名等特点的网络使信息单向流动变成了双向沟通，给师生提供了表达意愿意见的新平台，为高校直接和便利地掌握师生的真实意愿提供了新渠道，增强了学校决策的民主化、科学化，使学校决策更加合乎民意、更好地体现师生利益，从而能够获得师生的支持和拥护，促进和谐高校建设。

---

① 郭志新：《论和谐校园建设中的校园网络舆论及引导》，《理论界》2006 年第 3 期。

② 胡锦涛：《在人民日报社考察工作时的讲话》，《人民日报》2008 年 6 月 21 日。

③ 胡锦涛：《在人民日报社考察工作时的讲话》，《人民日报》2008 年 6 月 21 日。

④ 牙韩高，谢仁敏：《互联网对青少年影响的人文探讨》，《当代青年研究》2005 年第 9 期。

第三，校园网络舆论保障了高校师生民主监督权利的实现，有利于高校改进工作方式、提高办事效率。师生是高校的主人，是高校工作的服务对象，有权对高校工作进行民主监督。网络舆论具有的大众性、开放性、互动性以及传播的快捷性等特点，使得高校师生监督的渠道通畅、力度增强、内容拓展、内涵丰富，保障了高校师生民主监督权利的实现。同时通过网络舆论，高校能够发现师生的要求和自身工作的不足，从而改进工作。特别是网络舆论形成后形成的巨大压力作用于高校，也会使其改进工作方式、提高办事效率。同时，高校通过网络平台接受监督，能够在广大师生面前树立直面问题、勇于担当、办事高效的良好形象。

校园网络舆论是一把"双刃剑"。它既能够强化舆论影响，形成良性舆论环境，促进学校工作，也可能因其偏离于主流思想对高校和谐校园建设产生消极影响。

第一，校园网络舆论内容复杂，不利于准确汇集和分析民情民意。准确汇集和分析民情民意是构建和谐高校的一项重要任务。校园网络舆论虽然为高校汇集分析民情民意提供了一条迅捷、高效的通道，同时由于师生网民素质参差不齐，加之当前社会转型和高校深化改革时期出现的各种矛盾和问题在短期内难以彻底解决，难免出现宣泄型、情绪型舆论，容易造成"网上声音一大片，群众声音听不见"的混乱局面，严重扰乱高校掌握民情、了解民意的视线。

第二，校园网络舆论主体泛化、观点分散，不利于校园舆论的控制和引导。在网络时代，人人皆为媒体、人人皆为信息发布者、人人皆为舆论制造者，各种各样的观点在网上几乎都有反映。历史经验证明，任何一个社会，如果舆论过于分散，都不利于社会的整合，甚至可能导致社会崩溃。"舆论从来都是有控制的，古今中外，概莫能外。"[1] 传统的舆论控制是通过发挥媒介作为"把关人"的作用来实现的。但网络舆论传播的特性，使得传统媒介作为"把关人"的作用被大大削弱，甚至失去效果。因为"互联网是一个没有守门人的论坛。任何人只要拥有一台计算机和网络账号都可以成为出版商。在网络上，你可以接触到成千上万的潜在读者而无需花费多大成本；并且你不需要说服编辑、出版商或制片人，你的思想值得暴露在光天化日之下。"[2] 网络舆论主体几乎是在没有"把关人"的媒介中表达意见。这增加了高校引导和控制校园网络舆论的难度。

第三，校园网络舆论传播特点使校园负面舆论容易扩大化，不利于高校的稳定和发展。网络具有的传播快、覆盖广、影响大等特点，使更多的人有机会参与到校园舆论的构建中来，施加对校园舆论的影响，成为校园舆论的放大器。特别是一些敏感的矛盾一旦在网上露头，便能迅速形成舆论焦点，引发大范围的关注，呈现出局部问题全局化、简单问题复杂化、个体问题公众化、一般问题热点化的趋势，从而加剧校园内部矛盾，影响高校的稳定和发展。

第四，校园网络舆论容易异化主流思想，消解权威，不利于统一师生认识、

---

① 廖永亮：《舆论调控学》，新华出版社 2003 版，第 182 页。
② 胡泳，范海燕：《网络为王》，海南出版社 1997 版，第 228 页。

凝聚师生力量。构建和谐高校，需要凝聚师生共识，调动师生力量。现实中高校工作并非尽善尽美，特别是在事关师生重大利益问题上的可能存在的透明度、公正性缺失或决策取向的偏离，容易引发师生的强烈不满，这种不满情绪往往借助于网络表达出来。当通过正常途径不能有效解决时就会在网络上激起"公愤"，造成单向性的"一边倒"舆论强势。学校工作上的缺陷与不足也会通过网络被放大，学校权威被消解，正常工作得不到师生的理解和支持，造成学校工作的被动和形象的受损。

3、高校校园网络舆论的引导策略

胡锦涛同志指出："舆论引导正确，利党利国利民；舆论引导错误，误党误国误民。"① 这将网络舆论引导的重要性摆到了不容忽视的高度。党的十六届四中全会更是明确把"牢牢把握舆论导向，正确引导社会舆论，增强引导舆论的本领，掌握舆论工作的主动权"作为党执政能力建设的重要内容和促进社会和谐的必然要求。面对复杂的校园网络舆论，高校应当趋利避害，通过"加强网上思想舆论阵地建设，掌握网上舆论主导权，提高网上引导水平，讲求引导艺术，积极运用新技术，加大正面宣传力度，形成积极向上的主流舆论"② 等灵活多样的方式方法，使其充分发挥在和谐高校建设中的积极作用。

①主动出击，积极引导校园网络舆论。

引导校园网络舆论贵在主动，而不是回避或者消极防御、被动应付。在社会转型和高校深化改革发展的进程中，没有任何争议性的事件发生是不可能的，出现一些有争议或不利的舆论也是正常的。对于争议性或不利的舆论，一味采取回避或删贴甚至断网等防御措施并不能达到良好的效果，甚至事与愿违。因为在网络媒体多样化、信息出口多元化的今天，这样做只会让信息向其他网络媒体散播，造成舆论的进一步扩散，扩大舆论的影响范围。因此，高校在引导校园网络舆论时，一定要变被动为主动，立足于"疏"和"导"，主动出击，打好主动仗，唱响主旋律，占领舆论阵地，努力营造良好的校园舆论环境，更好地服务于和谐高校建设大局。

②坚持正确的舆论导向。

江泽民同志说：舆论导向正确，是党和人民之福；舆论导向错误，是党和人民之祸。这是对新时期舆论导向极端重要性的精辟阐述。舆论导向直接影响着群众的情绪和思想走向，它既是群众情绪的指示剂，也是群众情绪的催化剂。正确的舆论导向造成健康向上的舆论环境，错误的舆论导向则造成人们的道德思想和行为混乱，影响社会的稳定和发展。可见，舆论导向对国家、社会影响巨大。

网络舆论引导要牢固树立政治意识、大局意识、责任意识、阵地意识，把坚持正确导向放在首位，始终与党中央保持高度一致，唱响主旋律，弘扬社会正

---

① 胡锦涛：《在人民日报社考察工作时的讲话》，《人民日报》2008年6月21日。
② 胡锦涛：《以创新的精神加强网络文化建设和管理，满足人民群众日益增长的精神文化需求》，《人民日报》2007年1月25日。

气，更加自觉主动地为人民服务、为社会主义服务、为党和国家工作大局服务，不断增强广大师生对中国共产党、社会主义制度、改革开放事业和全面建设小康社会目标的信念和信心。在其中，最根本的是坚持马克思主义的指导地位，用统一的指导思想和共同理想信念引导和整合多元的校园网络舆论，使主流价值观真正转化为广大师生的价值观，在整个校园形成共同的意志，为实现高校科学发展和校园和谐提供根本的思想保证。

③加强网上思想舆论阵地建设，掌握校园网络舆论主导权。

网络不仅是传播媒介，也是思想舆论阵地。胡锦涛同志指出："加强网上思想舆论阵地建设，掌握网上舆论主导权。"① 目前校园网功能日益健全，应用日趋广泛，逐渐发展成为高校形象的展示窗口、信息的交汇平台和师生的精神家园。高校要充分利用校园网，加强思想舆论阵地建设，为师生提供大量的正面而真实的信息，用主流声音占领网络阵地制高点，掌握网络舆论主导权。

首先，建立信息公开机制，争取舆论主动。网络不良舆论的形成传播在很大程度上源于信息的不对称，公开、快速、畅通的信息渠道是引导网络舆论的重要法宝。一是建立校务公开制度。通过校务公开，及时发布学校的有关信息，形成强大的良好舆论场，不给不良信息生存空间；二是建立新闻发言人制度。通过新闻发言人，实事求是地把真相和事实及时告诉师生，发布辟谣信息，不仅有助于提高高校工作的透明度，更有利于突发事件的解决和矛盾的化解，从而有效地稳定局面，安定人心；三是对热点问题，适时引入具有权威性的主流意见。在交互开放的网络中，网民面对不同甚至相反信息时会感到无所适从，需要权威性意见的指导。当发生校园或社会热点问题时，主动引入学校（政府）态度、媒体意见以及专家的见解，进行深入透彻的理性评析，能够促使舆论的理性化，从而形成健康的主流舆论。

其次，搭建与师生良性互动的网络平台，抢占舆情主动权。及时的交互是网络的优势，高校校园网站应充分利用其长处来引导舆论，对师生的迷惘或偏执情绪进行理智牵引，形成强大的良好网络导向场，不给有害信息蛊惑人心的制导权。一是开通校长论坛。通过校长论坛，实现高校管理者与师生在线直接交流对话，坦诚沟通，有利于化解矛盾和解决问题。二是提供师生充分表达意愿的空间。高校应设立校长（书记）信箱、院长（系主任）信箱、职能部门领导信箱和新闻中心信箱，安排专人每天浏览信箱并做好重要情况摘录并反馈给有关领导和职能部门，及时在网上给师生以答复。三是高校各级领导和政工队伍要多上网，了解师生的思想动态，参与师生的网上交流，积极回答师生的疑问，对网上出现的错误思想，要主动发表正确的意见和看法，进行有效的引导。

④健全管理制度，有序管理校园网络舆论。

引导舆论，制度是保障。只有不断健全管理体制机制，网络舆论引导才能达

---

① 胡锦涛：《在人民日报社考察工作时的讲话》，《人民日报》2008年6月21日。

到最佳效果。胡锦涛同志在十六届四中全会通过的《中共中央关于加强党的执政能力建设的决定》中强调："要高度重视互联网等新型传媒对社会舆论的影响，加快建立法律规范、行政监管、行业自律、技术保障相结合的管理体制，加强互联网宣传队伍建设，形成网上正面舆论的强势。"

高校要想做好校园网络舆论引导工作，关键是要加强网络道德和网络法规建设和宣传教育。道德与法规，是现代社会调节人与人之间关系、规范人的行为、维护社会安定和谐的两大支柱。法规通过威慑和惩罚发挥作用，而道德通过信念、习俗等从深层次约束人们，使人们产生自律。舆论的形成传播与舆论主体的素质有关，其中道德与法规因素至关重要。网络传播中道德法规环境及网民的道德状态与法规意识，极大影响着网络中的传播行为和言论观点。开放的网络容易让人忽视传统道德和法规的约束，而缺乏约束的网民往往不够成熟和理智，缺乏责任感的网络行为直接导致了网上舆论混乱、负向舆论盛行的状况。这就要求高校根据国家互联网管理的有关政策法规和网络自律规范，结合高校实际，制定网络管理条例和网络道德，并对广大师生进行网络道德和网络法规的宣传与教育，培养成熟的、有责任心的网民，营造良好的校园网络道德舆论氛围。

通过网络道德和网络法规制定和宣传教育，不断培养师生的网络责任意识、自律意识、法规意识和安全意识，从而有效防范和制止各种有害网络信息的制造和传播，实现校园网络舆论的有序管理。

⑤完善网络技术防控体系，净化校园网络舆论环境。

有效引导校园网络舆论，离不开强大的网络技术支持。在引导校园网络舆论的过程中，高校应重视和支持网络安全技术研究，积极开发和运用不良信息屏蔽和过滤软件、网络防火墙、信息安全监测控制系统等技术，增强网络安全的防护能力，杜绝不良信息进入校园网，为校园网络舆论的健康发展创造良好的环境。

高校信息技术设施齐全，网络工作人员技术水平较高。高校应当充分发挥这一优势，建立网络舆论技术监管机制，净化网络环境。根据国家互联网管理的有关政策法规，当网上出现有害信息时，校园网站要采用技术手段及时进行封截以防扩散传播，对有害信息可能进入校园网站的渠道或漏洞要予以关闭、堵塞，杜绝渗入可能；要即时审察、清理校园网内容，对有害信息予以删除，避免其可能产生的负面作用；同时要建章立制，对有害信息的内容与形式作制度上的界定，明确处理的标准和规范。

⑥加强队伍建设，为校园舆论引导提供人才保障。

人才和队伍是加强网络舆论引导的重要保障，队伍优则导向正，人才兴则事业旺。做好网络舆论引导工作，关键在人，关键在于有一支政治强、业务精、纪律严、作风正的网络舆论引导队伍。

高校汇聚了各学科、各领域、各专业的专家学者和众多有较高思想觉悟和政治素养的学生骨干，具有强大的人才优势。高校应当充分发挥这一优势，建设一支具有较高理论水平和引导艺术的网络舆论引导队伍，最大限度地把人才优势转化为网络舆论引导的优势。高校网络舆论引导队伍由三个部分组成。一是网上舆情搜集监测队伍。及时准确的网上舆情，是同错误言论作斗争和引导网络舆论的前提。高校应组建一支由党务干部、思想政治理论课教师、辅导员、团学干部和校园网版主为主的政治可靠、知识丰富并熟悉网络语言特点和规律的网上舆情搜集监测队伍，负责搜集和监测网络舆情信息，把搜集检测结果定时呈报校领导及相关院系部门，并将对问题的解决情况及时反馈和答复；二是网络评论员队伍。对于师生关注的热点问题，通过网络评论员队伍主动撰写文章或跟帖的方式进行正面引导；三是网络技术人才队伍。互联网是高科技发展的成果，校园网络管理、安全防护、多媒体技术开发、互动新闻制作、网站设计等工作，都离不开一支政治强、技术精、素养高的网络技术人才队伍。高校只有建立了这样的一支队伍，才能为校园网络信息的健康发展和有效传播提供强有力的技术保障，才能做到网络管理的科学性、网络防护的安全性、网站设计的合理性。

4.3.3　构建丰富的校园网络中文信息环境，抵制网络文化的负面影响

网络的开放性，意味着不同文化形态和思想道德观念都能通过网络传播，扩大其影响。高校是信息高度密集的地方，各种思想、观念、信仰通过网络在高校校园网汇聚，信息资源和网络文化对人们的冲击和影响在这里也更为显著和具有代表性。这种多元的文化特征，一方面有利于师生开阔视野，增长知识；另一方面也可能给高校网络精神文化建设带来了负面影响和巨大冲击。特别是以美国为代表的西方国家，凭借其经济、技术和知识等方面的优势，充分利用其信息传播的控制力和影响力，占据了互联网传播的制高点，极力向中国倾销带有其政治模式、价值观念、生活方式的各类文化信息，以反对和消解社会主义的价值观。大学生是民族的未来，他们是网络文化的主要消费群体，由于他们政治敏锐力和道德判断力不强，频繁接触资本主义的意识形态和价值观念，极有可能促使他们逐渐认同西方的价值观念和政治思想，从而动摇民族和国家的根基。美国未来学家阿尔温·托夫勒在《权力的转移》一书中指出，未来世界政治的魔方不是被暴力和金钱所控制，而是控制在拥有信息强权的人手里，他们会使用手中掌握的网络控制权、信息发布权，利用英语这种强大的文化语言优势，达到暴力金钱无法征服的目的。美国前国务卿奥尔布赖特曾说，中国不会拒绝互联网这种技术，因为它要现代化。这是我们的可乘之机，我们要利用互联网把美国的价值观送到中国去。作为培育人才、传承文化、创新文化为己任的高校，对此必须有清醒的认识，应采取有效的措施，优化网络信息环境，保证高校网络精神文化的先进性。

首先，要大力组织中文信息上网，理直气壮地弘扬主旋律，用健康的、先进的文化来对高校师生进行引导、影响和熏陶。网络作为中性的信息通道和载体，是各种思想文化争夺的阵地。马克思主义不去占领，非马克思主义的东西必然会去占领；先进的文化不去占领，腐朽落后的文化必然会去占领。目前，在国际互

联网中，80％以上的信息和 95％的服务是由美国提供的。在整个互联网的信息输入和输出量中，美国所占的比例都超过 85％，而我国仅仅占到 0.1％和 0.05％。① 因此，作为文化的传播者、创造者、引领者，高校应该主动用中文信息去占领网络阵地，把体现马克思主义的理论成果和中华优秀传统文化以及反映我国社会主义革命建设的经验和成果的信息上网。这既可以加强网络信息服务，满足师生对信息的强烈需求，又能在一定程度上抵消反动、色情、暴力等信息垃圾的入侵，消除其不良影响，从而为广大师生营造一个健康向上的网络空间。

其次，要努力开发具有民族特色、体现社会主义先进文化的网络精神文化产品。开发网上中文信息资源，除了通过一定技术手段把现有的精神文化产品直接搬到网上以外，还有就是创作网络精神文化产品。相对于前者，后者对高校师生的影响力往往更大。网络精神文化产品创作形式多种多样，可以是文学作品、艺术作品、学术作品、网络新闻，也可以是网络论坛、博客、网络活动，还可以是网络游戏、动漫、网络歌曲等。当然，无论创作的是什么形式的网络精神文化产品，都应该是优秀的而不是颓废的，是先进的而不是落后的，都应该是符合社会主义先进文化前进方向的。正如刘云山同志所说，一切思想文化阵地，一切精神文化产品，都要坚持正确导向，宣传科学真理，传播先进文化，塑造美好心灵，弘扬社会正气，倡导科学精神。高校要充分利用自身在网络信息技术、文化和人才方面的优势，积极开发适合师生特点的优秀网络精神产品，浸润和净化网络环境，引导网络精神文化潮流，鼓舞、引导和教育广大师生，用先进的精神文化武装师生头脑。

最后，要采取措施，净化网络环境。网络是个大染缸，各种信息鱼龙混杂，各种文化纷繁复杂，不同价值观念、思维方式相互交织、相互影响，其间不乏一些带有迷信、愚昧、颓废、庸俗等色彩的落后精神文化，还有一些腐蚀人们精神世界、危害社会主义事业的腐朽文化以及企图动摇社会主义根基的反动文化。因此，高校在加强先进网络精神文化建设的同时，还要采取坚决措施，综合利用多种手段，加强网络教育和网络管理，努力改造和屏蔽落后文化，坚决抵制腐朽文化、反动文化对广大师生思想的侵蚀，逐步消除它们赖以滋生的土壤，使校园网络成为传播社会主义先进文化的前沿阵地、提供公共文化服务的有效平台、促进师生精神生活健康发展的广阔空间。胡锦涛同志就加强网络文化建设和管理提出的"五项要求"中也强调："要坚持依法管理、科学管理、有效管理，综合应用法律、行政、经济、技术、思想教育、行业自律等手段，加快形成依法监管、行业自律、社会监督、规范有序的互联网信息传播秩序，切实维护国家文化信息安全。要倡导文明办网、文明上网，净化网络环境，努力营造文明健康、积极向上的网络文化氛围，营造共建共享的精神家园。"②

---

① 《后发先起，从 INTERNET 说起》，《计算机世界》1997 年 10 月 29 日。
② 胡锦涛：《以创新的精神加强网络文化建设和管理，满足人民群众日益增长的精神文化需要》，《人民日报》2007 年 1 月 25 日。

第五章　高校网络制度文化建设

高校网络制度文化，是高校网络文化精神、理念的延伸和外化，是高校网络精神文化规范化的具体体现，是对高校网络制度文化和网络物质文化进行约束和调控的主要依据，也是促使高校网络文化建设落到实处的重要保证。高校网络制度文化在整个高校网络文化系统中具有重要的地位和作用。没有高校网络制度及其运行机制的有效约束、引导和激励，高校网络文化的价值和功能就不能实现。在网络文化飞速发展的今天，加强高校网络制度文化建设，不仅对促进高校网络文化的制度化、规范化发展有重要意义，而且对提高高校办学质量、加强和改进高校思想政治工作以及构建和谐校园具有重要的现实意义。

5.1　高校网络制度文化的内涵和功能

高校网络制度文化是高校网络文化系统的一个子系统，是高校网络文化的重要组成部分。高校网络制度文化与高校网络精神文化、网络制度文化和网络物质文化共同构成了高校网络文化概念的外延。高校网络制度文化在高校网络文化系统中有着不可替代的地位和特殊的作用，它规范着高校师生的网络行为，是高校网络文化价值观、规范细则的外在表现，对高校网络文化的价值取向与道德教育的形成起着外在的规范。

5.1.1　高校网络制度文化的内涵

网络制度文化是在网络和制度的基础上衍生出来的一种文化形态，是网络文化的重要组成部分。要正确理解和界定网络制度文化的基本内涵，首先要正确理解"制度"和"制度文化"。

1、高校网络制度文化的涵义

"制度"一词，在中国文化中久已有之。早在战国时期法家学派的代表作之一《商君书》中就有这样的表述："凡将立国，制度不可不察也，治法不可不慎也，国务不可不谨也，事本不可不抟也。制度时，则国俗可化而民从制；治法明，则官无邪；国务壹，则民应用；事本抟，则民喜农而乐战。"在汉语中，"制"是节制、限制的意思，"度"是尺度、标准的意思。两个字结合起来，"制度"的基本意思是节制人们行为的尺度。在西方，最贴近制度这一概念的单词是

"institution"。《牛津英语大词典》把"institution"定义为"the establishcd order by which anything is regulated"，意思是"在调节基础上建立起来的秩序"。

　　由于制度本身的复杂性，学者们从不同的角度和目的出发，对制度的内涵有着不同的界定。西方老制度主义的代表人物康芒斯认为，制度的实质就是"集体行动控制个体行动"。西方新制度经济学家的代表人物道格拉斯·诺斯认为："制度是一系列被制定出来的规则、守法程序和行为的道德规范，它旨在约束追求主体福利或效用最大化利益的个人行为。"① 澳大利亚学者柯武刚、德国学者史漫飞认为，制度是由人制定的规则，它们抑制着人际交往中可能出现的任意行为和机会主义行为。制度为一个共同体所共有，并总是依靠某种惩罚而得以贯彻。没有惩罚的制度是无效的。只有运用惩罚，才能使个人的行为变得可预见。带有惩罚的规则创立起一定程度的秩序，将人类的行为导入可合理预期的轨道。② 英国经济学家马尔科姆·卢瑟福在综合新老制度主义的观点后认为："制度是行为的规律性或规则，它一般为社会群体的成员所接受，它详细规定具体环境中的行为，它要么自我实施，要么由外部权威来实施。"③ 美国经济学家丹尼尔·布罗姆利从公共决策角度将制度界定为："确定个人、企业、家庭和其他决策单位作出行动路线选择集的规则和行为准则。"④ 美国经济学家舒尔茨认为，制度是一种行为规则，这些规则涉及社会、政治和经济行为等方面。⑤ 日本学者横山宁夫认为："制度是人们在其共同生活中所产生的有组织的行为方式。"⑥ 我国早期社会学家孙本文在其著作《社会学原理》中，把制度定义为"社会公认比较复杂而有系统的行为规则"。台湾学者龙观海认为："制度可以说是维系团体生活与人类关系的法则；它是人类在团体生活为了满足或适应某种基本需要所建立的有系统有组织的并为众所公认的社会行为模式。"⑦《辞海》则把制度解释为："要求成员共同遵守的、按一定程序办事的规程或行动准则，如工作制度、学习制度。"⑧

　　不难看出，人们在制度内涵的界定上存在一定的分歧，但其中也有共识，即都认为制度是要求人们共同遵守的行为规则，其基本功能是对人们的行为进行规范，使人们明白哪些行为可以做，哪些行为不能做，以及不能做的行为做了要面对的后果。简言之，制度是人类为了适应自身生存发展的需要，在社会实践中建立的行为规则。现实社会中人的行为规范主要包括两大类，即强制性的显性制度和非强制性的隐性制度。强制性的显性制度主要以法律规章为主，而非强制性的隐性制度则主要以价值观念、道德和风俗为主。在这些规范的调整下，人们正常

---

① 道格拉斯·诺斯：《经济史中的结构与变迁》，上海三联书店 1994 年版，第 225—226 页。
② 柯武刚，史漫飞：《制度经济学——社会秩序与公共政策》，商务印书馆 2000 年版，第 35 页。
③ 马尔科姆·卢瑟福：《经济学中的制度——老制度主义和新制度主义》，中国社会科学出版社，1999 年，第 1 页。
④ 丹尼尔·布罗姆利：《经济利益与经济制度—公共政策的理论基础》，上海三联书店 1996 年版，第 49 页。
⑤ 舒尔茨：《财产权利与制度变迁》，上海三联书店 1994 年版，第 253 页。
⑥ 横山宁夫：《社会学概论》，上海译文出版社 1983 年版，第 187 页。
⑦ 龙冠海：《社会学》，台湾三民书局 1985 年版，第 162 页。
⑧ 夏征农等：《辞海》第 1 卷，人民出版社 1999 年版，第 509 页。

的生活秩序得以维持。

制度文化作为一种源于制度又高于制度的精神成果,是指人们在制定和执行各种制度过程中所形成的规律性认识。① 一般意义上来讲,制度文化是由三个层面构成:一是传统、习惯、经验和知识积累形成的制度文化的基本层面;二是有理性设计和建构的制度文化的高级层面;三是包括机构、组织、设备等的实施机制层面。在把握制度文化的内涵时,一定要正确理解制度和制度文化的关系,不能混淆制度文化和制度,更不能看不到它们的根本不同之处,把制度直接等同于制度文化。从本质上讲,制度是人们的行为规范,而制度文化是人们对客观存在的制度规范的看法,它是人们长期以来形成的对制度的价值判断和对待制度的方式。制度和制度文化之间既相互联系又相互区别。一方面,制度文化和制度之间存在着紧密的联系。制度文化以制度为基础,制度是制度文化的重要内容,没有制度就没有制度文化;另一方面,制度文化和制度之间也存在根本的不同。制度本身不是制度文化,制度文化并不直接等同于制度,制度并不必然地成为制度文化,要使制度成为制度文化的组成部分,需要人们的认同和内化。

网络制度文化是在网络制度基础上形成的一种制度文化。网络制度是人们为了适应网络生活、维护正常的网络秩序的需要,为规范和净化网络环境而主动创制出来的有组织的规范体系。网络制度文化则是人们在制定和执行各种网络制度的过程中所形成的一般规律性认识。网络制度文化包含三个方面的基本内涵:一是网络本身固有的技术规范和网络安全的维护措施;二是网络的经营者和使用者应当遵守的法律法规、规章制度和道德规范;三是实施机制,即为了确保上述规则得以执行的相关制度安排,它是制度安排中的关键环节。这三部分构成完整的制度内涵,是一个不可分割的整体。

网络制度文化是制度文化在网络虚拟空间的一种具体表现形态,必然具有制度文化的共性,但又不同于其他形态的制度文化。首先,我们对网络制度文化内涵的理解,要将它与网络制度本身相区分。正如前面对制度文化和制度关系的理解一样,网络制度文化并不能简单等同于网络制度。其次,网络制度文化与其他形态的制度文化有着明显的区别。在网络文化中,网络制度文化是人与物、人与网络运营制度的结合部分,它既是人的意识与观念形态的反映,又是由一定物的形式所构成的。最后,网络制度文化具有中介性,即网络制度文化是精神和物质的中介。制度文化既是适应物质文化的固定形式,又是塑造精神文化的主要机制和载体。正是由于网络制度文化的这种中介的固定传递功能,它对网络文化的建设具有重要的作用。因此,正确认识网络制度文化与制度文化其他形态的区别,对科学把握网络制度文化的实质,正确应用网络制度文化规范网络行为,促进网络制度文化的培育和建设具有重要意义。②

---

① 张国臣等:《高校廉洁文化建设理论和实践》,人民出版社 2010 年版,第 244 页。
② 宋元林、陈春萍等:《网络文化与大学生思想政治教育》,湖南人民出版社 2006 年版,第 228—229 页。

　　高校网络制度文化是网络制度文化在高校这个组织机构中的一种表现形式，是指在高校这个特定的组织机构和环境中，高校师生对校园网络制度及其规律性的整体把握和总体认识。这种认识既包括高校师生对于网络制度的制定和执行的理念与态度的理性把握，也包括高校师生对网络制度的价值认同。我们知道，高校网络制度的根本目的在于指导和约束师生的网络行为，然而建立了规章制度，并不意味着人们就会自觉遵守。网络制度能否发挥规范人们网络行为的作用，关键在于得到人们的普遍认同，并内化为遵守制度的自觉行动。因此，高校网络制度文化建设，既要重视建立健全网络制度体系，更要重视提升师生对网络制度的认同度。否则，除了硬性的管人作用外，网络制度文化的育人功能不能得到充分发挥，高校网络制度文化建设成效必将大打折扣。

　　2、高校网络制度文化的特征

　　高校网络制度文化是形成于高校这个特定环境的网络制度文化，是网络、制度和文化三者有机统一的相互结合，具有鲜明的结合特征。它除了具有制度文化的一般特征外，还具有自身的特征。

　　①规范性

　　制度文化是人际关系得以维系的重要纽带，是社会秩序得以形成的重要保证。它基于一定的价值理想和目标，由一整套规范系统所构成，是人们行为的准绳和依据。"没有这根准绳，个体落于自纵，群体将沦为无序，社会将成为大杂烩。没有法律的社会是一盘散沙，没有道德的社会只能是人欲横流的世界。制度文化实际上充当了个体、群体和社会存在的一种内在凝聚力，是人们言行举止、交往互动的准则系统。"[①] 制度体现为各种规范，因而规范性不仅是制度的本质，也是高校网络制度的内在属性。在制度研究领域颇具名望的美国制度经济学家康芒斯认为，制度"指出个人能或不能做，必须这样或必须不这样做，可以做或不可以做的事，由集体行动使其实现"。[②] 高校网络制度文化以严谨的形式、规范的语言，对高校师生在网络空间领域的行为活动进行程度不同的定性和定量的规定和限制。这是因为这种规范性的存在，高校网络制度文化明确告诉师生，什么行为是可以做的，什么行为是不可以做的，什么行为是应该做的，进而对高校师生起着明显的规范作用。

　　②平等性

　　高校网络制度文化的平等性是由网络和制度的性质和特点所决定的。平等性是网络的显著特征。这种平等性首先体现在技术上，网络是一种分裂式结构，网络用户都是平等的，彼此之间没有等级之分，人们平等使用，平等参与。随着网络信息技术的进一步发展，网络的平等性特征将更加突出。制度作为调整一个组织内部成员行为和成员之间关系的规范，也具有平等性，组织所有成员在制度面前人人平等，没有特权，任何人都必须遵守制度。同制度文化的其他形态一样，

---

　　①　萧阳，胡志明：《文化学导论》，河北教育出版社 1989 年版，第 83—84 页。
　　②　康芒斯：《制度经济学》（上册），北京商务印书馆 1962 年版，第 89 页。

高校网络制度文化一经形成，就会对全体师生产生不可抗拒的效力和作用，任何人在网络制度面前都是平等的，不管是领导、干部、职工、教师还是学生都一视同仁，任何违背网络制度的网络行为都将受到来自网络制度的约束甚至惩罚。

③指向性

任何制度都是以一定时代统治阶级的思想作为指导来制定的。从文化的概念来看，作为一种特殊上层建筑的文化，是建立在一定的经济基础上的意义形态和道德规范，在某种意义上是物质文化、精神文化和政治文化的综合，同时又对经济建设、社会进步和人的自由而全面的发展具有重要的指导作用。网络制度作为规定和规范网络行为的社会规范体系，对网络的生成和发展具有很强的指向性作用。这种指向性作用，主要体现在对网络环境和文化方向的调控，对网民操作应遵守的规范行为的指引和对网络发展趋势的规定，还包括对网络行为的纠正和规范。从一般意义上说，网络制度文化站在网络发展的前沿，对有可能出现的网络行为，包括网络失范行为，进行有效的目的性规范。只有当思想的引导、道德的追求和制度的安排具有同一指向性的时候，网络文化才会更有活力和张力。[①]

④强制性

制度作为一种有组织的社会规范体系，通过规定"可以做什么，不可以做什么，应当怎样做"来规范人们的行为，维护社会秩序。它要求人们都必须遵守和执行，否则就失去了制度的规范意义。为了保证制度的执行，就要有某种强制性保障，没有惩罚功能的制度是无效和无用的制度。[②] 强制性是制度的基本特征。正所谓，越规者，规必惩之；逾矩者，矩必匡之。不管是谁违反制度的规定，都要受到相应的惩罚。具体到高校网络制度文化而言，它对高校师生有着同样巨大的强制力，对于违反制度规定的，它同样规定有相应的处罚措施，其强制性在实际中的贯彻执行有着坚强的支撑和保障，即高校自身的管理权力。这种保障往往通过惩戒和处罚的形式得以体现，即高校通过对国家、社会以及学校内部各种严令禁止的行为予以强制性的禁止，并依据其造成的影响和后果，对违反者进行相应的处罚，从反面来警示和教育他人，进而凸显广大师生对网络行为的价值追求。这种惩戒和处罚，不仅维护了高校各项网络制度的权威，而且也有效地引导和规范了师生的网络行为。

⑤稳定性

稳定性是每一种文化形态本身所固有的基本属性。一种文化一旦形成，便相对稳定，在较长的时期内对社会发生作用。网络制度文化是一种行为模式和行为规范，是网络时代特定的观念形态文化积淀的结果，它往往沉淀于人们的集体无意识之中，在思想深处充当着规范人们行为的角色。网络制度文化作为一种诉诸网络制度的文化形态，具有一定的保守性和持久性，在一定时期内对网络文化发生作用，而且这种作用不会因为人的意识而发生转移，具有相对的稳定性。当

---

① 宋元林等：《网络文化与大学生思想政治教育》，湖南人民出版社 2006 年版，第 230—231 页。
② 廖小平：《论诚信与制度》，《北京大学学报》（哲学社会科学版）2006 年第 11 期。

然，网络制度文化也不是绝对的稳定，它在一定程度上会随着社会环境的变化和网络的发展而被注入一些新的时代内容，但总体上却不会发生根本性的变化。因此，高校各项网络制度的制定、修改和废止都要极其慎重，朝令夕改必然损害高校网络制度的严肃性和权威性。

⑥发展性

制度关键是要管用、可行。制度都是人制订的，人是最重要的因素，因此，制度也不是一成不变的，要根据组织或团体的发展而不断修订，以适应新形势新任务的要求，特别是要针对那些容易出现问题的环节和工作中存在的漏洞，建立健全科学合理、具体实在、切实可行的制度。美国制度经济学的开创者凡勃伦认为："制度必定随着环境的变化而变化，因为就其性质而言，它就是对这类环境引起的刺激发生反应时的一种习惯方式。而这些制度的发展也就是社会的发展。制度实际上就是个人或社会对有关的某些关系或某些作用的一般的思想习惯；而生活方式所构成的是，在某一时期或社会发展的某一阶段通行的制度的综合，因此，从心理学的方面来说，可以概括地把它说成是一种流行的精神态度或一种流行的生活理论。"① 网络制度文化说到底是基于网络技术而存在的，没有网络也就不存在网络制度文化，网络技术的发展，也必然使网络制度不断发展完善。高校网络制度文化只有坚持与时俱进，勇于接受新事物、新观念，才能具有强大生命力和蓬勃生机。

5.1.2　高校网络制度文化的结构与功能

文化的结构，"是从系统的内部描述系统的整体性质。"文化的功能，"是从系统的外部描述系统的整体性质。"② 文化的结构与文化的功能相对应，文化的结构决定文化的功能。制度文化的功能是基于其内在结构而与社会发生关系的状态。制度文化的功能表明了制度文化对社会的一种适应性，表明了制度文化在社会中具有无可替代的地位。制度文化并非寄生于社会之中，它对于社会有存在的意义，因而不是多余的东西，它对社会的存在和发展有所贡献，并且在这种贡献中使其自身获得存在和发展的依据。

1、高校网络制度文化的结构

当代美国学者克鲁洪指出，"文化除了具有内容之外还具有组织结构，这绝非谈妄说玄"③，"文化不仅有其内容而且有其结构这一事实，现已获得普遍的认识"。④ 高校制度文化是一个多层次的复杂的系统，根据前面对高校网络制度文化的理解，我们可以把高校网络制度文化分为两个层次，即外在的网络制度文化

---

① 秦海：《制度范式与制度主义》，《社会科学研究》1999 年第 5 期。
② 王雨田：《控制论、信息论、系统科学与哲学》，中国人民大学出版社 1986 年版，第 502 页。
③ 克鲁克洪等：《文化与个人》，浙江人民出版社 1987 年版，第 12 页。
④ 克鲁克洪等：《文化与个人》，浙江人民出版社 1987 年版，第 10 页。

和内在的网络制度文化。外在网络制度文化主要是指以文本形式（书面或电子文字）呈现出来的可执行的网络技术规范、法律法规、规章制度和道德规范体系；内在网络制度文化主要是指高校在制定、执行网络制度的过程中所形成的价值取向和思想观念。一般说来，内在网络制度文化指导、制约外在网络制度文化，决定着外在网络文化的具体形式、主要内容和发展方向；外在网络制度文化是内在网络制度文化的表现形式，是对内在网络制度文化的贯彻和落实。它们之间相互影响、相辅相成，缺一不可。

2、高校网络制度文化的功能

结构决定功能，高校网络制度文化通过确定界限、提供预期、营造环境等途径和机制对高校师生发生作用，从而维护正常的网络秩序，促进高校网络文化健康发展。高校网络制度文化的功能主要体现在规范、引导、强制、预期和教育等方面。

①规范性功能

规范性功能是高校网络制度文化的题中之义，高校网络制度文化从狭义上讲就是对高校校园网络各个环节和各个方面的规范，包括对互联网和网络主客体的规范。高校网络制度文化的规范性功能渗透在校园网络的各个环节和各个方面：网络技术的开发需要制度明确，网络的用户一般操作需要制度引领，网络内容登载管理需要制度规范，网络的信息传播需要制度约束。也就说，在纷繁复杂的网络世界中，必须要有判明是非的尺度——网络规章制度。高校网络制度文化通过其系统完善的制度体系，对于哪些能做、哪些不能做、该怎样去做、不该怎样做，规定得清清楚楚，使人一目了然。有了网络规章制度就有了明确、具体的标尺。有了这样的标尺，既便于衡量，也便于检查监督，有利于防止和及时纠正各种形式的网络越轨行为，保障广大师生的合法权益。

②引导性功能

高校网络制度的各项规范规定了在特定的情况下人们能做什么、不能做什么、该怎样做、不该怎样做，从而为师生划定了一条行为的边界。这条边界标志了高校这个社会共同体认可的网络行为准则：在界线以内的网络行为，得到人们的许可、赞赏、鼓励，超越界线的网络行为，则受到人们的排斥、舆论谴责甚至惩罚。高校网络制度文化的引导性功能主要是通过提倡什么或反对什么、鼓励什么或禁止什么的规定，借助奖惩条件、群体压力、个人的道德修养等机制得以实现的。比如，奖惩制度规定了什么样的网络行为应该奖励，什么样的网络行为必须惩罚，这些规则以及所造成的氛围把广大师生的网络行为纳入一定的轨道，以维持网络秩序，保证网络生活的正常进行。总之，成熟的高校网络制度文化具有激发师生积极性和能动性的作用，并对师生的网络行为方式和目标具有导向作用，使师生朝着符合高校网络制度规定的方向采取行动，而对于不符合高校网络制度规范的行为方式则具有调节和抑制作用。

③强制性功能

高校网络制度文化的强制性功能与其规范性、导向性功能是有机结合的统一体。规范和导向是制度内含的功能，是制度的意愿性表征，而强制性是在前两者失去功效情况下的外力迫使。制度作为一种有组织的社会规范体系，要求人人都必须遵守和执行，否则就是去了制度的规范意义。制度是人类在社会实践中建立的各种行为规范，是为了适应人类生存和发展的需要而产生的，是用来规范人类自身的。网络制度是与网络相关的技术规范、规章制度和道德规范，它是为适应人类网络生活，促进网络和人类社会发展而形成的。高校网络制度文化作为高校网络文化的内在机制，是维护正常网络秩序必不可少的保障机制，是高校网络文化建设的保障系统，需要每一位师生自觉遵守和执行，然而并不是所有的高校成员都能按制度办事的。也就是说，现实中总会出现对网络制度的执行的偏离倾向。为了维持网络正常秩序，网络制度必须对偏离行为加以干预，并根据偏离的程度，对偏离行为者加以批评教育、惩罚或制裁。因此，高校网络制度文化需要从法律法规、技术、道德、心理等不同层面约束和规范高校师生的网络行为，并赋予网络制度以强大的强制力，惩处网络失范行为，维护网络秩序，净化网络环境。

④预期性功能

高校网络制度文化的预期性功能，一是指高校网络制度像其他任何制度一样，它明确规定了师生可以做什么、不可以做什么，该怎样做、不该怎样做，并且明确了不同行为的相应后果。因此，高校师生在采取一定的网络行为之前就可以清晰地预见到制度对自己行为的评价和自己应该承担的后果；二是指网络制度文化对网络可能发生的技术进步和因此而引起的诱发现象能够作出预期的规定。同所有制度文化一样，网络制度文化也是对网络实在的主观反映，也必将对网络实在产生反作用。网络制度文化是建立在网络基础之上的，必然会随着网络技术的进步而不断丰富发展自身体系，如果等到网络技术已发生了现实的改变，制度才做出相应的调整，那必然导致网络行为和网络秩序的失控。也就是说，网络制度不能滞后于网络技术的进步。网络制度文化是在网络发展的无数实践的总结和归纳的基础上形成的，体现了网络发展的趋势和规律。因此，在一定程度上，网络制度文化能够预测网络发展的趋势，从而可以对网络技术进步以及由此引起的各种现象作出预期的规定。

⑤教育性功能

高校网络制度文化的各项规范规定着师生的网络言行，为他们的品质、行为、人格的自我评定提供了内在尺度，同时也对师生的网络行为起到规范和约束作用。有什么样的规范，就会形成和强化什么样的人生观、价值观和世界观。建立和谐统一的网络行为规范体系，意味着从学习、生活、娱乐、工作各个方面，鼓励与高校网络文化相一致的思想行为，使奖励和惩罚成为高校网络文化的载体，使高校倡导的价值观念变成可见的、可感的、现实的因素，时时发挥着心理强化的作用。换句话说，高校网络制度文化使高校网络管理工作不断丰富其思想内涵,把思想政治工作渗透到网络管理工作的各个环节中去,发挥着思想政治教育的作用。

5.2　高校网络制度文化建设的意义

网络文化是高科技的产物,是现代文明的结晶。网络具有的开放性、兼容性、快捷性与跨国性,以超乎人们想象的威力和速度冲击着社会的各个层面,深刻改变着人们生活、工作的各个方面。网络在使人们受益颇多的同时,也产生出许多现实世界中不曾预料的矛盾与纠纷,带来了一些负面的影响:网上虚假信息、黄色信息和反动信息时有显现,网上侵权事件时有发生,虚拟社区语言低俗,网络失范行为大量存在,在社会上造成了消极影响,损害了网络文化的健康发展。为了造就一个健康有序、充满活力、没有污染的“绿色”安全网络环境,防止网络文化发展过程中一些不文明的消极现象的发生,网络制度文化建设刻不容缓。对于高校而言,高校网络制度文化建设,对于保持高校网络文化的生命力具有基础和保证作用。只有加强高校网络制度文化建设,高校网络文化才能由一种精神力量转变为一种巨大的物质力量,从根本上发挥引导人们网络行为、规范校园网络秩序的作用。

5.2.1　高校网络制度文化建设是高校网络文化健康发展的基础和保证

高校网络制度文化是高校网络文化的重要组成部分,它与网络精神文化、网络行为文化和网络物质文化共同构成了高校网络文化体系。在高校网络文化体系中,高校网络精神文化是高校网络文化的核心和灵魂,高校网络制度文化是高校网络文化的基础和保证,高校网络行为文化是高校网络文化的表现形式,高校网络物质文化是高校网络文化的物质载体。它们之间互相联系,密不可分,缺一不可。

在高校网络文化体系中,网络制度文化不仅体现着高校师生一定的价值取向和道德标准,而且也反映了高校师生对于网络文化和网络虚拟社会的认知和态度。因此,可以说,网络制度文化是网络文化尤其是网络精神文化的凝结,它为广大师生在网络空间的自律提供着制度文化环境。然而由于师生的网络行为习惯总是从遵守和执行制度开始的,久而久之才能形成一种文化自觉,网络制度文化又从根本送上为网络精神文化、网络行为文化、网络物质文化提供了重要的保证,是网络精神文化、网络行为文化、网络物质文化健康发展的基础。总之,没有高校网络制度文化作保障,整个高校网络文化体系必将会因为失去了赖以存在和发展的基础,而变成空中楼阁。

5.2.2　高校网络制度文化建设能够促进高校网络文化其他形态的建设

在整个高校网络文化体系中，高校网络精神文化处于里层，高校网络行为文化和高校网络物质文化处于表层，而高校网络制度文化处于中间层次，是把网络精神文化和网络行为文化、网络物质文化联系起来的中介和桥梁，它既体现和反映处于里层的网络精神文化，又约束和调控着处于表层的高校网络行为文化和网络物质文化。高校网络制度文化的建设必将带动和推进高校网络文化其他形态的建设和发展。

首先，高校网络制度文化是高校网络精神文化的折射，高校网络制度文化建设有助于推进高校网络精神文化的建设。一方面，高校网络精神文化是高校师生对网络实践活动的理性认识和抽象概括，具有抽象性和内隐性的特点。要使高校网络精神文化成为高校师生的自觉意识，必须借助一定的载体和外在表现形式才能得以实现，而高校网络制度文化和网络行为文化和网络物质文化正是这样的载体和表现形式，并分别承担了相应的功能。其中，高校网络制度文化是最系统、最充分的表现形式，是高校网络精神文化得以贯彻和落实的有力保障。通过系统化的高校网络制度文化建设，可以把观念性的网络精神文化转化为高校师生能够看得见的具有可操作性的行为准则与规范，确保高校网络精神文化成果在师生心灵深处扎根、发芽和成长，进而内化为广大师生理想信念的一部分，并自觉地在行动中付诸实施。另一方面，高校网络制度文化为网络精神文化提供充分的空间让其自由发展，推动着网络精神文化的创新发展。创新是文化发展的不竭动力。文化创新的关键在于制度，文化发展离不开制度的牵引，制度的创新和完善是推动文化发展的重要力量。高校网络精神文化的创新和发展同样需要网络制度文化的持久支撑。无论是正式制度还是非正式制度，一经产生和确立，便会形成明确的规范，当人们有意识或无意识地按照这种生活规范所规定的坐标及其所反映的行为价值取向追求和适应新社会，实际上是一种崭新的网络精神文化形态和文化理念正在形成。网络制度文化作为一种内生性的重要资源，通过创新和完善网络制度，不仅能够为高校网络精神文化的创新构建一个和谐的运作机制，提供激励结构和动力机制，而且能够影响并规定高校网络精神文化的发展方向。总之，高校网络制度文化的发展是高校网络精神发展的基础和条件，也是高校网络精神文化创新发展的根本动力。

其次，高校网络制度文化规范高校网络行为文化，高校网络制度文化建设有助于推进高校网络行为文化的建设。高校网络行为文化是高校师生在网络空间从事管理、教学、科研、学习、人际交往、娱乐等实践活动中产生的网络文化形态，它不是凭空产生的，或者说不是自发形成的，而是高校通过一系列网络制度文化建设，对广大师生的网络行为进行规范和引导形成的。与高校网络精神文化对师生网络行为的正面引导不同，高校网络制度文化不仅会明确告诉师生哪些行为可以做，而且还会清楚地告诉师生哪些行为不能做，以及如果做了禁止的行为将要受到什么样的处罚。正是借助高校网络制度文化的这种强制性规范，广大师生才得以养成良好的网络行为习惯，正常的校园网络秩序才能得到维护。因此，通过高校网络制度文化建设，不断完善高校网络制度规范，必将为高校网络行为文化提供强大的发展动力，极大地推进高校网络行为文化建设。

再次，高校网络制度文化调控高校网络物质文化，高校网络制度文化建设有助于推进高校网络物质文化建设。高校网络物质文化是高校网络文化的物化形态，是高校网络文化其他形态的物质基础。它不仅能够以非常直接的方式影响和制约师生的网络活动，而且也可以通过间接的方式对师生产生潜移默化的影响，发挥其重要的育人功能。高校网络物质文化受高校网络制度文化的约束和调控。高校网络物质文化建设，无论是发展目标、任务的实现，还是具体措施的落实，都需要借助高校网络制度文化的力量才能实现。因此，高校网络制度文化建设能够推动高校网络物质文化建设。

5.2.3　高校网络制度文化建设能够增强师生对网络制度的认同感

认同有个体和社会两个不同的层面。在个体层面，认同是指个人对自我的社会角色或身份的理性确认，它是个人社会行为的持久动力；在社会层面，认同则是指社会共同体成员对一定信仰和情感的共拥和分享，是维系社会共同体的内在凝聚力①。由此可见，认同对于个体活动以及社会共同体的存在和发展具有重要的作用。高校网络文化建设，其最终目标是引导高校师生树立正确的网络文化观，规范自身网络行为，并自觉地内化为师生共同的价值追求。因此，如果没有师生对网络制度的认同，高校网络文化建设就会变成空中楼阁，从而失去赖以存在的基础。

首先，高校网络制度文化建设，就是要通过对高校师生进行网络制度教育，增强师生对高校网络制度的认同。制度教育是增强人们对制度认同感的基础。哲学家康德曾经说过，人们知道什么是真理不等于知道为什么这是真理，知道为什么是真理不等于知道应当怎样去做，知道怎样去做不等于愿意并真正去做。这就明白地告诉我们，增强对某个事物的认同不仅要解决知与不知、懂与不懂、会与不会的问题，更要解决真知、真懂、真会的问题。由此，认同的过程也就表现为一种选择的过程：当个体对自己所选择的内容认同后，才有可能进一步主动地将其内化为自己的意识并决定去实施。因此，开展教育对于增强认同感来说不仅是应该的而且是必要的。② 高校网络制度文化建设，首先就是要通过网络制度教育，明确告诉高校师生哪些网络行为是允许的，哪些网络行为是禁止的，以及为什么要这样规定。只有当师生了解相关的网络制度规定，并理解这样规定的根据

---

①　黄丽云：《社会主义核心价值观的价值认同》，《发展研究》2008 年第 12 期。
②　张国臣等：《高校廉洁文化建设理论与实践》，人民出版社 2010 年版，第 260—261 页。

时，才能增强他们对网络制度规范的认同感，并自觉去遵守和执行这些制度。

其次，高校网络制度文化建设，就是要通过营造体现高校师生根本利益的制度文化环境，增强师生对高校网络制度的认同。要体现人们的利益和需要，是增强人们对制度认同感的关键。人们对于制度的认同，说到底是一种价值认同。价值认同的根据则是隐藏于人的理性背后的物质动机和利益动机。因此，制度认同本质上就是一种利益认同。马克思曾经明确指出："人们奋斗所争取的一切，都同他们的利益有关。"① 利益（包括物质的、政治的、精神的利益）作为个人价值认知的基础，既决定了价值观的产生、变化与发展，又决定了价值主体对价值规范的认同与选择。简言之，利益的需要使价值认同成为主体的需要。高校网络制度文化建设，就是要在潜移默化的文化熏陶中，使高校师生把网络制度规范转化为个人内在的自觉，从而营造出广大师生自觉遵守制度的文化环境。通过高校网络制度文化建设，一方面可以建立起科学合理的奖惩制度，使师生遵守高校网络制度规范的行为得到褒奖，使违背高校网络制度规范的行为受到惩罚，从而维护和实现师生在规范自我行为方面的利益；另一方面要让师生在弘扬网络精神文化的网络制度文化环境中深刻认识到，网络制度的形成以及对网络制度规范的遵从在本质上符合他们的利益，有利于促进他们的身心健康和全面发展，进而从内心真正认同网络制度规范，并遵守网络制度。

最后，高校网络制度文化建设，就是要通过规范高校师生的网络行为，增强师生对高校网络制度的认同。制度的价值在于能够有效规范行为。制度只有在运行中才能体现其生命力，也只有在贯彻实施中才能体现其价值。同理，高校网络制度只有在规范广大师生网络行为的过程中才能体现其价值。高校网络制度文化建设，通过规范、制约和监督等方式，使网络制度融入广大师生的行为习惯中，形成一种舆论导向，启迪人们的思想觉悟，创造一种遵守和执行网络制度的舆论环境，从而使师生自觉遵守网络制度，自觉维护网络制度，进而使高校师生在自觉约束和规范自身网络行为的同时，强化对网络制度的认同，不断增强对网络制度的认可度和敬畏感。

5.2.4　高校网络制度文化建设，是实现高校网络管理制度化和规范化的重要保证，是提高高校网络管理水平的动力之源

建设高校网络制度文化，培养和激励高校师生遵守校园网络管理制度的愿望和能力，形成自律与他律、自觉与强制相结合的高校网络制度文化体系，有助于规范师生的网络行为以及管理人员的管理行为和服务行为，有助于实现高校校园网络管理的制度化和规范化，有助于提高高校校园网络管理的水平。

进入 21 世纪以来，随着校园网络的迅速普及，高校校园形成了"无处不网、无时不网、无人不网"的格局，网络对高校师生的影响越来越深刻。由于网络是

---

① 《马克思恩格斯选集》第一卷，人民出版社 1956 年版，第 82 页。

一把双刃剑，网络对高校师生的影响也是双向的，即网络在带来积极影响的同时，其负面影响也是显而易见。这就对高校的网络管理工作提出了更高的要求。随着社会信息化的不断发展，促进高校网络管理工作的制度化和规范化已经成为社会发展的必然趋势。实现高校网络管理的制度化和规范化是一个极其复杂的系统工程，它内在地要求加强高校网络制度文化建设来为其提供有力的外在保证。由于高校网络管理的制度化和规范化必须以完备的规章制度为基础，高校网络制度文化建设必须把构建完备的网络规章制度作为重要内容和基本要求。通过加强高校网络制度文化建设，不断完善网络规章制度，一方面可以使高校网络管理工作有章可循、有据可依，从根本上防止管理的随意性和低效率，进一步提高管理工作的效率，促进管理的科学化、规范化，保障高校网络管理工作的高效运转，提高高校网络管理水平；另一方面又使高校师生明确了自己的行为规范，避免了网络失范行为的发生，提高了高校网络管理工作的实效性。

总之，加强高校网络制度文化建设，建立健全高校网络制度体系，既能规范和约束广大师生的网络行为，又能极大地加快高校网络管理制度体系建设，促进决策体系和监督体系和约束机制建设，进一步明确管理人员的决策权和管理权限，引导管理人员自觉遵守和执行相关制度规范，提升高校网络管理水平，促进高校网络文化健康发展。

5.3　高校网络制度文化的建设

高校网络制度文化建设是一项涉及面广的复杂系统工程，它内容丰富、任务艰巨。要卓有成效地推进高校网络制度文化建设，高校必须从学校科学发展和培养德智体全面发展的高素质人才的战略高度出发，遵循科学的原则，不断创新方式方法，努力开创高校网络制度文化建设的新局面。

5.3.1　高校网络制度文化建设的原则

无论是制定网络制度，还是执行网络制度，都会遇到许多问题和矛盾。妥善处理和解决这些问题与矛盾都必须遵循一定的科学原则。因此，确定和明晰高校网络制度文化建设的原则，是加强高校网络制度文化建设的关键，直接关系到高校网络文化建设的质量。

1、以人为本原则

人的自由全面发展是马克思主义追求的最高境界，如今高校师生也越来越重视自身的自由全面发展。人的发展和利益的实现离不开制度保障。"制度是人存在和发展的社会条件，没有好的制度环境，人的发展必然会受到限制；同时，以自由为取向的人的发展是制度合理变迁的主体条件和根本动力，只有人的素质提高了，有了发展人自身的需要，制度才有变迁的可能。要建设好制度，必须以人的自由全面发展为前提，必须以高素质的人作为主体条件；制度是决定人的发展的重要因素，高素质的人的培养，也需要良好的制度环境。"① 制度建设与人的发展的辩证关系决定了高校网络制度建设必须要以人为本，以高校师生为本。唯有如此，不仅能使高校网络制度符合高校实际，还能在网络制度建设过程中体现师生的主体地位与价值，培养他们的素质。而高校师生素质的提高，又将反作用于高校网络制度建设，推进其进一步发展，更好地为实现师生的价值与利益服务。

新形势下，高校网络制度文化建设必须坚持以人为本的原则，从教育目标的实现与人的全面发展出发，提升广大师生的主体地位，弘扬他们的主体价值。"以人为本是一种对人在社会发展中的主体作用与地位的肯定，既强调人在社会发展中的主体地位与目的地位，又强调人在社会发展中的主体作用；它也是一种价值取向，即强调尊重人、解放人、依靠人、为了人和塑造人；它还是一种思维方式，就是在分析、思考和解决一切问题时，既要坚持运用历史的尺度，也要确立并运用人的尺度，要关注人的生活世界，要对人的生存和发展的命运确立起终极关怀，要树立起人的自主意识并同时承担责任。"② 高校网络制度文化建设坚持以人为本原则，就是将广大师生视为网络制度建设的出发点和归宿，在网络制度建设的全过程中，把师生看作是具有独立人格的人，是有需要、有创造性和能动性的人；就是要注重广大师生主体性功能的发挥，满足他们多方面的需求，促进他们的全面发展；就是要把高校网络制度建设视为体现广大师生的主体价值与地位，保障其利益的途径，而不只是一种管理工具。只有真正把广大师生作为高校网络制度文化建设的出发点和归宿，才能完全发挥高校网络制度的功效与优势。

2、民主原则

高校任何一项制度的设计和构造，都应当以维护广大师生的根本利益为宗旨。民主应当是制度建设最基本、最普遍的价值目标。因此，制度建设的过程应当是一个充分发挥民主的过程。从另一个角度来说，高校制度建设的作用主要体现在两个方面，一方面是规范，另一方面是激励。就规范而言，虽然它是制度的浅层次作用，但是只有当制度是充分遵循了师生的意见和建议，得到了他们的认同，广大教师才能自觉遵守制度，制度的规范作用才能得以充分体现。激励是制度的高层次作用，要使制度充分发挥出激励的作用，在制度建设的过程中就一定要走群众路线，充分发扬民主，以对个体价值的肯定为基础，以个体才能的充分发挥为前提，积极吸引广大师生广泛参与，集思广益，群策群力，共同参与，真正做到制度建设的民主化，这样才能真正发挥制度的激励作用。

高校网络制度的制订是一个民主集中的过程，是一个统一认识的过程，是一

---

① 邹吉忠：《制度建设与人的发展》，《郑州大学学报》（社科版）2002年第1期。
② 韩庆祥：《解读"以人为本"》，《光明日报》2004年4月27日。

个集思广益的过程。高校网络制度建设必须遵循民主集中制原则，坚持从"从群众中来，到群众中去"的基本方法，让广大师生参与制度的制订，以充分听取师生的意见，反映师生的要求，从而得到师生的支持与拥护。如果仅仅由学校管理部门将制度制订好后要求师生遵照执行的话，师生只是被动地接受，这样制度的执行难度就会很大。所以，在制订制度前，高校管理部门要做些民意调查，召开不同层面人员的座谈会，在取得基本共识后，再组织制订制度，拟定初稿后再充分征求师生的意见，然后把意见集中起来再将制度进行进一步的完善，最后才正式实施。制订网络规章制度坚持"从群众中来，到群众中去"的基本方法，把制订制度的过程变成了全体师生民主参与学校管理的过程，使师生广泛了解其内容，反复讨论其可行性，增强师生对制度的认可度，既可以避免制度脱离实际，保证制度的科学性，又有利于统一认识，沟通感情，从而为制度的贯彻执行奠定心理基础，减少执行制度的阻力。

3、合法原则

合法原则是指高校所制订的网络规章制度，其内容不得与国家向有关的法律法规和规章制度相抵触，同时制度制订程序要合法，即制度内容合法和制度制定程序合法。

制度内容合法。高校虽然依法享有制订要求师生共同遵守的规章制度的权利，但是，从性质上来看，高校制订的规章制度与国家机关制订的法律法规有着本质的区别。前者是高校的内部管理制度，不属于法的范畴，后者是国家法律体系的组成部分。同时二者又具有密切的联系，高校的规章制度虽然不是法，但又是依法制订的，是法的补充和延伸。因此，高校制订的规章制度必须合法，不得与国家法律法规和行政规章相抵触。根据《立法法》第79、80条的规定，法律规范的效力等级依次是：法律、行政法规、地方性法规、行政规章，下位法不得与上位法相抵触，并且它们在一定行政区域内都具有普遍性的法律效力。无论是由国务院部委管理，还是由省、市级人民政府管理的高校，除了应该遵守法律法规外，还应遵守本行政区域的地方性法规和行政规章，高校制订的规章制度不能与之发生抵触。同时，高校还要遵守当地政府及上级政府相关部门的规范性文件所做的规定，只要规范性文件本身合法，高校制订的规章制度也不得与其相抵触。

制度制定程序合法。高校在网络制度建设过程中一定要按程序办事，并且要注重制度设计的程序性。一方面，在制定网络制度时应当按照一定的程序进行。一般而言，高校制度建设应当包括部门或有关人员提出制度立项建议、校办公室编制立项计划或规划、起草并形成征求意见稿、协调审查并形成送审稿、提交校长办公会议或党委会议审议通过、发布及实施。其中涉及教职工利益的，还应当提交教职工代表大会审议通过，涉及学生切身权益的应当广泛征求学生的意见。另一方面，在制度设计时，应当重视程序的设计，切实保障师生的合法权益，真正体现法治精神和民主精神。

4、可行性原则

可行性原则是指高校所制定的网络制度要切实可行，具有合理性和有效性，便于操作。首先，高校网络制度要具有合理性。高校所制定的网络制度，其内容要符合高校的实际，即要符合校情。每所高校都处在特定的地域，有着特定的历史传统、思想文化基础，师生的实际情况也各不相同。因此，高校在进行网络制度建设时，不要简单地照抄照搬照转，要注重结合学校和师生的实际，倾听师生的反映和意见，使制度能为绝大多数人所理解、支持和遵守。其次，高校网络制度要具有有效性。有效的高校网络规章制度像一位无形的领导者，它凭借自身的强制性力量促使师生按照一定的标准和要求，在一定的限制条件下进行网络活动。为了达到这样的目标，高校要认真进行调查，了解存在的问题，并找出问题的症结，增强网络制度的针对性，这是网络制度具有有效性的前提。最后，高校网络制度要具有可操作性。一般说来，国家制定的网络法规和规章制度，往往只做了原则性的规定，其实施还需要通过制订实施细则、实施办法来进一步完善和充实。高校作为直接实施和执行制度的最基层的法人单位，所制订的校内制度，应当具有较强的可操作性。因此，高校在进行网络制度建设时，要注重制度的科学和完善，要特别注重细节，制度的文字必须简洁明了，用词必须准确，规定的内容必须明确，不能模棱两可。

5、发展性原则

制度建设既要从实际需要出发，因时因地而异，但更要从长远发展的需要考虑，注重制度的可持续性发展。只从一时一事的需要出发，朝令夕改会使人们感到无所适从；只是守住陈规陋习，不懂得与时俱进，这种制度也只会束缚人们的手脚。制度是社会生活和实践的反映，它必须要适应实际情况的变化，不适应实际情况变化的过时制度，会成为社会发展的制度性障碍。同时一项制度出台后，社会效果如何，需要有个评估，通过制度实施后的评估，总结经验，纠正不足，适时调整。对于容易引发社会矛盾，引起纠纷的制度，要适时修改；对于程序不够清楚，内容不够具体的，要适时进行补充；对于实施效果好，有利于化解矛盾的，要总结积累经验，为其他相关制度的制定提供借鉴。因此，高校网络制度建设必须正确处理好制度的稳定性与发展性的关系，要与时俱进，注重制度的调整、修订与完善，以充分反映网络社会的生活实际、网络技术的新发展和师生网络活动的新动向。只有这样，高校网络制度才有活力和效力，才能推动高校网络文化可持续健康发展。

5.3.2　用先进的价值观推进高校网络制度文化建设

正如物质文化之于精神文化一样，"材料都是物质的，而运用材料的心思才智都是精神的"①，任何一种制度文化在表层上是法律法规和道德等制度形式，但深层次的东西却是精神文化。有西方学者指出："制度由正规规则、非正规规则制约和实施这些制约的特性所组成。……两者最终受人们对周围世界的主观认识所左右。这些认识不断地决定着人们在正规规则和非正规制约中所进行的明确选择。"② 很明显，人们的世界观、价值观左右着制度的变化，决定着人们对规则选择的取向。因此，高校必须用先进的价值观念推进网络制度文化的建设。

首先，用先进的价值观念推进高校网络制度建设。没有先进的观念，就不会有先进的制度；没有正确的观念，也就不会有合理的制度。从人类发展的历程看，没有价值观念的转变，就不会有制度的转型。重大制度的确立，体制机制的转变，无一不是以观念变革为先导的，观念的变革始终引领着制度建设的方向。在网络文化建设中，形成的先进的思想理念，必然会对原有的网络制度规范提出新的更高的要求，从而推动网络制度建设，使网络制度更加科学系统，更加健全完善，更加具有有效性和约束力。

其次，用先进的价值观保证高校网络制度的执行。制度的公认度决定了制度执行的自觉度，制度执行的自觉度决定了制度的执行度。先进的价值观念能够弥补制度本身无法避免的缺陷，使制度的执行更为完美，从而增强高校网络制度的认可度和执行度。第一，如果没有先进的价值理念支撑，就不可能有制度的执行到位，甚至可能在执行中变形走样。第二，制度本身始终是滞后的，在新的现实面前往往会出现漏洞和无所适从，这都需要在先进价值观的指导下，按照制度的精神灵活地加以执行，以实现制度设计的要求。第三，制度本身在执行上就有相当的空间，这也需要在先进价值观的支持下，实事求是地权衡利弊，使其执行达到最佳效果。高校网络制度文化建设应该重在挖掘和发挥先进价值观的力量，调动师生的主观能动性，以真正实现自我约束与制度规范的协调、统一。

5.3.3　构建网络制度体系，促进高校网络制度文化发展

高校网络制度是高校网络制度文化的基础。没有制度建设，制度文化建设就失去了基础和支撑。因此，加强高校网络制度文化建设必须建设科学的网络制度体系。任何社会都只有在一定的秩序中才能正常运转，网络虚拟社会作为人类社会生活的一个新空间也同样如此。为了维持网络空间的正常秩序，保障网络社会的有序运行，促进网络文化的健康发展，必须形成相应的社会控制系统，以克服或避免网络文化发展中面临的种种问题。在维持网络秩序的社会控制系统中，技术规范、法律和道德是不可或缺的力量，并分别形成了网络技术规范和网络安全维护措施层次的网络制度文化、网络法规和规章制度层次的网络制度文化和网络

---

① 《胡适文集》第 2 卷，人民文学出版社 1998 年版，第 170 页。
② 詹姆斯·A·道，史迪夫·H·汉科，阿兰·A·瓦尔特斯：《发展经济学的革命》，上海人民出版社 2000 年版，第 109 页。

道德层次的网络制度文化。据此，建设高校网络制度文化，就应当紧紧围绕这三种制度文化形式来构建和完善整个网络制度文化的框架和体系。

1、网络技术规范和网络安全维护措施层次的网络制度文化建设

网络是对技术依赖最深的传播媒介，任何网络活动都离不开一定的技术支持，任何网络问题也与其技术特点有直接关系。因此，高校网络文化的健康发展和规制网络失范行为，离不开网络技术规范的支持和网络安全维护措施的保障。

网络技术规范是对网络本身的技术规范的集合，是规范网络本身的科学技术性文本和主观技术意识的综合，它是一种客观技术规定和主观技术意识的结合。在网络制度文化中，技术规范的地位十分重要，网络的技术规范规定了网络运行的程式、步骤等基本内容，也对网络运行的高级操作程序作了精确的规定。网络形成之初，它不过是现实社会生活中的一种技术手段和工具。在网络这个虚拟电子空间中，相互联系、沟通、交往的规则首先是一些技术性规则，如文件传输协议、互联协议等，这是人们得以联网的基本前提。任何人只有通过一定的技术并遵守相应技术规则才能和他人进行交流，在使用网络时，任何一个数据的失误都可能导致操作的失败，可以说，网络的技术规范就是对网络使用的"零失误"要求。以电子函件为例，网络用户必须遵从字母的大小写、信息要简单精炼、主题应该集中、函件应该签名等有关规定。作为制度文化的一个重要层面，技术上的客观规定和发展导向，是网络制度文化的一个重要部分，如信息准入制度，信息审查制度、信息监控制度等。可以这样说，技术规范层次的网络制度文化是稳定性最大、客观性最强的一个层次，它不同于法律法规层次，不需要社会法律来制约，也不同于道德心理层次，不需要人的主观自律来制约。网络技术规范作为一种网络运行的内在规范而存在，不会因为社会结构和人的道德素质的变化而变化。技术规范层次的网络制度文化就像一堵不可逾越的墙，任何网络的经营者和使用者都不能不顾网络的技术规范而进行网络活动。①

网络安全维护措施是维护网络系统安全的必要保证。网络安全维护措施的建设能够防止一些攻击网络系统、盗取信息资料、传播网络病毒等危及网络安全的行为，同时也能够制约一些网上恶意报复、网上隐私权和著作权等侵权行为，甚至还能过滤不文明用语、反动言论和色情信息等。网络安全的维护主要是通过采用一些物质技术手段来实现的。自1996年国际环球网络联合会投入使用的"互联网络内容选择平台"的监控软件开始，各国都以技术监管作为清除网络不良信息、抵御网络侵袭的控制手段。这其中主要包括：（1）程序监管技术，如C4ISR（指挥、控制、通信、计算机、情报、监视和侦查的集成系统单元），用以协调、监控网络；（2）设置网络审计标准，如IMF建立"通用会计准则"（FASB）和"标准审计公司"（SAS），联机网络数据新标准等，用以进行身份确定；（3）预设防范"滤网"，如采用"停板制度"（Circuit-Breaker），设置"正常波动带"

---

① 宋元林，陈春萍等：《网络文化与大学生思想政治教育》，湖南人民出版社2006年版，第234页。

（Normalband），提高保证金比例，设定 EDI 的路径（"本单位—数据通信网—商业伙伴的计算机"），在虚拟实境中预先设定"共同的规定"，用以谋求资讯主导配置权和控制网络权；（4）埋设跟踪程序，如 Microsoft 的"视窗脚印"，用以追查网络越轨者的行踪，并加以惩处。① 在网络安全维护方面，我国信息专家已经提出：密码是核心，协议是桥梁，体系结构是基础，安全集成芯片是关键，安全监控管理是保障，检测、攻击与评估是考验。② 高校信息技术设施齐全，有着较强的信息技术人才实力。高校应当充分发挥这一优势，积极开发和运用屏蔽和过滤不良信息软件、网络防火墙、信息安全监测控制系统等技术，增强网络安全的防护能力，杜绝不良信息进入校园网，规制和防范网络失范行为，为高校网络文化的健康发展创造良好的环境。

2、网络法规和规章制度层次的网络制度文化建设

网络技术规范和网络安全维护措施在规范人们网络行为、维护网络安全和促进网络文化健康发展方面发挥了重要作用，但是越来越多的人认识到，仅仅靠技术手段是不够的，还必须通过法制来加强和规范管理。高校网络文化的健康发展同样离不开法律法规的疏导，只有建章立制，健全网络法规，运用法制手段防范和阻击网络失范行为，才能最大程度地限制网络带来的负面影响，保障高校网络文化向着有利于学生成长和构建和谐校园的方向健康发展。

网络法规和规章制度是国家权力机关为维护网络秩序和保障网络文化健康发展而制定的法律法规，它体现了统治阶级的意志，以国家强制力为后盾，具有强制性，任何组织和个人都必须遵守，任何违反网络法规的行为都是被禁止的，其行为主体都要受到法律法规的制裁。网络法规和规章制度是国家和政府意志在网络领域中的反应，体现了国家和政府的政治导向和社会主流文化的舆论方向。网络法规和规章制度的物质载体具体表现为国家有关网络和网络制度的各种法律法规文本和政府各相关职能部门制定的规则、条例以及单位内部规章制度，它规定了网络主体的行为许可、行为禁止和行为可能，是对网络行为和网络规范的强制性规定。

网络法规和规章制度是网络制度文化体系中的核心内容，是网络制度文化赖以存在和发展的基础，网络法规建设是网络制度文化建设的重中之重。在进行网络制度文化建设时，人们首先面临的是网络该不该规范、如何规范的问题。以美国为例，尽管网络发展最早，但是网络立法的争议也最大。张咏华教授在考察网络管理问题时指出：网络立法难度很高，"而在信奉自由主义的政治哲学的西方国家，更因网络传播立法易触及极其敏感的'言论自由'、'信息自由权'问题而难度倍增。尤其是在美国，网络传播的立法尝试，只要涉及网络传播的信息内容，就极易被视为与美国'宪法第一修正案'的精神相冲突而引起激烈争议。"③

---

① 杨鹏：《网络文化与青年》，清华大学出版社 2006 年版，第 184 页。
② 张春江、倪健民：《国家信息安全报告》，人民出版社 2000 年版，第 177 页。
③ 陈卫星：《网络传播与社会发展》，北京广播学院出版社 2001 年版，第 157 页。

如1995年美国国会通过《传播净化法案》就被最高法院裁定违法。法官解释说："政府对言论的内容做出规定更可能干扰而非鼓励意见的自由交换。在民主社会鼓励言论自由的意义远大于进行监督的任何理论或未经验证的好处。"[①]

网络文化究竟该不该管呢？经过多年的摸索，国际社会基本已经形成共识，那就是应该管，而且必须管。网络虽然具有隐蔽性和虚拟性，但网络虚拟社会和现实社会一样，都有其组织机构或作为个体的行为人，而行为人是现实社会中的人。不容否认，自由是网络的灵魂和价值，规范确实是对人的自由的一种约束或限制，但应该看到，失去一定的自由只是规范的表面现象，毕竟不存在一个无限制、绝对自由的社会，从来也没有绝对的自由，自由与规范总是相辅相成的，网络社会也是如此。网络世界中已经出现了大量目的不一、利益冲突、需求撞车、情趣相异、态度相左的情形，网络时空中充满着竞争、冲突与斗争，甚至已经出现了大量网络犯罪活动。在这种情况下，网络虚拟社会和现实社会一样，需要一套制度、技术和道德的规范来调整网络人之间的关系，以维持正常的网络秩序。其实，西方发达国家并非没有相应的法律法规以确保网络安全、规范网络行为，而且管理水平在不断提高，执法力度在不断加大。[②] 早在1958年，美国首开计算机滥用事件记录，可以看作是计算机网络规范的滥觞；其后30多年相继出台了多部法律法规。随着互联网的出现和网络犯罪的上升，美国政府进一步采取措施加强网络犯罪的控制与预防。1996年，美国出台了《电信改革法案》，在该法案中首次规定禁止通过网络向未成年人传播有淫秽内容的信息，违反者将被处以最高达两年的有期徒刑和10万美元以下的罚款。1998年，美国国会又通过了多项网络法规，内容包括从在网上向未成年人传播淫秽信息到未经许可的电子邮件、数字音乐、软件以及文学作品的版权等。[③] 英国1996年颁布了第一个网管行业性法规《3R安全规则》，同时由英国政府提议，在民间发起成立了一个网络监护基金会，专门负责网络的监督管理事务；德国政府出台了《信息和通信服务法》、《多媒体法》和《电信服务数据保护法》等法律法规；日本在刑法中增加了计算机犯罪惩治条款并推出了《计算机系统安全措施基本要点草案》等法规。

为保障人们利用网络的自由和权利，我国政府高度重视网络的建设和管理工作，并努力使其走上法制化道路。早在1987年我国就成立了隶属于国家信息中心的政策研究室，专门研究信息法规问题。国务院信息化领导小组成立后，其下设的"法规组"为我国网络文化相关的法律、法规的制定做了很多工作，先后出台了一系列法规。1994年出台了《计算机信息系统安全保护条例》和《计算机网络国际联网安全保护管理办法》，标志着我国网络管理法制化的开始；1996年2月，国务院发布了《计算机信息网络国际联网管理暂行管理规定》；1997年12月，国务院批准了《计算机信息网络国际联网安全保护管理办法》，并由公安部

①　佘绍敏：《互联网信息流通中的政府控制》，《新闻与传播研究》2000年第4期。
②　黄育馥：《信息高速公路与两个文明建设》，中国社会科学出版社2000年版。
③　杨鹏：《网络文化与青年》，清华大学出版社2006年版，第181页。

于同年 12 月 30 日发布执行；1997 年 6 月出台了《中国互联网网络域名注册暂行管理办法》；1998 年 2 月，由国务院信息化工作领导小组制定了《计算机信息网络管理暂行规定实施办法》；1997 年 10 月 1 日颁布的新《刑法》补充了计算机犯罪条款；2000 年，国务院《互联网信息服务管理办法》和全国人大常委会《关于维护互联网安全的决定》先后出台；同年，《计算机信息系统国际联网保密管理规定》、《互联网电子公告服务管理规定》和《互联网从事登载新闻业务管理暂行规定》出台；2001 年 4 月出台了《互联网上网服务营业场所管理办法》；2002 年《互联网出版管理暂行规定》出台；2005 年制订了《互联网著作权行政保护办法》和《关于网络游戏发展和管理的若干意见》；2006 年 7 月制订了《信息网络传播权保护条例》。此外，公安部、文化部等相关部门和一些地方政府也出台了一系列部门规章和地方法规。这些法律法规和规章制度，规定了网络安全保护制度、安全监督、安全责任制度、个人和法人计算机用户的互联网使用基本规范和互联网经营企业的设立条件、运营要求、相关责任以及违规处罚办法等，构成了我国网络制度文化的主体，改变了我国网络文化发展无法可依的状况，填补了网络制度文化建设方面的许多空白，在规范网络行为、净化网络环境、维护网络信息安全、保护人民合法权益、促进网络文化繁荣和发展方面起到了重要的作用，对我国社会主义网络制度文化建设具有积极意义。

如果说国家层面的法律法规和规章制度构成了高校网络文化建设和发展的宏观环境，那么高校根据自身实际，在总结自身网络文化建设和管理方面进行的经验基础上制定的具体管理措施和管理规范，既是高校网络文化建设和发展的微观基础，又是高校网络制度文化的重要内容。在一定意义上说，建立健全高校内部的网络规章制度是高校网络制度文化建设的迫切任务。首先，由于网络正处于快速发展时期，而人类对网络的认识却处在"儿童时期"。虽然党和政府有决心为网络文化建设提供良好的法制环境，并不断完善网络法制建设，但是这需要一个过程，目前我国网络法律法规和规章制度还很不健全、很不完善。可以说，目前的网络空间还远非一个"法治社会"，还存在法律的"真空"地带，造成了无法可依，或无法量刑，使不法分子有机可乘，逍遥法外。其次，国家及其主管部门制定的规章制度一般说来较为宏观，虽然具有较强的普遍性和适合性，但操作性和针对性不强，特别是对大学生的网络行为规范还很薄弱。再次，由于网络在高校兴起的时间不长，大部分高校在网络文化建设和管理上没有成熟的规范和制度，造成日常的网络管理行为无章可循。因此，高校应该根据国家的法律法规和规章制度，依据学校的实际状况，制定更具有现实针对性和可操作性的高校内部网络规章制度。

建立健全高校内部网络管理规章制度，这既是高校的责任，也是高校的权力。根据我国的相关法规，高校有权制定要求全体师生共同遵守的内部规章制度。《高等教育法》第三十条规定："高等学校自批准设立之日起取得法人资格。高等学校的校长为高等学校的法定代表人。"因此，高校作为拥有独立法人资格的事业单位，从其被批准设立之日起就与其他法人组织一样，自然可以根据内部管理的需要制定制度，对其成员进行管理。《教育法》和《高等教育法》对高校授予了一系列的办学自主权，如《教育法》第二十八条规定，学校及其他教育机构拥有"按照章程自主管理"等八个方面的权利。《高等教育法》第十一条规定："高等学校应当面向社会，依法自主办学，实行民主管理。"要充分、科学地行使好以上权利，高等学校就必然要制定一系列的相关制度。《高等教育法》第三十九条进一步明确，国家举办的高校实行中国共产党高等学校基层委员会领导下的校长负责制。中国共产党高等学校基层委员会的领导职责之一就是"讨论决定学校的改革、发展和基本管理制度等重大事项"。《高等教育法》第四十一条还明确规定，高校的校长，全面负责本学校的教学、科学研究和其他行政管理工作，有权"拟订发展规划，制定具体规章制度和年度工作计划并组织实施"。可见，我国现行法律明确赋予了高校制定制度的权利。制定校园网络管理规章制度，是高校依法律授权实施自主管理的重要环节，在不与法律法规相抵触的前提下，高校网络管理规章制度属于有效的行为规范，受法律的认可与保护。

3、网络道德层次的网络制度文化

对高校网络文化的健康发展来说，技术和法制的规制和保障固然重要，但是要从根本上消除网络文化发展中的弊端，充分发挥高校网络文化的育人功能、服务功能，还要靠不断提高广大师生的文明上网意识和网络道德水平。对网络社会的治理和稳定来说，法律和道德犹如鸟之双翼，车之两轮，是相辅相成、相互促进的。它们不仅在内容上可以相互渗透，而且在功能上可以相互补充。法律是以"必须怎样"的行为准则，通过强制性的手段来约束和调节人们的行为。没有法律的约束，网络社会的秩序不可能得到维护，人们的利益不可能得到保障。道德是以"应当怎样"的行为准则，凭借社会舆论、疏导沟通等方式，通过唤起人们内在的义务感和良心感来发挥作用的。没有道德作用的发挥，不仅网络社会的秩序不可能得到维持，而且网络违规行为的思想根源也不可能得到根除。只有依靠法律和道德的有机结合，才能有效地解决网络文化发展中出现的问题。因此，要保障网络的有序运行，除了依法治网，加强网络法制建设，建立系统而完善的网络法律法规体系外，还要以德治网，加强网络道德建设，建构系统而完善的网络道德规范体系。

网络道德是社会意识形态之一，是指在建设、管理和使用计算机网络时必须遵守的道德规则，这种道德规则包括来自个人心理道德和社会公德的约束。[①] 有调查显示，在我国有 80％以上的大学生上网，网络已经成为大学生学习知识、交流思想、休闲娱乐的重要平台。它增强了大学生与外界的沟通与交流，有利于创造出全新的生活方式和社会互动关系，有利于大学生的发展。同时，网络的开放性、虚拟性等特点，使得网络空间里的人们容易忘掉自己的社会角色、地位和

---

① 宋元林，陈春萍：《网络文化与大学生思想政治教育》，湖南人民出版社 2006 年版，第 251 页。

自己行为的社会后果，有一种"特别自由"、"解放了"的感觉，从而做一些自己平时不可能做的明显不道德的甚至是违法的事情。对于自制力不强的大学生而言，他们更容易放纵自己，不当地使用网络，如少数大学生利用 QQ 群、视频、个人博客来曝光个人和他人隐私，炒作事件，借以提高访问量和知名度，还有相当部分学生无视学术道德，抄袭或拼凑文章，用来充当课程作业甚至学位论文，严重败坏了学习风气和学术道德。因此，高校加强网络道德建设就显得非常重要。

首先，高校网络道德建设是社会主义公民道德建设的必然要求。2001 年国家颁布《公民道德建设实施纲要》明确指出："计算机互联网作为开放式信息传播和交流工具，是思想道德建设的新阵地。要加大网上正面宣传和管理工作的力度，要引导网络机构和广大网民增强网络道德意识，共同建设网络文明。"加强高校网络道德建设是落实以德治国方略的重大举措，是国家发展和民族振兴的重要保证。

其次，高校网络道德建设有利于规范和引导师生的网络行为。如同开车必须遵守交通规则一样，网络主体的网络行为需要规范。网络行为不仅要通过法律法规的约束，更需要来自网络使用者内心的自我规约。通过网络道德建设，使高校师生更加清醒地认识到在网络活动中何为道德行为，何为不道德行为，从而增强道德意识，肩负道德责任，自觉履行道德义务，消除或减少影响网络安全及网络社会问题的行为，使网络文化健康发展。

再次，高校网络道德建设有利于师生树立起正确的网络道德观念。美国著名未来学家阿尔温·托夫勒指出："谁掌握了信息，控制了网络，谁就拥有整个世界。"据统计，互联网上英语信息占到 80％以上。这说明发达国家掌握着信息传播的控制力和影响力，垄断着网上的信息资源，并通过网络向全世界受众不断传播西方意识形态、政治制度、文化思想。人们长期、大量地接触这些信息，极易受到西方不良文化和思想的侵害，其人生观、价值观和世界观会发生偏移。网络道德规范就是从政治方向、文化导向方面给予网络行为以明确的制约和规范，这在现实中表现为通过网络传播对西方的文化思想、价值观念进行辩证地认识和思考，对我们的主旋律传统文化思想的价值观进行广泛地弘扬与宣传，促进高校师生在思考问题时以科学价值观为准绳，行为上对网络道德管理制度采取配合的态度。①

高校网络道德规范体系的建构是一项相当艰巨和复杂的任务，需要经过长期而不懈的努力才能实现。

首先，要澄清认识，树立正确合理的网络道德建设指导思想。行为混乱的根源是思想道德的混乱。网络的出现和发展极大地扩展了人的个体能力和交往能力，过去不能设想的事情现在很容易就能办到。但是如同在物理空间中一样，从

---

①　宋元林，陈春萍：《网络文化与大学生思想政治教育》，湖南人民出版社 2006 年版，第 253 页。

能力上人们能够做得到的行为，在道德上有善恶之分，在法律上有合法违法之别。在网络空间中，一个用户"能够"采取一种特殊的行为并不意味着他"应该"采取那样的行为。人们应该认识到，网络是一个工具，它对人和社会的作用取决于人们如何使用它，人们的网络行为如同物理空间的行为一样需要道德标准。

其次，要整合传统道德资源，建构网络道德体系。由于网络是一个新生事物，网络生活是一种特殊的社会生活，它的特殊性决定了网络生活的道德不同于现实社会生活中的道德，我们不能简单地用既有的社会道德去代替网络道德。因此，网络道德规范体系的构建应与现实社会中的有所不同，应当充分考虑网络空间的特殊性质，在注重传统道德规范的连续性的基础上，努力建设比较系统的维护网络空间秩序、对网民的行为加以约束的新道德规范体系，把广大网民的行为纳入到网络社会健康运转所需要的秩序范围之内。另一方面，我们也不能片面强调网络道德与既有社会道德的差别，而彻底抛弃既有的社会道德，认为在网络空间中要形成一个与既有道德完全不同的道德体系，从而认为网络道德的建设需要从头做起。既有的社会道德是在人类长期的社会实践中形成的，它的一般原理和基本的运行机制反映了人类社会活动的一般规律，对规范人们的行为和保障社会有序运行是行之有效的。另外，人的社会行为应该而且必须具有统一性，社会的发展也应该具有连续性，绝不能在社会中形成分立的既有道德和网络道德，应该立足于发展既有道德，利用既有道德的一般原则，来培养网络道德的生成和运行机制，在人们网络活动的实践中形成现实合理的网络道德规范，形成统一的信息社会的道德体系。尤其是在具有悠久传统美德的我国，在进行网络道德建设时，必须要从我国传统的道德观念体系中吸收营养，继承和发展中华民族的传统道德，发挥传统道德文化的凝聚力、激励力、整合力。如儒学伦理道德一贯倡导的以"仁义"为核心、以"修身"为本的诚实守信的思想，在当今网络道德体系构建中就具有非常重要的现实意义。因此，高校在构建网络道德体系过程中，要善于利用和积极开发具有我国传统道德文化，发挥既有社会道德的优势，弘扬社会主义主旋律。

再次，要借鉴国外网络道德规范建设的有益经验。"他山之石，可以攻玉。"网络道德规范体系的构建过程，实质上是一个世界各国、各民族网络文明交流、碰撞与融合的过程。在我国网络道德规范体系的构建中，我们有必要借鉴国外网络道德规范建设的有益经验。目前，国外一些计算机和网络组织为其用户制定了一系列相应的规则。在这些规则和协议中，比较著名的是美国计算机伦理协会为计算机伦理学所制定的十条戒律，具体内容是：（1）你不应用计算机去伤害别人；（2）你不应干扰别人的计算机工作；（3）你不应窥探别人的文件；（4）你不应用计算机进行偷窃；（5）你不应用计算机作伪证；（6）你不应使用或复制没有付钱的软件；（7）你不应未经许可而使用别人的计算机资源；（8）你不应盗用别人的智力成果；（9）你应该考虑你所编的程序的社会后果；（10）你应该以深思熟虑和慎重的方式来使用计算机。再如，美国计算机协会是一个全国性的组织，它希望其成员支持下列一般的伦理道德和职业行为规范：（1）为社会和人类作出贡献；（2）避免伤害他人；（3）要诚实可靠；（4）要公正并且不采取歧视性行为；（5）尊重包括版权和专利在内的财产权；（6）尊重知识产权；（7）尊重他人的隐私；（8）保守秘密。此外，国外有些机构还明确划定了被禁止的网络违规行为，如南加利福尼亚大学网络伦理协会指出了六种网络不道德行为类型：（1）有意地造成网络交通混乱或擅自闯入网络及其相连的系统；（2）商业性或欺骗性地利用大学计算机资源；（3）偷窃资料、设备或智力成果；（4）未经许可而接近他人的文件；（5）在公共用户场合做出引起混乱或造成破坏的行动；（6）伪造电子邮件信息。国外的网络道德规范为我国高校网络道德体系建设提供了十分宝贵的资源，我们应该充分吸收其有益的经验，尽快建立起比较完善的适合国情和校情的高校网络道德体系，使高校网络文化向着健康的方向前进。

最后，要注意网络道德的层次性，把先进性和广泛性相结合。由于高校师生网民在思想觉悟水平和道德境界水平方面存在着差异，高校在网络道德规范体系的构建中，要注重网络道德规范的层次性和递进性，把先进性要求和广泛性要求结合起来，针对思想道德水平不同的主体，应该有不同的道德规范，以激励和引导广大师生不断地从一个道德目标向另一个道德目标前进，从而提升自身的道德境界，完善自己的道德人格。

健全和完善高校网络制度文化建设体系，是加强高校网络制度文化建设的必要前提和基础条件，在高校网络制度文化建设中有着举足轻重的作用。只有形成了完备的建设体系，高校网络制度文化建设才能纲举目张，达到事半功倍的功效。

5.3.4　切实抓好网络制度的贯彻落实

制度贵在执行，任何制度建立以后必须要认真落实和执行，才能体现制度的价值和作用。否则，制度就是一纸空文，并且会造成工作混乱的局面。加强高校网络制度文化建设，其根本目的就在于通过培养广大师生对执行网络制度的愿望和习惯，加大网络制度的执行力，从而进一步规范广大师生的网络行为，进而辐射社会，在全社会形成健康文明的网络文化氛围。此外，高校制定了各种网络制度，并不等于形成了网络制度文化，只有当这些有形的可见的制度与那些无形的规范内化成了广大师生的自觉行为准则之后，高校网络制度文化才会最终形成。因此，切实抓好制度的贯彻落实，强化师生的制度意识，增强尊重制度、执行制度的自觉性，既是检验高校网络制度建设本身的重要标准，更是建设高校网络制度文化的内在要求。如何实施已经制定的网络制度，采取什么样的得力措施来贯彻落实这些制度，是制度向文化转化和高校网络制度文化建设的关键。

1、加强高校网络制度执行的组织领导和宣传教育推动各项网络制度的执行，是高校党委和行政的重要职责。高校党委和行政要积极承担起抓好制度执行的领导责任，把网络制度执行摆在加强高校网络制度文化建设的突出位置，以建立健全网络制度为载体，以规范师生的网络行为为重点，紧密结合学校实际创造性地开展工作，对各项制度执行的主要措施和任务进行系统研究和认真分析，明确责任单位和责任人，充分组织和调动起各级领导班子和领导干部狠抓制度执行的自觉性和积极性，为制度的执行创造有利条件。

加强制度的宣传教育，增强广大师生的制度意识，是高校网络制度文化建设的重要任务。常言道：没有规矩，不成方圆。但是有了网络制度并不意味着就解决了网络问题，要有效地解决网络问题，让师生自觉遵守网络制度，还必须有针对性地在高校实施网络制度的宣传教育。只有广大师生牢固树立起制度意识，自觉地遵守制度，维护制度权威，制度的价值和作用才能充分发挥出来。因此，加强网络制度的宣传教育，一定要在入脑入心上下功夫，一定要通过广泛、深入、细致的宣传教育，将网络规章制度的重要作用阐释清楚，使广大师生熟知网络制度内容，并增强广大师生对网络制度的认同感和遵守制度、运用制度的意识和能力，从而树立起严格按照网络制度从事网络活动的观念，养成自觉执行网络制度的习惯，把各项网络制度转变成广大师生的自觉行为。

2、加强网络制度执行机制建设

按照系统论的观点，机制就是系统内在规律的表现形式与作用过程。在若干制度构成的系统中，制度的相互作用和实际运行就构成了机制。邓小平同志曾指出："制度好，可以使坏人无法任意横行；制度不好，可以使好人无法充分地做好事，甚至会走向反面。"好的机制能事半功倍，坏的机制却使坏者更坏，并造成恶性循环。坏机制的典型是"补偿性反馈"。古希腊神话里有这样一个故事：西绪福斯背叛了宙斯，死后被打入地狱受惩罚。每天清晨，他都必须将一块沉重的巨石从平地搬到山顶上去。每当他自以为已经搬到山顶时，石头就突然顺着山坡滚下去。这样西绪福斯必须重新回头搬动石头，艰难地挪步爬上山去。对这个故事加以引申，我们可以发现，西绪福斯把这个石头搬得越高，石头就会掉得越低，他就必须花费更大的力气才能完成任务，这就是"补偿性反馈"。这个例子从反面说明了建立良性机制的重要性。如果没有完善的制度执行机制，制度不仅难以发挥预期的作用，甚至在一定条件下还会发生相反的作用。比如，由于缺乏机制的约束，有制度而不执行或不能执行，往往比没有制度所产生的效果更糟糕，因为制度的权威受到了嘲弄。因此，高校不仅要重视网络制度的制定工作，也要重视网络制度执行机制的建设工作。

第一，建立保证网络制度的执行的网络行为监督机制。执行网络制度，规范网络行为，首先必须建立起网络行为监督机制。网络的各责任主体与其网络行为具有可追寻的一一对应关系。这要求：第一，入网者应该以自己的真实姓名和真实身份登记入网；第二，入网者的登录密码应该严格保密并且具有必要的复杂性，以保证网络行为有唯一的网络主体负责；第三，网络各服务器具有对访问者的地址、访问时间和操作行为记录的功能，形成"欲想人不知，除非己莫为"的客观条件。

第二，建设保证网络制度执行的外部强制措施。网络制度执行的外部强制措施很多，最主要的有三个方面：一是利益机制的调控，即通过对网络不道德行为者一定的利益制裁，如限制其网络功能的使用、暂停网络使用权等，使网络行为不道德者汲取教训，改过向善；二是纪律处分，以必须的形式，使师生不敢超越法规，这是制度的外部惩罚与制裁中最严厉的措施；三是通过舆论的力量，倡导、褒扬善举德行，谴责、鞭挞网络失范行为，从而使整个高校的网络环境形成扬善法恶、扶正法邪的良好动力，随时引导、激励、敦促人们做有德之人，自觉遵守各项网络规章制度。

第三，组建网络管理组织，提高网络执法队伍的执法水平。网络将在高校师生的生活中扮演越来越重要的角色，网络空间的有序性将直接关系到整个社会的稳定和文明水平。因此，组建精干的网络管理组织，提高网络执法队伍的执法水平是非常必要的。

3、加强网络制度执行情况的监督检查

加强对制度执行的监督和检查是规范师生网络行为，建设高校网络制度文化的关键环节。在现实中，一些制度无法起到应有的作用，从根本上讲就是因为缺乏有效的监督、检查，致使制度形同虚设。因此，高校必须强化制度执行情况的监督检查，建立健全制度执行的监督和检查机制，明确制度执行的监督责任。总之，高校通过对网络规章制度的实施进行经常的或定期的检查，确保各项网络制度落到实处，同时要把检查的情况予以公布，对制度落实优劣的部门及个人予以适当的奖惩，这样才能形成一种良好的氛围，逐步使制度内化成广大师生的行动。

4、发挥高校干部和教职工在制度执行中的表率作用

在高校校园里，领导干部是广大教职工的表率，教职工又发挥着对学生的表率作用。发挥高校领导干部和教职工的表率作用，在规范师生网络行为，促使其自觉执行网络规章制度过程中至关重要。常言道："其身正，不令而行；其身不正，虽令不从。"这正是对表率作用的最好的诠释。因此，高校在网络制度文化建设中，要在领导干部和教职工中树立制度面前人人平等的意识，要引导领导干部和教职工自觉学习、执行和维护制度，要充分发挥领导干部和教职工在制度执行方面的率先垂范作用。坚持一级带一级，一级抓一级：凡是要求学生做到的，教职工必须首先做到；要求教职工做到的，领导干部必须首先做到；要求别人做到的，自己必须首先做到。其中，领导干部的模范带头作用更为重要和关键。可以说，各种规章制度一经制定，领导干部能否模范地遵守执行，势必对广大师生造成巨大的影响。

第六章 高校网络行为文化建设

新技术对人类行为和社会结构的影响是无法想像的。随着互联网在高校的日益普及，网络生活已经成为一种全新的高校校园生活方式，广大师生以一种与传统截然不同的方式学习、工作、沟通、娱乐，并造就出了一种全新的高校文化景象——高校网络行为文化。作为高校网络文化不可缺少的重要组成部分，高校网络行为文化在高校网络文化体系中具有其他形态的网络文化无法替代的地位和作用，它是高校网络文化的形象展示，是高校网络文化建设的有效载体。加强高校网络行为文化建设，对坚持"以人为本"、贯彻科学发展观、进一步加强和改进高校网络文化建设和构建和谐校园具有重要意义。

6.1 高校网络行为文化的内涵与功能

相对于高校网络精神文化、网络制度文化和网络制度文化而言，高校网络行为文化是高校师生亲身参与创造的一种动态文化，它既内在地影响着师生的思想情感、价值取向，又直接影响着师生的行为方式。建设文明健康的高校网络行为文化，是构建积极向上、和谐健康的高校网络文化的迫切需要。

6.1.1 高校网络行为文化的内涵

高校网络行为文化是高校网络文化的重要组成部分，和高校网络物质文化、网络精神文化和网络制度文化同属于高校网络文化。它既具有高校网络文化的特征，又具有自身的特点。要深刻理解高校网络行为文化的内涵，必须首先了解和把握行为、网络行为和行为文化的内涵。

1. 行为与行为文化

行为，是产生和形成行为文化的基础，没有主体行为的长期积淀，就不会有相应的行为文化的出现。何谓行为呢？《中国大百科全书·心理学》对"行为"的解释是："完整有机体的外显活动。它的基本特征是运动，可以在动物和人身上见到，是由被称为刺激的外部和内部变化引起的。"《现代汉语词典》（修订本）对"行为"的解释是："受思想支配而表现在外面的活动。"显然，前者着眼于作为生物性质的行为，是指包括了人在内的生物的行为在内；后者着眼于作为具有社会意义的行为，特指人的行为。在研究行为文化时，我们应该从人的角度，尤其是从作为社会人的角度来审视行为及其意义。作为文化范畴的行为，它不仅仅是由于内部和外部刺激引起的机体的运动和变化，更应该是受思想支配的、可控的人类社会活动。因此，所谓行为，是指行为主体本能地回应内部或外部的某种刺激的活动，和自觉地为了某种需要而进行的有目的的活动。换言之，行为是人们通过内在的生理和心理作用而产生的本能和自觉的、受思想支配的外显性活动，它是人和环境相互作用的产物和表现。

行为是行为文化的基础，行为文化则是行为的升华。关于行为文化，目前还没有一个比较权威的定义。有人认为："行为文化是通过社会成员共同遵守的社会规范和行为表现出来的文化。"① 有人认为："所谓行为文化，是指行为本身和通过行为表现出来的社会心理、思维方式、思想观念和风俗习惯等文化形态。"② 还有人认为："行为文化是由制度文化影响长期形成的名族的地域的风俗习惯、行为礼仪、交往方式和节庆典礼等。"③ 笔者比较赞同这样一种观点，即行为文化是一个社会的社会观念、思维方式、价值取向、风俗习惯和制度规范等在社会成员的行为上表现出来的文化形态。这一界定有几层含义：首先，行为文化是文化的一种形态，是作为社会成员所共有的、有社会意义的行为；其次，与其他文化形态展示的方式不同，它通过社会成员个体或群体的行为展示出来；再次，它借助的是可感知的行为方式，但体现的是社会观念、习俗、制度等。④

2. 网络行为

随着互联网技术的出现和应用的日益普及，向四处延伸的网络开始把分处于世界各地的人们日益紧密地联系在一起，使他们逐渐融入一个互联互通的网络虚拟世界之中，深刻地影响着人类社会生活。阿尔温·托夫勒和海蒂·托夫勒曾明确断言："一个新的文明正在我们生活中出现"，"人类正面临巨大的飞跃。它正面临有史以来最深刻的社会巨变和创造性的重建。虽然我们还没有清楚地认识它，但我们正从头开始建立一个崭新的文明。"⑤ 网络不仅仅是一种媒介手段和传播工具，更是人们行为的新空间。正如有的学者所指出的那样："严格说来，互联网虽然在新闻和传播方面具有媒体的传播性质和功能，但却非完全等同于媒体。"网络本身，固然是作为一种虚拟的电子空间而存在的，但网络并不仅仅是一个技术平台，它还是作为一种人们展开其行为活动的空间而存在。每当人们上网之时，他就介入到一个有别于现实社会却又与之密切关联的网络虚拟社会之中。与以直观现实形态而存在的现实社会相对应，以虚拟现实形态而存在的网络虚拟社会已经成为一种不容忽视的客观社会存在，网络行为也正在成为一种全新的社会行为方式。

---

① 潘肖珏：《公关语言艺术》，同济大学出版社 1991 年版。
② 程迪，李健怡：《构建和谐社会与加强大学生行为文化建设刍议》，《成都电子机械高等专科学校学报》，2008 年第 2 期。
③ 李长真：《大学文化与当代中国先进文化研究》，陕西人民出版社 2008 年版。
④ 赖廷谦等：《社会主义文化与大学文化建设》，四川大学出版社 2009 年版，第 124 页。
⑤ 阿尔温·托夫勒，海蒂·托夫勒：《创造一个新的文明》，上海三联书店 1996 年版。

就"网络行为"的基本涵义而言，有狭义和广义两种理解。[1] 从狭义的角度看，网络行为是指人们在电子网络空间里展开的行为活动，它外在形态具有"纯粹虚拟"的特征。人们在展开这类虚拟形态的行为活动时，采用的是操控电子指令，并借以接收或传输数字化电子信号的形式。对于这类网络行为的外在形态及直观表现，人们所能观察到的无非是行为活动的主体在某个场所借助电脑、网络设备"上网"。如果不借助于一定的技术手段，任何人都无法直接"观察"其行为活动的过程及内容；从广义的角度看，网络行为则不只限于人们在电子网络空间里展开的那些虚拟形态的行为活动，同时也包括那些与互联网络密切相关，同时在很大程度上要借助和依赖于互联网络，才能顺利展开的行为活动。这类行为活动的过程和内容，既包括"网上部分"，也包括"网下部分"。这类网络行为的活动过程，固然要紧紧依托和借助于互联网络，但也并非完全局限在网上虚拟的电子网络空间之中，而是要延伸到互联网络之外，有时甚至还可能要在"网上"和"网下"不停地进行"场域转换"。对于这类网络行为，人们只有把"网上"和"网下"两部分贯穿起来，才能获知其全貌。因为"网上"和"网下"两部分行为活动之间，客观上存在密切关联，所以这类行为活动也应归入网络行为之列。

笔者认为，要完整把握网络行为这一概念的内涵，应从广义的角度来认识和理解，即把发生在电子网络空间里的人的行为活动和那些并非仅限于在"网上"发生，但其发生又直接依托和密切关联着互联网络的人的行为活动，统称为网络行为。显然，这同狭义上理解的那种纯粹虚拟的网络行为相比，是一种非纯粹虚拟的网络行为。但无论是哪种情况，它们都是依托互联网络这一"新场域"、"新空间"而发生，是人的现实行为活动。相对于人的行为活动而言，互联网络仅仅是在工具性意义上提供了一个场所和空间而已。事实上，人们实际展开的网络行为活动，除却一部分"纯粹的网络行为"以外，大部分还是属于"非纯粹的网络行为"。因为互联网络只是一个工具、一个平台、一个特殊的"场域"，人们无法只沉浸在虚拟的电子网络世界里面，彻底遁身于虚拟时空之中，而完全与现实生活"绝缘"。网络行为是人类步入网络时代后出现的一种特殊的社会行为方式，在本质上具有社会性。人们在网上展开的行为活动，虽然形态虚拟，但是在本质上则仍旧是真实的存在。或许在某些情况下，人们可以凭借一定的技术手段，消除自己在网络空间里的行为活动"印迹"，但在社会意义上，这种行为既然已经发生，就必定要变成一种客观存在，因而也就无法真正被"抹除"。社会性仍旧是网络行为活动的本质属性。

对于网络行为的特征，学术界从不同的视角进行了分析和描述。屠忠俊、吴廷俊认为，网络行为具有个性化（体现在行为选择多样化、行为制约减弱、行为评价个性化三个方面）、自由性、虚拟性、快速性、匿名性、技术依赖性等特征。

---

[1]　李一：《网络失范行为的形态表现、社会危害与治理措施》，《内蒙古社会科学》（汉文版），2007年第11期。

冯鹏志在对网络行为结构进行分析的基础上，认为网络行为具有虚拟性、角色交互性（行动者可以扮演多个角色）、超时空性和符号互动性等特征。李一通过与现实行为的比较，将网络行为特征概括为生成的技术性、形态的隐匿性、方式的间接性、场域的流变性、内容的多样性和本质的社会性六个方面。黄少华基于对网络空间全球与地方、虚拟与真实、私人空间与公共空间、前台与后台二元交织的场域特性，以及网民在这一二元交织的网络空间生存状态的分析，认为网络行为呈现出身体不在场、戏剧化、审美化、去中心化、拟像化、狂欢化、平面化、碎片化等后现代特性。①

相较于一般的社会行为而言，网络行为的特殊性在于其发生在虚拟的网络空间而不是真实的物理空间，正是在这样一种差异和区别中，网络行为区别于其他形式的社会行为的具体特征也开始凸显出来。因此，应该从虚拟的网络空间的特点出发去理解和把握网络行为的特征。基于此，笔者基本赞成李一的观点，即把网络行为的特征概括为生成的技术性、形态的虚拟性、方式的间接性、"场域"的流变性、内容的多样性和本质的社会性六个方面。② 同时，我们也要看到，网络行为发生的场所虽然是虚拟的，但从本质上说网络行为本身并不虚拟，仍然反映了人与人之间的关系，是一种社会行为，当然具有社会性的本质属性。因此，不应当把本质的社会性纳入到网络行为的特征之中。此外，网络行为凭借的手段——网络的特点，决定了网络行为还具有另外一个特点——主体的隐蔽性。具体而言，可以把网络行为的特征概括为"六性"。

第一，生成的技术性。网络行为在生成上的技术性特征，是它不同于现实行为活动的最突出特征。由于网络行为是在虚拟的电子网络空间或依托互联网络而发生的，人们只有先进入电子网络空间才能展开其行为活动。要进入电子网络空间，人们必须要具有基本的网络设备，要了解电脑和网络的基础知识，同时也必须掌握一定的操作技能。同时，由于电脑和网络技术处于不断发展和提高的过程之中，所以对那些通过技术创新途径而获得新的技术手段和操控能力的人来讲，技术的超越可以为他们赢得更为广阔的自由活动空间。利用高超的技术手段，他们可以突破电脑和互联网络上已有的一些技术性的安全防范和保护性措施，采取某些别人不能做的网络行为，达成一般人所难以达成的某些行为活动目标。总之，网络行为必须依托于网络设备和网络技术开展。网络设备是开展网络行为活动的基本物质条件，掌握一定的网络技术是开展网络行为活动的必须条件，从而使网络行为的生成具有了技术性的特征。

第二，主体的隐匿性。主体的隐秘性来源于网络的虚拟特性。网络社会是一个由符号组成的虚拟社会，从一定意义上来说，符号构成了网络的全部内容。在

---

① 黄少华，武玉鹏：《网络行为研究现状：一个文献综述》，《兰州大学学报》（社会科学版），2007年第2期。

② 李一：《网络行为：一个网络社会学概念的简要分析》，《兰州大学学报》（社会科学版），2006年第5期。

网络空间，每一个网络使用者，通常都以账号或匿名、化名出现，个人可以隐匿部分甚至全部在真实世界中的身份，甚至那些在现实中无法改变的天赋角色，如家庭出身、性别、外貌、地位等，都可以在网络世界中轻易改变。"在互联网上，没人知道你是一条狗"，这就是对网民虚拟身份的生动写照。主体的隐匿性，使人们可以完全按照自己想要的方式在虚拟网络空间中表现自我和开展行动，这是网络得到人们的青睐和追逐的原因所在。

第三，形态的虚拟性。所谓形态的虚拟性，并不是说网络行动不构成为人们的一种特殊而真实的社会行动方式，而是指网络行动得以依附的行动空间是一种不同于现实的物理空间的虚拟电子网络空间。以虚拟的电子网络空间为活动平台的网络行为，无论是电子邮件、网络讨论、文件传送、远程登录和网页浏览等，还是以其行为为基础单位而组合起来的各种更为复杂的网络行为形式，都不具有如人们在现实的物理空间中所进行的社会行动那样的实体性和可感知性，都不具有外在的可触摸和可察觉的时空位置与形态，而是采用了虚拟性的存在形态。除非借助于一定的技术手段，否则，我们无法像观察人们在现实社会生活中的行为活动那样，来"亲历"或"直观见证"其网络行为活动过程。在这样一种数字化世界的环境之中，人们的网络行为也就成为了一种特殊形态的虚拟行为。

第四，方式的间接性。与现实行为活动不同，人们的网络行为活动在展开方式上，具有"非直接在场"的特点。网络空间作为一种符号化的图像和信息的存储库的这样一种最基本的特征，决定了人们在网络空间中的任何一个网络行为活动过程，在本质上都表现为物理形态的数字化电子信号的流动，网络行为活动的终极主体则隐身在电子网络空间之外，通过操纵电脑等工具性手段，间接地"做出"各类行为。换言之，在网络行为过程中，不仅时间与空间发生了分离，而且空间与场所也发生了分离。从具体的网络行为形式来看，无论是电子邮件、网络讨论，还是文件传送、远程登录，在场的东西的直接作用均日益被在时间空间意义上缺场的东西所取代。可以说，时空的分离与"非直接在场"构成了网络行为的一个明显的标志。

第五，场所的流变性。互联网络造就了一个跨越国家和政治边界的"社会场域"，人们藉以展开其行为活动的时空范围，由此得到极大地延展。一个人即便是身处某一国家和地区的地理空间之中，但其在网上展开网络行为活动的"场所"，却可能早已"流转"至"异国他乡"了。这种"场域"的流变性，使人们的网络行为活动又进一步获得了自主性和开放性。

第六，内容的丰富性。电子网络空间尽管是"虚拟的"，但网上世界的天地却十分广阔。人们的网络行为活动，不仅可以选择不同的"场所"展开，而且在行为活动的形式、时间、伙伴或对象的选择上，都具有极大的灵活性。所有这些，都为网络行为活动内容的丰富多样创造了条件。从根本上来说，人们网络行为活动内容的多样性，更重要的是得益于电子网络空间独有的虚拟性形态特征。一方面，它激发了人们的探知欲望和创造性，让人们主动去"造就"某些东西；

另一方面，它也的确可以让人们获得许多在现实生活世界中无法感知和获得的新奇感和另类体验。

网络行为与一般社会行为一样，具有十分丰富的内涵。霍华德等人通过对美国18岁以上的成年人网络行为的调查，将网络行为分为四种基本类型：以兴趣和娱乐为主要取向的网络行为、以获取信息为主要取向的网络行为、与日常生活相关的网络行为和在线交易等。朱美慧将网络行为类型概括为工具性网络行为、积极性社交网络行为、自我肯定网络行为、信息性网络行为、玩乐性网络行为、逃避性社交网络行为和虚拟情感网络行为等，并在此基础上进一步将网络行为归纳为利用网络进行人际互动的虚拟社交行为、利用网络获取信息和知识的网络信息行为、利用网络从事休闲娱乐的网络休闲娱乐行为，以及利用网络找寻一夜情或虚拟爱情的虚拟情感行为四种基本类型。王卫东则根据行为取向，将网民的网络行为区分为工具性取向的网络行为（目的是通过理性方式获取一定的资源，如信息、社会地位等）和情感性取向的网络行为（目的是满足情感上的某种需要或获取愉悦感）两种基本类型。童星等从网络交往过程的角度，将网络行为区分为保守型行为、理性型行为、开放型行为和游戏型行为四类。郭玉锦、王欢认为，网络行为包括通邮行为、聊天行为、交友行为、游戏行为、获取信息行为、求助行为和利他行为、交易行为等。周林从心理学的角度，将网络行为区分为交互式行为与非交互式行为两类，前者是指网络使用者为增加或促进社会交往而使用网络功能，如聊天室、在线游戏等，后者则是指网络使用者将网络作为完成某种任务或搜集信息的工具，如信息查询、资料收集、浏览网页等。李一根据不同标准，对网络行为进行了多种分类：根据网络行为主体身份特征和角色定位的不同，把网络行为划分为"机构导向"和"个人导向"两种类型；根据网络行为是否合乎社会规范的要求，把网络行为划分为"合规的"与"失范的"两种类型；根据网络行为是否具有危害性后果，把网络行为区分为"有害"与"无害"两种类型；根据网络行为目的及内容，把网络行为区分为信息类行为、交往类行为、休闲类行为、服务类行为和管理类行为等不同类型。[①]

3. 高校网络行为与高校网络行为文化

在由多系统组成的人类社会这个生存体系中，每一个子系统都有其不同层面的文化形态及独特的行为文化。高校作为实施高等教育的专门机构，也是相对独立的社会系统，具有鲜明的文化特色。一方面，高校师生在大学精神的导引下，遵循高校发展规律，为了实现高校理想而进行着与高等教育有关的各种行为活动，这些活动经过长期的历史积淀，逐渐形成了独有的特色；另一方面，没有高校师生及其行为活动，作为社会机构的高校就不会存在与发展。因而我们在研究高校校园文化时，如果谈及高校校园精神文化、高校校园物质文化、高校校园制度文化，就不能不谈及高校校园行为文化。因此，在信息网络时代，我们在研究

①　黄少华，武玉鹏：《网络行为研究现状：一个文献综述》，《兰州大学学报》（社会科学版）2007年第2期。

高校校园文化的最新发展形式和重要组成部分的高校网络文化时，就不能不谈及高校网络行为及高校网络行为文化。

①高校网络行为

高校网络行为是指高校师生在虚拟的网络空间发生的行为活动的总称。高校网络行为除具有一般网络行为的特征外，还具有自身的特点。高校网络行为发生在高校这个特殊的教育机构之中，它不同于一般网络行为之处在于其行为主体方面，高校网络行为的主体是高校师生，他们比社会上的其他群体具有更高的知识文化水平，对网络的依赖度更高，使用网络更为频繁和娴熟，高校师生特别是青年大学生受网络行为的影响更为深刻。青年大学生好奇心强、求知欲旺、接受新事物快，而且掌握了较高的网络信息知识和技能，很容易接受网络文化，并积极进行各种网络活动，但是由于他们的世界观、人生观和价值观尚未完全形成，自制力又较弱，容易导致网络行为的失范，严重影响大学生的身心健康。

对于高校网络行为，从不同的角度依据不同的标准可以作出不同的分类。依据行为主体的身份的不同，可以把高校网络行为区分为教育者（教师、管理人员和后勤服务人员）的网络行为和受教育者（学生）的网络行为；依据行为目的和内容的不同，可以把高校网络行为区分为信息类行为、交往类行为、休闲类行为、服务类行为和管理类行为；依据行为是否合乎社会规范的要求，可以把高校网络行为划分为合规的网络行为与失范的网络行为。

从高校的特殊性质和高校网络行为文化建设的目的出发，笔者主张依据行为是否合乎社会规范和行为准则的要求，把高校网络行为区分为合规的网络行为和失范的网络行为。这是因为：人们之所以关注网络行为，是因为人们的一些网络行为或一些人的网络行为违背了社会规范，干扰和阻碍了正常的网络秩序，侵害了别人的合法权益，危害了人们的身心健康。尤其是在高校校园中，大学生是新知识、新文化、新技术的拥有者和使用者，作为科技性最强的网络深受大学生的喜爱。网络给大学生的学习生活带来划时代的改变，同时也对其并未完全成熟的心理带来前所未有的冲击，严重危害了大学生的身心健康发展。高校网络行为文化建设就是，要通过各种手段来规范、约束高校师生特别是大学生的网络行为，维护正常的网络秩序，为大学生的成长成才和高校和谐发展创造良好的网络环境。

合规的网络行为是指符合既有的社会规范的网络行为。何为失范的网络行为呢？要理解失范的网络行为，首先要理解"失范"。"失范"范畴是由法国社会学家涂尔干在描述资本主义社会形态中提出来的。他认为，基于社会分工所形成的不同职业之间由于缺乏必要的协调，导致整个社会缺乏一种合理、有效的价值体系，因而私欲不断膨胀的个体在自我利益的驱使下所出现的"行为偏差、混乱无序"的状态，就是"失范"状态。他进一步指出："失范造成了经济世界中极端悲惨的景象，各种各样的冲突和混乱频繁产生出来。……这种政府状态明显是一种病态现象，因为它是与社会的整个目标反向而行的，社会之所以存在，就是要消除，至少是削弱人们之间的相互争斗，把强力法则归属于更高的法则。"可见，涂尔干提出的"失范"概念，具有以下几个方面的含义。第一，"失范"是社会运行过程中的一种病态，一种不正常现象。第二，这种病态的社会现象的出现是由于社会运行过程中缺少了一套具有凝聚力和调节里的规范体系。第三，失范现象的存在将直接威胁社会运行和发展。为此，为了遏制"失范"，就要把精力集中在社会价值标准、意义系统的建立上，"人们的欲望只能靠他们所遵从的道德来遏制"。因此，失范行为是指行为主体在其行为活动过程中作出的，偏离或违背社会规范要求的行为。这里的社会规范，既包括法律规范和道德规范等一般的社会规范，也包括规章、规程和纪律等组织机构的特定规范。行为失范的直观表现在于，行为主体的行为活动偏离了社会规范所预设出的"正常运行轨迹"。

在信息网络时代，网络成为人们生活、交往不可缺少的工具，它被视为继报纸、广播、电视之后的第四大媒体，而由其形成的网络社会则被有些人称为"第三自然"，即有别于纯粹的自然界和人性化的自然，也就是现实社会之外的虚拟社会。对生活在信息网络时代的人们而言，虚拟的电子网络空间成为其展开行为活动的一个全新的时空领域。社会的正常运行，需要有一定的秩序状态作为支撑和保障条件，离开一定的秩序状态，人类的社会生活就难以正常展开。从根本上来讲，纷繁复杂的社会生活，终究因为是由各种类型的人的行为活动构织而成的，所以，人的行为活动在展开的过程中，是否遵从了一定的社会规范，就成为形成和维持一定的社会秩序状态的一个至关重要的因素，同时也是判断一种行为是"合规"还是"失范"的根本标准。网下社会如此，网上社会也是如此，人们的网络行为活动也应当遵循一定社会规范的要求加以展开。唯有如此，人们共同参与其中的社会生活，也才有了基本的秩序状态。同人们在网下现实社会中的行为活动一样，人们的网络行为也有"合规"与"失范"之别，标准依旧是否遵从了一定的社会规范和行为准则。据此，网络失范行为就是指网络行为主体违背了一定的社会规范和行为准则要求，在虚拟的电子网络空间里出现行为偏差，以及因为不适当地使用互联网络而导致行为偏差的情况，行为程度和性质从网络失德到网络违法直至网络犯罪。[①]

②高校网络行为文化

有学者认为："大学行为文化是大学师生在教育教学、科学研究、学术交流、学习生活、文化活动中所表现出来的精神状态、行为操守和文化品位。它主要包括教师、管理服务人员、学生三类大学人的行为，反映的是与社会大众群体行为文化相区别的特殊文化魅力，是大学作风、精神状态和人际关系的动态折射，也是大学精神、办学理念、价值观念的具体表现。"[②] 对高校网络行为文化而言，它是指通过高校师生在虚拟的网络空间通过师生的网络行为活动而展示出来的文

---

① 李一：《网络失范行为的形态表现、社会危害与治理措施》，《内蒙古社会中科学》（汉文版），2007 年第 6 期。

② 蔡劲松：《大学文化的四个层次》，《中国教育报》，2007 年 11 月 13 日。

化形态的总和，是高校师生的社会观念、思维方式、价值取向、风俗习惯和制度规范意识等在虚拟的网络空间中的反映。与一般的行为文化相比较，高校网络行为文化产生于虚拟的网络空间，而不是真实的现实社会；另一方面，高校网络行为文化的行为主体是高校生员工这一特殊群体，他们受过高等教育，具有较高的知识文化水平。显然，高校网络行为文化以高校师生的网络行为基础，是对师生网络行为的积淀和升华。

高校网络行为文化作为网络行为文化的一种具体形态，不仅具备网络行为文化的一般特征，而且还具有自身的一些独有特征。

第一，动态性。相对于高校网络精神文化、制度文化和物质文化，高校网络行为文化是高校网络文化中最具动态性特征的文化形态。高校网络行为文化的动态性，一方面体现为，网络行为文化主体的师生的网络行为不是静止的。网络行为是人们在基于网络技术建构的网络空间中进行的"虚拟"行为，网络技术的发展必然为人们创造更为广阔的活动空间和行为模式。高校师生具有较高的网络知识和操作技能，对网络技术的发展和应用非常敏感，是各种新的网络活动和行为方式的先行者。因此，高校师生的网络行为方式要随着网络技术的发展而不断变化。另一方面是指高校网络行为文化不是一层不变的，它也在发展进程中与时俱进，与高校网络精神文化、制度文化、物质文化等相互作用，共同发展进步。高校网络行为文化的动态性既使高校网络文化充满活力，又体现出高校网络行为文化自身的特点。

第二，多样性。高校网络行为文化的多样性，首先表现为行为主体的多样性。高校网络行为文化的主体既包括党政管理干部和一般工作人员以及教师等教育者，又包括受教育的大学生。这些网络行为文化的主体在思想道德、工作职责和人生追求等方面都有所不同，他们的网络活动也不尽相同，这就决定了高校网络行为文化在形式上的多样性。其次，高校网络行为文化的多样性还表现为网络行为种类的多样性。依据行为主体的身份的不同，可以把高校网络行为区分为教育者（教师、管理人员和后勤服务人员）的网络行为和受教育者（学生）的网络行为；依据行为目的和内容的不同，可以把高校网络行为区分为信息类行为、交往类行为、休闲类行为、服务类行为和管理类行为等。不同身份的行为主体和不同的行为目的，所产生的网络行为和形成的网络行为文化也就各不相同。

第三，影响的广泛性。高校集聚了思想最活跃、最敏锐的知识分子群体，他们能够敏感地发现网络技术发展的新趋势，较快地接受世界文化的新成果，使高校成为网络文化发展的前沿阵地，对社会成员具有强大的影响力。因此，良好的高校网络为文化，不仅会影响高校师生，而且还为社会其他成员提供行为示范，引领社会成员的网络行为朝着文明、健康的方向发展。

4. 高校网络行为文化与高校网络文化的关系

高校网络行为文化是高校网络文化的重要组成部分和具体体现，是对高校网络文化的落实。高校网络文化影响师生的网络行为，对高校网络行为文化起指导作用，保证高校网络行为文化沿着正确的方向发展；高校网络行为文化则丰富发展高校网络文化，促进高校网络文化在实践中不断丰富和完善。

①高校网络行为文化是高校网络文化的组成部分和重要载体

高校网络文化是一个完整的体系，从文化哲学的角度看，它主要包括高校网络物质文化、网络精神文化、网络制度文化和网络行为文化等四个层面。这四个部分的关系是：网络物质文化是高校网络文化的物质基础；网络精神文化是高校网络文化的核心内容，是其他层面的网络文化的指针，是高校办学理念、教育思想、价值取向、精神追求、文化品位、道德水准等的集中体现；网络制度文化是网络精神文化和网络行为文化的保障；网络行为文化是网络精神文化和网络制度文化在高校师生网络行为上的体现和表征。高校网络文化的四个部分各居其位，缺一不可，又相互交融，相互促进。

高校网络行为文化在表现形式及功能上不同于高校网络文化的其他组成部分，它源于高校师生的各种网络行为，师生是高校网络行为文化建设的主体，高校网络行为文化体现在师生的各种网络文化活动中，同时又通过各种网络文化活动反映了师生所具有的理想志向、价值取向、精神追求、道德水准和行为习惯等，是高校网络文化水平的主要标志和形象展示。

高校网络行为文化是高校网络文化的重要载体，是高校网络精神文化的动态体现，是高校网络精神文化到网络物质文化的转换中枢，具有承前启后的重要意义。没有网络行为文化，高校网络文化就无法实现。广大师生作为高校的构成主体，其网络行为蕴含着丰富的文化信息，是高校网络文化的重要载体，是高校网络文化最真实的表现。一所高校的网络文化的优劣、网络文化建设工作的成败，通过观察高校师生的网络行为表现，就可以作出大致准确的分析判断。

②高校网络行为文化落实、检验、发展高校网络文化。

高校网络行为文化是高校网络文化的重要组成部分和具体体现，是对高校网络文化的落实。没有网络行为文化，网络精神文化和网络制度文化都是空谈。在高校网络文化构成的层次关系中，网络精神文化是高校网络文化的核心，是指导一切的思想源泉；网络制度文化是网络精神文化的延伸，对网络行为产生直接的规范和约束力；网络物质文化是人们能看到、听到、接触到的高校网络文化的表现形式。显而易见，高校网络精神文化、网络制度文化和网络物质文化都是通过网络行为文化才得以表现出来的。如果师生的网络行为与高校网络精神文化和网络制度文化不一致，高校网络精神文化就成了海市蜃楼，高校网络制度规范也是一纸空文。高校网络物质文化是高校网络行为的表现，有什么样的网络行为文化就会有什么样的网络物质文化。正所谓理念说得再美，制度定得再完善，设施建得再好，都不如做得实在，高校网络行为文化是高校网络文化落地的关键环节。

高校网络行为文化是由高校师生参与创造的实践性很强的动态文化，它不断地检验并丰富发展高校网络文化。首先，高校网络行为文化能够检验高校网络文化特别是网络精神文化、网络制度文化的正确性。"人的思维是否具有客观的真理性，这不是一个理论的问题，而是一个实践的问题。人应该在实践中证明自己思维的真理性。"① 高校网络精神文化、网络制度文化是否正确，是否符合实际，能不能适应发展变化的新形势，能不能对师生形成良好的生活方式和行为习惯起到积极的引导作用，都需要通过网络行为文化来检验，并把高校网络文化中不符合实际的地方加以改正和完善，从而促进高校网络文化的健康持续发展。其次，高校师生在各种网络活动中不断创造的新鲜经验成果，为高校网络文化提供了丰富的营养，不断地丰富和发展着高校网络文化。

③高校网络文化为高校网络行为文化提供理论支持。

文化对行为具有指导作用，高校网络文化尤其是网络精神文化是师生各种网络行为的指南，为高校网络行为文化提供理论支持，对高校网络行为文化建设具有重要的指导作用。高校网络文化为给建设什么样的高校网络行为文化指明了方向，给怎样建设高校网络行为文化指明了道路。

6.1.2　高校网络行为文化的功能

相对于高校网络精神文化、网络制度文化和网络制度文化，高校网络行为文化具有以下几个功能。

第一，转化功能。高校网络文化是高校校园文化的组成部分，本质上是育人文化，具有育人的功能。高校网络文化的育人功能既体现在受教育者思想观念和素质的提高上，也体现在受教育者的行为上，而且受教育者的思想观念和素质最终要通过转化为受教育者的行为表现出来。一方面是因为思想观念和素质是不能被人们所直接感知到的，另一方面是因为只有人们的行为对社会和他人才能产生实际的影响。因此，网络行为文化是网络理念系统的解码，是把理念系统转化成行为的有效工具，在转化过程中，人的观念在很大程度上是靠行为系统来实现的。②

第二，约束功能，即网络行为文化对人们的网络行为具有规范、约束的功能。一般情况下，一说到对行为的规范、约束，人们马上都会想到制度文化的约束作用，而往往会忽略行为文化的约束功能。其实，网络行为文化和网络制度文化都具有约束和规范人们网络行为的功能，而且只有二者密切配合时，才能有效地规范、限制错误网络行为，鼓励正确的网络行为。当然，在规范和约束人们的网络行为过程中，网络制度文化和网络行为文化所起的作用和发挥作用的方式是不同的。网络制度文化侧重于管治，强调外部因素，是外部约束，也就是通过外部力量来制约人们的网络行为；而网络行为文化则侧重于修身，强调内部约束，即对人们的网络行为进行制约的力量来自于人们内心，它主要是通过人们的修身、提高人们的认识水平，从而使人们不但知其然，而且还知其所以然，进而自

---

① 《马克思恩格斯选集》第二卷，人民出版社 1995 年版，第 16 页。
② 张国臣等：《高校廉洁文化建设理论和实践》，人民出版社 2010 年版，第 278 页。

觉约束和调整自己的网络行为。

第三，纠错功能。思想支配行动，文化对行为具有指导作用。高校网络文化为高校师生的网络行为提供理论支持，高校师生的网络行为是对高校网络文化的贯彻落实。高校师生在网络精神文化指导下，按照一定的网络制度和规范进行网络活动。在网络活动过程中，高校师生不是消极被动地按照相关制度和规范行事，而是充分发挥人在文化中的主体地位和主观能动性，实现与理念的对接，梳理制度，对制度中不符合文化精神理念的内容进行修正，从而不断完善制度。

第四，发展功能，即在网络行为过程中，人们既能够检验网络文化中不符合实际的地方并加以改正，又能够加深对网络文化的认识，不断丰富和发展高校网络文化。网络文化虽然影响广泛且深刻，但由于其存在的时间比较短，所以还很不成熟。人们对网络文化的认识有限，还不深刻，甚至还有可能存在错误。而人们对网络文化的认识正不正确、科不科学，只能通过网络行为去检验并加以修正。同时网络行为文化的实践成果，不断地被高校网络精神文化、网络制度文化和网络物质文化所吸收，从而不断丰富和发展着高校网络文化。

6.2　高校网络行为文化建设的意义

随着互联网的崛起及其在高校的普及，广大师生以一种与传统截然不同的方式学习、工作、生活、交流、游戏，并逐渐发展出一种全新的具有网络时代特色的生活模式与意识形态，进而深刻影响师生的社会行为、日常生活、价值观念和思维方式。中国古代儒家经典《大学》开宗明义："大学之道，在明明德，在亲民，在止于至善。"虽然这里的"大学"不是现代国民教育体系中的大学，但是却精辟地说明了现代大学的精神旨义。"止于至善"，显然不应只是在思想道德修养层面，也应该包含行为举止层面，因为良好的修养需要行为举止来体现。在网络时代，加强高校网络行为文化建设有着重要的理论意义和实践价值。

6.2.1　高校网络行为文化建设的理论意义

网络文化建设是一个复杂的大系统，高校网络文化是其中的一个子系统。作为社会的文化组织，高校是社会文化建设的高地，高校网络文化建设在社会网络文化体系中具有十分特殊的地位和独特的作用。

1、高校网络行为文化是对高校网络文化其他形态的形象解读

文化的本质和基本功能是"教化人"，高校网络文化本质上是育人的文化。师生既是高校网络文化建设的主体，又是高校网络文化建设的客体。高校网络文化建设，既是广大师生不断发展完善高校网络文化的过程，更是高校网络文化不断提高师生素质的过程。同时，高校网络文化建设水平和建设成果必须通过一定

载体来显现，这种载体应该是能够为人们所感知得到的。在网络文化的四种具体文化形态中，人们能够直接感知的是网络物质文化和网络行为文化。网络物质文化虽然为高校网络文化建设提供了物质基础，但它毕竟不是高校网络文化建设的终极目标。美国著名人类学家克罗伯和克拉克洪在所著的《文化的概念》一书中指出："文化由外层和内隐的行为模式构成，这种行为模式通过象征性符号而获得和传递，文化代表了人类群体的显著成就，包括它们在人造器物中的体现。文化的核心部分是传统的观念，尤其是它们带来的价值。文化体系一方面可以看做是行为的产物，另一方面则是进一步的行为的决定因素。"① 在这里，行为文化不仅是文化体系的重点，也是文化体系的起点。在高校网络文化建设中，无论是网络精神文化建设、网络制度文化建设，还是网络物质文化建设，最终都是以人为归宿，都需要通过人的行为来达成，都要落脚到网络行为文化建设。毫无疑问，高校师生的网络行为无疑是彰显高校网络精神文化与网络制度文化以及网络物质文化建设成果的最佳方式。

高校网络行为文化是高校网络网络文化及其各层次文化的形象解读。如果没有网络行为文化，再好的网络精神文化和网络制度文化人们也无法感知；如果没有网络行为文化，再好的网络物质文化也没有任何价值和意义。

首先，高校网络行为文化是对高校网络精神文化的形象解读。理论是行动的先导，而理论又必须通过实践来检验和诠释。高校网络行为文化是高校网络精神文化的来源，同时又是高校网络精神文化是否正确、是否符合实际的试金石和外在体现。高校网络精神文化是高校网络文化的核心，是高校办学理念、教育思想、价值取向、精神追求、文化品位、道德水准等的集中体现，也是一个学校本质、个性、精神面貌的集中反映。行为是思想的彰显和外化，高校网络精神文化正确与否，是先进的还是落后的，需要网络行为文化这个"活化石"来进行检验和诠释，也就是需要通过师生的网络行为来进行判断。高校师生的网络行为直观地展示着高校网络精神文化，直观地反映着学校师生的精神风貌、价值取向和思想道德素质。

其次，高校网络行为文化是对高校网络制度文化的形象解读。高校网络制度文化作为学校为规范和约束师生在网络虚拟空间中的行为、维护网络秩序而制定的各项规章制度和道德要求，规范和调节着师生的网络行为，它明确告诉师生可以做什么、不可以做什么以及应该做什么，对广大师生良好的网络行为习惯和网络生活方式以及良好网络秩序的形成起着积极的作用。高校网络制度是否科学、是否具有可行性、是否体现了"以人为本"的理念，高校网络制度文化建设的成效如何，都可从网络行为文化来得到检验，都可以从师生的网络行为上表现出来。良好的网络制度和高水平的网络制度文化建设，必然表现在师生的网络行为和生活方式以及网络秩序上。

---

① 赖廷谦等：《社会主义文化与大学文化建设》，四川大学出版社 2009 年版，第 127—128 页。

2、高校网络行为文化建设有助于推动高校网络文化其他形态的建设

高校网络行为文化的建设是高校网络文化发展的动力。高校网络行为文化建设取得的经验和成果，是深化和发展网络精神文化的重要来源；高校网络行为文化建设中出现的新情况新问题，需要制定新的规章制度来加以解决，从而促进网络制度文化的逐步健全与完善；高校网络行为文化建设水平的不断提高，又对网络物质文化提出了更高的要求，从而促进网络物质文化的发展。

首先，高校网络行为文化建设不断丰富充实高校网络精神文化的内涵。高校在进行网络行为文化建设的实践中，根据形势的变化、社会的需要和自身的实际，不断地进行调整和完善。这个过程一方面是对网络精神文化的动态检验，将其中不符合要求的部分进行修改和完善；另一方面又不断总结、提炼高校网络行为文化建设取得的新经验和新成果，为高校网络精神文化提供营养，从而不断地发展丰富高校网络精神文化的内涵。

其次，高校网络行为文化建设能够健全完善高校网络制度文化。制度只有落实到行动上，才具有实践价值。高校网络行为文化是对高校网络制度文化的贯彻和落实，只有网络行为文化的参与，高校网络制度文化才能健全和完善。一项制度是否符合实际、是否科学，要通过实践来检验。高校网络制度文化是否科学、是否符合高校实际，需要通过高校网络行为文化来检验。在高校网络行为文化建设中，被师生的网络实践活动证明是不科学不合理的制度，需要加以修订；在高校网络行为文化建设中遇到的新情况新问题，需要通过制定新的制度来加以解决；在高校网络行为文化建设中取得的新成果、新经验，需要及时充实到高校网络制度文化中去。在这个过程中，高校网络制度文化不断得到丰富和完善。

再次，高校网络行为文化建设能够优化高校网络物质文化。网络物质文化建设既要体现网络精神文化的要求，也要为网络行为文化建设服务，使广大师生在良好的网络文明环境中得到精神的升华，从而使师生的网络行为趋向文明。通过网络行为文化的建设，可以使师生的网络行为更加文明，这必将进一步优化高校网络物质文化。

3、高校网络行为文化能够促进整个社会网络行为文化的发展

高校是从事文化传承、文化发展和文化创造的机构，高校网络文化不仅是社会网络文化的重要组成部分，更是社会先进网络文化的代表。高校师生是社会的一个特殊群体，他们受过高等教育，掌握了较多的知识，勤于思考，富于想象，他们是社会先进网络文化的创造者、引领者和实践者。从某种意义上说，社会其他成员会不自觉地关注、评判这个群体的行为，这个群体的良好网络行为会为社会其他成员提供行为示范，深刻影响他们的网络行为。建设优秀的高校网络行为文化，通过高校师生的网络行为去净化和引领社会其他成员的网络行为，使之朝着文明、健康的方向发展。特别是作为高校网络行为文化建设主体之一的大学生，毕业后踏上工作岗位，还会把这种良好的行为文化带入社会传播给更多人，使高校网络行为文化惠及更大的范围，促进全社会网络行为文化的发展，这将是

对中国特色社会主义网络文化建设的巨大贡献。

6.2.2　高校网络行为文化建设的现实意义

高校网络行为文化建设的现状凸显了高校网络行为文化建设的重要性和紧迫性。近年来，在高校党政部门的高度重视和领导下，经过实践探索，高校网络行为文化建设得以不断推进，已取得初步成效。但是我们也要看到，由于主客观方面的诸多原因，高校网络行为文化建设还存在一些迫切需要解决的问题。

第一，对网络行为文化建设的重要性认识不够。在高校网络文化建设中，对网络行为文化与其他文化形态的辩证关系缺乏深刻认识，人们往往把更多的注意力和人财物放到网络精神文化、网络制度文化和网络物质文化的建设上，而对网络行为文化建设重要性的认识不足、投入有限。

第二，高校网络行为文化建设缺乏规划、规范和细则，使得网络行为文化建设缺少依据。由于对网络行为文化重要性的认识不足，在高校网络行为文化建设方面，缺少相应的指导意见和规范，即使有，通常也不够完善，操作性不强。

第三，高校网络行为文化建设重普遍轻特殊。网络行为文化建设只有加强针对性，才能取得较好的效果。而在高校网络行为文化建设实践中，部分高校不结合自身实际，盲目照搬其他高校的做法，使得高校网络行为文化建设缺乏自己的特色，千校一面，效果不佳。

第四，对高校师生的网络失范行为缺乏有效的治理措施，网络行为失范情况严重。高校应该是最有文化的地方，也应该是最讲文明的地方。但是开放、虚拟的网络使得当下高校师生尤其是大学生的网络行为失范现象十分突出，扰乱了正常的网络秩序，不利于大学生的健康成长。高校网络失范行为主要表现为如下几个方面：一是不良的信息浏览行为。网络作为一个巨大的信息库，蕴藏着大量的信息数据。这些信息数据当中，有些是极富价值的有益信息，也有很多是不良信息甚至是有害信息。高校部分师生由于缺乏正确的价值取向，迷恋于浏览不良甚至有害信息而不能自拔；二是不当的信息传播行为。网络为各类信息的传播都打开了方便之门。"过去舆论与媒体控制着人们的信息来源与发布渠道，现在个人可以通过网络来自由地发出自己的声音，只有在网络时代，个人才被赋予了真正的言论自由，个性才被真正地张扬出来。但如果我们过于陶醉网络技术带来的自由，而很少反思为此付出的代价，就会放松规范，导致混乱无序，直至谎言、骗局流行。"[①] 对此，西方学者也表示出忧虑和担心，认为宪法可以保障人们享有言论自由的基本权利，"却无法保障我们远离诸如色情和恐怖主义者的侵扰与威胁"[②]。在当下的高校校园中，确实有少数师生，特别是少数大学生在互联网上传播虚假、无聊的信息，甚至有害的信息，严重影响了大学生的思想道德和身心

①　陆群：《假如网络也有生命》，社会科学文献出版社 2002 年版，第 272 页。
②　尼古拉斯·巴任：《透视信息高速公路革命》海南出版社 1998 年版，第 166 页。

健康；三是网络交往失范行为。网络打破了人们信息交流的时间、空间限制，拓展了人们的社会交往空间，为"虚拟交往"的便捷展开搭建了平台，任何人都可以通过网络与各地甚至各国的网民进行交流。但是由于网络信息传输的虚拟性和隐蔽性，个别师生在网络交往中隐瞒自己的真实信息，进行情感欺骗或恶意侵害；四是学术失范行为。网络的开放性和信息的丰富性，使师生通过互联网可以方便地浏览他人的作品或研究成果，这有利于提高师生的学术水平。然而，这也为一些师生剽窃、抄袭别人的劳动成果打开了方便之门；五是合法使用网络过程中的失范行为。这主要表现为"人—网"关系的失调，即人在使用网络过程中，有时会在一定程度上丧失甚至完全丧失自主性，被"工具"所钳制，出现"网络沉溺"[①]，如网络成瘾；六是网络犯罪行为，即利用网络从事非法行为，借此达到非法的或不正当的目的，如黑客行为。

正是高校网络行为的现状不容乐观，从反面告诉我们高校网络行为文化建设的重要性和紧迫性。高校只有高度重视并下大力气解决以上问题，才能充分发挥网络行为文化在营造文明网络氛围、构建和谐校园方面的特殊功能，保证高校网络行为文化建设沿着正确的方向持续健康发展。

6.3　高校网络行为文化的建设

行为文化由价值取向、行为方式和行为环境三个要素构成。[②] 行为方式是人们的所作所为的具体表现，人们选择行为方式的标准是价值取向，行为方式受到行为环境的约束和导向。价值取向是行为文化的核心，行为方式是行为文化的表现，行为环境则是行为文化生长的土壤。[③] 行为环境通过对人们行为方式的导向和约束作用反作用于人们的价值取向，不同的行为环境培养不同的价值取向，行为环境因此决定了价值取向的形成。比如，人们自利价值取向选择自利的行为，而人们的自利行为又会受到行为环境的导向和约束作用。在受到法律制度、社会道德等行为环境的有效约束时，人们可以有自利行为但不能损害他人利益。但是如果社会道德弱化，法律保障不力，人们就可能为了个人利益而损害他人利益。由此看出，人类行为的主要问题在于引导、规范和控制，而人的行为除了生物本能的部分外，均来自学习。所以一般认为，行为文化的形成主要取决于教育、律制和环境等因素。[④] 高校网络行为文化建设是一项复杂的系统工程，需要全方位多角度地开展：通过加强高校网络精神文化建设，以正确的思想引导高校师生的网络行为；通过加强高校网络制度文化建设，以科学合理的网络制度规范约束高

---

① 李一：《网络沉溺的生成机制及社会对策》，《广东社会科学》，2002年第5期。
② 丰斯·特龙彭纳斯，查理斯·汉普登—特纳：《在文化的波涛中冲浪》，华夏出版社，2003年版，第23页。
③ 徐玲：《价值取向本质之探索》，《探索》，2000年第2期。
④ 赖廷谦等：《社会主义文化与大学文化建设》，四川大学出版社2009年版，第147页。

校师生的网络行为；通过优化校园网络环境，以文明健康的网络环境影响高校师生的网络行为；加强网络认知教育，以正确的网络认知指导高校师生的网络行为文化；开展网上校园文化活动，以丰富多彩的网络活动培育高校网络行为文化。

6.3.1　高校网络行为文化建设的原则

1、主体性原则

人创造了文化，文化又塑造了人；人是文化建设的主体，亦是文化建设的客体。高校网络行为文化建设的实践主体是高校师生，而其实践的客体也是师生本身。由于高校网络行为文化建设实践的主体和客观统一于一身，所以高校网络行为文化建设要充分发挥师生双重身份的作用：一方面，要调动师生积极主动地投身到高校网络行为文化建设的实践中来，履行主体义务，增强主人翁的责任感；另一方面，要发挥师生的自觉性，作出客体姿态，主动地接受良好行为文化的熏陶，摒弃恶性网络行为文化的影响，不断认识自己、反省自己、解剖自己、强化自己。

2、导向性原则

思想支配行动，有什么样的思想观念，就有什么样的行为举止。高校是精神文明建设的重要阵地，高校网络行为文化建设是高校精神文明建设的重要内容。我国高校是社会主义性质的大学，高校网络行为文化建设必须坚持以正确的思想文化为导向，否则就会误入歧途，造成严重后果。坚持导向性原则，要求高校网络行为文化建设必须坚持社会主义先进文化方向和马克思主义的指导。高校网络行为文化建设就是要通过丰富多彩、行之有效的实践活动，教育和引导师生树立正确的世界观、人生观、价值观，升华师生的道德水平，明确指出什么是优秀的网络行为文化，什么是不良的网络行为文化，从而使师生的网络行为符合社会主义精神文明的要求。

3、重在实践原则

"罗马城不是一天建起来的"，任何一种文化的孕育、形成和发展都是一个长期实践积累的过程，不可能一蹴而就。高校网络行为文化亦不例外，况且高校网络行为文化本质上就是一种实践文化。因此，高校网络行为文化建设必须遵循重在实践原则。重在实践原则，要求我们不能把高校网络行为文化建设仅仅停留在口头上或文件中，而是要付诸实践，落实到行动上；重在实践原则，要求我们在高校网络行为文化建设上不能建建停停、时断时续，而是要常抓不懈、一以贯之。重在实践原则，要求我们既要增强责任感和紧迫感，扎扎实实地做好当前工作，又要树立长期作战思想。只有坚持从高校自身实际出发，尊重网络行为文化自身的发展规律，把高校网络行为文化建设作为持续推进的过程，常抓不懈，积少成多、聚沙成塔，才能取得成效。

4、他律与自律相结合原则

推进高校网络行为文化建设，规范高校师生网络行为，既要注重他律，更要注重自律，坚持他律与自律相结合。他律与自律是紧密结合的统一体，二者既各自独立又相辅相成，互相弥补对方的不足，共同规范着人们的行为。他律是对行为人行为的外在约束，包括制度建设及服从，社会规范与监督，行为激励与惩处；自律则强调对制度、规范的自觉遵守，对习俗的乐意接受，以及对高尚自我的追求，是行为人的内在自我约束。高校网络行为文化建设的他律原则，要求在国家有关互联网法律法规的大框架下，建立起高校自己的网络行为文化制度和规范，以及这些制度规范的运行机制，使师生的网络行为有规可依，违规必究，偏规可矫。此外，高校网络行为文化建设还必须遵循自律原则，因为虚拟的电子网络空间的任何行为都是真实的人的活动，具有"属人"的特点，网络行为的这个特点决定了高校网络行为文化建设仅靠外在的制度维持的他律是远远不够的，还必须依靠道德的力量来牵引行为自律。因此，高校加强网络道德建设，提高行为人的道德水平，使行为人养成道德自律意识，能够用道德的力量谨慎对待自己的网络行为，自觉防范有违社会规范的网络行为的发生，做到合法使用网络资源，文明上网，不查看、不传播不良信息，不从事不道德甚至违法的网络行为。

6.3.2 建设网络精神文化，以先进的网络精神文化提升高校网络行为文化

思想支配行动，行为是精神的外化。人的行为需要文化精神提供价值支撑，有什么样的精神世界就有什么样的行为举止，人的思想、观点直接影响着人们的行为。健康的思想文化，有利于人们确立正确的价值导向，树立正确的世界观、人生观和价值观，对于预防和控制人们的网络不良行为具有十分重要的作用。

网络不是一个不涉及价值观念的荒野地带，而是无处不充满着多元价值。网络的开放性特征决定了网络是中性的信息文化通道和载体，它对各种信息和文化"来者不拒"，任何观点、任何思想、任何文化都可以自由地渗透到网络当中去，因为任何一个国家或民族、个人或团体，都可以通过网络而传播自己的文化。这就形成了网络空间中多元文化共存和相互激荡的局面。在这里，高雅文化与低俗文化、民族文化与世界性文化、先进性文化与腐朽没落文化、强势文化与弱势文化相互交融。虽然网络空间的文化的多元性有利于各种文化的相互交融，促进文化之间的相互借鉴与吸收，但是由于这种多元性的文化缺乏一种主导性意识形态的引导，使得人们在各种文化的冲击与影响下，导致价值观念的多样性。价值观念的多样性就意味着人们的价值取向的无主导型，人们的价值观念一旦呈现出多样性，就会在各种价值观念之间徘徊不定。况且相同的价值观念有时会出现冲突现象，这就很容易使一部分师生在面对形形色色的文化时，容易引起思想的混乱，很难把握哪种文化是积极的、先进的，这对于还没有形成正确而稳定的价值观的青年大学生而言，尤为明显。也就是说，他们的判断力在多种文化观念的冲击下，变得十分脆弱，很容易受不良思想文化信息的侵蚀，从而导致他们在网络

生活中产生失范行为。

高校网络行为文化以知识文化水平较高的高校师生为主体，是社会主义文化建设的组成部分，是先进文化的辐射源，是弘扬主旋律的重要阵地。高校网络行为文化建设必须坚持和巩固马克思主义的指导地位，大力弘扬主旋律，使高校网络行为文化呈现出积极向上、健康高雅的态势。

首先，高校网络行为文化建设必须坚持以科学的理论武装人，以正确的舆论引导人，以高尚的精神塑造人，以优秀的作品鼓舞人。网络文化是基于网络技术而产生的以网上生活为主要内容的社会文化生活现象，其核心是网络精神文化。正如美国文化人类学家克莱德·克鲁克洪所说，文化是一整套的行为系统，其核心是传统的思想观念和价值，尤以价值观最为重要。因此，高校网络行为文化建设，就是要通过加强高校网络精神文化建设，用社会主义先进文化占领校园网络阵地，坚决遏制反马克思主义的思想文化和有毒的非马克思主义思想文化的腐蚀侵袭，用社会主义的思想文化教育和引导师生树立正确的世界观、人生观、价值观，使广大师生的网络行为有科学的精神文化支撑。

其次，高校网络行为文化建设要明确指出什么是优秀的网络行为文化，什么是不良的网络行为文化，让高校师生对网络行为文化在认知上达成共识。只有这样，建设优秀的高校网络行为文化才有了思想基础，才会有师生行为上的自觉，才会由他律转向自律。

再次，高校网络行为文化建设要加强爱国主义教育，使师生在网上自觉维护国家利益；要加强集体主义教育，使师生学会正确处理个人与他人、个人与集体、个人与社会的关系，不在网上做损害他人、集体和社会利益的事情；要加强马克思主义理论教育，提高师生的政治理论水平，增强他们辨别网上信息、判断是非的能力；要加强审美教育，培养师生健康的审美情趣，远离网络中的低级趣味；要加强基础文明教育，提高师生的文明素养，使其做到文明上网。

6.3.3　建立健全网络制度，以完善的网络制度规范高校师生的网络行为

高校网络行为文化建设离不开制度建设。在最为基础的意义上，制度是人类行为模式的定型化，是人类社会赖以存在和发展的规范体系。西方新经济学派的代表人物道格拉斯·C·诺斯指出："制度是一个社会中的游戏规则，更规范地说，制度是为决定人们的相互作用而设定的一些制约。制度构成了人们在政治、社会或经济方面发生交换的激励结构。制度决定了社会演进的方式，因此，是理解历史变迁的关键。"[①] 人是理性与非理性的统一体，一旦失去制度的规范和制约，其行为就可能滑向非理性，从而对他人和社会造成危害。因此，任何人类活动都需要制度的保证。事实上，人类社会诞生以来，一直就没有停止过对游戏规

① 詹姆斯·A·道，史迪夫·H·汉科，阿兰·A·瓦尔特斯：《发展经济学的革命》，上海人民出版社 2000 年版，第 111 页。

则的制订，这是人类自己对自己行为的约束，这种约束是为了人类社会有序地存在下去，也是为了人类活动更有效率。

制度在人类生活中发挥着重要作用，这种作用主要表现为：一是制度对人们的行为具有约束和规范作用。因为人是社会的动物，在现实生活中人们的需要、兴趣、爱好不尽相同，这就决定了人们的行为的多样性，如果没有约束和规范，群体就会出现冲突，社会秩序就会混乱，正常生活就不可能实现。制度恰好是为大家的群体生活制定一个"游戏规则"来减少和缓和行为冲突，正如邓小平同志所说："制度好可以使坏人无法任意横行，制度不好无法使好人充分做好事，甚至走向反面。""制度问题更带有根本性。"① 二是制度对人们的行为和发展具有激励和导向作用。道格拉斯·C·诺斯指出："制度制约既包括对人们所从事的某些活动予以禁止的方面，有时也包括允许人们在怎样的条件下可以从事某些活动的方面。它们完全类似于一个竞争性运动队中的游戏规则。"② 制度作为一种约束人们活动的规范体系，规范着人们行为的选择方向和选择空间，对于人们的行为选择起着激励和导向作用。

正如制度是任何人类活动的保证一样，高校网络行为文化建设也需要网络制度文化作保障。网络虚拟社会不同于现实社会，它具有虚拟性、开放性等特点。在这种环境下，传统的法律、道德、纪律等规范变得难以适应，这是网络失范行为发生的重要原因。因此，建立健全网络行为的制度规范是一项关涉高校网络行为文化建设的基础性工作。与高校网络行为文化建设有关的网络制度文化有两大类：一类是以法规、纪律、标准等形式表现出来的显性制度（显性行为规范），它是对高校师生网络行为的一种强制性的刚性约束；另一类是以价值观念、伦理道德、风俗习惯等形式出现的隐性制度（隐性行为规范），它是对高校师生网络行为的一种非强制性的柔性约束。这两种类型的制度都对网络行为文化建设发挥作用，都为高校师生提供正确的行为模式和行为引导。

首先，要建立健全显性的高校网络行为规范。显性的网络行为规范规定了师生可以做什么，不可以做什么，做了不该做的要承担什么样的后果，具有强制性。这既明确了师生在网络虚拟社会中的行为方式，又有相应的惩罚措施做后盾，从而能够有效引导和规范高校师生的网络行为。在高校网络行为文化建设中，高校既要坚决贯彻执行国家的网络法律法规，又要依据国家法律法规精神，结合高校自身实际制订相应的规章制度。这是因为目前我们对互联网的认识还处在"儿童时期"，我国网络法律法规还不完善，对网络行为的约束和规范有时显得力不从心。因此，为确保网络文化的健康发展，维护网络虚拟社会的正常秩序，高校必须依据国家法律法规，结合高校自身实际制订相应的规章制度。

其次，要形成隐性的网络行为规范。显性行为规范在规范高校师生网络行为、维护网络秩序中发挥了重要的作用，但是它也存在着滞后性等弱点，而且这

---

① 《邓小平文选》第 2 卷，人民出版社 1994 年版，第 333 页。
② 道格拉斯·C·诺斯：《制度、制度变迁与经济绩效》，上海三联书店 1994 年版，第 3 页。

种滞后性是难以完全克服的。显性行为规范的滞后性是由其制定方式和人们对网络认识还不深刻决定的。因此，高校在建立健全显性的网络行为规范的同时，还要努力形成隐性的网络行为规范。通过发挥隐性网络行为规范的优势去克服显性网络行为规范的不足。隐性行为规范虽是一种软约束，但有时却比显性行为规范更有约束力，能够产生显性行为规范难以企及的影响。这是因为隐性行为规范约束的是人的内心世界。有学者分析，东汉末年挟天子以令诸侯的曹操虽权倾天下，且心存不臣之念，然而始终没有取天子而代之的行为，原因就在于："东汉末年政治虽然污浊，但忠孝的风俗依然存在。"① 建设与高校网络行为文化有关的制度文化，还需要形成无形（隐性）的行为文化规范，以求春风化雨、润物无声之功效。

最后，要加强高校网络行为规范教育。对网络行为规范教育的缺失（或者说忽视）是高校网络失范行为得以产生、发展、加剧的重要原因。众所周知，大学生中有相当一部分在小学阶段就已经"触网"，但多数人在那时并未接受过网络德育和网络法规教育。进入大学后，许多高校的网络行为规范教育仍然处于缺失状态，没有对大学生进行系统有效的教育和引导，致使他们的网上不道德甚至违法行为得不到及时纠正和控制。即使一些已经开展网络德育课程的高校，由于对网络环境中法制与道德教育的新方法、新途径和新内容研究不够，仍然沿用传统德育模式来解决网络道德问题，教育内容、方法缺乏针对性、实效性，更谈不上前瞻性。可以说，在许多高校，大学生上网一直缺乏有效的正确引导，这种教育的缺位，导致了大学生网络行为规范的缺失。因此，搞好网络道德和法制教育，是高校网络行为文化建设的一项重要内容。高校要采取多种形式，使网行为规范教育"进校园、进教材、进课堂、进头脑"。一是发挥思想政治理论课的主渠道作用，以"思想道德修养与法律基础"课为载体，加强大学生网络行为规范教育；二是将网络行为规范教育纳入新生入学教育、计算机基础课教学以及日常教育中；三是开设网络行为规范的系列教育课程供大学生选修；四是充分利用校园媒体和丰富多彩的校园活动广泛宣传网络行为规范。通过上述切实可行的措施，引导大学生遵守国家有关的网络法规，遵从网络道德，增强对网络毒素的抵抗力和免疫力，自觉规范网络行为。

6.3.4　优化校园网络环境，以健康文明的网络环境熏陶高校网络行为文化

营造健康文明的网络文化环境，是提高师生网络行为文明程度的重要条件，是高校网络行为文化建设的一项基础性工程。人是环境的产物，人总是生活在一定的环境中，人的行为也总是在一定的环境中进行的，环境对人的行为具有不可忽视的影响。恩格斯曾经指出："我们当中的每一个人都或多或少地受着我们主

---

① 杨继斌、李喆：《真实的曹操：一代强人的爱与怕》，《南方周末》2010 年 1 月 7 日。

要在其中活动的精神环境的影响。"① "近朱者赤，近墨者黑"，人到了好的环境中会受到好的熏陶，行为也会更文明。

网络的开放性意味着它囊括了不同国家不同地区的文化形态和思想道德观念。高校是一个信息高度密集的地方，各种各样的思想、思潮、观念、信仰、信息等在校园网中汇聚，信息资源和网络文化对人们的冲击和影响在这里也更为显著和具有代表性。这种多元的文化特征，一方面有利于师生开阔视野，增长知识；另一方面也可能给高校网络行为文化建设以不良的影响。特别是以美国为首的西方国家，凭借经济、技术和知识等方面的优势，充分利用其信息传播的控制力和影响力，极力向世界特别是向中国传播西方资产阶级的意识形态、政治制度和腐朽思想。大学生是网络生活中的主要群体，他们经常在这种文化的外在利诱下，再加上他们的政治敏锐力和道德判断力不强，因而极有可能促使某些大学生逐渐认同西方的价值观念和政治思想，成为"和平演变"的牺牲品，在个体社会化的道路中跌倒甚至步入歧途。另外，网络中的"黄色信息"、"黑色信息"与"灰色信息"极具诱惑性，对大学生的网络行为产生很大的负面影响。可见，网络对高校师生的负面影响，主要是网上不良文化和信息所致。因此，高校要积极采取有效的措施净化校园网络空间，优化网络信息环境，以健康文明的网络环境熏陶高校网络行为文化。

首先，高校要顺应网络文化的发展趋势的同时，理直气壮地弘扬主旋律，用健康的、先进的文化对师生进行引导、影响和熏陶。网络作为中性的信息通道和载体，是各种思想文化争夺的阵地。马克思主义不去占领，非马克思主义的东西必然会去占领；先进的文化不去占领，腐朽落后的文化必然会去占领。美国未来学家阿尔温·托夫勒在《权力的转移》一书中指出，未来世界政治的魔方不是被暴力和金钱所控制，而是控制在拥有信息强权的人手中。目前，互联网上80%以上的信息是用英文发布的，而中文信息较少。因此，作为文化的传播者、创造者、引领者，高校应该坚持社会主义先进文化的前进方向，唱响主旋律，把符合马克思主义的信息上网。这一方面可以加强网络信息服务，满足师生对信息的强烈需求，另一方面又可以在一定程度上抵消反动、色情、暴力等信息垃圾的入侵，消除其不良影响，从而为广大师生创造一个文明健康高雅的校园网络环境。

其次，高校要加强对网络信息的监控和管理，确保网络信息的健康、安全、合法。优化校园网络环境需要建设与监管并举，在加强网络文化建设的同时，还必须加强对网上信息的监管，通过技术等手段过滤、阻止网上不良信息和监控网络失范行为。一是通过法制手段限制、制裁非法信息的网上传播行为。二是通过网络安全知识、网络风气、网络道德、网络法纪、网络爱国主义教育，引导师生运用科学的观点判断对错、是非、真伪、美丑，真正认识到哪些可以学习和借鉴，哪些应该抛弃，自觉构筑抵制不良信息的思想防火墙。三是采取技术手段，

---

① 《马克思恩格斯选集》(第4卷)，人民出版社1995年版，第622页。

过滤有害信息，阻止非法信息的侵入，监控惩罚网络失范行为。其一，防毒技术。防毒技术可以及时发现计算机病毒的侵入，并采取有效的手段阻止病毒的传播和破坏，恢复受影响的计算机系统和数据。利用这一技术可以有效地防止利用病毒进行破坏的网络失范行为的发生。其二，防火墙技术。该技术利用一组用户定义的规则来判断数据包的合法性，从而决定接受、丢弃或拒绝，其强大的威力在于可以通过报告、监控、报警和登录到网络逻辑链路等方式把对网络和主机的危害减少到最低。其三，通信协议。通过改进通信协议增加网络安全功能是改善网络措施的又一条重要途径。它能有效防止盗用他人密码、回复邮件等事件的发生。其四，数据加密技术。在计算机信息的传输过程中，存在着信息泄露的可能，因此需要通过加密来防范。其五，掌上指纹扫描仪。该种仪器可以将网络用户的指纹记录下来，存入指纹档案库，当用户登记使用该电脑系统时，才能进入系统。此外，利用网络技术也可以监控、跟踪和发现师生的网络失范行为，从而及时进行惩戒。

6.3.5　加强网络认知教育，以正确的网络认知指导高校师生的网络行为

网络认知是指人们在接触和使用网络的过程中，对自己、对网络、对社会与网络有关事物的认识、了解以及选择网络和应用网络过程中的推理与决策。网络认知对人们的学习、生活以及人格的成长完善有着重大的影响。[①] 高校师生是高校网络文化的主体，网络对他们的思想观念和行为方式的影响巨大，尤其是青年大学生接触网络的时间、介入深度、使用频率、参与的热情、创新能力等都格外突出，高校的网络失范行为也主要集中在青年大学生网民身上。认识指导行动，对网络的不正确认知是导致网络行为失范的重要原因。因此，加强对师生特别是大学生的网络认知教育，是高校网络行为文化建设的重要内容。

网络认知教育的内容，首先是网络知识和技能教育，这是网络认知教育的基础。进行网络知识和技能教育，是高校师生理性使用网络的基础和前提。这就像一个驾驶员，要开车上路，必须要了解汽车的构造和掌握驾驶技术一样。高校师生只有掌握了必要的网络知识和技术，如计算机知识、网络原理、网站建设、页面设计、FLASH 等，才有可能利用网络获取知识，搜索信息，也才有可能认识到网络社会的复杂性，并懂得去自觉维护正常的网络秩序；其次是网络使用规范，这是网络认知教育的重点。遵循一定的规范是正确使用网络的保证。这就像一个驾驶员，要驾车上路，必须认真学习交通规则并通过驾照考试一样。美国特拉华州立大学在 2000 年作出规定，新生入学后必须接受一次计算机网络使用规范方面的教育，并为此专门制定了一本计算机网络使用手册，向学生解释诸如攻击计算机网络和发送伪造的电子邮件等行为是错误的。经过培训后，学生还必须

---

① 陶国富，王祥兴：《大学生网络心理学》，立信会计出版社 2004 年版，第 45 页。

参加以守则为内容的网上考试，成绩合格者才有资格使用校园网。① 特拉华州立大学的做法对规范大学生上网无疑是有益的，对我们也颇有启示。当下的高校校园可以说是"无人不网、无时不网、无处不网"，师生对网络的依赖度非常高，网络对师生的影响非常大。网络使用规范教育，能够使师生明白在网上可以做什么、不可以做什么和为什么不可以做，进而增强师生对网络多元文化的鉴别和选择能力。这对于培养师生自觉的网络道德意识，规范师生的网络行为，进一步推进高校网络行为文化建设，具有非常重要的意义。

6.3.6　开展网上校园文化活动，以丰富多彩的网络文化活动培育高校网络行为文化

校园文化活动是校园文化的重要组成部分，它具有思想性、群众性、哲理性、启发性、趣味性等特点，容易为高校师生接受，对高校师生具有巨大的感染力、渗透力和熏陶力，是锻炼和提高师生素质和能力的重要手段，也是高校行为文化建设的有效载体。经过精心设计的校园文化活动内涵丰富，不仅能够起到思想教育作用，而且对形成良好的行为文化能够起到其他方法难以替代的作用。因此，高校应该开展内容健康积极向上、形式新颖多样的校园文化活动，从而营造出一种积极向上的良好的校园环境。这一方面能够不断丰富师生的精神生活，满足师生的文化生活需要，有效地抵制和消除校园内外各种社会不良文化的负面影响，另一方面又寓教于知识，寓教于竞赛，寓教于娱乐，有利于陶冶师生的情操，养成师生的良好行为习惯。在网络环境下，把校园文化活动与网络文化结合起来，积极开展多形式、多层次、多内容的网上校园文化活动，能够激发师生的兴趣，为广大师生提供展示才艺的空间与舞台，把师生特别是青年大学生对网络的好奇心转移到正确合理地使用网络上来。

网上校园文化活动是校园文化活动的特殊形式，与传统校园文化活动相比，其特殊性主要体现在三个方面：一是网上校园文化活动存在于网络这一特殊的虚拟空间，是现实空间的延伸和无限扩大。网络能够为网络行为规范教育提供丰富的资源，拓展师生活动的时间和空间，扩大教育的覆盖面，增强其时效性，消除盲区和空白；二是网上校园文化活动必须依托于网络设备和网络技术开展。网络设备是开展网上校园文化活动的基本物质条件，网络信息技术使网上校园文化活动具有极高的科技含量，并为传统的校园文化活动穿上了现代化的外衣。三是网上校园文化活动从活动内容、活动形式到组织形式、参与方式上与传统校园文化活动既有区别，又有联系。从活动的内容和形式上看，网上校园文化活动除了可以把有的传统校园文化活动，如知识竞赛、征文比赛、访谈和座谈等，直接搬到网络上外，还有更为丰富的内容和更加多样化的形式，如论坛、征文和游戏等。近年来，随着网络技术的不断发展和人们应用网络技术的能力普遍提高，一些形

---

① 宋元林，陈春萍：《网络文化与大学生思想政治教育》，湖南人民出版社 2006 年版，第 225 页。

式新颖、内容丰富多彩的网上校园文化活动不断涌现，如校园网上超市、网上知识大赛、网页制作比赛、网络攻防大赛和远程网络体育对抗赛等。由团中央、全国学联等主办的"和讯杯"第三届中国大学生电脑网络大赛，第一次采用了赛事上网、完全开放的组织形式，比赛内容共分为网络知识、网络创意、页面设计、个人网站及投资理财软件设计五部分，将网络文化与校园文化紧密结合，加深了大学生对网络的理解，充分地激发了大学生的上进心和创造性。从组织形式、参与方式上来看，网络的时效性、开放性、虚拟性和互动性等特征可以使活动的组织更为便捷、参与面更广。

开展丰富多彩的网上校园文化活动，既有利于将网络文化与校园文化紧密结合，激发师生的兴趣和创造性思维，又有利于师生加深对网络和网络行为规则的理解，培养师生自觉遵守网络行为规范的良好习惯。人的思想道德品质的形成是一个受教育者对教育信息进行接收、择取、整合、内化及外化践行的过程，在这个过程中需要教育者施加影响，但更为重要的是受教育者要有接受教育的意愿，能够认同教育信息。随着我国改革开放的不断深入，人们的主体性意识越来越强，他们反感说教式、灌输式教育，更喜欢具象化的教育方式。对师生网络行为规范教育和良好网络行为习惯的培养应采用具象化的方式，以广大师生喜闻乐见的网上校园文化活动形式为依托来进行。这种直观形象、寓教于乐的活动教育方式，既不会使师生产生被强制教育的感觉，也不会引发逆反心理，反而更容易激发师生的参与兴趣，便于其理解教育内容，在潜移默化中发挥教育的作用。

第七章　高校网络物质文化建设

　　人类文化是由不同层面的文化现象构成的综合体。高校网络文化包含四个子系统，即高校网络物质文化、高校网络制度文化、高校网络行为文化和高校网络精神文化。这四个层次相互依存、相互促进，共同构成以网络精神文化为核心、网络制度文化为保障、网络行为文化为表现、网络物质文化为载体的高校网络文化有机整体。在高校网络文化体系中，高校网络物质文化是高校网络文化的外在标志与重要载体，是高校网络文化形成和发展的物质前提，它为高校网络精神文化、高校网络制度文化和高校网络行为文化建设的实现提供物质平台支撑。加强高校网络物质设施建设，能够为高校师生提供交流、学习、参与学校管理、政务公开、展示才干的平台，也为全社会提供了展示高校精神风貌、了解高校发展现状的窗口。建设高品位、有特色的高校网络物质文化，是高校网络文化建设的题中之义和重要内容，也是高校构建和谐校园的必然要求。

7.1　高校网络物质文化的内涵

　　学术界对文化的理解，虽然形形色色、五花八门，但也有共识，即都认为文化是各种物质文化和非物质文化的总和。英国社会人类学家马林诺夫斯基认为，人类创造的文化有其不同的功能和作用，根据文化的不同作用，文化可以分为四大类，即物质设备、精神文化、语言和社会组织。美国知名人类学家莱斯利·A·怀特在《文化科学》中"把文化区分为三个亚系统，即技术的系统、社会学的系统以及意识形态的系统"[①]。我国学者司马云杰认为，文化包括智能文化和物质文化、规范文化和精神文化。学者韩民青则认为，文化包括物质文化、行为文化和意识文化。特别需要提出的是，1982 年在墨西哥城举行的第二届世界文化政策大会上，联合国教科文组织成员国是这样界定文化的："文化在今天应被视为一个社会和社会集团的精神和物质、知识和情感的所有与众不同显著特色的集合总体，除了艺术和文学，它还包括生活方式、人权、价值体系、传统以及信仰"[②]。这种界定不再将文化局限于某种思想或艺术等非物质文化，而是将包括物质文化在内的日常生活的方方面面都包括了进来。据此，我们可以把文化理解为由包括物质文化在内的多个层次文化组成的综合系统，而物质文化则是人类文化的重要组

---

①　莱斯利·A·怀特：《文化科学》，浙江人民出版社 1988 版，第 349 页。
②　D·Paul Schafer. *Culture*：*Beacon of the Future*［M］. Tw ickenhan：A damantine Press, 1998：28.

成部分。

何谓物质文化？有学者指出，物质文化是指人在物质生产活动中创造的全部物质产品，以及创造这些物质产品的手段、工艺、方法等。[①]换言之，我们可以把物质文化理解为，人类为了满足自身生存和发展的需要所创造的物质产品及其所表现的文化，是文化要素或者文化景观的物质表现方面。

网络文化是以网络技术为手段，以数字形式为载体，以网络资源为依托，在从事网络活动时所创造的一种全新形式的文化，它是一切与信息网络技术有关的物质、制度、精神创造活动及其成果的总称。按照前述理解，文化通常意义上可分为物质层面、精神层面以及介于物质与精神之间的制度文化。与之相对应，作为亚文化形态的网络文化，也应该是包括网络物质文化在内的诸多文化现象的综合体。有学者认为："网络文化，既包括资源系统、信息技术等物质层面的内容，又包括网络活动的道德准则、社会规范、法律制度层面的内容，以及网络活动的价值取向、审美情趣、道德观念、社会心理等精神层面的内容。"[②]还有学者明确指出，网络文化"可以分为物质文化、精神文化和制度文化三个要素。物质文化是指以计算机、网络、虚拟现实等构成的网络环境；精神文化主要包括网络内容及其影响下的人们的价值取向、思维方式等，其范围较为广泛；制度文化包括与网络有关的各种规章制度、组织方式等。这些要素不是孤立存在的，而是相互制约、相互影响、相互转换，显示出网络文化的特殊规律和特征。"[③]实际上，许多学者对网络文化下的定义，无论是从广义、狭义还是其他的角度所作的不同界定，实质上都围绕着文化内容的几个层次展开的。如中国传媒大学的周鸿铎认为："所谓网络文化就是网络技术基础、制度、行为、心理、内容文化的综合文化。"[④]陶善耕、宋学清认为："所谓网络文化，就是以网络为载体和媒介，以文化信息为核心，在网络构成的开放的虚拟空间中自由地实现多样文化信息的获取、传播、交流、创造，并影响和改变现实社会中人的行为方式、思维方式的文化形式的总和。"[⑤]周毅认为："狭义的网络文化是建立在信息网络技术与网络经济基础上的精神创造活动及其成果，其内涵包括人的心理状态、知识结构、思维方式、价值观念、道德修养、审美情趣和行为方式等方面。"[⑥]据此，我们可以认为，网络文化应当包括网络物质文化在内的多个层面，漏掉任何一方面，对网络文化的理解都是不完整的，网络物质文化是网络文化不可或缺的重要组成部分。

何谓网络物质文化？有学者认为，网络物质文化是指以计算机、网络、虚拟

①　高鸣 等：《网络文化与大学生思想政治教育新论》，江苏大学出版社 2007 年版，第 30 页。
②　朱智清，赵宝琴，苏卫涛：《青少年网络文化安全管理对策研究与思考》，《河北日报》，2010 年 11 月 24 日。
③　张革华《加强网络文化建设改进高校德育工作》，《思想理论教育导刊》，2002 年第 5 期。
④　周鸿铎：《发展中国特色网络文化》，《山东社会科学》，2009 年第 1 期。
⑤　陶善耕，宋学清：《网络文化管理研究》，中国民族摄影艺术出版社 2002 版，第 15 页.。
⑥　周毅：《网络文化释义》，《重庆交通学院学报》（社科版），2003 年第 4 期。

现实等构成的网络环境。① 网络物质文化，也可称为网络技术基础文化或物质层面的网络文化，是指物化的知识文化，是能为人类的信息交流提供坚实的物质基础的物质环境，它以满足网民对网络文化内容的需求为目的，直接反映现代人类同自然的关系，是社会生产力发达程度的标志之一。计算机网络设备、网络资源系统和信息技术（计算机技术、网络通信技术）等是网络物质文化的主要内容。

7.2　高校网络物质文化是高校网络文化建设的物质技术基础

高校网络物质文化是高校网络文化的重要组成部分。一方面，它是高校网络文化大系统的子文化，是高校广大师生对高校网络文化发展规律进行探索和实践的物质成果。另一方面，它是高校网络文化的外在表现形式，是高校网络文化产生、存在和发展的物质技术基础和重要载体，它以自己特殊的方式促进高校网络文化的发展，在高校网络文化建设中具有特殊的地位和重要的作用。

"网络文化"一词在英语里是"Cyberculture"，直译就是"计算机文化"，也就是指基于计算机网络的文化。可见，在西方，人们认为网络文化是以计算机技术和网络技术为物质基础的。在我国，学者们同样也是把网络信息技术作为网络文化产生和发展的物质技术基础的。我国较早专门论述网络文化问题的学者是匡文波先生，在他看来，网络文化是指"以计算机技术和通信技术的融合为物质基础，以发送和接收信息为核心的一种崭新文化"。② 李仁武指出，从狭义的角度理解，网络文化是指以计算机互联网作为"第四媒体"所进行的教育、宣传、娱乐等各种文化活动；从广义的角度理解，网络文化是指包括借助计算机所从事的经济、政治和军事活动在内的各种社会文化现象。③ 魏宏森和刘长洪认为，网络文化"是一种由信息技术和网络技术以及依靠这些新技术形成的全新的社会基础结构带来的人类生产方式、生活方式、通信方式、工作方式、决策方式、管理方式等各方面的变革，进而引起思维方式和观念的变革，引起社会文化发生结构性变革的新文化，是一种融意识文化、行为文化与物质文化为一体的新文化"。④ 杨鹏认为，网络文化是一种新型媒介文化，是人们以计算机网络为媒介所进行的特殊方式的传播活动及其产物。⑤ 范晓红认为："网络文化的形成和发展，是网络媒介不断发挥作用的体现，也是人类社会对自身的文化发展不懈追求的必然结果。以遍布全球的物理网络为物质基础，并以计算机技术、通信技术和信息管理技术等技术的融合为手段，进行多元化的信息搜集、加工、传递和利用，构成了

---

① 双传学：《网络文化与高校德育工作》，《扬州大学学报》（高教研究版），2000 年第 2 期。

② 匡文波：《论网络文化》，《图书馆》，1999 年第 2 期。

③ 鲍宗豪：《网络与当代社会文化》，上海三联书店 2001 年版。

④ 魏宏森，刘长红：《信息高速公路产生的社会影响》，《自然辩证法研究》，1997 年第 5 期。

⑤ 杨鹏：《网络文化与青年》，清华大学出版社 2006 年版，第 20 页。

网络文化的核心，而这正是它的独特之所在。"① 显而易见，网络文化作为一种随着互联网信息技术尤其是网络通信技术的发展而产生并发展起来的新型的文化形式，其产生和发展的物质技术基础是现代信息网络技术。

20世纪90年代开始风靡全球的网络技术，把人类社会带入到一个全新的时代，人类的经济、政治、文化和社会组织以及学习生活工作等无不处在网络的巨大影响之下。作为人类物质社会的延伸，网络技术为人类文化的发展和转型提供了一个前所未有的机遇和可能性，具有自身鲜明文化特性的、不同于传统的新文化——网络文化就在这样的背景下诞生了。网络文化产生的前提是计算机技术和通信技术的发展和融合，其中最关键的技术是实现信息的数字化革命，它使各种文字、声音和图像都可以通过数字信号来存储和传输。以往的技术革命之所以没有导致一种新文化模式的产生，就是因为他们没有产生出新的并能超出时空限制的文化载体。网络文化是随着计算机技术、通信技术和网络技术的发展而形成并发展起来的，当代信息网络技术是它的物质基础。可以这样说，没有现代信息网络技术所提供的计算机、通信网等物质手段，网络文化根本就不可能存在。因为文化本身是某种物化的结果，如语言的出现就有了口头文化；纸的发明出现了书面文化，后来又有了印刷文化；电视的发明导致了一种大众文化——电视文化的兴起和辉煌。所以，以信息网络技术为基础是网络文化产生和发展的一个重要特点。如果没有计算机网络的各种硬件设施和各种支持硬件设施的技术——计算机科学技术、网络通信技术、微电子技术以及网络运行的各种软件技术，就不可能产生网络文化。因此，网络物质文化是网络文化产生和发展的物质技术基础，建设高水平的网络物质文化是发展网络文化的首要前提和物质技术保障。

纵观人类文化发展的历史，技术与文化从来就是相互联系，彼此促进的。一方面，技术是文化发展与体现的手段和工具；另一方面，文化又促进了技术的发展与完善。网络文化的发展与体现的手段、工具和基本构造方式就是现代信息网络技术。以研究网络文化系统著称的美国哲学家迈克尔·海姆曾揭示出网络技术对文化系统的界定："如果虚拟实在仅仅只是一项技术，那么，你就是会听到这么多有关它的事情。然而，虚拟实在就是这么一种技术革新，它可以用于人类的每一项活动，而且可以用来中介人类的每一个事物。由于你全身心地沉浸在虚拟的世界中，所以虚拟实在便在本质上成为一种新形式的人类经验——这种经验的重要性之于未来，正如同电影、戏剧和文学作品之于过去一样，它的潜在影响非常之大，有可能界定因此利用而产生的文化。"② 在此，迈克尔·海姆揭示了虚拟技术决定并界定文化的可能性，而这种可能性实际上已变为事实。网络文化就是由网络技术创造并界定的一种新型亚文化，其发展与体现的手段、工具和基本构造方式是网络技术，即凭借现代数字技术和网络技术，将具体的文化内容数字化，变成信息符号，并通过网络语言在互联网上存储、传播、交流，从而转化为

---

① 范晓红：《网络信息文化：花开谁家》，《图书情报论坛》，1999年第4期。
② 迈克尔·海姆：《从界面到网络空间：虚拟实在的形而上学》，上海科技教育出版社2000版，序言。

网络文化。

首先，从形成过程看，网络文化的形成过程即数码系统，不仅可以储藏，而且可以输送，还可以随时复制，最后还可以发明和改造。如此是通过"数字化"技术来处理信息的过程。马克·第亚尼在《非物质社会》一书中引用当代法国学者斯卡帝格利的话，对数字化进行了这样的描述："一种声音或光线，均可以变成基本的数码系统，不仅可以储藏，而且可以输送，还可以随时复制，最后还可以发明和改造。如此一来，声音和影像、思想和行动，全部都数字化了。"① 信息数字化技术是网络文化构建和发展的前提条件，网络文化以无形的数据编码形式存在并通过解码解读。

其次，从存在形式看，网络文化是网络技术创造出来的符号文化。网络技术将现实世界虚拟化为符号，网络世界是对真实世界的数字化虚拟。网络世界对真实世界的数字化虚拟，是以信息符号处理转换为手段，通过虚拟的符号系统来构建虚拟关系。网络文化正是以真实世界为摹本通过复制、仿真而虚拟创造的符号化文化系统。无论是复制、仿真还是虚构形式的虚拟实在，都与现实实在之间存在难以逾越的鸿沟，但又是在感觉上真实的实在或可能的现实实在。虚拟实在是对现实世界的数字化、信息化、技术化加工处理，它巧妙地将现实世界和虚拟世界结合在一起，造就了网络虚拟性与现实真实性的辩证统一，把现实的可能性和非现实的可能性融合在互联网上，使现实世界和虚拟世界连接、贯通和汇聚成丰富精彩的网络文化系统。网络文化系统是对现实世界的符号化移植，网络世界的一切要素都以数字符号形式出现，网络主体由符号构建，是符号化的人，网络交往行为是符号之间的互动，网络社区是虚拟符号的定期聚合，网络的运转也是依靠符号作为中介完成的，网络技术将世界和人都符号化了，网络文化正是以符号化的形式存在的技术文化系统。

最后，从技术支撑看，网络文化以网络技术为基本载体和基本内容。网络文化的形成直接依赖于网络技术，技术的进步也拓展了网络文化活动的范围。在互联网中，一切网络文化系统要素的构造和一切网络文化系统活动的进行都有其技术上的根源。正是基于网络技术，才产生了各种各样的网络文化活动。网络文化以技术规则与技术逻辑为基本内容，同时其形成过程也依照网络逻辑的原则，即以网络语言表达的逻辑、网络行为交互的逻辑、网络信息传播的逻辑为原则。积极性技术力量构建和决定网络文化的发展，破坏性技术手段可能完全消解网络文化结构与内容，网络技术是支撑网络文化系统的坚硬骨骼。

网络文化依赖于现代信息网络技术，网络文化的形成和发展离不开现代信息网络技术为支撑的网络平台，网络文化的其他要素要受网络物质文化的制约，网络文化建设必须以网络物质文化建设为基础和前提。随着互联网的逐步普及和在高校校园的广泛运用，网络文化已成为高校校园文化的重要内容。加强高校网络

---

① 马克·第亚尼：《非物质社会》，四川人民出版社 1998 版，第 244 页。

物质文化建设，能够为高校网络文化建设提供物质技术平台和载体，是高校网络文化建设的客观要求和应有之义。因此，为了使高校网络文化健康有序的发展，为校园文化建设和和谐校园建设服务，高校网络文化建设必须以网络物质文化建设为基础，必须抓好网络建设，巩固网络基础设施建设成果。

7.3　高校网络物质文化建设的现状

高校是国家培养高素质现代化建设人才的基地，担负着人才培养、科学研究、技术开发及文化传承与创新等工作。校园网作为高校的重要文化基础设施，其建设的水平将直接影响到高校网络文化建设的质量和成效。

我国高校校园网建设从 1992 年 12 月底清华大学校园网建成并投入使用算起，至今还不到 20 年的时间，而全国高校大规模开始校园网建设则是从 1998 年至 2001 年间才开始的。虽然我国高校的校园网络建设起步较晚，但经过不懈努力，为我国高校校园网建设取得了较大成绩。

首先，多数高校的校园网络建设起点普遍较高，应用的多为千兆以太网技术，具备较高水准的校园网络硬件，能够提供比较优良的网络环境。目前，一般高校的校园网建设初具规划，较好的不仅有计算机机房、多功能教室，而且网络早已进了课堂，进了宿舍，进了办公室，有的已实现三机（电话、电视、计算机）同进宿舍的建设目标，为师生从网上获取知识、信息，以及高校自动化管理提供了良好的硬件环境。如我国首批进入中国教育科研网（Cernet）的 100 所高校之一的成都理工大学，在历经了几次大规模的升级改造后，目前校园网主干带宽 1 000M，100M 交换到桌面，出口带宽也升级到 1 000M，总计网络信息点数约 12 000 个，联网计算机 7 000 余台。

其次，在校园网站建设方面，经过多年的努力，各高校已经建成了以门户网站和众多二级网站相结合的结构完整、服务多样、资源丰富的校园网络系统，为高校教育教学、科学研究、各类管理提供了先进的信息技术支持，在纷繁复杂的网络中独树一帜。

再次，在校园网的栏目设计上，各高校的校园网秉承"以人为本"的理念，几乎都是设计了中英文两个不同版面，涵盖了教学管理、学生工作、科研等内容，实现了行政办公管理、教师备课授课、学生学习交流、校内信息公告、远程电子通信、互联网通信浏览等基本功能，形成了以教育教学为主，以学术、新闻、管理、服务类网站为补充的校园网络文化阵地的分层次格局。

在看到我国高校校园网建设取得的显著成绩的同时，我们还必须清醒地认识到，由于受到观念、资金、人才、管理等诸多因素的制约，目前我国大多数高校校园网的结构、规模和应用相较于国外校园网的建设来说，还不是很完善，还存在不少的问题，网络设备、计算机设备的功能没有得到充分的挖掘和发挥。具体表现为以下六个方面。

第一，在硬件方面。从目前我国高校校园网建设情况来看，校园网硬件建设仍然是高校网络文化的薄弱环节。虽然，在多数高校，电脑网络进宿舍、课堂、图书馆、办公室已有一定基础，但要师生人人有机，个个在网，一般高校还没达到这种程度，与校园真正信息化的程度还有很大距离。同时，还有部分高校的计算机设备陈旧、网速过慢、网站不够稳定，经常不能打开校园网，特别是在校外进入校园网比较困难，导致校园网对广大师生没有吸引力。

第二，在软件方面。目前，高校网络文化在软件开发制作方面仍然处于弱势，多数高校使用的软件大多直接来自于网络开发商，自主研发的软件很少，缺乏针对性和科学性，脱离了高校的实际需要。因此，在校园网络文化建设中，高校应充分利用自身的人才和技术优势，大力开发有利于网络文化建设发展的中文教育应用软件，使网络文化真正融入校园主流文化。在校园网建设中，高校如果不能开发出一定数量的集思想性、知识性、教育性、艺术性、娱乐性和易操作性于一体的中文教育软件，那么，占领网络文化前沿阵地、传播民族的优秀文化以及弘扬社会主义先进文化就会是一句空话。

第三，在软硬件协调建设方面。由于错误观念的影响，我国高校在校园网建设问题上普遍存在"重硬轻软"的现象，软硬件建设比例失调。在校园网建设中，部分高校领导认为，只要有了先进的机器和设备，校园网就能高效地工作。这种错误的观念最终导致学校在网络硬件设施上大量花费，盲目追求高质量、高性能，而在软件投入上则斤斤计较，不舍得投入。由于软件资源（如学校业务管理系统、网上教学平台、信息数据库、各种多媒体教学课件等）的严重缺乏，校园网络有一个高标准的"外壳"，却只提供了上网、电子邮件和简单的网络文件共享等基础服务，使校园网在实际应用中发挥不出应有的作用，造成了网络硬件资源的极大浪费。而且硬件技术发展很快，产品更新换代频繁，重视硬件而忽视软件建设，后果将是校园网硬件规格越来越高，应用水平却进展迟缓甚至停滞不前。

第四，在网站建设方面。校园网站就是高校网络文化的载体，同时也是师生交流互动的主渠道。高校网络文化的健康发展，离不开优秀的校园网站。虽然我国高校网站数量较多，但大部分高校网站内的实质内容较少。他们中的大部分都只是提供一些关于自己学校的基本情况，如自己学校的文字介绍、师资介绍而已，除了这些没有其他新内容，可以说在网站内容上还是十分单薄的。另外，学校的校园网不仅是学校对外发布新闻的地方，而且还是对内对外交流的窗口，所谓对内交流就是指为学校广大师生提供交流的平台，而对外交流则指对外进行宣传介绍、扩大影响力。但是在现实中，大部分高校的网站缺乏管理，网站信息更新速度慢，这也是致使内容单薄的一个原因。

第五，重"有"轻"用"。校园网的多数网络功能、版块基本相似，其中教务管理和图书馆服务占很大的比重。尽管这些网络建构基本版块齐全，但是大部分都是侧重于发布信息和检索为主，真正以人为本，切实针对师生的特点和需求的内容较少，内容单薄缺乏创新，师生点击浏览的兴趣不高，没有发挥出应有的作用。

第六，忽视相关技术人员及师资的培训。网络作为一种新技术、新载体，其应用需要一个过程。目前高校广大师生的信息素质上还不能完全适应教育信息化的要求，必须加大对相关技术人员及师资培训的力度，鼓励和提高广大师生的参与性和积极性。校园网建设和应用的关键在人，重点也在人，只有广大师生的能动性和积极性充分调动起来，掌握了相应的计算机和网络知识及技能，高校的校园网建设和应用才能取得新的突破。

7.4　高校网络物质文化的建设

高校网络物质文化建设，为教师办公提供了简单、有效、便捷的环境，为教育教学改革提供有效的数据信息，有利于促进学校与外界的交流和沟通，有利于高校的改革和发展。高校网络物质文化建设是一项复杂系统工程，要确保为高校网络精神文化、制度文化和行为文化提供展示平台和物质载体，必须科学把握高校网络物质文化建设工作的规律，积极探索，不断创新，推进高校网络物质文化建设不断迈上新台阶。

7.4.1　高校网络物质文化建设的原则

高校校园网建设是一项复杂的系统工程，为了确保校园网建设的质量，在建设中应坚持下列原则。

1. 实用性原则

校园网是为全体师生服务的工具，是进行国内外信息交流的高速通道。应用是高校校园网络的核心和关键，也是评价校园网络运行状况和水平的重要尺度。校园网的建设不仅仅是给学校的计算机网络搭上网络平台，更重要的是利用这些硬件、软件平台，给全校师生提供网络化的信息。也就是说，只有应用才是网络建设的最终目的，网络基础设施最终是为应用服务的。因此，校园网建设必须坚持实用性原则。

实用性原则强调校园网建设目标应能满足需求并且行之有效。高校应结合自身实际，将现代教育思想与先进信息手段和未来网络应用技术结合起来，建设符合高校需要的校园网。校园网的规划既要考虑硬件规划、应用规划，也要考虑网络与信息安全和未来发展的规划，而且规划目标应与学校校园的基础设施建设相配套。校园网建设的目的是应用，校园网的所有规划设计都以应用为基本出发点。围绕应用的其他规划既要保证其先进性，又要考虑其经济性；既要保证其实用性，又要预留其扩展空间。优秀的网络系统应该既可以满足当前的应用需要，又可以方便地扩展，满足未来发展的需要。

2. 先进性原则

在坚持实用性原则的前提下，建设校园网络应坚持先进性原则。先进性原则包括设计思想先进、软硬件设备先进、网络结构先进及开发工具先进等。

校园网建设的方案和可用设备很多，高校校园网建设应按照教学和科研需求及技术与经济实力，尽量采用先进成熟的方案，尽可能采用成熟先进的技术，使用具有时代先进水平的计算机系统和网络设备，这些设备应该在相当长的时间内保证其先进性，开发或选购的各种网络应用软件也应尽可能先进，并有相当长时间的可用性。

3. 可扩充性原则

可扩充性是决定校园网是否具有生命力，是否能不断更新、发展而不被淘汰的关键。网络技术和设备发展异常迅速，校园网络的技术和设备更新升级也非常快。因此，校园网应当具有良好的可扩充性。

可扩充性原则要求校园网的设计和建设应该充分考虑到未来网络升级的平衡衔接，保证网络通信介质、网络基本设计核心的向后兼容性，便于软件的升级和移植。一方面，所选择的联网方案及设备要能适应校园网规划不断扩大和发展的要求；另一方面，要适应新技术不断发展的要求，能在现有方案中不断引入新技术，方便地向新产品过渡，同时能把替换下来的网络设备应用到分支或者边缘子网上。

4. 开放性原则

校园网络应具有良好的开放性。校园网络不但是覆盖全校的网络，也是中国教育科研网和互联网的一个组成部分，所以遵循开放性原则至关重要。这种开放性靠标准化实现，必须制定全国统一的网络体系结构，并遵循统一的通信协议标准。网络体系结构和通信协议应选择广泛使用的国际工业标准，使校园网络成为一个完全开放式的计算机网络环境，可与其他网络互联并实现信息的交换与共享。

开放性原则要求保证所选择的产品能和其他网络产品互联和协同工作，主要表现在：（1）要求网络的结构、硬件平台、软件平台具有良好的兼容性以及不同机器品牌的通用性。（2）要求在不同的系统与平台之间具有相互接口的能力，必须能与各种不同的平台进行连接和操作。（3）系统平台、网络协议、网络技术、网络设备及网管标准等均要求严格遵循国际标准。（4）网络系统要具有实用性、针对性，并且可以满足今后网络技术的不断发展。（5）所有设备都要在基于管理、扩充及升级的可行性基础上，为用户提供简单易行的网管及产品的升级换代能力。[①]

---

① 徐立：《我国高校校园网建设的研究》，中南大学 2002 年硕士学位论文，第 17 页。

5. 可靠性原则

校园网一旦开通，就必须全天不停地工作，为高校提供服务，否则就会给工作带来极大、甚至难以挽回的损失。因此，在校园网络成为实用系统以后，网络的高可靠性将成为对校园网络最基本的要求之一。网络系统要有较高的可靠性，主干网的可靠性更是整个网络中需要重点考虑的部分。主干网一旦瘫痪，将导致整个学校网络的崩溃，对学校教学、科研等造成巨大的影响。可靠性分为线路的可靠性、设备供电系统的可靠性、设备自身的可靠性及支撑软件的可靠性等。校园网各级网络应具有网络监督能力和在线修复功能；广域网采用防火墙等保密技术，保护网络免受破坏，保证整个网络信息的绝对安全可靠。

6. 特色原则

任何事物从成长到发展，若没有自己独有的特色，就不能脱颖而出。对于高校校园网的建设而言，内容和功能的丰富性、网页的漂亮固然重要，但特色才是关键。高校校园网只有形成了自己的特色，才能在互联网的海洋中脱颖而出。

从目前现有的高校校园网的内容设置来看，基本上大体相似，几乎都是学校概况、院系设置、行政部门、教学科研、师资队伍、招生就业、校园天地等栏目，从表面上看都似一个模式的复制，很难寻找该校的特色信息，更不用说特色栏目。因此，高校校园网必须要摆脱千校一面、千网一面的局面，要明确自己的定位，形成自己的特色。其实，各个高校各有各的特点，如办学方式不同，教学科研各具特点，特色学科和专业也各不相同。高校校园网的建设就应体现出本校的办学特色，只有这样，才能对师生具有吸引力，也才能在对外宣传和交流中，充分展示各自的特色和风采。

7.4.2　加强领导，强化管理

高校校园网建设是一项大型系统工程，技术难度大，涉及面广，协调困难，人力、物力、资金投入高。确保高校校园网建设的质量，领导的重视是关键，组织机构是保障，管理是灵魂和核心。

如今，校园网正在逐渐形成高校发布校园新闻、通告、校园办公自动化、校园论坛平台、对外宣传和交流等的重要阵地。首先，它是高校进行信息化管理的重要依托。其次，对于高校来说，网站是其进行自我宣传的舞台。再者，对校内外受众来说，高校网站是他们了解学校近期发展动态、科研活动和学术交流等内容的一个重要来源。由此可见，建设好高校网有着极其重要的意义。高校对此要有清醒的认识，要加强对校园网建设的领导，为校园网建设在人财物等方面给予大力支持。为加强校园网的建设和管理，高校应确立起在学校党委统一领导下，分管校领导直接负责，各有关部门分工协作的领导体制。在相互配合的基础上，高校党委宣传部门具体负责校园主网站的建设与维护、网上舆论分析与引导、网络信息监控和网络文化建设等工作，并对各二级网站的内容进行日常监督、协调、管理和指导。高校网管（信息）中心负责建设和维护校园网络与信息安全技术平台，保证校园网络安全平稳运行，并对校园网内的二级域名资源进行统一分配和管理。高校后勤、资产部门负责购置相应的硬件设备。校内各单位按"谁主管、谁负责"的原则，对部门网站进行日常管理和信息监控。

7.4.3　加强校园网络基础设施建设

校园网络基础设施建设是校园网建设的物质基础。做好高校网络物质文化建设，最为基础的就是要不断完善校园网络基础设施。校园网络基础设施建设，是为了打造一个以校园网络为支持环境的计算机综合应用平台，使这个平台在学校的教学、科研建设、行政管理等方面发挥重要作用。同时，通过校园网与 CERNET 联网，使平台在对学术交流与信息交换方面起积极作用，扩大学校的影响。

校园网络基础设施包括硬件和软件两大部分，其中硬件部分由主干网和子网中有关设备及连线组成，而软件部分则由操作系统及校园网应用软件组成。高校网络物质文化建设，既要重视网络硬件建设，又要重视网络软件的开发建设。网络硬件建设是高校网络文化建设的基础，网络硬件建设力度直接关系到高校网络文化的发育、成长和规模的形成，直接影响着高校网络文化建设的进程和好坏。教育部高等教育司 2010 年 9 月 25 日对《普通高等学校本科教学工作随机性水平评估方案（试行）》的调整意见中，要求达到 A 级标准的高校必须设备先进、数量充足、管理手段先进及计算机网络利用好。目前我国还有部分高校，离教育部的要求存在不同程度的差距。[①] 因此，高校校园网建设，应制定好规划，投入必要的人力物力和财力建设校园网络硬件系统，不但要保证图书馆计算机数量和寝室、办公室以及教学场所网络的快速、畅通，还要在公共场合设置端口，最大程度地满足师生的需求，保证广大师生利用网络的方便程度。在加强校园网络硬件建设的同时，还必须更加重视校园网络软件建设。因为软件是网络的灵魂，没有软件，再先进的网络设备什么也干不了。而且在某种意义上来讲，网络硬件水平只是一个投入的问题，而软件水平的提高则更为重要和关键。高校在进行校园网建设中，要保证校园网正常工作需要的最基本的系统技术必须随硬件同时配置，特别要配备能提供基于浏览器模式操作的应用软件。同时，高校应充分利用高校自身的技术人员和网络资源优势，开发一定数量的集思想性、知识性、教育性、艺术性、娱乐性和易操作性于一体的宣传教育软件，这是占领网络文化前沿阵地、传播民族优秀文化的有力手段。

实践表明，怎样对待校园网络基础设施建设，如何花大力气建设有影响的校园网，占领互联网这块阵地的主动权，是衡量高校领导者是否具有战略眼光的一杆标尺。如天津大学作为国家重点大学，在校园网络基础设施建设中，舍得投

---

① 罗军强、陈放明：《我国高等院校网站建设现状分析》，《湖南大众传媒职业技术学院学报》，2003年第2期。

入，为校园网建设打下了坚实的基础。该校是国家教育科研网（CERNET）华北地区主干网天津地区主节点单位，自 1997 年以来，该校运用自行研制开发的有线电视宽带综合信息接入网技术，利用有线电视网络兼做计算机互联网，成功地实现了有线电视网和计算机信息网的" 二网合一"，并在全国率先实现了"三电入舍"，即将程控电话、有线电视和计算机网络接入学生宿舍。学校校园网络基础设施建设所取得的成就，为校园网的创建提供了网络环境与技术支持，也为高校网络文化的发展提供了广阔的发展空间。

7.4.4　加强校园网站和网页建设

校园网站和网页是高校网络文化的载体，同时也是师生交流互动的主渠道。高校网络文化的健康发展，离不开优秀的校园网站和网页。俗语说：铺好"路"，也要造好"车"。这样路才能显其功能，使得其相得益彰。同样道理，高校校园网建设在铺好"路"的同时，还要大力实施造"车"工程，开辟好供"货"渠道。建设校园网如同修路，再高级的高速公路无车运行，也只能是摆设，校园网中无内容可查，建设得再好也只能是一个空架子，不能发挥其作用。因此，高校在建设良好的校园网络基础设施基础上，还要花大力气建设具有鲜明的育人个性、生动活泼的引人界面和不断提高理论深度的主题网站和网页。

在信息网络时代，校园网站对高校教学科研和学生管理与服务具有十分重要的作用。第一，资源共享。网络具有光的速度、海的容量。威尔·希弗利在《难以置信的光收缩》中写到，今天一根头发般细的光纤在不到 1 秒的时间里将《大不列颠百科全书》的第 29 卷的全部内容从波士顿传到巴尔的摩[①]。一个大型网站的磁盘阵列服务器，可以容纳下一个高校图书馆数百万册的图书资料，高校网站的海量信息资源，为教育资源的共享提供了现实可行的条件；第二，教学行政管理。目前，我国部分高校网站建立了高等教育学历文凭电子注册认证系统，实行网上学生信息管理，网上录取新生，简便了招生手续，扩大高校网上招生录取规模。高校内部的办公业务网使高校教育行政部门内部公文、信息、会议等主要办公业务实现网络化和数字化，实现正式公文、会议通知、领导讲话和工作简报等无纸化传输，提高了工作效率；第三，远程教育。列入全国现代远程教育试点的高校都在本校的网站上开设了远程教育，他们在保证教育质量的前提下，适当扩大招生规模，增加招生专业，积极探索网络环境下新的教育教学模式，积累一批优秀的网上教育教学资源，培养锻炼了现代网络环境下进行教育教学活动的师资队伍。同时，向各行业的管理人员和专业人员提供多种继续教育课程，不断扩大社会成员接受教育的机会，构建终身教育体系；第四，舆论阵地。高校网站面对的主要是青年大学生，如何唱响主旋律，营造舆论氛围，提高青年大学生辨别是

---

① 宋朝弟：《信息技术与教育腾飞》，《人民教育》1998 年第 12 期。

非的能力，使他们树立正确的世界观、人生观和价值观，增强抵御网络环境负面影响的能力，是网站建设需要重点考虑的问题。通过网络知道广大学生在从事什么样的网上信息活动，了解他们的思想动向，及时掌握他们的思想变化。所以，网上教育是新形势下高校思想政治工作者的一条重要途径。① 因此，高校要充分利用互联网的交互性、开放性、适时性等特点，师生之间进行互问互答，释疑解惑，辨析商讨，把网上的虚拟与客观的现实联系起来，建立各种主题或专题网站，使网络真正融入师生的学习、工作、生活之中，起到凝聚人心、潜移默化、传播文明的作用。在建立优秀网站的同时，如果高校著名专家、教授以及校、院各级领导甚至优秀学生都能够建立自己的特色网页，与师生进行实时交流，这不仅能使校园网络文化的内容更加丰富、健康、文明，而且还能使网络文化的作用在校园文化建设和和谐校园建设中得到更大的发挥。

此外，在发挥校园网站、网页为高校教学科研和学生管理服务的同时，还要挖掘校园网络服务功能。目前，全国各高校基本都建立了自己的网站，在高校统一的信息发布、日常的教学管理等方面发挥着重要的作用。但是受接受群体和特殊环境的限制，校园网站的服务性没有被充分挖掘出来。要不断创新思路，扩大服务范围，最大化地为学校发展服务、为最广大的师生服务。在为教学、科研和管理服务的同时，更要充分尊重学生的娱乐、沟通、获取信息和资源、参与校园活动的需要，积极开发网络论坛、网上社区、校内网络文学、校内聊天工具、校内影音世界、动漫天地、游戏天堂、软件下载、就业信息和校友录等服务功能，拓宽服务范围，增加服务项目，提高服务层次，努力把校园网建设成广大师生的精神家园。

7.4.5　加强校园网的人员培训

人员培训是校园网能否正常运行的关键，是实现校园网价值的重要条件。校园网是为高校教育教学服务的，高校广大师生是校园网络的使用者和维护者。如果因为广大师生缺乏网络技能和计算机知识而不能使用校园网络，或者因为校园网的管理维护人员缺乏必要的网络维护技能使校园网不能正常运行，那么花费不菲的校园网的功能和作用就不能得到充分发挥，沦为一个摆设。因此，为了有效地发挥校园网络的功能和作用，除了加大网络设施建设外，高校更要高度重视人员的培训工作。

由于高校各级领导干部和师生员工的网络知识和技能以及对校园网的使用要求都不尽相同，因此，在安排培训对象和培训内容上应有针对性。对主管校园网工作的各级领导，重点放在观念转变和对本校校园网的总体规划以及总体框架的培训上；校园网管理和维护技术人员肩负着确保校园网正常运行的重任，对其应

---

① 　罗军强、陈放明：《我国高等院校网站建设现状分析》，《湖南大众传媒职业技术学院学报》，2003年第 2 期。

该重点培训校园网各硬件设备的连接及各种网管软件的使用与维护，使其掌握和了解动态的校园网络特性和系统参数。一旦网络出现故障，校园网管理和维护技术人员就能够及时排除。同时，由于网络技术发展迅速，网络设备升级快速，必然要求通过各种途径对校园网管理和维护技术人员开展经常性的培训，不断更新其知识和技能。只有这样，才能使校园网管理和维护技术人员在校园网络出现问题时不致于手足无措，胡乱处置，造成不必要的损失。另外，一个成功、完善的网络必须有广大用户的参与和使用，对网络使用者的培训是发挥网络价值和功能的首要前提。广大师生是校园网的主要用户，对师生的培训，首要的是使他们对网络产生浓厚的兴趣，学习和掌握必备的网络知识和技能，以获取所需的网上信息，同时也要使广大师生意识到自己是校园网的受益者，是网络这个"虚拟社会"的一员，有义务、有权利去维护网络的正常运行。此外，还要加强与教学相关的人员的培训，增强他们运用多媒体教学软件和管理软件的能力，使其能达到进行教学、辅助教学和管理教学的目的。

第八章 高校网络文化建设的组织领导与保障机制

高校网络文化建设是一项复杂的系统工程，需要坚持学校党委的领导，建立健全领导体制和工作机制，形成统一协调、相互配合、上下联动、各司其职的运行机制和规范有序的保障机制。

8.1 坚持高校党委对高校网络文化建设的领导

中国共产党是建设中国特色社会主义事业的领导核心，坚持党的领导是加强中国特色社会主义网络文化建设的根本保证。坚持党对学校工作的领导，是中国高校与国外高校的重要区别，是我国高校的重要优势。在高校党委的统一领导下，将网络文化建设纳入高校校园文化建设总体规划中，统筹考虑，规范运作，才能把各种力量和资源有机结合起来，才能把各方面的积极性和主动性充分发挥出来，才能确保高校网络文化的社会主义性质。

8.1.1 高校党委是高校网络文化建设的领导核心

中国共产党是中国社会主义事业的领导核心，我国的各条战线和各个组织都必须坚持党的核心领导地位。高校网络文化建设必须在高校党委的领导下进行，这既是坚持党的领导的必然要求，也是法律赋予高校党组织的一项重要职责。《中华人民共和国高等教育法》第三十九条明确规定，高等学校实行党委领导下的校长负责制，高校党委按照章程和有关规定统一领导学校工作，其主要领导职责是执行党的路线、方针、政策，坚持社会主义办学方向，领导学校的思想政治工作和德育工作，讨论决定学校内部组织机构的设置和内部组织机构负责人的人选，讨论决定学校的改革、发展和基本管理制度等重大事项，保证以培养人才为中心的各项任务的完成。《中国共产党普通高等学校基层组织工作条例》第二十三条也明确规定，高等学校党的委员会统一领导思想政治工作。网络文化是新时期党建和思想政治工作的新阵地，高校网络文化建设已经成为学校党建和思想政治工作的的重要内容，必须在学校党委的统一领导下进行。胡锦涛同志在中共中央政治局第三十八次集体学习时指出："各级党委和政府要从加强规划、完善制度、规范管理、充实队伍等方面采取措施，加强信息产业发展与网络文化发展的统筹协调，切实把一手抓发展、一手抓管理的要求贯彻到网络技术、产业、内容和安全等各个方面。"① 党委统一领导是构建高校网络文化建设领导体制和工作机制的核心。高校党委要担负起全面领导网络文化建设和管理的责任，切实加强对高校网络文化建设的领导。

8.1.2　坚持高校党委对高校网络文化建设领导的极端重要性

高校网络文化建设是一项复杂的系统工程，不可能自发地进行，只有在高校党组织的坚强领导下才能有序健康地进行。加强高校党组织对高校网络文化建设的领导，对保持高校网络文化的社会主义性质、培养全面发展的大学生、促进高校精神文明建设和保持高校校园的和谐稳定具有重要而特殊的作用。

1. 保持高校网络文化的社会主义性质的需要

邓小平同志曾指出："属于文化领域的东西，必须用马克思主义的眼光对它们的思想内容进行分析、鉴别和批判。"长期以来，中国共产党人通过自觉进行社会主义意识形态的灌输、掌控和引领，实现了主流意识形态的地位巩固和作用发挥。高校网络文化是高校校园文化的重要组成部分，也是中国特色社会主义文化的重要组成部分，在高校自身建设和社会主义建设中发挥着重要的作用。因此，我们在任何时候都要必须清醒地认识到，我们要建设的是社会主义性质的网络文化，高校网络文化建设必须始终坚持社会主义方向，弘扬主旋律，倡导新风尚。

高校网络文化建设是国家上层建筑过程中很重要的一个环节，也是各种意识形态展开剧烈争夺的一个非常重要的阵地。网络文化这个阵地，社会主义意识形态不去占领，非社会主义意识形态必然会去占领。而这个阵地的争夺对于青年大学生来说，影响巨大。众所周知，人的行为是受思想意识的支配。如果一个青年大学生在思想认识方面坚信马克思主义，那么，其一言一行就有利于社会主义事业的发展；反之，其言行就会有意无意地与社会主义相背离。青年大学生是祖国的未来、民族的希望，我们国家能否保持社会主义性质，关键取决于青年大学生的思想觉悟，其关键环节在于持续不断地开展对青年大学生进行社会主义性质的思想政治教育和社会主义性质的文化教育，使广大青年大学生坚持马克思主义，坚持共产党的领导，坚持社会主义道路，坚持人民民主专政，这四项基本原则是高校各项工作都必须坚持的根本原则，当然也是高校网络文化建设必须坚持的根本原则。如果背离了四项基本原则，高校网络文化就要改变性质，就不再是社会主义性质的网络文化，就会对青年大学生产生极其负面的影响，就会失去这代大学生，最终可能使我们国家的社会主义性质完全丧失。因此，党对高校网络文化建设的领导，是坚持马克思主义对高校网络文化建设的指导和保持高校网络文化的社会主义性质的重要保证。

---

① 胡锦涛：《以创新的精神加强网络文化建设和管理，满足人民群众日益增长的精神文化需求》，《人民日报》，2007 年 1 月 25 日。

2. 发挥高校网络文化育人功能的需要

培养人才是高校不同于其他社会组织的首要特征，培养社会主义事业的建设者和接班人是我国高等教育的根本职责。我国著名教育家梅贻琦校长曾说过：办学校，特别是办大学应有两种目的，"一是研究学术；二是造就人才"。教学与研究的最终目的是关注人的成长，促进人的发展。社会主义事业的合格建设者和可靠接班人，不仅要具有完善的知识结构、宽广的知识视野和运用知识的能力，更为重要的是要具有远大的社会理想、坚定的政治信念和高尚的道德品质。毛泽东同志早就指出："学校的一切工作都是为了转变学生的思想。"中共中央国务院在《关于深化教育改革，全面推进素质教育的决定》中明确要求："学校教育不仅要抓好智育，更要重视德育，还要加强体育、美育、劳动技术教育和社会实践，使诸方面教育相互渗透、协调发展，促进学生的全面发展和健康成长。"① 胡锦涛同志也明确指出："学校教育，育人为本；德智体美，德育为先。"②

育人说到底是靠文化育人。文化究其本质而言就是"化人"——教化人、塑造人、熏陶人。高等教育就是通过文化来培养人、"创造"人的。高校通过文化的继承、传播和创造，促使受教育者进行社会化、个性化和文明化，从而塑造出健全的人、完善的人。因此，办大学从一定意义上说就是办一种文化、一种氛围，在其氛围中让受教育者成长成才。物理学家范守善曾说："一个大学其实是一种氛围，一种文化。一个学生进入大学学到什么当然重要，但更重要的是受到一种熏陶、被浸泡成一种人才。"③ 因此，在高校育人过程中有无文化的介入和渗透，其结果大不一样；有什么样的文化介入和渗透，其结果也大不一样。高校是培育人才的摇篮，建设什么样的文化，便会不断孕育出受这种文化"化"出来的人。

高校网络文化是网络时代对青年大学生影响最大的一种校园文化，因为大学生思想活跃，容易接受新事物，也善于适应新时代的发展要求。据 2011 年 1 月 19 日中国互联网络信息中心发布的《第 27 次中国互联网络发展状况统计报告》统计，在我国的 4.57 亿网民中年龄在 20～29 岁的占 29.8%，大专及以上学历的网民占 23.2%。可见，高校网络文化的性质和建设状况对青年大学生的成人成才至关重要。胡锦涛同志在谈到文化建设的方向时曾指出："我们必须把发展社会主义先进文化放到十分突出的位置，着眼于提高人的素质、促进人的全面发展，加强思想道德建设，发展教育科学文化，培育有理想、有道德、有文化、有纪律的社会主义公民。"我国高校网络文化建设是以培养高素质的社会主义事业的合格建设者和接班人为根本出发点和落脚点，必须坚持正确的方向与导向。当前，以美国为首的西方发达国家凭借其发达的全球信息网络带给他们的文化传播

---

① 《中共中央国务院关于深化教育改革全面推进素质教育的决定》，《中国教育报》，2001 年 11 月 14 日。
② 胡锦涛：《在全国加强和改进大学生思想政治教育工作会议上的讲话》，《中国教育报》，2005 年 1 月 19 日。
③ 魏利、彭明霞：《发挥院系党组织在和谐校园文化建设中的作用》，《经济师》，2009 年第 5 期。

优势，推行文化霸权主义，将大量的精神文化产品、社会政治理念和价值观念等输入其他国家包括我国，消解我们的民族凝聚力，破坏我们的共同理想和精神支柱，谋求进行和平演变，企图利用文化手段达到其政治目的，甚至是利用经济政治手段难以达到的战略目的。例如，美国前总统克林顿曾明确要求相关部门和网站在网络上宣扬美国的准则、制度、价值观、经济、文化、政治模式和生活方式，通过覆盖全球的网络来控制世界上每个人的喜怒哀乐，改变世界人民心中的意念，使他们对美国产生亲近感、信任感，最后认同、依赖这种文化理念，形成对于西方资产阶级的生活方式的迷信和无保留的敬仰，与此同时，对自己民族的自尊心、自豪感产生动摇，从而达到在意识形态上控制世界的目的。[①] 如果西方的文化渗透使很多人特别是年轻一代接受了西方的生活方式、思维方式和价值观念，这将不利于我国社会主义意识形态的宣传与教育，也必将影响青年大学生的成才。因此，在任何时候、任何情况下，高校党组织都必须坚持对高校网络文化建设的领导，都必须要确保高校网络文化的社会主义性质。这不仅关系到我国高等教育的社会主义性质，而且对于全面提高大学生的素质和年轻一代的政治灵魂有着极为重要的作用。

在高校网络文化建设中，高校党组织要充分利用自身的思想优势、政治优势和组织优势，按照"育人为本，德育为先"的理念，坚持用马克思主义把握和引领校高校网络文化的发展方向，以树立正确的世界观、人生观和价值观为导向，唱响主旋律，突出高品位，确保马克思主义意识形态进入师生视野，努力构筑积极向上、健康活泼、丰富多彩，体现社会主义特点、时代特征和学校特色的高校网络文化，不断满足大学生日益增长的精神文化需求，为培养社会主义合格建设者和可靠接班人提供强大的精神动力，使高校成为发展中国特色社会主义先进文化的重要基地、示范区和辐射源。

3. 网络时代加强高校精神文明建设的需要

互联网是继报纸、广播、电视之后的一种新的传播媒体，被称为"第四媒体"。随着信息网络技术的不断发展和校园网络的日益完善，互联网在高校思想文化宣传乃至精神文明建设中的作用已经越来越强大。这是网络时代高校思想文化宣传的重要阵地，也是高校精神文明建设的新领域。由于具有开放性的特点，网络是中性的信息通道和载体，它对各种信息"来者不拒"，必然是各种思想文化和意识形态争夺的思想阵地，尤其是争夺年轻一代的重要载体。对于网络这样的阵地和领域，如果先进的思想文化不去占领，落后的思想文化就必然会去占领；如果社会主义意识形态不去占领，非社会主义的意识形态就必然会去占领。因此，为了这块新阵地和新领域，为了在网络时代高校精神文明建设的主动权，就必须加强党对高校网络文化建设的领导。

加强党对高校网络文化建设的领导，不仅可以从根本上提高高校精神文明建

---

① 李遥：《互联网高校思想政治工作的影响及对策》，《思想政治教育》（人大复印资料），2002 年第 9 期。

设的科技含量，而且可以不断保持高校网络文化先进性的特质；不仅可以方便我们学习和借鉴国外优秀的文明成果，提高自己的文明程度，而且有利于我们扩大高校精神文明的影响力，向社会充分展示高校的良好形象；不仅有利于宣传主旋律，弘扬主旋律，提高思想文化宣传的时效性和影响力，巩固社会主义的舆论阵地，而且有利于在网络条件下实现"以科学的理论武装人、以正确的舆论引导人。以高尚的精神塑造人、以优秀的作品鼓舞人"的战略任务，增强高校精神文明建设的辐射力、吸引力和感染力。

4. 调动一切积极因素建设高校网络文化的需要

高校网络文化建设是一项复杂的系统工程，它所涉及的范围是全方位、全过程的，充满着高校校园的整个时空。从高校网络文化建设的主体看，既包括教职员工，又包括学生；从形式上看，既包括丰富多彩的各种网络文化活动，又包括更深层次的教书育人、管理育人和服务育人；从内容上看，既包括精神文化的培育，又包括规章制度建设和网络软硬件建设。全过程、全方位和全员参与的特征，决定了高校网络文化建设需要高校全体师生员工积极参与其中，这就需要一个有威信的机构来组织领导和协调。另一方面，高校作为社会组织系统中的一个子系统，是一个开放性组织。它不仅与社会其他组织关系密切，而且自身组织结构非常复杂，表现出多主体、多目标的特点，学生、教师、管理部门、校内社团等都有自己独特的利益诉求，决定了在高校网络文化建设过程中难免存在各种矛盾和冲突，这就需要一个具有威信的机构来协调利益、化解矛盾，调动师生员工的积极性。在高校校园中，人们对党组织的信赖远远超过对任何个人和其他团体的信赖。因此，我们必须坚持党对高校网络文化建设的领导和管理，充分发挥高校党组织的政治核心、领导核心和团结核心作用，才能协调各方面的关系，把师生员工团结在党的周围，并充分地发挥他们的聪明才智，推动高校网络文化健康持续发展。

8.1.3　高校党委在高校网络文化建设中的职责

高校党委要从学校发展和人才培养的战略高度，充分认识加强高校文化建设的重大意义，把高校网络文化建设列入议事日程，纳入学校工作总体部署，确定发展目标，参与网络文化建设的重大决策，协调落实网络文化建设的重要任务，主动帮助解决网络文化建设遇到的困难和问题，调查研究网络文化建设中的热点难点问题，特别是要在高校网络文化建设中发挥好规划、职责分工、组织协调、督促检查的作用。

1. 做好规划

古人云，凡事预则立，不预则废。制定出科学合理的规划是做好一切事情的前提和基础。高校党委要高度重视高校网络文化建设工作，把高校网络文化建设纳入学校整体发展规划，把高校网络文化建设融入学校宣传思想工作和精神文明建设工作总体部署。同时，要科学制定高校网络文化建设的发展规划。在制定规划时，力求做到立足当前，着眼长远，统一思想，明确责任。通过制定规划，明确网络文化建设的基本思路和工作原则，提出网络文化建设的目标任务，确定网络文化建设的实施步骤、组织领导等总体要求。

2. 统筹协调

高校网络文化建设工作是一项系统工程，涉及面宽，关系各个方面，工作千头万绪，需要学校各个部门分工协作、通力配合才能完成。显然，这就有一个职责划分和组织协调的问题。如果各部门之间缺乏明确的职责分工和组织协调，必然造成工作任务的重叠以及工作中的扯皮推诿和各自为政。因此，高校党委应发挥在学校中的领导核心作用，对高校网络文化建设涉及的所有部门的职责进行明确的划分，使之各司其职，各负其责，相互配合，形成合力。一般来讲，在高校网络文化建设中，宣传部门负责对网络文化建设的宏观指导，做好网上意识形态重大情况的预警和处理，做好舆论引导工作；网络技术部门要加强网上安全监管、监督、检查网络运营、落实安全管理制度和安全保护的技术措施，并负责技术的咨询、处理，负责网页的设计、技术链接，为完善网络建设提供良好的技术服务；学生管理部门分层次、分领域做好应急情况下网上热点敏感问题的处理工作。各部门互相配合，齐心协力，加强舆情工作协作和信息共享，增强应对舆论热点的快速反应能力。这样一来，因为职责不清晰而带来的相互扯皮、互相摩擦和互相推诿的不协调现象也就相应减少。

3. 督查考核

为把各层面、各单位和各部门的人力、物力和财力等资源卓有成效地组织起来，需要根据高校网络文化建设的既定目标，通过建立领导责任制和目标管理体制，一级抓一级，层层抓落实，促进高校网络文化建设水平和学生综合素质的全面提升。在这过程中，高校党委要抓好监督检查和责任考核，使网络文化建设工作真正做到年初有计划、年内有落实、年终有考核，确保网络文化建设整体推进，落到实处，见到成效。同时，高校党委要制定相关的奖惩机制，对工作有创新、建设效果好的部门和个人给予奖励，对工作开展不好的部门和个人给予一定处罚，确保网络文化建设工作的顺利推进。

8.2　建立工作机构，健全领导体制和组织机制

网络文化建设涉及面广、专业性强、任务繁重，必须建立健全相应的工作机构，以加强协调、科学统筹。建立健全统一、高校的工作机构和领导体制，是高校网络文化建设和管理工作稳定开展、顺畅运行的重要保证。

8.2.1 建立工作机构，完善领导体制

建立工作机构，健全组织领导体制，是高校网络文化健康发展的基本保证。在机构设置上，高校应建立专门的网络文化建设和管理的工作机构——校园网络文化建设（校园网络信息建设与管理）领导小组，统一领导、规划、组织和协调校园文化建设和管理的各项工作。校园网络文化建设领导小组由学校主要党政领导担任组长，宣传、学生工作、科研、教务、保卫、工会、团委、总务和后勤等部门负责人为成员；领导小组下可设立办公室，负责校园网络文化建设和管理的日常工作。此外，还要充分发挥党团组织和学生会、研究生会和学生社团在校园网络文化建设中的重要作用，积极引导学生参与校园网络文化建设，推进校园网络文化建设深入发展。总之，要在学校党政组织统一领导下，党政工团齐抓共建，充分发挥各自优势。

8.2.2 建立健全组织机制

高校网络文化建设的组织机制有明确的层次区分：学校属于战略层次，所有的行政机构、党群机构及各院系属于管理层次，而具体从事网络工作的人员即为技术层次。三个层次之间要做到既总体目标一致，又分工协作，形成合力。具体而言，就是在学校党委的统一领导下，形成党政领导总负责，党组织、团组织、学生会、研究生会和有关学生社团共同参加、分工协作的组织机制。学校作为战略层次主要是宏观把握，根据学校的具体情况确定高校网络文化总体发展目标，制定发展决策；管理层次则要做好各项协调工作，以保证高校网络文化的建设能够正常运转；高校网络文化内容的建设以及网络改进等技术问题则是技术层次的工作。

8.3 建立健全高校网络文化建设的保障机制

大力发展高校网络文化，充分发挥网络文化在高校育人工作和高校改革发展中的重要作用，建立健全高校网络文化建设保障机制尤为重要。只有建立起了健全的保障机制，才能为高校网络文化建设创造良好条件，提供有力保障。

8.3.1 加大资金投入和政策支持的力度，为高校网络文化建设提供物质保障

资金是高校网络文化建设的物质基础。无论是在高校网络文化的"硬件"建设还是"软件"建设上，无论是在网路基础设施建设还是各种网络文化活动的开

展上，都需要资金支持。高校应加大投入力度，逐步形成稳定的经费保障机制，为高校网络文化建设提供必要的物质保障。在目前高校教育经费紧张的情况下，把网络文化建设经费纳入学校预算，每年拨出专款，专款专用，以满足网络文化建设与管理的研究课题、学术研讨和建设及高层次人才引进等方面的需要，确保高校网络文化建设各项工作顺利开展。与此同时，必须进一步提高资金的使用效能。我国高校办学经费长期以来主要依靠国家有限的财政投入。闵维方认为：在计划经济时代，大学发展所需经费 90％多靠国家拨款。而今天，就北大来讲，现在学校日常运行预算的三分之二要靠学校自筹。① 在目前政府投入有限的情况下，高校用于包括网络文化在内的校园文化建设的经费总是有限的，而且在一个较长的时期内，高校网络文化建设经费相对不足的状况难以得到改变。因此，高校应当按照"节约、高效"的原则，提高资源使用效率，对现有的网络文化建设经费管好用好，力争少花钱多办事。要严格网络文化建设经费的使用管理，把资金用在最需要、最关键的地方。坚持头筹安排、精打细算，合理、节约和高效地使用资金，保证网络文化建设必要的经费支出，使有限的资金发挥最大的效能。此外，高校也要拓宽高校网络文化建设的融资渠道，充分利用宣传的力量，广泛涉取校外资金或校友等社会力量的支持和赞助，逐步形成学校投入为主、社会多渠道投入为辅的高校网络文化建设经费保障机制。

网络文化发展既要靠资金投入，也要靠政策支持。高校要不断完善网络文化建设的政策和措施，切实解决网络文化建设过程中遇到的实际问题和困难。要加强理论研究，积极探索新形势下加强和改进网络文化建设的新思路和新举措。另一方面，要抓好政策的贯彻落实，对不严格执行政策的部门和个人要追究责任，要进行严肃处理。

8.3.2　建立健全高校网络文化建设与管理制度，为高校网络文化建设提供制度保障

网络文化的健康发展离不开制度的疏导。只有建立和完善网络文化的管理制度，把网络化建设纳入规范化管理的轨道，实施科学有效的管理，才能最大程度地减少网络带来的负面效应，保障高校网络文化健康和谐发展。

高校要认真学习国家有关的法律，严格执行有关部门制定的行政法规，并结合自身实际，出台网络管理的规章制度，使网络管理做到依法办事，有章可循。要进一步建立和完善有关规章制度，规范网络运作，加强对局域网、校园网的管理，加强对免费个人主页及其链接的审查，落实实名注册登记，并通过必要的技术、行政和法律等手段，阻止各类不良信息进入校园。同时要努力探索网络文化建设和管理的特点和规律，不断总结经验，及时制定和完善各项规章制度，加强和改进网络文化建设和管理工作。此外，还要密切关注网络发展的动态，根据新

---

① 张丹，赵正洲：《大学新校区校园文化建设面临的问题及其对策》，《华中农业大学学报》（社会科学版），2008 年第 5 期。

情况、新问题，及时制定和完善规章制度，以确保校园网的健康发展。

除了根据高校网络文化建设与管理的具体情况制定相关的机制和制度外，还可以通过对国内外知名高校校园网络文化建设与管理的研究和学习，探讨校园网络文化制度建设方面的经验和不足，定期或不定期召开校园网络文化建设和管理工作研讨会，完善相关的管理机制，为构建和谐的网络文化提供制度保证。

特别要强调的是，教育网本身就是一个系统，应该充分利用其独特的优势，建立一个平台，使得各高校间能进行有效和畅通的沟通交流，彼此互相学习，互相借鉴，讨论各自遇到的困难和问题，共同建设共同提高，必将有助于校园网络文化管理水平的提高。

8.3.3　加强网络文化工作队伍建设，为高校网络文化建设提供人才保障

文化建设和管理，队伍是根本，人才是关键。高校网络文化建设和管理，归根结底要依靠人，要依靠一支技术过硬思想也过硬的复合型、专业化的工作队伍。胡锦涛同志在中共中央政治局第三十八次集体学习时的讲话中强调：要加快网络文化队伍建设，形成与网络文化建设和管理相适应的管理队伍、舆论引导队伍和技术研发队伍，培养一批政治素质高、业务能力强的干部。为了提高高校网络文化的思想性、艺术性、教育性和指导性，就必须建立一支强有力的高素质网络文化工作队伍，这是高校网络文化向深层发展、向高品位发展的重要保障。

1. 网络文化工作队伍的组成

建立一支强有力的网络文化工作队伍，是高校网络文化向深层发展、高品位发展的重要保障。这支队伍应该是年龄梯次合理、专业分布均衡、门类齐全及整体素质优良的人才群体。这支队伍应由五部分组成，即网络技术队伍、网络信息员队伍、网络舆论引导队伍、网络评论员队伍和网络监管队伍。这支队伍应集中全校各方面的力量，既要有懂网络技术的专家学者，又要有思想政治教育方面的学生工作辅导员；既要有学校领导，又要有教师；既要有教师，也要有学生，多方协作，齐抓共管。这支队伍的人员构成可主要采取专兼职相结合的方式，主体由高校党政干部及教师组成，学生骨干作为补充。专职队伍由学校宣传部门、学生工作部门、团委、保卫部门和网络信息技术部门有关人员组成；兼职队伍由各党总支和各部门从事思政工作和负责网络信息工作的人员组成。如西南交通大学为确保网络文化的健康向上，重点建设了五支网络文化建设队伍：一是以党委宣传部为首的网络文化管理队伍，各院系、部门由分管或从事网络思想政治教育的党政管理干部负责网络信息和网络文化建设工作；二是信息采编队伍，学校前沿网、新闻网和扬华素质网等设有专门的学生记者，负责新闻信息采编；三是技术支持队伍，学校建有扬华工作室、星网工作室等学生技术团队，提供网站运行和维护技术支持；四是网上评论员队伍，由学校提供工作场地、工作设备、工作经费和业务培训，他们参与热点问题讨论，引导正面舆论，疏导学生情绪，及时了

解、发现、反映并解决各种问题；五是学生版主队伍，通过给学生版主设立勤工助学岗位和学生干部职位等措施，吸引一批参与意识强、思想素质好的学生版主队伍参与 BBS 和论坛的管理。

高校网络文化工作队伍建设要立足培养，强化引进。首先，要从学校现有宣传和思想政治工作者队伍中选拔优秀人才进入到网络文化工作队伍中来，大力倡导学习网络、熟悉网络和使用网络，引导他们适应新形势发展，更新知识和更新观念，提高政治业务素质。其次，可以利用政策选拔和吸引一批政治素质高，既懂思想政治工作又具有较强计算机网络知识和技术的青年教师以及优秀应届毕业生加入到这支队伍里来，使网络文化工作队伍在年龄、知识结构上更趋合理，更符合网络文化工作的规律要求。再次，有计划地引进一些有经验、有水平的高层次人才，投身到高校网络文化建设和管理中，以优化人才队伍结构，提升队伍整体素质。

1. 网络文化工作队伍的培训

网络文化建设和管理的政策性强，专业技术要求高。要做好这项工作，既需要熟悉党的宣传工作方针政策，还需要掌握现代网络传播技术。网络文化工作者既要具有较高的思想素质和奉献精神，又要熟悉学生思想状况和上网规律；既懂思想政治工作，又具有较强计算机网络知识和技术。而目前高校网络文化工作者要么具有较高的网络技术水平但欠缺宣传和思想政治工作知识，如网络技术人员，要么具有均较强的宣传和思想政治工作能力但欠缺网络技术和知识，如高校校园中的宣传和思想政治工作人员。与此同时，网络技术在不断发展，网络文化也随之在不断变化。这都要求高校建立起网络文化工作队伍行之有效的培训体系，有计划有步骤地对网络文化工作者进行培训，不断完善队伍的知识结构，不断提高队伍的网络素质和思想工作水平，提高网上了解、发现并解决思想问题的能力，为高校网络文化发展提供人才保障。

网络文化工作队伍培训的内容和形式如下几个方面。第一，业务知识培训。网络文化使人们的思维方式更加多元化、复杂化和个性化，如果没有一支懂网络技术的政工队伍以新观念、新技术去迎接信息量庞大、内容虚拟、传播自由的网络文化，光靠传统的思想政治工作方法、手段，思想政治这块阵地将很难守住。因此，高校应加强对网络管理人员技术水平的培训，通过举办各种学习班或组织去校外培训等方式，提高他们的电脑、网络知识，使他们都能掌握计算机及课堂教学平台的常规操作，熟练 Word 排版、PPT 幻灯片制作、Excel 数据处理在内的系列软件的应用，熟练 ACDSee 图片浏览，Photoshop 图片处理技术、电脑录音、多媒体视频剪辑在内的多媒体素材处理，熟练计算机系统的安装、常用软件功能介绍、病毒的防治等计算机维护，熟练利用 FrontPage、Flash、Dreamweaver 等软件制作个人网页，从而及时解决网络中出现的问题。第二，提高思想道德素质。网络文化队伍只有具备良好的思想道德素质，才能从根本上意识到网络给大学生带来的冲击，网络有害信息给师生特别是大学生带来的危害。为此，网络文化队伍要加强马克思主义基本理论知识的学习，用正确的理论武装自己的头脑，用马克思主义的观点解决大学生在使用网络中出现的问题，提高网络信息的辨别力，对网络黄毒信息及西方腐朽的言论进行封堵，维护网络的健康文明。网络文化工作队伍培训形式可以灵活多样，如校内培训与校外培训、在岗培训与脱岗培训相结合，专题培训、业务培训、技术交流和研讨会等多种方式。高校应根据不同的培训对象，设计不同的培训方式和内容。对于网络文化工作者的培训，需要加强其专业技能的培养，长期性的延伸教育，充实其基本理念和加强实务操作；对于网络文化管理者的培训，培训规模可以适当扩大，延长培训时间，利用互动机会增强学习效果。

为了保证培训落到实处，见到实效，高校必须建立一套培训运行保障机制。一是组织保障体系。网络文化工作者和管理者的培训应该由学校党政主要领导主管和党政共同组织，部门协同作战，建立专门机构，形成合力，全力推进。二是运行保障体系。在硬件保障方面，要加大投入力度，建设符合实际需要的培训物质条件；在管理制度保障方面，要健全培训激励考核制度，提高网络文化工作者和管理人员参加培训的动力。

另外，基于网络信息技术的网络文化必然会随着网络信息技术的发展而不断发展，相应地，对网络文化工作者和管理者的培训不是一劳永逸的，而是一个连续的、持久的过程，培训的目标和标准也应该随着网络信息技术和网络文化的发展变化不断进步。

参考文献

[1] 马克思，恩格斯. 马克思恩格斯选集（第 1、2、3、4 卷）[M]. 北京：人民出版社，1995.

[2] 马克思，恩格斯. 马克思恩格斯全集（第 23、42 卷）[M]. 北京：人民出版社，1995.

[3] 列宁. 列宁全集（第 4、5 卷）[M]. 北京：人民出版社，1990.

[4] 列宁. 哲学笔记 [M]. 北京：人民出版社，1990.

[5] 毛泽东. 毛泽东选集（第 1、2、6 卷）[M]. 北京：人民出版社，1993.

[6] 毛泽东. 毛泽东著作选读（下册）[M]. 北京：人民出版社，1986.

[7] 邓小平. 邓小平文选（第 2、3 卷）[M]. 北京：人民出版社，1993.

[8] 江泽民. 江泽民文选（第 1、2、3 卷）[M]. 北京：人民出版社，2006.

[9] 江泽民. 江泽民论有中国特色社会主义（专题摘要）[M]. 北京：中央文献出版社，2002.

[10] 胡适. 胡适文集（第 2 卷）[M]. 北京：人民文学出版社，1998.

[11] 梁漱溟. 梁漱溟全集（第 1 卷）[M]. 济南：山东人民出版社，1989.

[12] 泰勒. 原始文化 [M]. 杭州：浙江人民出版社，1988.

[13] 亚当·斯密. 道德情操论 [M]. 北京：商务印书馆，2007.

[14] 罗伯特·C·尤林. 理解文化：从人类学和社会理论视角 [M]. 北京：北京大学出版社，2005.

[15] 兰德曼. 哲学人类学 [M]. 北京：工人出版社，1988.

[16] 阿什比. 科技发达时代的大学教育 [M]. 北京：人民教育出版社，1983.

[17] 盖纳吉·弗拉基米维奇·德拉奇. 世界文化百题 [M]. 兰州：敦煌文艺出版社，2001.

[18] 恩斯特·卡西尔. 人论 [M]. 上海：上海译文出版社，2004.

[19] 汤因比. 历史研究（上、下册）[M]. 上海：上海人民出版社，1960.

[20. 曼纽尔·卡斯特. 网络社会的崛起 [M]. 北京：社会科学文献出版社，2001.

[21] 尼葛洛庞帝. 数字化生存 [M]. 海口：海南出版社，1997.

[22] 联合国教科文组织国际教育发展委员会. 学会生存——教育世界的今天与明天 [M]. 北京：教育科学出版社，1996.

[23] 横山宁夫. 社会学概论 [M]. 上海：上海译文出版社，1983.

[24] 马尔科姆·卢瑟福. 经济学中的制度——老制度主义和新制度主义 [M]. 北京：中国社会科学出版社，1999.

[25] 克鲁克洪. 文化与个人 [M]. 杭州：浙江人民出版社，1987.

[26] 鲍宗豪. 网络与当代社会文化 [M]. 上海：上海三联书店，2001.

[27] 鲍宗豪. 数字化与人文精神 [M]. 上海：上海三联书店，2003.

[28] 李纲，王旭辉. 网络文化 [M]. 北京：人民邮电出版社，2005.

[29] 杨鹏. 网络文化与青年 [M]. 北京：清华大学出版社，2006.

[30] 王文宏，高维钫. 网络文化研究 [M]. 北京：中国言实出版社，2006.

[31] 司马云杰. 文化价值论 [M]. 济南：山东人民出版社，1990.

[32] 庄锡昌 等. 多维视野中的文化理论 [M]. 杭州：浙江人民出版社，1987.

[33] 张书明 等. 高校和谐校园理论与实践 [M]. 济南：山东大学出版社，2007.

[34] 张德，吴建平. 校园文化与人才培养 [M]. 北京：清华大学出版社，2001.

[35] 鄢本凤. 社会主义和谐文化建设研究 [M]. 北京：人民出版社，2010.

[36] 宋元林，陈春萍. 网络文化与大学生思想政治教育 [M]. 长沙：湖南人民出版社，2006.

[37] 蔡俊生. 文化论 [M]. 北京：人民出版社，2003.

[38] 高鸣 等. 网络文化与大学生思想政治教育新论 [M]. 南京：江苏人民出版社，2007.

[39] 山东省网络文化办公室. 网络文化建设与管理 [M]. 济南：山东人民出版社，2009.

[40] 赖廷谦等. 社会主义文化与大学文化建设 [M]. 成都：四川大学出版社，2009.

[41] 廖永亮. 舆论调控学 [M]. 北京：新华出版社，2003.

[42] 胡泳，范海燕. 网络为王 [M]. 海口：海南出版社，1997.

[43] 孟建，祁林. 网络文化论纲 [M]. 北京：新华出版社，2002.

[44] 秋石. 论社会主义核心价值体系 [J]. 求是，2006 (24).

[45] 吴潜涛. 社会主义核心价值体系的科学内涵 [J]. 道德与文明，2007 (1).

[46] 雍涛. 关于构建社会主义和谐社会的几点思考 [J]. 江汉论坛，2006 (2).

[47] 刘玉堂，刘宝昌. 社会主义和谐社会综论 [J]. 中州学刊，2007 (2).

[48] 张品良. 论网络虚拟和谐社会的构建 [J]. 理论学刊，2006 (2).

[49] 尹韵公. 网络文化的全球视野与中国特色 [J]. 求是，2007 (13).

[50] 张舒予. 论网络时代民族文化的发展与传播 [J]. 复旦大学学报：社会科学版，2003 (4).

[51] 郑文宝. 论传统文化与网络文化的互补性 [J]. 文教资料，2006 (10).

[52] 张书林. 毛泽东构建和谐社会思想探析 [J]. 求实，2005 (6).

[53] 秦宣. 论和谐社会的科学内涵 [J]. 马克思主义与现实，2007 (1).

[54] 王雄夫. 解读"和谐校园"的内涵与特征 [J]. 凯里学院学报，2007 (5).

[55] 李殿斌. 简论和谐范畴 [J]. 河北师范大学学报：哲学社会科学版，1998 (4).

[56] 方正泉. 论和谐校园建设的内涵及其意义 [J]. 江苏高教，2007 (5).

[57] 简德平. 高校和谐校园的基本内涵及主要特征 [J]. 学习月刊，2007 (7).

[58] 邹志强，陈锦秀. 大学校园文化的内涵和载体浅析 [J]. 高教研究，2006 (2).

[59] 田建国. 和谐社会视野中的大学和谐校园建设 [J]. 云南师范大学学报：哲学社会科学版，2006 (1).

[60] 钟义信. 论网络文化 [J]. 北京邮电大学学报：社会科学版，2003 (4).

[61] 喻运斌. 网络文化的特征及其对大学文化的影响分析 [J]. 北京教育：高教版，2006 (2).

[62] 李卫红. 深入贯彻党的十七大精神 不断开创高校校园网络文化建设和管理工作新局面 [J]. 思想理论教育导刊，2008 (1).

[63] 王乐泉. 牢牢掌握意识形态领域的主动权 [J]. 求是，2005 (2).

[64] 郭志新. 论和谐校园建设中的校园网络舆论及引导 [J]. 理论界，2006 (3).

[65] 邹吉忠. 制度建设与人的发展 [J]. 郑州大学学报：社会科学版，2002 (1).

[66] 李一. 网络失范行为的形态表现、社会危害与治理措施 [J]. 内蒙古社会科学：汉文版，2007 (11).

[67] 黄少华，武玉鹏. 网络行为研究现状：一个文献综述 [J]. 兰州大学学报：社会科学版，2007 (2).

[68] 中共中央关于加强党的执政能力建设的决定 [N]. 人民日报，2004-09-20.

[69] 江泽民. 在北大百年校庆上的重要讲话 [N]. 人民日报，1998-05-05.

[70] 胡锦涛. 在省部级主要领导干部提高构建社会主义和谐社会能力专题研讨班上的讲话 [N]. 人民日报，2005-02-20.

[71] 胡锦涛. 在全国加强和改进大学生思想政治教育工作会议上的讲话 [N]. 人民日报，2005-01-19.

[72] 胡锦涛. 在第八次全国文联、第七次全国作代会上的讲话 [N]. 人民日报，2006-11-11.

[73] 胡锦涛. 在中国共产党第十七次全国代表大会上的报告 [N]. 人民日报，2007-10-25.

[74] 胡锦涛. 以创新的精神加强网络文化建设和管理，满足人民群众日益增长的精神文化需要 [N]. 人民日报，2007-01-25.

[75] 胡锦涛. 加强网络文化建设和管理 [J]. 人民日报，2007-04-24.

[76] 胡锦涛. 在全国政协民盟民进联组会上的讲话 [N]. 人民日报，2006-03-05.

[77] 胡锦涛. 在人民日报社考察工作时的讲话 [N]. 人民日报，2008-06-21.

[78] 纪宝成. 高校要负起建设和谐社会的责任 [N]. 光明日报，2005-03-13.

[79] 孙家正. 和谐社会构建中的文化责任 [N]. 光明日报，2005-08-05.

[80] 顾伯平. 文化的作用 [N]. 光明日报，2005-03-02.

[81] 减学英. 网络时代的文化冲突 [N]. 光明日报，2001-06-06.

[82] 唐亚阳，梁媛. 高校网络文化的特征与功能 [N]. 光明日报，2007-08-08.

[83] 韩庆祥. 解读"以人为本" [N]. 光明日报，2004-04-27.

[84] 蔡劲松. 大学文化的四个层次 [N]. 中国教育报，2007-11-13.

后 记

《和谐校园视域下高校网络文化建设研究》一书是四川省教育厅 2009 年思想政治教育重点研究课题"校园网络舆论引导与和谐高校建设研究"（CJS09-017）成果，也是成都信息工程学院 2008 年哲学社会科学发展基金支助项目"以创新的精神加强网络文化建设，构建和谐高校"（CCRF200802）成果。

实现社会和谐，建设美好社会，是人类孜孜以求的社会理想。《中共中央关于构建社会主义和谐社会若干重大问题的决定》指出："社会和谐是中国特色社会主义的本质属性，是国家富强、民族振兴、人民幸福的重要保证。"文化是社会和谐的根基，为社会和谐提供思想保证和精神支撑。高校作为人才汇聚、知识聚集的战略高地和人才培养、知识创新的重要基地及思想文化交汇融合之地、传播辐射之源，既是和谐社会的重要组成部分，更是和谐社会建设的重要力量，理应在构建和谐社会中走在前列。建设和谐校园，以和谐校园建设引领和谐社会建设，这是历史所赋予高校的历史使命！随着网络文化正在全球兴起和发展异常迅猛，网络文化对整个人类社会发展的影响越来越大。高校作为网络文化发展的前沿阵地，网络文化已渗透到校园文化生活的各个层面，对高校师生的思维方式、价值观念和精神世界的改变起着巨大的作用，影响着校园文化的发展方向、内涵扩展及形式更新，网络文化在高校和谐校园建设中的地位和影响越来越突出。建设高水平、高品位的高校网络文化，既是和谐校园建设的重要内容，也是事关和谐校园建设成败的关键所在。

目前，网络文化建设已经在高校校园如火如荼地开展起来，对高校网络文化建设的理论研究也日益兴起，蓬勃开展。但对于高校而言，网络文化建设是一个崭新而复杂的课题，建设高水平、高品位的网络文化任重而道远。本书试图对高校网络文化建设做一些积极的探索，为和谐校园建设尽一份绵薄之力。受本人学识和实践经验所限，书中疏漏、错讹之处在所难免，敬请各位专家学者批评指正。

本书的写作参考和汲取了相关方面专家学者的研究成果，在此谨向他们表达诚挚谢意。同时，感谢四川省教育厅和成都信息工程学院的立项支持，感谢科学出版社对本书出版的大力支持。

作 者
2011 年 7 月